BASTEI
LÜBBE

Von Dieter Zimmer sind außerdem bei
BASTEI-LÜBBE erschienen:

10183 Für'n Groschen Brause
10650 Alles in Butter
10835 Kalifornisches Quartett
11181 Wunder dauern etwas länger
11281 Wenn der Mensch zum Vater wird

DIETER ZIMMER

Das Mädchen vom Alex

BASTEI LÜBBE

BASTEI-LÜBBE-TASCHENBUCH
Band 11711

Lizenzausgabe: Gustav Lübbe Verlag GmbH, Bergisch Gladbach
Printed in Great Britain Juni 1991
Einbandgestaltung: Roland Winkler
Titelfoto: Gruner & Jahr
Satz: Fotosatz Froitzheim
Druck und Bindung: Fa. Cox & Wyman Ltd.
ISBN 3-404-11711-5

1

»Festgenommen wurde auf dem Ostberliner Alexanderplatz eine junge Westberlinerin, als sie ein Transparent mit der Aufschrift ›Freiheit für A. Borowski!‹ entrollte. Beamte der Staatssicherheit in Zivil entrissen ihr das Transparent und führten sie ab.«

Als ich diese unauffällige Meldung in einer Westberliner Zeitung entdeckte, irgendwo zwischen Busumleitungen und Sondermüllproblemen, da war mir klar: Hinter dieser Meldung steckt eine Geschichte. Vielleicht sogar eine Geschichte der Art, wie ich sie suchte?

Ich habe lange genug bei Zeitungen gearbeitet, um mich auf dem kürzesten Weg zum zuständigen Redakteur nicht von Telefonisten und Sekretärinnen aufhalten zu lassen.

»Ja, Meyer«, meldete sich der zuständige Redakteur.

»Hier auch Meyer. Andy Meyer.«

»Kenne ich Sie?« fragte Herr Meyer.

»Nein. Ich habe bloß mal eine Frage zu Ihrer heutigen Meldung über dieses Mädchen vom Alex. Was wissen Sie darüber?«

»Alles, was in der Meldung steht.«

»Aber in der Meldung steht nicht alles. Wer ist sie?«

»Ich denke, Sie haben's gelesen: ein Mädchen aus West-Berlin.«

»Wenn Sie nicht wissen, wer sie ist, woher wissen Sie dann, woher sie ist?«

Meyer schwieg kurz.

»Sie könnte ebensogut eine Ost-Berlinerin sein«,

sagte ich, ehe Meyer eine Antwort hatte. »Oder eine Leipzigerin. Oder eine Hamburgerin.«

»Ist das wichtig?« fragte er.

»Zumindest macht es einen Unterschied. Und diese Stasibeamten in Zivil, die ihr das Transparent entrissen: Hat jemand ihre Dienstausweise gesehen? Das könnten doch auch einfach staatstreue DDR-Bürger gewesen sein, oder?«

»Quatsch!« widersprach Meyer, »so staatstreu ist da keiner, höchstens von Berufs wegen. Außerdem erkennt man die Stasi am Gesicht. Und an den schäbigen Anoraks aus Plaste.«

»Okay, Nebensache«, gab ich zu. »Aber die Hauptsache: Wer ist A. Borowski, für den das Mädchen Freiheit fordert? Ihr Vater? Ihr Bruder? Ihr Freund?«

»Wollen Sie das alles in so eine Meldung hineinpacken?«

»Nein. Ich wollte ja nur wissen, ob Sie überhaupt wissen, was Sie da gemeldet haben.«

Meyer stellte endlich die Frage, auf die ich schon gewartet hatte: »Warum interessiert Sie das überhaupt?«

»Mich interessiert die Geschichte hinter der Meldung.«

»Privat oder beruflich?«

»Vielleicht beides.«

»Sind Sie Fluchthelfer?«

»Falsche Fährte. Sagen Sie mir wenigstens, woher Sie die Meldung haben.«

»Von einer Frau, die den Vorfall beobachtet hat. Sie rief hier an.«

»Wie hieß sie?«

»Das weiß ich nicht mehr.«

An dieser Stelle hatte ich die Frage auf der Zunge:

Recherchieren Sie immer so sorgfältig? Aber ich verkniff sie mir. Sie wäre unfair gewesen. Ich habe lange genug bei Zeitungen gearbeitet, um zu wissen, daß man oft nicht zuverlässiger recherchieren kann. Ja, wenn jeder Redakteur jeden Tag nur eine einzige Meldung zu bearbeiten hätte . . .

»Es könnte also sein«, sagte ich, »daß niemand auf dem Alex ein Transparent entrollt hat und deswegen festgenommen wurde.«

»Unwahrscheinlich«, fand Meyer. »Irgendwas ist doch an jeder Meldung dran.«

Ich bat Herrn Meyer, mich anzurufen, falls er Neues erführe. Das Ergebnis meiner ersten Erkundigung war mager: Den gemeldeten Vorfall hatte es wahrscheinlich gegeben, möglicherweise aber auch nicht.

Wen sollte ich als nächstes anrufen? Die Staatssicherheit in Ost-Berlin, die mußte ja wohl Buch führen über ihre Festnahmen. Einen Augenblick lang dachte ich wirklich an einen solchen Anruf, aber mehr als Experiment, so wie man vielleicht aus Daffke den Regierenden Bürgermeister zu einer Schlittschuhpartie einlädt, um zu testen, ob sein Büro auf Blödsinn souverän reagiert.

Ich telefonierte statt dessen, ernsthaft, mit Polizei und Zoll in West-Berlin. Vielleicht war ja letzte Nacht ein Mädchen ungewöhnlich spät aus Ost-Berlin zurückgekommen und hatte angegeben, vorübergehend festgenommen und stundenlang verhört worden zu sein. Aber meine Telefonate waren die Fernsprechgebühren nicht wert. Mir wurden nur, wieder einmal, die merkwürdigen Verhältnisse dieser Stadt bewußt, als mir nämlich ein gutmütiger Zöllner freundlich Nachhilfe gab: »Sehnse mal, unsre U-Bahn fährt von West über Ost nach West. Weeß ick denn, wo die Leute einjestiejen sind? Schon in Wedding oder erst in Friedrichstraße? Seh ick det an ihre Neese, det se in Ost warn? Wennse nich zehn Stangen Glimmstengel aus'm Intershop mitschleppen, fallnse keenem uff.«

Jaja, die am besten gesicherte Grenze der Welt ist auf der anderen Seite, in West-Berlin, offen wie ein Scheunentor. Keiner kontrolliert, wer kommt. Oder geht. Oder zurückkommt. Einen Journalisten macht es fuchsteufelswild, wenn er eine Sache nicht herausbekommt. Deswegen rief ich schließlich sogar in Ost-Berlin an. Ich wandte mich ans Internationale Pressezentrum, ein Dienstleistungsamt, das ausländischen Journalisten – für die DDR sind ja auch wir Ausländer – bei ihren genehmigten Vorhaben behilflich ist. Insbesondere hilft es einem, nichts zu erkunden und zu verbreiten, was nicht für die Erkundung und Verbreitung geeignet ist. Dafür zahlt man in konvertierbarer Währung.

»Um welches Vorhaben handelt es sich?« fragte der Mitarbeiter des IPZ, dessen Namen ich nicht nenne, da ich bestimmt wieder mal auf ihn angewiesen sein werde.

»Kein Vorhaben, nur eine Anfrage. Vor ein paar Tagen soll auf dem Alex ein Mädchen festgenommen worden sein, als es ein Transparent entrollte.«

Schweigen am östlichen Ende der Leitung.

»Wissen Sie etwas darüber?« fragte ich.

»Nein.«

»Könnten Sie etwas darüber in Erfahrung bringen?«

Kurzes Schweigen, dann entschieden: »Nein.«

»Warum nicht?«

»Weil dies kein genehmigtes Vorhaben ist.«

»Aber eine Frage von öffentlichem Interesse.«

»Vielleicht bei Ihnen.«

Ich habe das Mädchen gefunden, ziemlich rasch sogar. Ich bin bis heute froh darüber, wenn ich auch schon mal gedacht habe: Hättest du die Finger davon gelassen! Man steckt nicht ungestraft seine Nase in anderer Leute Angelegenheiten; sehr schnell ist man nämlich selbst Teil dieser Angelegenheiten geworden, kommt man nicht mehr heraus, hat Verantwortung. Ich wollte nur eine Geschichte finden, die aufzuschreiben die Mühe wert wäre. Die zu denken gäbe und nicht schon beim Lesen wieder vergessen würde. Was ich nicht bedacht hatte: So eine Geschichte beschreibt man nie von außen, man muß sich in sie hineinbegeben.

Ich habe Birgit gefunden. Vielleicht war die Idee naheliegend, aber das läßt sich hinterher immer sagen. Vorausgesetzt, dachte ich, es hat den Vorfall auf dem Alex wirklich gegeben und das Mädchen ist wirklich aus West-Berlin, dann geht sie vielleicht hier auf die Schule. In meine Suche die Schulbehörde einzuschalten, schien mir nicht zweckmäßig, ich habe in meinem Beruf zu oft mit Behörden zu tun gehabt. Aber hatten wir nicht, als ich selbst noch auf die Schule ging, eine Schülermitverwaltung mit Klassensprechern und Schulsprechern?

Mein Treffen mit fünf Schulsprecherinnen und -sprechern in einem italienischen Lokal an der Müllerstraße im Wedding hatte Ähnlichkeit mit einem Verhör und kostete mich obendrein eine Stange Geld. Die Youngsters aßen und tranken nämlich recht ungeniert auf meine Kosten – mit dem Hinweis, Scheckbuchjournalismus sei bekanntlich teuer, aber ich könne ja Bewirtungsspesen von der Steuer absetzen. (Sämtlich Begriffe übrigens, die ich in diesem Alter noch gar nicht gekannt hatte.)

»Warum suchen Sie das Mädchen?« begann das Verhör.

»Weil mich ihre Geschichte interessiert.«

»Was wollen Sie mit der Geschichte?«

»Ich will sie – vielleicht – aufschreiben.«

»Und dann vermarkten?«

»Ich will sie nicht verschenken, wenn Sie das meinen.«

»Also verkaufen. An die Bild-Zeitung?«

»Nein, nicht an die Bild-Zeitung.«

»Wen soll die Geschichte interessieren?«

»Wenn sie gut ist: viele.«

»Was heißt gut? Rührselig?«

»Nein, beispielhaft. Vielleicht sogar lehrreich. Wenn sie dabei menschlich anrührt, ist es kein Nachteil.«

So ging es hin und her. Sie waren, wie ich fand, ziemlich abgebrüht und hatten wenig Vertrauen in das Gute im Journalisten. Zwischendurch mußte ich mich mehrmals an die Bar zurückziehen, während die fünf am Tisch basisdemokratisch berieten.

Den Ausschlag dafür, daß sie mir schließlich bei der Suche helfen wollten, gab dieses Argument: »Das Mädchen wollte doch mit seiner mutigen Aktion etwas erreichen. Jemanden befreien. Wir wissen nicht, wen, und wissen nicht, wo er warum einsitzt. Ich sage ›er‹. Vielleicht müßte ich sagen ›sie‹. Nicht mal das wissen wir, der Name ›A. Borowski‹ läßt beide Möglichkeiten offen. Wir wissen nichts. Und weil niemand etwas weiß, war die Aktion auf dem Alex ein Schuß in den Ofen. Wenn keiner der Sache nachgeht, waren der ganze Mut und die ganze Angst für die Katz!«

Ich mußte noch mal an die Bar, dann wurde mir, beinahe feierlich, in die Hand versprochen: »Wenn sie in West-Berlin auf die Schule geht, finden wir sie, und dann kriegen Sie die Adresse.«

Eine Woche mußte ich warten, dann hatte ich die Anschrift von Birgit Bärwald.

2

»Sie sind dieser Herr Meyer, der mir von meiner Schulsprecherin angedroht wurde?«

Hoppla! dachte ich.

»Ja«, sagte ich.

Birgit sah mich aus braunen, warmen, spöttischen Augen an. Sie stand in der offenen Wohnungstür, ich davor im Treppenhaus.

Nach ein paar Sekunden des Musterns sagte sie: »Sie müssen mir, glaube ich, vieles erklären. Kommen Sie am besten mal rein.«

Sie ging mir voraus durch den Flur, ich taxierte (mit Reporterblick, wohlgemerkt, nicht mit Männerblick): ziemlich groß für ein Mädchen, etwa einsfünfundsiebzig. Schlanke Figur, aber keine Bohnenstange aus dem Modemagazin. Ausgeprägte Hüften und Taille in engsitzenden Jeans. Braune Haare, eine Handbreit mehr als schulterlang. Ihr Zimmer: aufgeräumt. (Vielleicht nur wegen meines Besuchs?) Poster von Udo Lindenberg, Karat, BAP, den Puhdys. Dazwischen, zu meiner Überraschung, das offizielle Amtsstubenporträt des Staatsratsvorsitzenden und Generalsekretärs Erich Honecker. An der gegenüberliegenden Wand ein Poster, schwarzweiß, ein großes Foto von zwei lachenden jungen Leuten mit windzerzausten Frisuren, offenbar am Meeresstrand aufgenommen. Das Mädchen auf dem Foto war Birgit. Der Junge: schwarzhaarig, fröhliche dunkle Augen, leicht hervortretende Wangenknochen, etwas breite Nasenflügel, kräftige Schultern. Ein guter Typ. Ein hübsches Paar, dachte ich.

»Das ist er«, sagte Birgit, die meinen Blick bemerkt hatte.

»Wer?« fragte ich.

»Alex.«

»Borowski?«

»Alexander Bobrowski. Die Zeitung hat den Namen falsch geschrieben. Ich hatte ihn aber auf dem Transparent richtig.« Dazu lächelte Birgit. Sie hatte Tee mit Kandiszucker bereitgestellt, es war Nachmittag. Wir setzten uns, ich in einen Korbsessel, sie im Schneidersitz auf den Fußboden.

»Ich weiß nichts über Ihre Geschichte«, sagte ich, »ich kenne nur die Meldung. Erst seit dieser Minute weiß ich zuverlässig, daß es den Vorfall auf dem Alex wirklich gegeben hat.«

Birgit schenkte Tee ein, ich sah ihr dabei zu. Ihre Jeans waren an den Knien geflickt, ihr grünes Sweatshirt ziemlich ausgebeult und verblichen. Es hat mal jemand gesagt: Wer in der aktuellen Jugendmode gut aussehen will, muß wirklich schön sein. Birgit war schön. Ich möchte nicht schwören, daß ich mich derart um die Geschichte gekümmert hätte, wenn mir an jenem Nachmittag eine graue Maus die Tür geöffnet hätte.

Birgit sah mich ruhig an: »Was wollen Sie von mir?«

Nicht darauf gefaßt, daß sie so schnell zur Sache kam, mußte ich erst mal einen Schluck Tee nehmen, der noch viel zu heiß war. Birgit lächelte.

»Mich interessiert die Geschichte«, sagte ich, »die hinter dem Vorfall steckt.«

»Warum?« fragte sie.

»Müssen Sie mir ausgerechnet die schwierigste Frage zuerst stellen?«

»Ja.«

»Also: Ich suche eine heiße Story, ein Gemälde menschlicher Leidenschaften, und das will ich für möglichst viel Geld verkaufen.«

»Gut!« Sie streckte mir die Hand hin: »Machen wir halbehalbe!«

Ich muß sehr dämlich dreingeschaut haben, denn Birgit lachte laut und schüttelte ihre braune Mähne. Ich versuchte mitzulachen.

»Mir scheint«, sagte ich, »daß Sie Ihr Ost-Berliner Abenteuer glänzend überstanden haben.«

»Nein.«

Birgit war von einer Sekunde auf die andere todernst. Sie wies auf das schwarzweiße Foto an der Wand: »Den da, den Alex, den liebe ich, und ich habe ihn fast ein halbes Jahr nicht mehr gesehen. Kein Telefon, kein Brief, keine Nachricht.«

»Wo ist er?« fragte ich.

»In Rummelsburg.«

Früher hätte ich nicht gewußt, was das ist. Früher kannte ich Berlin überhaupt nur flüchtig und die DDR so gut wie gar nicht. Inzwischen hatte ich erfahren: Rummelsburg ist ein Ortsteil im Ostberliner Bezirk Lichtenberg, und dort, zwischen der Hauptstraße und dem Rummelsburger See, gibt es ein Zuchthaus mit politischen Häftlingen. Rummelsburg, das ist einer der Namen, bei denen DDR-Bürger verstehend nicken, ohne zu kommentieren.

»Fluchtversuch?« fragte ich.

»Ja. An der Mauer. Ausgerechnet! Wie ein Maikäfer gegen die Fensterscheibe. Bumm! Ohne Sinn und Verstand. So ein dummer Kerl.«

»Was hätte er tun sollen?«

»Irgendwas anderes. Ausreiseantrag meinetwegen. Aber nein: wie ein Maikäfer! Das dumme ist nur, daß ich daran schuld bin.«

Ich sah Birgit fragend an, aber sie schien für den Augenblick nichts weiter sagen zu wollen.

Ich war ganz sicher: Das war die Geschichte, die ich gesucht hatte.

»Birgit«, sagte ich, »ich sollte Ihnen erklären, warum ich eine Geschichte suche.«

»Ja, das sollten Sie.«

»Ich versuche es mal so: Ich war viele Jahre Nachrichtenredakteur bei Zeitungen, habe sozusagen am Fließband gestanden und im Akkord Neuigkeiten verbreitet. Heute suche ich Geschichten, die hinter den Nachrichten stecken, Geschichten, die man im Gedächtnis behält. Verstehen Sie das?«

»Sie erklären es ja sehr schön. Übrigens hat man das oft, daß Leute im Alter wieder idealistische Neigungen bekommen.«

Mir blieb eine Antwort im Hals stecken, ich mußte wieder einen Schluck Tee nehmen, der nicht mehr zu heiß war. Birgit sah mich aus braunen Augen an, spöttisch oder treuherzig, ich wußte es nicht.

»Ich habe Sie verstanden«, sagte sie, »aber ich bin noch nicht überzeugt. Ich kenne Sie ja noch gar nicht.«

Ich war zunächst mal froh, daß sie nicht einfach nein sagte.

»Warum hängt Honecker an Ihrer Wand?« fragte ich.

»Der Erich? Ich weiß nicht, vielleicht hilft's.«

Birgit sah auf ihre Armbanduhr: »Meine Mutter kommt bald. Wenn wir weiterreden wollen, sollten wir's nicht hier tun.«

Ich verstand nicht sofort, dachte an Herrenbesuch, sturmfreie Bude und so weiter, aber sie erklärte es mir: »Meine Eltern haben von der ganzen Sache mit Alex dermaßen die Schnauze voll, daß sie darüber kein Sterbenswort mehr hören wollen.«

»Ach so? Ich müßte aber mit Ihren Eltern reden, wenn ich die Geschichte...«

»Lassen Sie's lieber!« unterbrach mich Birgit. »In zwei Monaten geht es außer mir niemanden mehr was an, denn dann bin ich achtzehn.«

»Achtzehn? Da haben Sie sich aber gut gehalten.«

Ich hätte die dumme Retourkutsche gern zurückgenommen, es war zu spät, Birgit sah mich an, mitleidig, wie mir schien.

»Gucken Sie mal ein bißchen aus dem Fenster«, sagte sie, »ich mach' mich stadtfein.«

Neu-Westend, wo Birgit mit ihren Eltern wohnte, war mir fast unbekannt. Es hatte in meiner Berliner Zeit noch keinen Grund gegeben, das Viertel links und rechts der Reichsstraße näher anzuschauen, zumal ich auch nie ins Olympiastadion ging, das hier lag. Man nannte eine Gegend wie diese gutbürgerlich. Es gab viele Häuser aus dem ersten Drittel des 20. Jahrhunderts und viel Grün, das gerade frühlingshalber zu sprießen begann.

»Sie wohnen schön hier«, sagte ich.

»Wir wohnen erst seit kurzem hier. Vorher wohnten wir ganz nah bei der Mauer. Aber das hat mich nach der Sache mit Alex total verrückt gemacht, so daß meine Eltern mit mir wegziehen mußten. Außerdem wollten sie sowieso in eine feinere Gegend. Sozialer Aufstieg, verstehen Sie?«

Hinter meinem Rücken raschelte Kleidung, ich hätte mich natürlich gern umgedreht, beließ es jedoch bei dem reizvollen Gedanken, es zu tun.

»Okay, wir können!«

Sie trug wieder Jeans und Sweatshirt, allerdings neueren Anschaffungsdatums, dazu nun hochhackige Schuhe. Sie war dadurch, als wir nebeneinander zur Tür gingen, ein Stückchen größer als ich.

»Keine Turnschuhe?« fragte ich.

»Ich bin immer der Mode voraus«, antwortete sie.

»Kein Mercedes?« fragte sie, als ich sie in meinen Golf steigen ließ.

»Kann ich mir nicht leisten als freier Journalist.«

»Was ist das eigentlich: 'n freier Journalist?«

»Das ist einer, der jeden Tag davon abhängig ist, daß ihm ein nichtfreier Journalist aus irgendeiner Redaktion seine Storys abkauft.«

Wir fuhren ins »Bistroquet« in der Uhlandstraße. Dort sitze ich gern, bei schönem Wetter auch draußen auf dem Trottoir, das Publikum ist bunt und nicht so spießig wie am Ku-Damm, nicht so schicki-micki wie in den In-Kneipen. Ich bestellte zu essen und zu trinken, mir fiel dabei die vorlaute Schulsprecherin ein: Sie können ja Bewirtungsspesen von der Steuer absetzen.

»Wer sagt mir eigentlich«, fragte Birgit, »daß Sie nicht von der Bild-Zeitung sind?«

»Sehe ich so aus?«

Sie sah mich prüfend an, teilte mir aber das Ergebnis nicht mit.

»Mit der Bild-Zeitung ist es übrigens so«, sagte ich, »man kann sie lieben oder hassen, aber wenn man etwas unter die Leute bringen will, gibt es keinen besseren Weg als diesen.«

»Aber es stimmt doch nichts in der Bild-Zeitung.«

Ich widersprach: »Erstens ist das übertrieben, und zweitens wissen es die meisten Leute und kalkulieren es ein.«

Wie komme ich eigentlich dazu, die Bild-Zeitung zu verteidigen.

»Eine andere Möglichkeit läge viel näher«, sagte ich: »Ich könnte von der Staatssicherheit sein.«

»Daran hatte ich auch schon gedacht. Aber das glaube ich nicht. Die sehen anders aus.«

»Danke.«

»Das war meine erste nette Bemerkung, nicht wahr?« fragte Birgit.

Das »Bistroquet« füllte sich. Zu den Gästen, die offenbar über ihre Zeit verfügen konnten, kamen jetzt jene, die Feierabend hatten. Flüchtige Bekannte nickten mir zu, einer ließ den Blick von mir zu Birgit und zurück wandern und blinzelte anerkennend.

»Erzählen Sie mir«, bat ich, »wie das vor sich ging auf dem Alex.«

»Ich bin noch gar nicht sicher, ob ich Ihnen das erzählen will. Was hätte ich davon?«

»Ehrlich gesagt, weiß ich das auch nicht. Vielleicht kommt eine Situation, in der es hilfreich ist, wenn jemand die Geschichte veröffentlicht. Vielleicht geht sie auch ohnedies glücklich aus. Dann kann man sie hinterher veröffentlichen. Ich weiß es nicht. Aber eines verspreche ich: Ohne Ihre Zustimmung werde ich keine Zeile veröffentlichen.«

»Sie investieren aber Zeit. Und auch Geld. Das setzt mich moralisch unter Druck.«

»Machen Sie sich bitte keine Gedanken über das harte Brot des freien Journalisten. Noch habe ich gute Zähne.«

Ich wollte in Ruhe mit Birgit reden. Ich nahm die beiden freien Stühle von unserem Tisch und trug sie woanders hin, damit sich niemand zu uns setzte.

»Also, meine Aktion«, begann Birgit. »Es sollte eine machtvolle Manifestation werden, wie man in der DDR sagen würde. Aber es wurde ein Flop. Die Stasi greift schneller zu, als du gucken kannst. Die müssen buchstäblich hinter jeder Litfaßsäule lauern. Ich hatte mein Transparent keine zehn Sekunden ausgerollt, da war ich's schon los.«

»Mal von vorn, bitte! Sie sind also mit der S-Bahn oder U-Bahn zum Bahnhof Friedrichstraße. Wie haben Sie denn das Transparent durch die Kontrollen geschmuggelt?«

Birgit sah mich an, als hätte ich gefragt, wieviel eins und eins sei: »Mann, das habe ich natürlich erst bei der Oma gemalt!«

»Bei welcher Oma?«

»Oma Bobrowski. Die Oma von Alex.«

»Die wohnt in Ost-Berlin?«

»Treffer!«

Gerda, die Bedienung, brachte das Essen und zwei neue Gläser Blanc de blancs. Ich ärgerte mich über meine langsame Auffassungsgabe, die mir selten so aufgefallen war wie an diesem Nachmittag.

»Das mit Oma darf aber keiner wissen«, sagte Birgit energisch, »sonst kommt die Gute in Teufels Küche. Sie müssen nämlich wissen, daß Oma die einzige ist, die zu uns hält. Eisern! Die Eltern von Alex haben die Schnauze noch voller als meine Eltern. Na ja, sie haben ja auch wahnsinnigen Ärger am Hals.«

»Noch mal von vorn«, bat ich: »Warum sind Sie rüber und haben das Transparent entrollt?«

»Damit irgend jemand aufmerksam wird. Damit irgend jemand vielleicht fragt, was los ist. Verstehen Sie das?«

Ich konnte nur nicken, nichts sagen, denn Birgit sprach weiter, immer lauter, am Ende schrie sie fast: »Der Alex sitzt da drüben im Knast. Ich sitze hier und warte. Und alle tun, als wäre das völlig normal. Hätt' er ja wissen müssen, daß es für'n Fluchtversuch Knast gibt. Vier Jahre? Was willst du denn, da ist er doch noch gut bedient. Na, zweieinhalb muß er mindestens absitzen.

Ob sie ihn dann in den Westen entlassen? Muß man abwarten. Bringt halt nix: ’n Freund im Osten. Konnte ja nicht gutgehen. Vergiß es doch endlich! In West-Berlin gibt’s genug nette Jungs. So quatscht dich jeder zu. Was machste am Ende? Stellst dich mit ’nem Transparent auf den Alex. Läßt dich anpöbeln, anrempeln, abführen, die halbe Nacht verhören. Wirst abgeschoben. Kommst morgens mit der U-Bahn wieder im Westen an. Und wofür das Ganze? Für zwei Sätze in der Zeitung, die keiner liest! Keiner fragt danach. Keiner!«

Birgit brach in Tränen aus, an den Nachbartischen verebbte die Unterhaltung, die Gäste schauten herüber. Ich reichte ihr meine Serviette für die Tränen.

»Verdammte Scheiße!« murmelte Birgit und schneuzte sich.

Die Gäste nahmen ihre Gespräche wieder auf, der normale Geräuschpegel war rasch erreicht. Birgit spülte mit einem großen Schluck Wein nach.

»Es stimmt ja nicht«, sagte ich.

»Was stimmt nicht?«

»Daß keiner danach fragt. Ich frage danach.«

Sie sah mich erstaunt an: »Ja, richtig. Hab’ ich völlig vergessen.«

Sie aß ihr Essen zu Ende, wollte kein Dessert, aber noch einen dritten Wein. Ich dachte, ich passe auf sie auf, also darf sie noch.

»Meine Eltern wissen übrigens nichts von der Aktion auf dem Alex. Ich habe ihnen nichts erzählt, und die Meldung haben sie offensichtlich nicht gelesen«.

Auf der Rückfahrt nach Neu-Westend hatte ich noch eine Frage: »Vermutlich dürfen Sie doch künftig nicht mehr nach Ost-Berlin einreisen. Haben Sie sich das nicht vorher überlegt?«

»Natürlich«, antwortete Birgit ohne Zögern, »aber was soll ich in Ost-Berlin, wenn ich Alex sowieso nicht besuchen kann?«

Schon wieder hatte ich gefragt, ohne vorher zu denken.

Als ich Birgit vor ihrer Haustür verabschiedete, legte sie die Hand auf meine Schulter: »Schön, daß wenigstens einer nach der Geschichte fragt.«

Ich hätte sie in diesem Augenblick gern in den Arm genommen, väterlich, mein Alter hätte mir das Recht dazu gegeben.

»Aber wenn Sie von der Stasi sind«, sagte Birgit, »dann laß ich Sie hochgehen wie eine Rakete.«

3

»Ja bitte, was wünschen Sie?«

Schon wieder stand ich vor einer fremden Wohnungstür und schaute in ein fremdes, fragendes Gesicht.

»Ich heiße Andy Meyer, ich komme von Birgit.«

»Oh, dann kommen Sie rasch rein!«

Ich hatte Oma Bobrowski in Ost-Berlin unangemeldet überfallen müssen, denn sie besaß kein Telefon. Beziehungsweise besaß sie, wie mir Birgit berichtet hatte, drei Telefonapparate, aber keinen Anschluß, hatte auch nie einen beantragt, da die Wartezeit zehn bis fünfzehn Jahre dauerte und sie damit rechnete, bis dahin nicht mehr zu leben. Die Apparate hatte sie bei günstigen Gelegenheiten erworben, um sie bei Bedarf gegen eine andere Mangelware zu tauschen, eine intakte Kloschüssel vielleicht oder ein paar Rollen Rauhfasertapete.

Ich wurde in eine Sofaecke gestopft und ausgefragt:

»Wie geht es Birgit? Das arme Mädel! Ist sie schlimm verhört worden? Hat sie die Ohren steif gehalten?«

»Sie ist halbwegs obenauf«, antwortete ich pauschal.

»Wollen Sie einen Kaffee?«

Ich wollte.

Oma Bobrowski hatte eine Ein-Raum-Wohnung in der Karl-Marx-Allee. Im Westen ist diese Ostberliner Straße bis heute bekannter unter dem Namen Stalinallee: »Erste sozialistische Straße der DDR«, dennoch oder deswegen begann hier am 16. Juni 1953 der Protest der Bauarbeiter. »Moskauer Zuckerbäckerstil« wird gern gespottet, aber gewohnt wird in dieser Straße gern, denn sie liegt zentral, und die Häuser sind solider gebaut, als die Legende wahrhaben will.

Oma Bobrowski war, wie ich von Birgit wußte, einundsiebzig Jahre alt und seit zehn Jahren verwitwet. Sie trug eine kurze Dauerwelle, ein zu kurzes und zu enges Kleid und dort, wo mal die Taille gewesen war, einen strickähnlichen Gürtel. Hinter der Brille mit Kassengestell lachten wache, fröhliche Augen. Sie sprach den harten Dialekt der Oberlausitz, der nicht vermuten läßt, daß der Landstrich zu Sachsen gehört. Ich sah mich in der Ein-Raum-Wohnung um. Der Farbfernseher, umschaltbar auf PAL und Secam, beherrschte den Raum, wirkte viel zu groß für das Zimmer. Das schwarzweiße Foto, das ich als Poster an Birgits Wand gesehen hatte, steckte hier klein in einem silbernen Tischrähmchen. An der Wand statt dessen gerahmte Kunstdrucke gängiger Gemälde, van Goghs Sonnenblumen, Tänzerinnen von Degas und Womackas Liebespaar am Strand, ein Bild, das jahrelang der »Renner« in den Kunstabteilungen der DDR-Kaufhäuser gewesen sein muß und von ferne an das Strandfoto von Birgit und Alex erinnerte.

»Jacobs Krönung«, betonte Oma Bobrowski, als sie den Kaffee einschenkte. »Hat mir das gute Mädel noch mitgebracht, als sie ihr Transparent malen kam.«

»Haben Sie ihr nicht von der Aktion abgeraten?« fragte ich.

Oma Bobrowski sah mich verwundert an: »Abgeraten? Man mußte doch was tun!«

Daß ich darauf nichts zu sagen wußte, gab ihr Gelegenheit, nach meiner Person und meinem Anliegen zu fragen. Ich versuchte zu erklären, warum ich die Geschichte von Birgit und Alex nicht nur für menschlich anrührend, sondern auch für beispielhaft hielt. Beispielhaft für die Art und Weise, wie Politik das Glück von Menschen beeinträchtigt, anstatt es zu fördern. Ich glaube, meine Erklärungsversuche waren ihr zu theoretisch, aber sie sagte: »Tun Sie mal was für die beiden!«

»Birgit sagt, Sie hätten immer als einzige zu ihr und Alex gehalten.«

»Na ja, man muß die Kinder verstehen. Ich meine jetzt meine Kinder, meinen Sohn und meine Schwiegertochter. Sie haben viel Ärger wegen Alex. Aber ich habe mir gedacht, eine muß doch zu den Kindern halten. Ich meine jetzt Alex und Birgit. Man kann doch nichts dafür, wo die Liebe hinfällt. Habe ich recht?«

Natürlich hatte sie recht.

»Ist der Kaffee stark genug?« fragte sie.

Er war stark genug.

»Wie war das mit Alex' Fluchtversuch?« fragte ich.

Sie dachte einige Sekunden lang nach, ehe sie antwortete.

»Er sollte zur Fahne. Sie kennen den Ausdruck? Bei Ihnen sagt man: zum Bund, hat mir Birgit erklärt. Er sollte ganz in den Süden der Republik, Bezirk Karl-Marx-Stadt. Ich weiß nicht, zu welcher Einheit, es ist ja alles so furchtbar geheim bei uns. Er sagte: Wer weiß, wann ich Birgit wiedersehe. Selbst wenn ich auf Urlaub zu Hause bin, darf ich sie eigentlich nicht sehen. Solange ich bei der Fahne bin, darf ich sie überhaupt nicht sehen. Ich sagte: Sie wird auf dich warten. Wie lange denn? fragte er. Er saß dort, genau wo Sie jetzt sitzen, und war völlig verzweifelt. Ich habe ihm Kaffee gekocht und habe ihm Mut zugesprochen. Mit seinen Eltern konnte er ja nicht mehr drüber reden. Wir haben einen Weinbrand getrunken, möchten Sie übrigens auch einen? Nein! Ach so, Sie müssen fahren, da seien Sie mal vorsichtig. Es waren ein paar Weinbrand, Alex wirkte ganz zuversichtlich, als er ging. Aber am nächsten Tag hab' ich's dann erfahren.«

»Heißt das, Alex ist direkt von hier aus an die Mauer und hat versucht rüberzukommen?«

»Das weiß ja keiner genau. Sein Vater hat noch mal kurz mit ihm sprechen dürfen, und da hat er gesagt: Ich war voll wie tausend Mann. So waren seine Worte. Aber als er sich von mir verabschiedete, war er höchstens ein bißchen angeheitert. Ich lasse doch meinen Enkel nicht betrunken aus dem Haus!«

Mir war schon öfter zu Ohren gekommen, daß DDR Bürger in betrunkenem Zustand die Grenze zu überwinden versucht hatten, manchmal sogar mit Erfolg. Nachdem ich mir die Mauer an verschiedenen Stellen von östlicher Seite aus angesehen hatte, war ich fast der Meinung, man müsse betrunken sein, um auf diese wahnwitzige Idee zu verfallen.

»Die beiden waren oft bei mir«, sagte Oma Bobrowski nachdenklich und ohne mich anzuschauen. »Manchmal bin ich ins Kino, damit die beiden hier allein sein konnten. Was habe ich alles für Filme gesehen! Sogar russische.«

Oma Bobrowski, dachte ich, würde wohl meine zweitwichtigste Zeugin werden.

»Glauben Sie«, fragte ich, »man kann mit Ihrem Sohn und Ihrer Schwiegertochter über die Geschichte reden?«

Sie atmete hörbar aus, es klang fast wie ein Seufzer.

»Könnten Sie«, bat ich, »bei ihnen ein Wort für mich einlegen?«

Sie nickte.

Von der Straße drang nachmittäglicher Autolärm nach oben, ich trat ans Fenster und schaute nach unten.

»Die Bauarbeiter von der Stalinallee«, sagte ich vor mich hin.

»Wie bitte?«

»Die Bauarbeiter von der Stalinallee. Erinnern Sie sich nicht an den 17. Juni 1953? Das ging doch am Vortag genau hier los, auf dieser Baustelle.«

»Ach ja? Wir haben damals in der Oberlausitz gewohnt, da haben wir kaum etwas mitbekommen.«

»Haben Sie nicht im RIAS darüber gehört?« fragte ich.

»Ach, da weiß man auch nicht so genau.«

»Oder später im Westfernsehen?«

»Westfernsehen? Hatten wir nicht. Wir da hinten im Bezirk Dresden, wir waren doch im Tal der Ahnungslosen.«

»Seit wann leben Sie denn hier?«

»In der Hauptstadt? Erst seit fünf Jahren. Die Kinder haben mich nachgeholt, als sie hierher sind.«

»Und die Wohnung hier?«

»Vitamin B.«

»Wie bitte?«

»Vitamin B. Beziehungen. Mein Sohn konnte was tun.«

Oma Bobrowski wollte mich zum Abendessen dabehalten, aber ich mochte sie beim ersten, noch dazu unangemeldeten Besuch nicht über Gebühr in Anspruch nehmen. Ich ließ mich nur noch auf einen weiteren Kaffee ein, nicht jedoch auf einen Weinbrand. Die 0,0-Promille-Vorschrift der DDR nehme ich immer sehr ernst.

»Sie dürfen ja nun in den Westen«, fragte ich irgendwann im Lauf des Nachmittags, »und waren schon mehrmals drüben, auch bei Birgit. Haben Sie nie daran gedacht, ganz überzusiedeln?«

Oma Bobrowski sah mich lange an, nachdenklich: »Wissen Sie, wann ich daran zum ersten Mal gedacht habe? Ungefähr 1952, als es in der Ostzone besonders schlimm war. Alle haben wir irgendwann mal daran gedacht. Die einen früher, die anderen später.«

Ich wartete, daß sie weiterredete.

»Damals sind wir geblieben, weil wir dachten, die paar Jahre bis zur Wiedervereinigung halten wir auch noch durch.«

»Wiedervereinigung?« fragte ich ungläubig. »Haben Sie daran jemals geglaubt?«

»Ja«, antwortete sie einfach.

»Aber das war doch immer eine Utopie!«

»Finden Sie? Wir haben uns nicht vorstellen können, daß sie nicht kommt, die Wiedervereinigung. Wenn mir damals einer erzählt hätte, daß mein Enkel mal gegen eine Mauer rennen würde, weil er zu seiner Freundin will – dem hätte ich was erzählt!«

4

Meyer, der Redakteur, rief mich an: »Wissen Sie was Neues.?«

»Eine ganze Menge«, erwiderte ich, »aber wir hatten's eigentlich umgekehrt vereinbart: Sie rufen mich an, wenn Sie was Neues wissen.«

Meyer überging diesen kleinlichen Einwand: »Na, was ist, haben Sie die Maus gefunden?«

»Das Mädchen? Ja.«

»Ja und? Taugt die Story was? Menschliche Tragödie an der Frontlinie zwischen Ost und West?«

»Wieviel bieten Sie?« fragte ich.

»Sagen wir: fünfzig.«

»Fünfzigtausend?«

Meyer lachte herzlich.

Er rief an den folgenden Tagen noch mehrmals an. Mit kleinen Ködern pokerte ich auf tausend Mark hoch, aber ich vermute, im Ernst hätte er nicht soviel bezahlt. Wahrscheinlich hoffte er, mir werde – ohne Bezahlung – ein Hinweis auf die Identität des Mädchens entschlüpfen.

Die Frage ist, ob ich für eine Summe X bereit gewesen wäre, die Geschichte aus der Hand zu geben, so daß andere sie nach ihrem Gutdünken hätten ausbeuten und verwerten können. Zu meiner Beruhigung kann ich ehrlich sagen, daß ich Birgits Vertrauen auch für die Summe X mal 2 nicht verkauft hätte.

Die Geschichte, die ich aufschreibe, handelt von Birgit und Alex und nur am Rande von mir. Deswegen will ich auch nur am Rande von mir reden.

Nach vielen Jahren Zeitung in Deutschland und im Rahmen einer Midlife-crisis hatte ich den Sprung ins kalte Wasser gewagt: freier Journalist in Amerika. Kalifornien. Dort gibt es tausend Geschichten jede Woche, aber meine Abnehmer in Deutschland waren leider fixiert auf AIDS, Homosexuelle und Erdbeben, am besten alles zusammen in Hollywood.

Zurück in Deutschland, ließ ich mich in Bonn nieder. Dort spielt die Musik. (Dachte ich.) Aber ach! Ein Hinterhofkonzert. Bis hin zum großen Ballereignis, zu dem man nicht etwa geht, um sich bei Sekt und Swing zu amüsieren, sondern um von Bundesministern zurückgegrüßt zu werden. Arbeitstanzen. Nein, dieses arme Bonn wird im Salon der Weltmetropolen immer wie die schüchterne Maid aus der Kleinstadt wirken. Berlin hingegen wie der abgetakelte Star mit zuviel Schminke auf den Falten. Zwar passen beide nicht in die bessere Gesellschaft, aber die eine gehörte wenigstens mal dazu und hat noch ein paar Verehrer, die sie aushalten.

Warum ich nach Berlin ging?

Ein ganz belangloses Erlebnis gab den Anstoß, und nicht jeder wird es verstehen.

Eines Abends hörte ich in einem Bonner Lokal unabsichtlich einem Gespräch am Nebentisch zu. Die Herren, die sich da ein wenig laut unterhielten, lebten, wie ich bald heraushörte, beide in West-Berlin und hatten beide Geschäfte in Bonn zu tätigen, deren Art nichts zur Sache tut.

»Ich bin in den siebziger Jahren aus der DDR gekommen«, erzählte der eine, »richtig im Kofferraum über die Transitautobahn. Zitterpartie, kann ich Ihnen sagen. Und teuer! Zehn Mille. Der Fluchthelferboß hieß Dawid, schon mal gehört? Hat Millionen verdient, aber am Ende hat ihn seine Frau – na ja, er hat's nicht überlebt. Ich war nie wieder drüben in der DDR, bin auch nie mehr Transit gefahren. Keine Nerven, verstehen Sie? Ich fliege grundsätzlich. Aber jedesmal, wenn ich länger weg war und zurückkomme in die Frontstadt, muß ich erst mal an die Mauer und rübergucken. Ich weiß nicht, ob Sie das verstehen können.«

»Nee, kann ich nicht«, erwiderte der andere. »Ich bin vor zehn Jahren aus dem Rheinland nach West-Berlin gezogen, und ob Sie's glauben oder nicht: An die Mauer bin ich noch nie gegangen.«

Da wußte ich mit einem Male, wo man in Deutschland Geschichten findet.

5

»Um Gottes willen! Was wollen Sie denn hier?«

Oma Bobrowski sah mich völlig entgeistert an, als ich sie, wieder unangemeldet, zum zweiten Mal aufsuchte.

»Was ist denn los?« fragte ich, »kennen Sie mich nicht mehr?«

»Meine Schwiegertochter«, flüsterte sie und deutete mit einer verstohlenen Kopfbewegung hinter sich, »Alex' Mutter ist bei mir.«

Da stand sie schon hinter der Oma, unverhohlenes Mißtrauen im Gesicht, und herrschte mich an: »Wer ist das? Wer sind Sie? Was wollen Sie von mir?«

»Von Ihnen? Nichts. Ich wußte nicht mal, daß Sie gerade hier sind.«

Was führt sie sich so auf? dachte ich. Aber ich dachte auch: Donnerwetter, was ist sie hübsch!

»Das ist Herr Meyer«, erklärte Oma Bobrowski beschwichtigend, »er kommt von Birgit. Er ist zuverlässig.«

»Er soll gehen!«

Frau Bobrowski wollte die Wohnungstür zuschlagen,

aber ich stellte den Fuß dazwischen, eine angelernte Reaktion aus meinen frühen Reporterjahren, die ich nicht losgeworden bin. Ich zog den Fuß schnell zurück.

»Laß ihn erst mal reinkommen«, drängte Oma Bobrowski, »ehe die Nachbarn neugierig werden.«

Sie zog mich ins Zimmer, schubste mich resolut in die Sofaecke und schob ihre Schwiegertochter kurzerhand daneben. Da hockten wir nun, wie Hund und Katze in einem Käfig zusammengesperrt, es fehlte bloß, daß sie fauchte und ich knurrte. Oma Bobrowski holte eilig die Weinbrandflasche aus der Schrankwand und goß drei Gläschen randvoll: »Prost! Für die Nerven.«

»Ich muß noch Auto fahren«, wehrte Frau Bobrowski ab.

»Dann fährst du eben mit Herrn Meyer.«

»Ich bin heute ohne Auto«, erklärte ich.

»Prost!« rief Oma Bobrowski.

Alex' Mutter hatte verblüffende Ähnlichkeit mit ihrem Sohn, den ich ja von dem Strandfoto kannte. Die schwarzen Haare, die dunklen Augen, die ausgeprägten Wangenknochen waren von ihr. Ich rechnete nach, daß sie mindestens vierzig sein mußte, und fand wieder einmal bestätigt, daß viele Frauen in diesem Alter den Höhepunkt ihrer Attraktivität erreichen. Wenn sie nur flotter angezogen wäre, dachte ich.

»Sie wundern sich bestimmt, warum wir so aufgeregt sind«, fing Oma Bobrowski an.

»Ja«, sagte ich.

»Ich will es Ihnen sagen.«

»Du wirst es ihm nicht sagen!« rief ihre Schwiegertochter.

»Doch! Nina, widersprich mir nicht immer! Dein Mann tut das auch nicht.«

Was geht das alles eigentlich dich an? fragte ich mich

in diesem Augenblick. Ich saß in einer wildfremden Wohnung in Ost-Berlin und hörte mir einen Streit darüber an, ob ich etwas erfahren sollte, das augenscheinlich sehr persönlicher Natur war. Ging es um Ehekrach, Trennung, Scheidung? War Alex etwas zugestoßen?

Nina Bobrowski schien ihren Widerstand aufgegeben zu haben, denn sie schwieg, als ihre Schwiegermutter mir leise und bedeutungsvoll anvertraute: »Nina und mein Sohn haben nämlich heute beantragt.«

»Was beantragt?«

»Na, die Ausreise!«

»Aber das ist doch nichts Ungewöhnliches!« rief ich.

Nina Bobrowski sah mich erstaunt an: »Finden Sie?«

Ich hatte mich natürlich falsch ausgedrückt, hatte nur Erleichterung zu erkennen geben wollen.

»Können Sie sich überhaupt vorstellen, was das bedeutet?« fragte sie. »Was man da durchstehen muß, bis es am Ende klappt. Oder auch nicht klappt. Was man da aufgibt. Ich bin gerade vierzig geworden, das ist ungefähr die Mitte des Lebens, und jetzt werfe ich alles weg. Da sagen Sie: nichts Ungewöhnliches!«

Ich stellte rasch richtig: »Das war anders gemeint. Ich hatte was Schlimmeres befürchtet, irgendwas mit Alex. Der Antrag ist für Sie ein wahnsinnig schwerer Entschluß, das weiß ich. Andererseits weiß man, daß Hunderttausende den Antrag gestellt haben und in den letzten Jahren Zehntausende damit Erfolg hatten. So war meine Bemerkung gemeint.«

Zum ersten Mal sah mich Nina Bobrowski mit einem Blick an, der mir nicht ausgesprochen feindselig vorkam. Ich schenkte, um eine Geste zu machen, von dem Weinbrand nach, der mir gar nicht gehörte.

»Vielleicht kann Herr Meyer helfen«, bemerkte Oma Bobrowski, »er ist ja Journalist.«

Ich fand es rührend, wie die alte Dame die Möglichkeiten meines Berufsstands überschätzte. Ich widersprach ihr aber nicht.

»Zumindest«, sagte ich, »hätten Sie im Westen jemanden, an den Sie sich nach der Ausreise wenden können. Es wird ja alles ziemlich verwirrend für Sie werden.«

»Siehst du!« sagte Oma Bobrowski.

In diesem Augenblick schien mir das Eis gebrochen, mindestens angeknackst. Daß es so schnell gegangen war, lag, wie ich vermutete, an Ninas nervlicher Verfassung, in der sie nach jedem Strohhalm griff.

Ich erzählte ihr, wie ich auf die Geschichte von Birgit und Alex gestoßen war und warum ich sie näher erforschen wollte. Sie fragte, immer noch skeptisch, mehrere Male nach, bis sie verstand und wohl auch glaubte, daß ich ohne Auftrag und von mir aus handelte. Ich ergriff die Gelegenheit und deutete an, daß wir – ich sagte: wir – aus der Geschichte eines Tages auch Kapital schlagen könnten und dies für einen neuen Anfang im Westen nicht ganz unwichtig wäre. Das war, zugegeben, kein ganz astreiner Trick, aber ich wollte unbedingt erreichen, daß mir Nina Bobrowski als Zeugin zur Verfügung stünde.

»Ich würde gern auch aus Ihrer Sicht hören«, sagte ich, »wie Sie und Birgits Familie sich in Bulgarien kennenlernten.«

Sie versprach mir, wir könnten uns verabreden, sobald sie wieder klareren Kopf habe.

»Kann ich Sie anrufen?« fragte ich.

»Nein. Schreiben Sie bitte auch nicht. Geben Sie mir irgendwie über Oma Bescheid.«

Nina ließ wegen des Weinbrands ihr Auto stehen, ich begleitete sie zu Fuß das kurze Stück bis zum U-Bahnhof Marchlewskistraße. Es war Aprilwetter, naß und windig. Nina hängte sich bei mir ein, fest und eng, als kennten wir uns schon ewig.

»Meinen Sie, wir haben das Richtige getan?« fragte sie.

Wie sollte ich das wissen? Wie konnte ich wissen, ob Nina und ihr Mann den langen Atem hätten, um gegen alle Schikanen und Repressalien ihren Antrag aufrechtzuerhalten und ihre Ausreise durchzusetzen? Und ob sie, eines Tages im Westen angekommen, die Kraft hätten, noch mal eine Existenz aufzubauen in einer Umgebung, die nicht unbedingt ihrem Kommen entgegenfieberte? Wie sollte ich ihr also raten? Ganz abgesehen davon, daß ich mich mit einem Ja auf Ninas Frage vielleicht schon der Abwerbung von DDR-Bürgern schuldig machen würde.

»Was haben Sie denn für einen Beruf?« fragte ich.

»Apothekenfacharbeiterin«, antwortete Nina, und als ich etwas ratlos schwieg, erklärte sie: »Das ist so 'ne Art Schmalspurapothekerin. Ich arbeite in einer Klinikapotheke. In der Charité.«

Ich hätte Nina gern wenigstens gesagt, ob sie mit diesem Beruf Aussichten im Westen hätte, aber ich wußte nicht mal, ob es den Beruf im Westen gibt.

»Wir mußten es machen«, sagte sie. »Wir wollten eigentlich nie weg aus der DDR, jedenfalls mein Mann nicht. Aber seit der Sache mit Alex fühlen wir uns regelrecht verfolgt und schikaniert. Es hat keinen Zweck mehr.«

Ungefähr eine Minute liefen wir schweigend, dann rief Nina: »Was ist das denn für ein Staat! Wie kann man denn so einen Steppke vier Jahre einsperren, weil er aus

Liebeskummer und im Suff gegen die Mauer gerannt ist! Das ist doch Terror!«

Sie rief das so laut, daß Passanten nach uns schauten.

»Pst!« machte ich und ärgerte mich auch sogleich darüber: Sollte sie doch ihrem Ärger Luft machen. Viel zu wenige taten es.

»Da sitzt mir im Besuchszimmer in Rummelsburg mein Kind gegenüber, gerade volljährig, aber noch lange nicht erwachsen. Ich möchte ihn mit nach Hause nehmen und ihm Holundersuppe kochen, weil er die so mag, aber nach fünfzehn Minuten wird er abgeführt in seine Zelle. Wie ein Erwachsener. Wie ein ausgewachsener Verbrecher.«

Am Eingang zum U-Bahnhof gab sie mir die Hand: »Aus Rummelsburg durfte ich Ihnen gar nichts erzählen. Ich höre von Ihnen?«

Ich nickte und machte eine Geste, daß ich ihr beide Daumen drückte.

Ich lief im Regen die Karl-Marx-Allee hinab. Es wimmelte von Menschen, schimmerte von Lichtern und dröhnte von Autos. Zumindest hier in Berlin, zumindest im Zentrum, stimmte das Bild von der grauen, tristen DDR nicht mehr so ganz. Sagen wir: Äußerlich stimmte es nicht mehr. Denn ich wußte ja auch, daß viele Passanten so eilig wimmelten, weil sie noch in mehreren Läden versuchen mußten, etwas zu erwischen. Daß die erleuchteten Schaufenster meistens mehr versprachen, als drinnen die Regale hielten. Daß die technisch total veralteten Autos nicht vor zehn bis fünfzehn Jahren Wartezeit zu haben waren. Aber auf den ersten Blick in dieser Spätnachmittagsfrühlingsstimmung wirkte die Karl-Marx-Allee nicht weniger geschäftig als drüben – nein, nicht der Kudamm – die Karl-Marx-Straße in Neukölln.

Nach der Begegnung mit Nina Bobrowski kam mir angesichts der eiligen Passanten der Gedanke: Wer von ihnen mochte wohl ebenfalls den Antrag gestellt haben? Angeblich Hunderttausende, aber das wußten wahrscheinlich nur die Staatssicherheit und von ihr die Parteiführung.

Ost-Berlin war mir fast schon vertraut. Vor allem das Zweitaktgeknatter und der unverwechselbare Mief der blauen Fähnchen aus tausend Auspuffrohren. Bei meinen ersten Besuchen hatte ich immer gespürt, daß mir etwas Vertrautes fehlte, aber ich war zunächst nicht dahintergekommen, was es war. Bis ich mal eine Leuchtreklame für Radios und Fernseher der Marke RFT betrachtete, die mir vorher noch nie begegnet war. Das war's! Sony, Hitachi, Panasonic, Philips, IBM, Olivetti, Siemens, Shell, Esso, Coca-Cola, Marlboro. Überall war man davon umstellt, in Los Angeles wie in Frankfurt, in Rio vermutlich nicht anders als in Sidney. In West-Berlin auch. Aber eine S-Bahn-Station weiter östlich: nichts mehr davon! Eine S-Bahn-Station weiter befand man sich unverkennbar noch in derselben Stadt und vernahm dieselbe Mundart. Aber man bewegte sich in einer anderen Welt. Dieselbe kurze S-Bahn-Fahrt in umgekehrter Richtung brachte einen wieder in jene Welt, die vom Tiergarten bis Los Angeles und Sidney reichte.

Alexanderplatz. Birgit hatte mir den Ort ihrer »machtvollen Manifestation« genau beschrieben: zwischen S-Bahnhof und Weltzeituhr, wo meistens viele Menschen strömen. Ich blieb eine Weile stehen und versuchte herauszufinden, ob tatsächlich Stasibeamte in Zivil unauffällig beobachtend herumlungerten und umherschlenderten. Ich fand keine zuverlässigen Anhaltspunkte dafür, aber ich wunderte mich, wie viele

Menschen ich mir als getarnte Spitzel vorstellen konnte, wenn ich sie unter diesem Gesichtspunkt betrachtete.

Als ich die Ausreisehalle am Bahnhof Friedrichstraße betreten wollte, um nach West-Berlin zurückzufahren, zupfte mich jemand am Ärmel: »Herr Meyer!« Es war Oma Bobrowski.

Sie zog mich unter ihren Regenschirm: »Ich hab' hier auf Sie gewartet. Nina war noch mal bei mir. Sie bittet dringend, mit keinem über die Sache zu reden. Auch nicht zu Birgit.«

Natürlich würde ich mit Birgit darüber sprechen, aber ich nickte.

»Und das hier bitte ich Sie mitzunehmen.«

Sie drückte mir etwas Eingepacktes in die Hand, das sich wie ein großer flacher Kieselstein anfühlte. Mir war nicht wohl dabei, ausgerechnet an diesem sicher nicht unbeobachteten Ort eine Schmuggelware in Empfang zu nehmen.

»Es ist die goldene Taschenuhr von meinem Vater«, flüsterte Oma Bobrowski, »sie ist sehr alt und bringt bestimmt ein paar Mark.«

»Und was soll ich damit?«

»Mitnehmen, damit sie drüben ist. Die Kinder können alles brauchen, wenn sie rüberkommen.«

Ich wollte das Ding nicht bei mir haben: »Warum nehmen Sie die Uhr nicht selbst mit, wenn Sie wieder mal nach West-Berlin kommen?«

Sie sah mich kopfschüttelnd an: »Ich als Frau mit einer Herrenuhr? Nu sagen Sie aber mal!«

Ich steckte die Uhr ein.

»Grüßen Sie Birgit! Und erzählen Sie ihr ruhig alles.«

Weg war sie.

Mir ist an dieser Grenze immer, als müßte ich ein Valium nehmen. Obwohl ich kein schwarz getauschtes

Geld einschmuggle und kein Meißner Porzellan ausschmuggle, von Schlimmerem nicht zu reden. Die Uhr lag mir schwer in der Tasche, aber niemand fragte etwas.

Die S-Bahn zurück nach West-Berlin, Sidney, Los Angeles. Wie viele DDR-Bürger würden gern ein einziges Mal auf diesen harten Holzbänken sitzen, um sich ein paar hundert Meter weiter westlich mit eigenen Augen und Ohren zu überzeugen, wie voll die Läden sind, wie arm die Arbeitslosen, wie frei die Zeitungen, wie dumm die Neonazis, wie übel das Rauschgift, wie sauber die Dörfer, wie schnell die Autos, wie teuer das Leben, wie groß die Chancen, wie klein das Mitleid. Oder ob manches gerade umgekehrt war.

Nina Bobrowski und ihr Mann würden eines Tages in dieser Bahn sitzen, in einem Jahr, in zwei Jahren. Nein, sie würden wahrscheinlich ihr Auto mitnehmen dürfen und den Übergang Heinrich-Heine-Straße benutzen. Oder einen anderen. Ich überlegte, daß ich ihnen beizeiten einen Westberliner Stadtplan mitbringen müsse, damit sie hinter der Grenze nicht völlig hilflos wären. Denn auf ihren Ostberliner Stadtplänen war West-Berlin ein weißer Fleck.

Die S-Bahn rumpelte über die Spree. Erst hinter der Grenze fiel mir ein, die Uhr genauer anzuschauen. Es war eine reich ziselierte Repetieruhr mit volltönendem Schlagwerk und einer Gravur im Sprungdeckel: Heinrich Bense zum 20. Geburtstag 16. Juni 1910. Ich stellte mir vor, ein Zöllner hätte mich gefragt: So, das ist Ihre Uhr? Was steht denn drin? Ich dachte: Als James Bond wärst du eine Fehlbesetzung.

Ich stieg am Bahnhof Zoo aus und rief bei Birgit an. Immer wenn sich ihre Mutter oder ihr Vater meldete, legte ich gleich wieder auf, doch diesmal war Birgit am Apparat.

»Hier Andy Meyer. Ich komme gerade aus Ost. Bobrowskis haben einen Antrag gestellt.«

»Um Gottes willen!« rief Birgit.

6

Es ist bekannt, daß viele DDR-Bürger nach ihrer Flucht, Ausreise, Übersiedlung, Abschiebung etc. in West-Berlin hängenbleiben. Wahrscheinlich suchen diese vielen, bewußt oder unbewußt, nicht das Weite, sondern im Gegenteil den Dunstkreis der Heimat. Vielleicht bleiben viele auch nur deswegen hier, weil schon so viele hiergeblieben sind.

Es ist also kein sehr ungewöhnlicher Zufall, in West-Berlin eine Frau kennenzulernen, die ausgerechnet aus der DDR stammt. Ich sah freilich darin einen weiteren Beweis meiner These, daß in Berlin mehr Geschichten auf der Straße liegen als anderswo.

Ich hatte mich im »Bistroquet« an den Tisch neben ihr gesetzt, nicht, um neben ihr zu sitzen, sondern weil sonst kein Tisch mehr frei war. Wir kamen über eine Belanglosigkeit in ein nachbarliches Gespräch. Ich spürte, daß sie sich jemandem mitteilen wollte. Bald wußte ich, daß sie daheim ausgezogen war und jetzt im Hotel *Domus* wohnte, das im selben Haus ist wie das »Bistroquet«. Sie arbeitete als Redaktionssekretärin in einem Verlag. Ich kann nicht abstreiten, daß mich diese Mitteilung hellhörig machte. Ein schreibender Mensch läßt sich auch den dünnsten Draht zu einem Verlag nicht einfach entgleiten. Vera wirkte aber auch sonst sehr anziehend.

Es ging schnell mit uns an jenem Abend, wir hatten beide genug Erfahrung und wenig Illusion.

Erst beim Frühstück erfuhr ich, in groben Zügen, ihre Geschichte: Vor zwei Jahren hatten sie und ihr Mann die Ausreise geschafft. In der schweren Zeit bis dahin hatten sie eisern zusammengehalten, aber jetzt ... Er verdiene viel, sagte sie, trinke viel, gehe viel fremd.

Schon am zweiten Tag unserer Bekanntschaft taten wir uns zusammen, unverbindlich, wie wir betonten.

Ich habe seit einem Vierteljahr eine Wohnung, die für mich allein zu groß ist. Sie hat vier Zimmer, die man ebensogut als Säle bezeichnen könnte. Daß ich sie mir leisten kann, hängt mit dem günstigen Mietpreis zusammen, und der wiederum ist eine Folge der schlechten Lage. Die Wohnung ist nämlich in jenem Teil von Kreuzberg, der noch eine Weile wird warten müssen, bis er »in« ist. Falls er es je wird.

Ich kannte ja bei meiner Ankunft Berlin kaum, aber mir war klar: Wenn irgendwo Bewegung ist, dann nicht in Kudamm-Nähe und nicht in Zehlendorfer Birkenalleen, sondern in Kreuzberg. Ich habe den Eindruck, dieser berüchtigte Bezirk berappelt sich wieder. Nicht wie Phönix, der strahlend aus der Asche steigt, aber vielleicht wie der Sperling, der bekleckert aus dem Kuhfladen flattert.

Vera zog also zu mir, wir bewohnten zwei der vier Zimmer, die anderen hatte ich noch nicht eingerichtet. Wir überlegten, ob sie Möbel holen solle aus der Wohnung, die sie mit ihrem Mann bewohnt hatte, aber wir ließen es sein. Ich sagte es nicht laut, aber ich dachte: Man geht leichter wieder weg, wenn man nur ein paar Koffer mitgebracht hat. Ich glaube, Vera dachte genauso.

Wir waren trotzdem lieb zueinander, wir hatten es

beide nötig. Wir spielten mit all unserer Erfahrung romantische Abende und Nächte durch. Aber wir wußten natürlich: Wir hatten uns zusammengetan. Mehr nicht.

Als ich das erste Mal von Birgit und ihrer schmerzlichen Liebe zu Alex erzählte, sagte Vera: »Ach Gott, diese Kinder!«

7

»Ich muß endlich deine Eltern kennenlernen.«

»Laß es sein!« bat Birgit. »Es gibt nur Terror, und ich brauche jetzt klaren Kopf für mein Abi. Wenn ich die Penne schmeiße«, und dazu lächelte sie, »kann ich Alex nie ernähren, wenn er freigekauft ist.«

Freikaufen! Wir waren natürlich im Bundeshaus an der Bundesallee, wo der Berlin-Beauftragte der Bundesregierung seinen Sitz hat, und hatten den »Fall Alex Bobrowski« zu Protokoll gegeben, damit er auf die Liste für den Freikauf kam. Leider hatte ich nicht die nötigen Beziehungen, um Alex auf dieser Liste ein wenig nach vorn zu bringen. Überhaupt wußte ich nicht viel über dieses heikle Geschäft, das die zwei deutschen Staaten schon seit Anfang der sechziger Jahre miteinander betreiben. Ich finde es auch richtig, diesen »Menschenhandel« nicht öffentlich zu zerreden. Denn wie immer man ihn moralisch einschätzt, er funktioniert geräuschlos im Interesse der Betroffenen. Hoffentlich auch bei Alex!

»Birgit, ich muß wirklich mit deinen Eltern reden«, wiederholte ich. Seit unserem vierten oder fünften Treffen duzen wir uns.

»Du mußt? Ich kann dir alles über die Geschichte erzählen.«

»Du kannst mir nicht alles erzählen«, widersprach ich. »Zum Beispiel, ob dein Vater wirklich einen Flirt mit Alex' Mutter hatte.«

»Oh, rühre bloß nicht an diesen Punkt!« rief Birgit.

»Ich muß. Eine unvollständige Geschichte ist unwahr.«

Wir saßen, wie üblich, im »Bistroquet« und tranken, wie üblich, Blanc de blancs. Birgit rauchte neuerdings schlotartig und rechtfertigte dies damit, daß sie doppelt und dreifach im Streß sei: Abi, Alex und die Alten. Ich konnte ihr die Zigaretten nicht ausreden, vermied aber, ihr welche zu kaufen.

»Deine Geschichte wird sowieso nie ganz wahr«, behauptete Birgit, »denn die reine Wahrheit erzählt dir keiner außer mir. Und Alex, wenn er kommt. Die anderen sind zu alt, um noch die reine Wahrheit zu sagen.«

»Die sind nicht älter als ich«, wandte ich ein.

»Eben! In eurem Alter bezweckt man immer etwas. Oder man hat etwas zu verbergen.«

Eine Antwort, sofern sie mir eingefallen wäre, wurde mir erspart durch Vera, die plötzlich an den Tisch trat. Wir waren nicht verabredet. Ich rückte ihr einen Stuhl zurecht und stellte ihr Birgit vor, von der ich ihr schon erzählt hatte. Mir schien Birgits Blick einfach neugierig, während Vera ärgerlich wirkte.

»Habt ihr das Problem gelöst?« fragte Vera.

»Was für ein Problem?« fragte Birgit zurück.

»Ihr Problem.«

»Was soll das?« fragte ich Vera.

Sie sah mich geradeheraus an: »Ich hoffe, ihr löst das Problem wirklich bald, damit du auch mal wieder einen Gedanken für mich frei hast.«

Birgit schien konsterniert, dann sprang sie auf und lief hinaus. Ich holte sie draußen ein. Sie heulte.

»Entschuldige bitte«, sagte ich, »Vera hat auch einiges um die Ohren. Ihr Mann drängt sie, zurückzukommen.«

Birgit wischte sich Tränen aus dem Gesicht: »Ich will ja gar nichts von deiner Vera. Und nichts von dir. Ich bin dir nicht nachgelaufen, du bist gekommen und wolltest eine Story.«

»Du bist überreizt«, versuchte ich zu unterbrechen, aber sie ließ sich nicht unterbrechen: »Ich weiß, Alex und ich müssen da ganz allein durch. Es wäre auch halb so schlimm, wenn wir bloß die Staatssicherheit gegen uns hätten. Mein Gott, damit werden wir fertig! Aber meine Eltern. Und meine Verwandtschaft. Und solche wie deine Vera. Das sind die Schlimmsten.«

»Ich werde mit deinen Eltern reden.«

»Ach, mach doch, was du willst!«

Sie lief davon.

Ich wäre nicht zu Vera zurückgekehrt, hätte nicht meine Jacke mit Papieren und Schlüsseln über meinem Stuhl gehangen. Bezahlen hätte ich ein andermal können, Gerda, die Bedienung, kennt mich.

»Wie kommst du eigentlich dazu?« fuhr ich Vera an.

»Weil ich recht habe! Und zwar in jeder Hinsicht. Das wird doch nie was mit den zwei Kindern. So ein Zoni dreht doch im Westen erst mal durch. Wie meiner. Die weiß doch gar nicht, auf was sie sich einläßt.«

»Selbst wenn du recht hättest«, gab ich zurück, »die Sache geht dich nichts an. Was ich mache, geht dich überhaupt nichts an. Wir sind weder verheiratet noch leben wir in einer eheähnlichen Gemeinschaft.«

»Wie du jetzt mit mir redest«, fauchte Vera, »klingt es aber verdammt eheähnlich!«

Ich verbiß mir ein Lachen, denn jetzt war Streit angesagt. Mir fiel jedoch nichts Streitbares mehr ein.

Vera war keine sehr auffällige Person. Sagen wir so: Unter hundert hübschen Frauen wirkte sie wie neunzig andere. Erst auf den zweiten Blick fiel ihre Figur auf, und mit einem dritten Blick erfaßte man, daß ihre grauen Augen nicht kühl waren. Jetzt, in ihrem gerechten oder auch ungerechten Zorn, war Vera ziemlich aufregend.

»Bist du eifersüchtig?« fragte ich.

»Iiiiich? Auf wen denn? Ich habe mit dir doch eine reine Zweckbindung. Mir war's im Hotel zu ungemütlich.«

»Und zu teuer.«

»Das auch.«

»Und ich halte dich aus, damit du meine Story beim Verlag unterbringst.«

»Aber nur, wenn sie schlecht ausgeht.«

Wir lachten.

Als ich tags darauf Birgit anrufen wollte und ihr Vater sich meldete, hängte ich nicht ein.

»Mein Name ist Meyer. Wissen Sie eigentlich, daß die Familie Bobrowski einen Ausreiseantrag gestellt hat?«

Herr Bärwald antwortete zunächst nicht, dann erkundigte er sich: »Wie soll die Familie heißen?«

»Bobrowski«

»Nie gehört«, versicherte er.

Bei dieser blanken Lüge ging mir der Gaul durch: »Oh, Nina wird aber bedauern, daß Ihr Interesse so schnell erloschen ist.«

Wieder nach einer Pause fragte Herr Bärwald: »Wer sind Sie eigentlich?«

»Andreas Meyer. Ich kenne die ganze Geschichte.«

»Lassen Sie mich bitte in Ruhe!« rief Herr Bärwald und hängte ein.

Noch im selben Augenblick ärgerte ich mich grün und blau über meine Ungeschicklichkeit. Ich war so wütend, daß ich mich über eine angebrochene Whiskyflasche hermachte. Der steigende Alkoholpegel ließ mich vollends in Rage geraten, und gegen Mitternacht war ich entschlossen, die verdammte Birgit-Alex-Story hinzuwerfen.

Am nächsten Abend, mit klarem Kopf, rief ich jedoch ein weiteres Mal an und geriet an Frau Bärwald. Sie ließ sich wenigstens erklären, was ich von ihr wollte und warum ich es wollte. Aber auch ihre Ablehnung war eisig.

»Wir hätten damals in Bulgarien diese Leute nie ansprechen sollen«, sagte sie, »es hat uns am Ende nur Schwierigkeiten gebracht. Ich will darüber kein Wort mehr hören.«

So beruht also die Geschichte, die ich aufzuschreiben beginne, auf den Schilderungen von Birgit Bärwald und Nina Bobrowski sowie Oma Bobrowski, soweit sie beteiligt war. Mit allen dreien habe ich jeweils viele Stunden gesprochen. Natürlich habe ich ausgeschmückt, wie es schriftstellerische Freiheit erlaubt. Aber im wesentlichen halte ich die Geschichte, wie sie nun folgt, für wahr. Sie beginnt, von heute gesehen, vor etwa zehn Monaten.

8

»Uff!« Charlotte Bärwald ließ sich mit einem lauten Seufzer der Erleichterung rückwärts aufs Hotelbett plumpsen – und krachte damit zusammen.

»Au weia!« rief ihr Mann Bernd. Er ließ die Koffer, die er gerade absetzen wollte, fallen und stürzte seiner Frau zu Hilfe.

»Is wat?« rief Tochter Birgit und eilte aus dem Nebenzimmer herbei.

Charlotte hatte sich nicht verletzt, aber heftig weh getan, als der Bettrost hart auf den Fußboden schlug. Sie raffte sich mit Hilfe ihres Mannes auf die Füße und rieb sich die Hüfte.

»Das fängt ja gut an«, maulte sie.

Bernd Bärwald bekam einen leicht leidenden Zug um den Mund, denn er wußte, was seine Frau andeuten wollte: Wären wir bloß woanders hingefahren!

»Das ist sozialistische Urlaubskultur«, versuchte er zu flachsen.

»Mach du nur deine Witze! Wer hat sich fast das Rückgrat gebrochen, du oder ich?«

»Rückgrat?« fragte Tochter Birgit so anzüglich sie konnte, ihre Mutter sah sie strafend an.

»Charly, mach doch kein Quatsch!« bat Bernd seine Frau. »Es ist Urlaub!«

Sie hatten sich lange überlegt, wo sie diesen Sommer Urlaub machen sollten. Teneriffa hing ihnen endgültig zum Hals heraus, in Kenia hatte es ihnen letztes Jahr nicht gefallen, die USA waren ihnen zu teuer. Also hatten sie Prospekte gewälzt und Angebote verglichen und waren am Ende auf Bulgarien gekommen: Sonne und Meer zu billigsten Preisen.

Rumänien hatte auch zur Debatte gestanden, doch

über Rumänien war ihnen zuviel Schlimmes zu Ohren gekommen: Versorgungsmängel, Stromsperren, Benzinknappheit. Auch wenn sie nicht mit dem eigenen Auto fuhren: Vielleicht wollten sie mal tageweise einen Wagen mieten für Fahrten durchs Land, und dann kein Benzin? Und abends ohne Licht im Hotelzimmer? Wo man doch gerade im Urlaub die Bücher lesen wollte, die seit Monaten aufs Gelesenwerden warteten. Rumänien kam nicht in Frage. Also Bulgarien.

Von West-Berlin aus war das ja ein Katzensprung: mit dem Bus nach Ost-Berlin, vom Flughafen Schönefeld mit »Interflug« nach Varna am Schwarzen Meer, mit dem Bus ins Hotel. Leider war die Maschine nicht pünktlich gewesen, und der Bus hatte in Varna nicht gewartet. So hatte die Reise von Haus zu Haus zwölf Stunden gedauert.

»In derselben Zeit«, hatte Charlotte unterwegs gestichelt, »wären wir auch in New York gewesen.«

»Aber nicht für dasselbe Geld«, hatte Bernd geantwortet.

»Wie heißt das Nest, wo wir sind?« fragte Birgit.

»Slatni Piassazi«, antwortete Bernd.

»Und was heißt das?«

»Goldstrand.«

»Phhh!« machte Birgit verächtlich, »Goldstrand, Goldstrand! Warum nicht gleich Platin? Blech wird's sein.«

»Nun wartet's doch erst mal ab!« bat Bernd genervt.

»Laßt uns ein Bad nehmen«, schlug Charlotte vor.

»Alle drei?« fragte Tochter Birgit.

Sie war ein ziemlich vorlautes und ziemlich hübsches Mädchen von gerade siebzehn Jahren. Sie hatte sich bis zur letzten Minute gegen den Bulgarien-Urlaub gesträubt, wäre lieber per Anhalter an die Côte d'Azur gereist als mit einem Flugzeug ans Schwarze Meer, hatte sich aber gegen die elterliche Gewalt nicht durchsetzen können. Nun war sie auf Widerspruch programmiert und fragte als erstes anzüglich nach einem Bad zu dritt. Dabei wußte sie genau, daß seit ihrer Pubertät die Mutter gegen solche familiäre Freizügigkeit war.

»Wir baden nacheinander«, beschied sie ihr Vater, der ebenfalls wußte, wofür und wogegen seine Frau war.

Er ging ins Badezimmer und drehte den Hahn mit dem roten Punkt bis zum Anschlag auf. Es kam braune, kalte Brühe, die auch nach einer Minute nicht klarer und nicht wärmer wurde. Bernd Bärwald erinnerte sich an einen Satz seines Kollegen Lindmüller: Urlaub im real existierenden Sozialismus ist immer Abenteuerurlaub. Laufenlassen, dachte er, irgendwann wird's warm.

»Wir müssen den Zimmerservice rufen«, sagte Charlotte, »damit er das Bett repariert.«

»Service?« fragte Bernd Bärwald. »Weißt du, was Lindmüller sagt? Urlaub im Sozialismus nur mit Werkzeugkasten.«

Sie brachten zu dritt das Bett wieder ins Lot, Bernd sah zwischendurch mehrmals nach dem Badewasser.

»Dreh doch mal den blauen Hahn auf«, riet ihm seine Tochter.

Der Tip war goldrichtig, denn das Wasser wurde umgehend kochendheiß, wenn auch kaum weniger braun.

Charlotte setzte sich aufs reparierte Bett und rieb demonstrativ ihre geprellte Hüfte, während Bernd die Koffer öffnete und auszupacken begann. Im Kleiderschrank zählte er vier Kleiderbügel, er hätte gern weitere kommen lassen, aber das Zimmer hatte kein Telefon und der Weg zur Rezeption war ihm zu weit. Mit ein paar D-Mark Trinkgeld, dachte er, könnte ich Dutzende von Bügeln haben. Man wußte ja, wie das hier war. Aber Bernd Bärwald war müde von der Reise und enttäuscht von seiner Frau.

»Ich weiß nicht, ob Bulgarien eine gute Wahl war«, sagte Charlotte noch mal wie zu sich selbst, während sie sich zum Bade entkleidete.

Bernd wußte, daß er gemeint war. Er sagte nichts.

»Hoffentlich taugt wenigstens der Strand was«, fuhr Charlotte fort, »sonst konnten wir auch bequem in unserer Wohnung bleiben und zum Baden an den Wannsee fahren.«

9

»Aua!« rief Boris Bobrowski, denn er hatte mit dem Hammer anstelle des Herings seinen Daumen getroffen.

»Treffer?« fragte sein Sohn Alex ohne Anzeichen von Mitleid.

Jedesmal, wenn Boris Bobrowski das Zelt aufschlug, traf er mindestens einmal seinen Daumen, er kannte das schon und ärgerte sich kaum noch. Seine Familie kannte es auch schon und hatte längst keine Worte des Bedauerns mehr. Höchstens, daß seine Frau Nina sagte: »Bist müde von der Fahrt, was?« Und ob er müde war! In dreieinhalb Tagen ans Schwarze Meer! Berlin/Hauptstadt der DDR, Dresden, Praha, Brno, Bratislava, Budapest, Szeged, Arad, Sibiu, Bucuresti, Ruse, Varna, Slatni Pjassazi. 2200 Kilometer. Zwei Drittel Landstraße. Und nicht mal DDR-Landstraßen, die gingen ja gerade noch, sondern Balkan-Landstraßen. Fünfzehn, sechzehn Stunden jeden Tag am

Steuer. Nur auf der Autobahn in der ČSSR und in Ungarn hatte Nina ihren Mann stundenweise abgelöst, in fremden Städten und auf ausländischen Landstraßen fuhr sie grundsätzlich nicht. Und Alex hatte noch keine Fahrerlaubnis. Deswegen saß er auf langen Reisen mürrisch auf dem Rücksitz und machte giftige Bemerkungen über die Fahrweise jenes Elternteils, der gerade am Steuer saß.

Alex wäre viel lieber mit der FDJ ins Zeltlager gefahren. Oder auch mit der evangelischen Jugend, da war er nicht wählerisch. Aber sein Vater hatte bestimmt: »Erstens ist es ein Riesenglück, daß wir einen Platz in Bulgarien gefunden haben. Und zweitens ist es wahrscheinlich unser letzter gemeinsamer Urlaub. Also kommst du mit.«

Am Abend vor der Abfahrt hatten sie den Wartburg und den Zeltanhänger beladen. Vor Sonnenaufgang auf die Autobahn. Vorbei am Flughafen Schönefeld, wo man abflog, wenn man eine Flugreise bezahlen konnte. Kurz nach Morgengrauen durch Dresden. Zügige Abfertigung an der ČSSR-Grenze. Mittags durch Prag, flüchtige Blicke auf die Türme der »Goldenen Stadt«. In Bratislava der Übergang nach Österreich in Sichtweite, 65 Kilometer bis Wien, nicht dran denken! Statt dessen über die ungarische Grenze, ohne Stau, ohne Ärger. Ein Zeltplatz bei Györ. Morgens schon vor acht durch Budapest, soll ja sehr westlich geworden sein, aber auch teuer, im Vorbeifahren merkt man beides nicht. Die Pußta wie im Kino. Spätnachmittags die gefürchtete rumänische Grenze. Wer sich auskennt, hat Proviant bei sich fürs Abendessen. Die Grenzer provozierend langsam und unerträglich arrogant. Die obligatorische Schachtel Marlboro aus dem Intershop, unauffällig zugesteckt, hilft nicht viel, verhütet allenfalls Schlimmeres. »Diese balkanischen Schlamper!« schimpft Boris Bobrowski, »wie soll man mit so welchen den Sozialismus aufbauen?«

»Paß auf«, warnt ihn sein Sohn, »daß das nicht deinem Parteisekretär zu Ohren kommt: Verstoß gegen den proletarischen Internationalismus.«

Nachts halb zwei endlich drüben, einen Zeltplatz suchen lohnt nicht mehr. Weiter, weiter durch Ceausescus armes Reich, möglichst schnell hindurch! Mit dem vorletzten Tropfen an eine Tankstelle, dort eine Schlange von vierzig oder fünfzig Autos. Kein Benzin? Doch, aber kein Strom für die Zapfsäule. Drei Stunden Warten, selbst für DDR-Bürger eine Geduldsprobe.

»Graf Dracula soll sie alle holen!« schimpft Nina.

»Sei froh, daß es uns bessergeht!« sagt Boris.

Schon im Dunkeln durch Bukarest, wahrscheinlich nichts versäumt. Kein Zeltplatz zu finden, aber freies Feld. Die bulgarischen Grenzer friedlicher, vielleicht auch nur bestechlicher. Frühnachmittags endlich: das Schwarze Meer!

Sie waren tatsächlich angekommen, der Wartburg hatte durchgehalten, undenkbar, er hätte es nicht getan. Dann hätte man das bißchen verfügbare Geld in Ersatzteile investieren müssen, vorausgesetzt, man hätte welche bekommen!

Weil alles gutgegangen war, nahm Boris Bobrowski seinen Daumen nicht weiter wichtig und hämmerte unbeirrt auf den Hering.

Nina Bobrowski versuchte, einen Kaffee zu kochen, weil sie sich ein wenig überflüssig vorkam, wenn ihre Männer die Zelte aufschlugen. Ihr Sohn Alex hatte sein eigenes kleines Zelt mitgebracht und baute es, wie er sagte, als »autonome Einheit« auf dem Territorium seiner Eltern auf. Alex legte Wert auf sein eigenes Zelt, schon im Hinblick auf die Mädchen, die er kennenzulernen hoffte.

»Nix!« rief jemand dazwischen.

»Nix was?« fragte Boris Bobrowski.

»Nix zwei Zelt«, radebrechte der andere zurück.

Es sei verboten, stellte sich heraus, auf dem Territorium für ein Zelt deren zwei aufzuschlagen. Boris Bobrowski argumentierte hin und her, er habe schließlich eine Anzahl Quadratmeter gemietet, mit denen er nach Belieben verfahren könne – der Zeltplatzwärter war nicht zu überzeugen.

»Vielleicht will er D-Mark«, mutmaßte Nina.

Der Bulgare schien das Wort verstanden zu haben und bekam große Augen.

»Nix da!« befand Boris, »hier gelten sozialistische Prinzipien.«

Der Bulgare schien »sozialistisch« verstanden zu haben und klappte die Augen enttäuscht wieder zu.

Alex sah seine »sturmfreie Bude« gefährdet. Er griff in seinen Brustbeutel, zog ein 2-D-Mark-Stück heraus und gab es dem Platzwärter, der sich strahlend bedankte.

»Wo hast du denn die harte Währung her?« fragte Boris.

»Von Oma«, antwortete Alex.

»Die schöne Valuta für so einen korrupten Kerl!« klagte Nina.

»Ja, ja, ja!« gab Alex zurück. »Ich weiß, du brauchst die Valuta, um im Shop Persil zu kaufen, weil unser Waschmittel ja keine Weißmacher hat. Aber ich gebe eben die Valuta aus, um aus diesem öden Urlaub irgendwas Vernünftiges zu machen. Ohne Valuta bist du doch hier der letzte Dödel.«

»Leider hast du ja recht«, sagte Nina, »ohne Valuta

hätten wir auch zu Hause bleiben und an den Müggelsee fahren können. Wär bequemer gewesen.«

10

Charlotte wäre nach dem Bad am liebsten in das wiederaufgebaute Bett gegangen, um zu schlafen. Aber Bernd bestand auf Abendessen. Erstens war er hungrig und zweitens: »Wenn du schon maulst, es würde zu wenig geboten, dann wollen wir wenigstens in Anspruch nehmen, was wir bezahlt haben.«

Am Eingang des Hotelrestaurants war gerade eine Auseinandersetzung im Gang.

»Da sind mindestens zehn leere Tische«, erregte sich ein Mann auf Deutsch, »und Sie lassen uns hier seit einer halben Stunde dumm herumstehen.«

Der Türsteher im schwarzen Anzug mit Fliege empörte sich radebrechend: »Ich dumm? Sie kriegen gar nix, wenn Sie sagen, ich dumm.«

»Habe ich doch gar nicht gesagt. Ich habe gesagt: Ich stehe hier dumm herum.«

»Ah, Sie dumm! Gut, warten Sie noch.«

Der Mann, der eigentlich Einlaß wollte, nahm kurz entschlossen seine Frau an der Hand, drehte sich um und wollte wütend davon. Dabei rannte er Bernd Bärwald fast über den Haufen.

»Entschuldigung«, murmelte er.

»Was ist denn los hier?« fragte Bernd.

»Ach, angeblich kein Platz. Dabei sind zehn Tische frei und stehen fünf Kellner gelangweilt herum.«

Die Frau des Mannes war ausgesprochen hübsch. Dunkler Typ mit schwarzen Haaren und einem weichen

Gesicht mit etwas hervortretenden Wangenknochen. Sie trug ein buntes Sommerkleid mit Spaghettiträgern.

»Wir haben einen Tisch«, sagte Bernd, »wir sind Hotelgäste. Wollen Sie bei uns sitzen?«

Der Mann zögerte einen Moment, wechselte einen kurzen Blick mit seiner Frau und stimmte zu. Bernd wies dem Türsteher den Hotelausweis vor und gab das fremde Paar als seine Begleitung aus.

»Wir müssen uns erst mal vorstellen«, sagte der Mann, als sie Platz genommen hatten: »Boris Bobrowski, meine Frau Nina. Und schönen Dank noch mal. Uns hängt der Magen buchstäblich in der Kniekehle.«

»Angenehm«, erwiderte Bernd Bärwald: »Ich heiße Bernd Bärwald, das ist meine Frau Charlotte, und das ist unsere Tochter Birgit.«

»Wir haben auch unseren Sohn mit«, erklärte Herr Bobrowski, »aber der wollte heute abend allein auf die Rolle.«

Ein Kellner in Weiß mit Fliege legte Speisekarten vor. Alle vertieften sich hinein und schienen froh, erst mal keine Konversation machen zu müssen. Bärwalds wurde das Menü für die Hotelgäste vorgeschlagen, sie konnten auch à la carte essen, wollten aber nicht. Bernd wollte nur, daß es schnell ging. Charlotte beruhigte der Gedanke, daß die Küche beim Hauptgang des Menüs, gefüllte Paprikaschoten, eigentlich nicht viel falsch machen konnte. Birgit wollte zwar Pizza und, als es diese nicht gab, am liebsten gar nichts, ließ sich aber auch zum Menü überreden. Bobrowskis erwogen Schnitzel mit Reis und Letscho, landeten aber auch bei den Schoten. Rotwein und Mineralwasser dazu.

»Wo kommen Sie denn her?« fragte Bernd Bärwald das andere Ehepaar.

»Aus Berlin.«

»Oh, wir auch. Da muß man bis ans Schwarze Meer, um sich zu treffen, was?«

Bobrowskis lächelten.

»Sind Sie auch heute angekommen?« fragte Bernd.

»Ja«, nickten Bobrowskis gleichzeitig.

»Wir sind mit Interflug gekommen«, erzählte Bernd, der sich langsam wie ein Alleinunterhalter vorkam. »das war ein Theater, kann ich Ihnen sagen! Vier Stunden Verspätung in Schönefeld. Irgendwas mit der Maschine, wurde uns gesagt. Na ja, diese russischen Klapperkisten. Sollten Airbus fliegen, was? Aber dafür haben sie ja keine Devisen, die armen Schweine. Sind Sie auch über Schönefeld gekommen?«

»Ja, wenn man so will«, antwortete Boris Bobrowski, »wir sind dran vorbeigefahren. Wir sind mit dem Wagen hier.«

»Was denn! Von Berlin mit dem Auto? Na, Sie sind mutig!«

»Wir lieben das Abenteuer.«

»Also, ich sage Ihnen was: Mit dem Auto durch die Sahara – okay! Mit dem Auto durch den Sozialismus – abgelehnt!«

Bernd lachte herzlich über sein Bonmot, Bobrowskis lächelten ein wenig gequält.

Die Vorspeise wurde aufgetragen, so daß sie wieder beschäftigt waren. Charlotte Bärwald schaute sich in dem Restaurant um. Die Stühle in hellem Holz mit dunkelroten Kunstlederpolstern, der rote Linoleumfußboden, die in Messing gefaßten Wandspiegel, die Wandleuchten mit den Milchglastüten: alles merkwürdig fremd und eigenartig vertraut. Aber ja doch: sechziger Jahre! Dazu ein Geruch, den sie auch schon kannte: Irgendein Reinigungsmittel gab die Note an. Konnte es sein, daß ihr in einem Ost-Berliner Restaurant schon mal der gleiche Geruch in der Nase hängengeblieben war?

Bernd Bärwald beobachtete Frau Bobrowski, die ihm gegenüber saß und außer guten Abend sowie ihren Speise- und Getränkewünschen keine zwei Worte gesprochen hatte. Sie war wirklich eine hübsche Frau, und er ließ bei der Vorsuppe seine Gedanken ein wenig mit ihr spazierengehen. Bernd war kein Frauenheld, nicht einmal ein geborener Charmeur. Andererseits mußte er sich nicht verstecken. Er war vielleicht ein bißchen zu dick für seine Größe oder nicht groß genug für sein Gewicht. Zu seiner Genugtuung hatte er aber noch alle Haare auf dem Kopf, wenn sie auch an den Schläfen schon grau wurden. Er schaute, während die Suppentassen abgetragen wurden, mit Wohlgefallen in Frau Bobrowskis Ausschnitt.

Endlich sagte Herr Bobrowski mal von sich aus etwas: »Wie sind Sie mit Ihrer Unterkunft hier zufrieden?«

»Na, es geht«, antwortete Bernd. »In westlichen Ländern sind wir ja wohl alle ein bißchen mehr Komfort gewöhnt, aber wir wollen nicht klagen.«

»Meine Mutter hat sich den Hintern geprellt«, warf Birgit ein, »als das Bett unter ihr zusammenkrachte.«

»Birgit!« rief ihre Mutter.

»Ich sollte betonen«, fuhr Birgit ungerührt fort, »daß meine Mutter sogar allein im Bett war, als es zusammenkrachte. Jetzt stellen Sie sich mal vor, sie wäre gerade...«

»Birgit! Halt den Mund!«

Bobrowskis schmunzelten in sich hinein.

»Und wie ist Ihre Unterkunft?« fragte Charlotte, um schnell ein anderes Thema auf dem Tisch zu haben.

»Die ist immer gleich«, antwortete Herr Bobrowski, »da gibt es keine Überraschung mehr.«

»Jedesmal dasselbe Hotel?«

»Nein, aber immer dasselbe Zelt.«

Sie lachten alle fünf über den Witz, sogar Birgit lachte. Bernd bestellte eine neue Flasche Rotwein und schenkte rundherum ein.

»Wir sind übrigens aus Ost-Berlin«, sagte Frau Bobrowski.

»Ach ja?«

Bernd Bärwald war überrascht.

Aber er fing sich schnell wieder: »Das macht doch nichts!«

11

Alex stand kurz vorm Ziel seiner Wünsche: Mädchen und Musik!

Der Zeltplatzwärter, der sich gut an die zwei D-Mark erinnerte, hatte ihm eine Adresse genannt. Na gut, die Bezeichnung »Disco« sei vielleicht übertrieben, aber es gebe Musik und Mädchen. Eine Viertelstunde Fußweg, immer parallel zum Strand, man könne sich gar nicht verlaufen. Alex hatte eine halbe Stunde gebraucht, obwohl er gut zu Fuß war. Er hatte schmerzlich sein Moped vermißt und wieder mal gemerkt, daß ein Mensch ohne Räder ein Krüppel ist.

Endlich stand er vor der Tür zum Paradies, Musik dröhnte heraus, aber er kam nicht hinein: »Alles voll!«

Nun geht das wieder los! stöhnte Alex. Nun mußte man wieder den Typen an der Tür mit Valuta schmieren. Ekelerregend! Aber Alex wollte hinein.

Er hatte einige D-Mark in den Urlaub mitgebracht. Das Silbergeld hatte er vor der Fahrt in die Plane seines

Zeltes eingenäht, die Scheine zusammengerollt in eine Zeltstange geschoben. Erst nach der letzten Zollkontrolle hatte er alles in seinen ledernen Brustbeutel umgeladen. Ein wenig von diesem Westgeld verdankte er seiner Oma, die als Rentnerin nach drüben durfte und dort ein paar Freunde von früher hatte. Das meiste war jedoch selbstverdientes Geld. Alex jobbte an Nachmittagen und Wochenenden in einer privaten Ostberliner Autowerkstatt, und dort wurde, weil sonst nichts lief, ein Teil des Geschäfts in D-Mark abgewikkelt. Weil Alex ein guter Mann war, beteiligte ihn der Chef einigermaßen fair. Seinen Eltern hatte Alex nie davon erzählt, seine häufige Abwesenheit erklärte er mit Verpflichtungen für Schule, FDJ und Radsportverein. So weit trieb er sogar die Vertuschung, daß er sich ganz unwissend stellte, wenn er neben seinem Vater in den geöffneten Motorraum des Wartburg schaute und über die Ursache eines Defekts spekulierte. Nur wenn der Vater den Fehler überhaupt nicht finden konnte, faßte Alex mal an die richtige Stelle. Zufällig, wie er betonte.

Der Eintritt ins Paradies kostete ihn drei harte Mark.

Alex stand minutenlang, gleichermaßen betäubt vom Lärm aus den Lautsprechern wie vom Glücksgefühl aus der Magengrube. Er starrte in urlaubsgebräunte Mädchengesichter, auf wirbelnde Mähnen, zuckende Schultern, wippende Busen, wiegende Becken, stampfende Füße.

»Oh, Mann!« murmelte er.

Blicke trafen auch ihn. Er wußte, er konnte sich in jeder Disco sehen lassen. Er hatte durch den Radsport eine durchtrainierte Figur, die er mit knapp sitzender Kleidung betonte. Sofern er was Passendes bekam. Für den Urlaub hatte er zwei Paar Jeans und alles an T-Shirts eingepackt, was er hatte auftreiben können.

Alex warf sich auf die Tanzfläche und fiel in den Rhythmus. Nach einer Stunde nonstop machte er Pause und lehnte sich neben zwei Mädchen an die Bar. Die eine, die Blonde, hatte ihn, da war er ganz sicher, beim Tanzen mehrmals gezielt angeschaut. Jetzt tat sie allerdings, als wisse sie nichts mehr davon, und plauderte beinahe demonstrativ mit ihrer dunkelhaarigen Freundin: »Fetzig, was?«

»Echt affengeil.«

»Aber die Typen!«

»Ätzend.«

»Total ätzend.«

»Hast du noch Geld für 'ne Coke?«

»Nee.«

Alex fühlte sich gefordert. Er bestellt zwei Cola und ein Bier. Die beiden Mädchen taten so überrascht, daß sie sich zu bedanken vergaßen.

»Wo seid ihr denn her?« fragte Alex, um auf einfachste Weise in ein Gespräch zu kommen.

»Lippstadt«, antwortete die Blonde.

»Wo is'n das?«

»Sag bloß, das kennste nicht!«

»Nee, woher denn?«

»Rummenigge. Kennste nicht Rummenigge?«

»Ach so.«

Alex fühlte sich sehr ungebildet. Er hätte gern gefragt, wo denn dieses Lippstadt nun liege. Er wußte nur, daß Rummenigge zur Zeit in Italien spielte, aber italienisch klang Lippstadt nicht. Er fragte nicht, um sich nicht noch mehr zu blamieren.

»Wo kommst du denn her?« fragte ihn die Dunkelhaarige.

»Berlin«, antwortete Alex, und weil er ein bißchen sauer auf die schnippischen Schönen war, fügte er trotzig hinzu: »Hauptstadt der DDR.«

»Ach, du armes Schwein!«

»Wieso?« fuhr Alex auf.

»Na, ihr habt doch da nix.«

»Wieso? Was haben wir nicht? Wir haben alles, was wir brauchen.«

»Ihr braucht ja nix, deswegen«, sagte die Blonde.

Alex kippte den Rest seines Bieres auf einen Zug hinunter und fragte gereizt: »Was sollen wir nicht haben? Sag mal ein Beispiel!«

Die Blonde sah auf sein T-Shirt: »Richtig fetzige T-Shirts zum Beispiel. Die müßt ihr euch aus dem Westen schicken lassen.«

Alex antwortete nicht, denn das T-Shirt, das er heute abend trug, stammte unverkennbar aus dem Westen, es stand nämlich »Coca-Cola« darauf. Es war sein Lieblings-T-Shirt. Er hätte es schon oft für viel Geld verkaufen können, aber dieses T-Shirt war ihm lieber als das Geld.

»Wenn du aus der DDR bist«, sagte die Blonde, »warum mußt du dich dann mit Coca-Cola auf dem Hemd aufmotzen?«

»Wieso aufmotzen?« fragte Alex verständnislos.

»Warum mußt du so tun, als wärst du einer von uns?«

»Ja, genau«, unterstützte sie ihre Freundin: »Warum trägst du nicht ’n ehrliches T-Shirt mit irgendwas drauf, was ihr in der DDR habt? Ihr müßt doch auch irgendwas haben.«

Alex atmete tief durch und rief sich zu Ruhe und Besonnenheit auf: »Ich verrate euch jetzt ein Geheimnis. Ich besitze noch ein zweites T-Shirt, ebenfalls rot, da steht drauf: ›Proletarier aller Länder, vereinigt euch!‹ Aber das ist leider in der Wäsche.«

Die beiden Mädchen sahen ihn mitleidig an. »Danke für die Coke«, sagte die Blonde, »und nichts für ungut.«

Als Alex nachts am Strand entlang nach Hause trabte, packte ihn plötzlich große Wut. Er legte einen Spurt ein, bis er keuchend stehenblieb. Er riß sich sein T-Shirt über den Kopf und schleuderte es in ein Gebüsch. Ein Wind von See her kühlte seinen erhitzten Oberkörper.

»Diese Knalltüten!«

Alex rannte durch den tiefen Sand ins Meer hinein, rannte aus Leibeskräften, bis er vornüber ins Wasser fiel. Er schwamm wütend hundert Meter und kehrte zurück zum Strand. Später holte er sein T-Shirt aus dem Gebüsch, denn es war doch ziemlich wertvoll.

Auf dem Weg zum Zeltplatz achtete er im Halbdunkel der Strandpromenade auf die Kennzeichen der geparkten Autos. Wenn er ein westdeutsches Kennzeichen sah, trat er mit dem Fuß dagegen.

12

»Nehmen wir noch einen Drink an der Bar?« fragte Bernd Bärwald nach dem Abendessen. Charlotte gähnte dazu verstohlen.

»Danke nein!« wehrte Nina Bobrowski ab, »ich muß dringend schlafen.«

»Meine Frau ist immer sehr müde«, bemerkte ihr Mann, »wenn ich so eine lange Strecke gefahren bin.«

»Du kannst ja noch bleiben«, sagte sie gereizt.

Boris streichelte versöhnlich Ninas nackte Schulter:

»Komm, sei kein Frosch! Laß uns noch einen trinken! Es ist doch endlich Urlaub.«

Birgit verschwand ohne Verabschiedung.

Die beiden Ehepaare suchten sich eine gemütliche Ecke in der Bar und einigten sich darauf, vier Gin-Tonic zu bestellen. Boris bot Zigaretten der Marke Club an, aber Bernd lehnte dankend ab: »Nee, nee, was der Bärwald nicht kennt, raucht er nicht. Wie wär's mit einer Marlboro?«

Boris Bobrowski griff zögernd zu.

»Sie heißen also Boris«, sagte Bernd.

»Ja«, sagte Boris, »schon immer.«

Er zündete seine Zigarette an, ehe er fortfuhr: »Der Name war ja noch nicht immer so berühmt. Bei mir hat er damit zu tun, daß wir sorbische Vorfahren hatten. Sorben, verstehen Sie, das ist eine slawische Minderheit in der Oberlausitz. Im Dritten Reich ging es den Sorben nicht so prächtig, und deswegen hatten gerade in unserer Gegend bei Kriegsende manche große Hoffnungen, als die Russen kamen. Meine Eltern meinten also, als ich fünfundvierzig geboren wurde, ich sollte Boris heißen.«

Als Bärwalds zu diesem Thema keine Frage hatten, fragte Boris seinerseits: »Wie haben Sie das vorhin beim Nachtisch gemeint, Sie wären auch beinahe aus Ost-Berlin?«

»Ach, das war nur ein Joke«, lachte Bernd Bärwald, »wir wohnen ganz in der Nähe der Mauer. Bei Ihnen sagt man aber nicht ›Mauer‹, soviel ich weiß.«

»Wir sprechen lieber vom ›antifaschistischen Schutzwall‹«, bestätigte Boris mit angedeutetem Lächeln, »aber wir kennen natürlich aus dem Westfernsehen auch die irreführende Bezeichnung ›Mauer‹.«

»Wir sehen sie von unseren Fenstern aus nicht direkt. Uns stört sie eigentlich nicht.«

»Auf Ihrer Seite«, warf Nina Bobrowski ein, »stört sie wohl überhaupt weniger.«

»Oh, sagen Sie das nicht!« rief Bernd Bärwald. »Daß man nicht in die Umgebung von Berlin fahren kann und daß man immer die weite Anreise nach Westdeutschland hat, ist schon außerordentlich lästig. Wir haben uns schwer daran gewöhnt, als wir nach Berlin zogen. Man fühlt sich manchmal regelrecht eingesperrt.«

»Ach Gottchen!« entfuhr es Nina.

»Na ja, nicht wie Sie«, sagte Bernd schnell.

»Wir?« fragte Boris Bobrowski, »wieso denn das? Wir können jederzeit in die Umgebung von Berlin fahren.«

Alle vier lachten, wenn auch verhalten, und stießen mit den Gläsern an: »Auf einen schönen Urlaub!«

Sie stellten übereinstimmend fest, daß sie diesen Urlaub dringend nötig hatten.

Die Bar hatte sich bis auf den letzten Platz gefüllt. Sie wirkte ein bißchen altmodisch. Schummrige Klaviermusik tröpfelte aus Lautsprechern an der Decke, es klang nach Richard Clayderman. Kerzen auf den Tischen, Schalen mit Erdnüssen, Gläser mit Salzstangen.

»Sie sind also keine echten Berliner?« fragte Boris.

Endlich tat Charlotte wieder einmal den Mund auf. »Nein, wir sind eigentlich aus Osnabrück. Wir sind damals nach Berlin gegangen, weil dort dringend Arbeitskräfte gesucht wurden.«

»Wir haben sozusagen verhindert«, scherzte Bernd, »daß West-Berlin ausblutete. Sie haben uns sogar mit Steuervorteilen auf ihr sinkendes Schiff gelockt.«

Boris Bobrowski lachte: »Sehen Sie, unsere Hauptstadt der DDR sinkt höchstens wegen Überfüllung. Wir haben Gott-weiß-was anstellen müssen, um überhaupt nach Berlin ziehen zu dürfen.«

»Und wo kommen Sie her?«

»Aus Bautzen.«

»Ausgerechnet!«

»Ja, ausgerechnet. Aber Bautzen besteht ja nicht nur aus dem Zuchthaus.«

»Müssen wir über solche Themen reden?« fragte Charlotte.

Sie kamen überein, daß es nicht der Ort und nicht die Zeit dafür sei. Bobrowskis schilderten statt dessen farbig die Fahrt von Ost-Berlin ans Schwarze Meer, Bärwalds hatten dem nur die schon erwähnte Verspätung der Interflug entgegenzusetzen. Von Tegel aus, beharrten sie, ginge das normalerweise reibungsloser.

»Überhaupt, wenn wir Tegel nicht hätten«, sagte Bernd, »wäre die Mauer noch schlimmer für uns. Das Gezockel über die Transitautobahn und das Geschlinger mit der Reichsbahn ... Ätzend, würde unsere Tochter sagen.«

»Dabei haben wir die Autobahn doch extra für Sie ganz komfortabel ausgebaut«, bemerkte Boris.

»Ja, haha! Mit unserem Geld.«

»Für uns hätten wir sie nicht gebraucht.«

»Aber nun haben Sie sie. Umsonst.«

»Laßt doch endlich die blöde Politik!« bat Charlotte.

Die beiden Männer wollten noch einen Drink bestellen, die beiden Frauen fanden, es sei zu spät geworden. Höchstens würden sie bei ihrem Mann noch ein Schlückchen nippen.

»Das kenne ich«, sagten die Männer wie aus einem Mund.

»Das scheint mir ein gesamtdeutsches Phänomen«, schmunzelte Bernd.

»Ich habe mal im Fernsehen gesehen«, sagte Boris, »daß die Mauer auf Ihrer Seite ganz bunt bemalt ist. Ist das wirklich so?«

»Wenn es im Fernsehen so ist, dann ist es auch in Wirklichkeit so.«

»Ich wußte nicht, ob das bei Ihnen auch so ist, deswegen frage ich ja. Also, ist sie bemalt?«

Bernd bestätigte es: »Die Mauer ist für uns längst ein Kunstwerk geworden. Sie wird eines Tages denkmalgeschützt. Glauben Sie bloß nicht, Ihre Partei könnte die Mauer irgendwann einfach abreißen, möglichst noch heimlich. Sie muß erhalten werden, sie ist ein einmaliges Kuriosum.«

»Wieso?« fragte Nina.

»Sehen Sie mal: die Mauer«, hub Bernd an. »Seitdem ich sie jeden Tag sehe, wenn ich zum Dienst fahre, habe ich darüber nachgedacht. Eine Mauer um eine Stadt war früher ja nicht ungewöhnlich. Damals bauten sich die Städte selbst ihre Mauer, damit niemand von außen her eindringen konnte. Manchmal werden auch Mauern errichtet, damit niemand von innen nach außen entweicht. So ist das bei Gefängnismauern. Aber im Falle von West-Berlin ist das Einmalige geschehen: Die anderen haben die Stadt von außen zugemauert, damit niemand in sie eindringt. Ist das nicht einmalig kurios?«

»Nein«, sagte Nina nur.

»Der antifaschistische Schutzwall«, erklärte Boris, »dient der Abwehr westlicher Sabogenten und Agenteure, die unsere sozialistische Ordnung zermaulwurfen wollen. So ist das in Wirklichkeit.«

»Noch einen Gin-Tonic?« fragte Bernd.

»Nein«, dankte Nina für ihren Mann und sich selbst.

Bernd bezahlte die sechs Drinks, Bobrowskis bedankten sich.

»Es war mal interessant, die Dinge aus einer anderen Perspektive zu sehen«, sagte Bernd beim Abschied.

»Für uns auch«, erwiderte Boris.

Bernd küßte Nina die Hand: »Ich wünsche Ihnen ganz viel Sonne.«

»Seit wann verteilst du denn Handküsse?« fragte Charlotte auf dem Weg ins Zimmer.

13

Alex tigerte den Strand entlang.

Es war wirklich, obgleich der Strand in beiden Richtungen bis zum Horizont reichte, ein Tigern wie im Käfig. Alex war seit gestern abend verbittert und störte sich an allem, was sein Auge streifte. Sogar der blaue Himmel überm Schwarzen Meer war ihm zuwider.

Diese bulgarischen Beutelschneider! Ekel kam ihm hoch bei der Erinnerung an die unauffällig hingestreckte offene Kralle des Türstehers vor der Disco. Alex war immer skeptisch gewesen gegenüber der von der Partei beschworenen Solidarität des sozialistischen Lagers. Schließlich fand man schon im eigenen Land, mitten in der DDR, beschämende Beispiele der Korrumpierbarkeit durch westliche Währung. (Der Chef seiner Autowerkstatt war so ein Beispiel, aber da Alex davon profitierte, verzieh er ihm). Doch daß man im Bruderland nun gleich wie der letzte Dreck behandelt wurde . . .

»Wenn das Erich wüßte«, schimpfte er.

Und dann diese Miezen aus Lippstadt! Typische Wessis, die ihren grünen BRD-Paß und ihre blauen D-Mark-Scheine als hinreichenden Ersatz für alles andere ansahen: Ersatz für Schönheit, Klugheit, Witz und Charme. Man sollte sie . . . Ja, was denn? Genau das! Und hinterher einfach stehenlassen.

Alex hatte, ohne darauf zu achten, den belebten – um

nicht zu sagen: übervölkerten – Abschnitt des Strands längst hinter sich gelassen und war fast allein. Er setzte sich in den Sand und schaute aufs Meer.

»Das war der letzte Urlaub mit meinen Alten«, brummte er vor sich hin. »Bloß weil die diesen Familientick haben . . .«

Er saß lange, schimpfte leise und schwor sich, daß er nun, mit achtzehn, konsequent seiner Wege gehen werde.

Fürs erste jedoch war eine Urlaubsbraut vonnöten. Keine aus dem Westen! Lieber eine aus dem eigenen Lager. Der konnte man noch ein bißchen imponieren mit dem zusammengekratzten Westgeld. Und man mußte keinen Hochmut ertragen. Sie konnte ruhig aus Berlin/Hauptstadt der DDR kommen, aber gern auch von etwas weiter weg. Ostseeküste wäre nicht übel, man konnte gegen die »Fischköppe« sagen, was man wollte, angesichts der permanenten Urlaubsplatzmisere waren Beziehungen in den Bezirk Rostock mehr als bares Geld wert. Sie konnte auch aus Sachsen sein, trotz des Dialekts. Oder: Warum für die zwei Wochen hier eine Bulgarin? Warum nicht gerade eine Bulgarin? Der würde er schon klarmachen, wie weit sie hier hinterm Mond und hinter der DDR waren.

Was auch immer, Hauptsache hübsch und nicht prüde.

Alex sah schon von weitem seine Eltern. Beziehungsweise ihren Sonnenschirm. Seit zwölf oder dreizehn Jahren hatten sie dieses unmögliche grün-gelb-rot-gestreifte Ding. Es war wirklich von ausgesuchter Scheußlichkeit, aber auch von zuverlässiger Unverwechselbarkeit.

»Wo warst du denn so lange?« fragte seine Mutter, als sich Alex neben ihrer Luftmatratze in den Sand plumpsen ließ.

»Ach, Ninotschka«, antwortete er, »ich mußte mich mal ausarbeiten bis zum Horizont, sonst überlebe ich das hier nicht.«

»Hättest ja zu Hause bleiben können«, warf sein Vater ein.

»Ehrlich?« fragte Alex überrascht, aber er bekam keine klare Bestätigung.

Er ließ sich sein Badehandtuch geben, breitete es im Sand aus, legte sich darauf und schaute in den Himmel.

Vorletzte Woche hatte Alex zu Hause mit Yvonne Schluß gemacht. Sie behauptete zwar allen gegenüber, sie habe mit ihm Schluß gemacht, aber das war eine Lüge und obendrein ehrenrührig. Mit ihm machte man nicht einfach Schluß!

Die Wahrheit sah so aus, daß Yvonne mehrmals damit gedroht und ihn vor zwei Wochen zu einer »abschließenden Aussprache« aufgefordert hatte. Er war einfach nicht hingegangen. Also lag doch wohl auf der Hand, wer Schluß gemacht hatte. Yvonne war zu jung für ihn. Noch nicht mal sechzehn. Sie führte zwar lose Reden, so daß man beinahe rot werden mußte, aber wenn Alex zur Sache wollte, entwand sie sich kichernd. Dabei war es nicht gar so viel, was sie zu verbergen und zu verteidigen hatte, gerade zwei Händchen voll, wie er mal mit einem überraschenden Zugriff festgestellt hatte. Sie hatte ihm eine geklebt. Yvonne war noch nicht reif für die Liebe!

Nun begann für ihn die Sucherei wieder, gleich nach der Rückkehr aus dem Urlaub.

Alex döste in der Hitze, nickte ein wenig ein, träumte kurz und schmerzhaft von der Schule, die er erst seit kurzem hinter sich hatte, erwachte unwirsch und warf sich ins Meer. Er hieb wütend auf die nur leichte Brandung ein und hatte bald einen guten Kilometer hinter sich gebracht. Zu Hause stieg er, wenn ihn etwas fuchste, aufs Fahrrad und verband die Beschwichtigung seines Zorns mit dem Training für das nächste Rennen. Er beschimpfte dann die schlechten Straßen der Mark Brandenburg, jagte trotzdem zwischen Mittag und Abend manchmal bis in die Märkische Schweiz oder zu den Ausläufern des Spreewalds und zurück. Aber hier, unter der gepriesenen bulgarischen Sonne, konnte er nicht einmal das, denn für sein Rennrad war auf dem hochbeladenen Wartburg kein Platz geblieben.

Als Alex nach einer Stunde wieder den Strand erreichte, hatten seine Eltern Gesellschaft bekommen. Eine Frau und ein Mann etwa gleichen Alters hatten sich neben ihnen eingerichtet. Alle vier redeten angeregt miteinander.

»He, Alex«, rief seine Mutter, »sag mal Bärwalds guten Tag. Sie sind auch aus Berlin, wir haben sie gestern beim Abendessen kennengelernt.«

»Gun Tach«, brummte Alex, »wo is'n mein Badehandtuch?«

Nina wies mit dem Kopf in die Richtung.

Auf Alex' Badehandtuch, etwas abseits vom Sonnenschirm, lag ein Mädchen. Sie lag auf dem Bauch und hatte um der gleichmäßigen Bräunung willen den Bikiniverschluß geöffnet und den Rücken freigemacht.

Alex stupste sie mit dem großen Zeh an die Wade: »He, hast du um Erlaubnis gefragt?«

»Wofür?« fragte sie, ohne sich zu rühren.

»Für mein Badehandtuch.«

»Nein.«

»Ja und?«

Sie rührte sich immer noch nicht: »Ich kann's nicht ausstehen, wenn mich jemand einfach von der Seite anspricht. Nenne mir zunächst deinen Namen und dann dein Anliegen.«

»Sag mal!«

Alex war verdutzt über die blanke Unverfrorenheit und verwundert über die gezierte Redeweise.

»Ich heiße Alex«, sagte er verwirrt.

»Und weiter?«

»Alex Bobrowski.«

»Danke, das genügt«, sagte sie und drehte den Kopf wieder weg.

Alex setzte sich neben sie in den Sand und wartete ab. Nach einer Weile, in der nichts geschah, nahm er eine Handvoll Sand und ließ ihn leise auf den Rücken des Mädchens rieseln. Sie zuckte nur kurz mit den Schultern. Alex machte weiter.

Er wollte sie endlich von vorn sehen, denn von hinten gefiel sie ihm ganz gut. Sie hatte eine hübsche Figur, wenn auch mit etwas Babyspeck, und lange kastanienbraune Haare. Aber vielleicht schielt sie, dachte Alex.

»Schielst du vielleicht?« fragte er.

Sie fuhr hoch, hielt dabei gerade noch ihr Bikinioberteil fest, setzte sich in den Schneidersitz und fauchte Alex an:

»Ich und schielen? Du bist wohl genetisch nicht ganz intakt!«

Donnerwetter! dachte Alex.

»Wie gesagt, ich heiße Alex.«

Er streckte ihr die Hand hin, in der Hoffnung, sie würde ihren Bikini loslassen. Aber sie wies mit dem Kopf über ihre Schulter: »Kannst mir mal das Ding zumachen, ja?«

Alex spürte, wie er nervös wurde, denn zugemacht hatte er so ein Ding noch nie. Er rief sich zu Ruhe auf, konnte aber ein Zittern der Hände nicht verbergen.

»Wird's denn werden?« fragte sie.

Alex schaffte es beim vierten Versuch, sie sah ihn spöttisch an: »Üben, üben, üben!«

Dann stand sie auf, ging hinüber zu ihren Eltern und setzte sich in den Sand. Alex wäre gern gefolgt, wollte ihr aber nicht nachlaufen wie ein Hündchen. Er legte sich auf sein Handtuch und spähte hinüber.

Das Mädchen – wie hieß sie eigentlich? – war verteufelt hübsch. Bis auf das bißchen Babyspeck. Alex hatte gehört, man müsse sich die Mutter anschauen, um zu wissen, wie die Tochter später aussähe. Er schaute sich die Mutter an. Sie hatte rötliches Haar und helle Haut, eine schlanke Figur und einen vollen Busen. Alex liebte volle Busen, auch wenn er sie bisher im wesentlichen von Abbildungen her kannte.

Du mußt was tun, dachte er. Irgendwas. In DEFA-Lustspielfilmen fiel den Charmeuren und Aufreißern in solchen Situationen immer was ganz Irres, Ausgefallenes, Originelles ein. Es deprimierte stets, sich mit ihnen zu vergleichen. Selbst wenn man sich sagte, daß bei der DEFA hochbezahlte Drehbuchschreiber tagelang an so einem originellen Einfall bastelten, selbst dann blieb die Frage: Warum fällt dir nicht so was ein?

»Ob man hier oben ohne darf?« hörte er Frau Bärwald fragen. »Keine Ahnung«, antwortete ihr Mann, »vielleicht sind sie hier zu orthodox.«

»Griechisch-orthodox oder kommunistisch-orthodox?« fragte Alex' Vater.

Wie originell! dachte Alex.

Frau Bärwald entschied sich, auf eventuelle Orthodoxe keine Rücksicht zu nehmen.

Jetzt wird mein Alter gleich seine Frau aufhetzen, dachte Alex. »Und du?« hörte er seinen Vater fragen.

»Lieber nicht«, hörte er seine Mutter antworten.

»Sie könnten sich's aber leisten«, hörte er Herrn Bärwald balzen.

»Aber Bernd!« hörte er Frau Bärwald bremsen.

Alex hatte eine Idee. Er stand auf, ging zu dem Mädchen, ließ sich hinter ihr auf die Knie fallen: »Entschuldige, aber ich muß dieses Ding noch mal ausprobieren, das läßt mir keine Ruhe, daß ich das vorhin kaum zugekriegt habe. Ist da irgendein Trick dabei? Na also, auf geht's ja ganz einfach, warum krieg' ich's dann nicht wieder zu? Ich baue dir jeden Vergaser auseinander und wieder zusammen, da muß ich doch wohl mit diesem blöden Ding fertigwerden. Moment noch, stillhalten, sonst fällt das Ganze in den Sand. Siehste, da ist es schon passiert.«

»He, du Miststück!« rief das Mädchen.

»Alex!« rief Alex' Mutter.

Die beiden Väter lachten.

Das Mädchen stieß ihm den Ellenbogen in die Magengrube.

»Wie heißt du eigentlich?« japste Alex.

»Birgit heiß ich. Gib mir das Ding wieder!«

Alex gehorchte.

14

Die Ehepaare Bärwald und Bobrowski dösten in der Hitze des späten Vormittags. Sie streckten förmlich alle viere von sich und genossen, platt auf dem Bauch, daß keine Uhr sie ermahnte, kein Telefon sie nervte, niemand eine Frage an sie stellte. Charlotte Bärwald lag als einzige nicht in der prallen Sonne, sondern saß unter dem scheußlich bunten Bobrowskischen Schirm und las einen Unterhaltungsroman. Birgit und Alex hatten sich zu einem Strandspaziergang verabschiedet.

»Bernd, du holst dir einen Sonnenbrand«, warnte Charlotte.

»Wer ist tot?« fragte Bernd, verstört aufwachend.

»Einen Sonnenbrand holst du dir.«

Bernd setzte sich auf und griff an seine Schultern, die bereits gerötet war und bei der Berührung leicht brannten.

»Wir werden uns einen Sonnenschirm kaufen«, beschloß er.

»Wenn die Bulgaren dieses Jahr Sonnenschirme im Plan haben«, sagte Nina, ebenfalls noch schläfrig.

»Richtig, ich vergesse immer, wo wir sind.«

»Für Devisen«, vermutete Nina, »würden Sie einen kriegen. Sogar vergoldet und mit Seide bespannt.«

Bernd Bärwald äußerte sich nicht weiter dazu. Bei seinen wenigen persönlichen Begegnungen mit DDR-Bürgern hatte ihn jedesmal dieses Barmen gestört: ihr mit eurem Westgeld und wir armen Schlucker! Mein Gott, sollte man sich am Ende dafür entschuldigen, daß man im Westen mit ehrlicher Arbeit richtiges Geld verdiente? Außerdem: Wenn ihr wirklich und endgültig die Nase voll habt, dann stellt doch einen Ausreiseantrag!

Während Bernd also dazu schweigen wollte, ging Charlotte auf das Thema ein: »Eigentlich müßten Sie aus der DDR ja hier bevorzugt behandelt werden, denn Sie sind doch auch Kommunisten.«

Bernd beobachtete die Reaktion der Bobrowskis. Die schwiegen erstaunt.

»Habe ich nicht recht?« fragte Charlotte nach, und Bernd überlegte, ob seine Frau so naiv tat oder so naiv war.

»Wissen Sie wirklich nicht, was hier gespielt wird?« fragte schließlich Nina. »Soll ich es Ihnen erzählen? Wie so 'ne Reise ans Schwarze Meer für uns ist? Wie 'n Sechser im Lotto. Mensch, Bulgarien! haben meine Kolleginnen gesagt. Daß ihr euch das leisten könnt! Ja, wir fahren ans Schwarze Meer, wie die Kapitalisten! So, und dann kommst du hier an und stellst als erstes fest: Mit den Talons, die du im Reisebüro teuer erstanden hast, kannst du gerade deinen Campingplatz bezahlen und dein Essen in drittklassigen Restaurants. Aber überall, wo die Musik spielt, wollen sie dein blödes Spielgeld nicht. Und deine DDR-Mark, die du über den erlaubten Satz hinaus geschmuggelt hast, die wollen sie erst recht nicht. Ohne harte Währung bist du hier der letzte Arsch. Entschuldigung.«

Nach diesem Ausbruch war eine Weile Schweigen, bis Charlotte anmerkte: »Soll ich Ihnen mal was sagen? Wir sind nach Bulgarien, weil wir dieses Jahr mal ganz billig reisen mußten.«

Das hätte sie nicht sagen müssen, dachte Bernd, das geht niemanden was an.

Nina lachte: »Immerhin dürfen wir für unser minderwertiges Geld in derselben Sonne liegen.«

Bernd wollte die Diskussion auf eine vernünftige Ebene heben: »Der Wert einer Währung ist nun mal Ausdruck der Wirtschaftskraft des Landes. Und die Wirtschaftskraft eines Landes ist das Resultat der Arbeit seiner Bewohner. Und wenn ein Land nicht in der Lage ist, diese Arbeit vernünftig zu organisieren...«

»...und wenn es keine Rohstoffe hat und keinen Marshall-Plan und wenn es von allen Seiten ausgeplündert wird«, warf Boris ein.

»Ach, diese ollen Kamellen!« rief Bernd. »Das

System taugt nichts. Irgendwann müssen Sie das doch mal begreifen.«

»Richtig! Uns fehlen alle die großen Errungenschaften Ihres Systems: Arbeitslosigkeit, Nichtseßhafte, Berufsverbote, Rauschgift, Kinderprostitution, Neonazis, Ausländerhaß.«

Bernd platzte fast der Kragen: »AIDS haben Sie noch vergessen. Und Smog. Das macht ja beides an Ihrer famosen Mauer halt.«

»Hört auf!« rief Nina dazwischen, »es ist Urlaub.«

»Gut, lassen wir's lieber«, lenkte Bernd ein. »Ich kann bloß nicht verstehen, wie ein intelligenter Mensch so ein System verteidigt.«

»Sollten wir uns näher kennenlernen, will ich es Ihnen gern erklären.«

Nach einer langen Pause fand Charlotte als erste wieder Worte: »Warum redet man eigentlich mit DDR-Bürgern ständig über Politik? Mit anderen Ausländern redet man doch völlig vernünftig.«

15

Es war einsam am Ende des Strands, und Birgit dachte: Jetzt wird er gleich knutschen wollen.

Sie waren sicher zwanzig Minuten, vielleicht länger, gelaufen und hatten dabei kaum zehn Sätze geredet.

»Verdammt heiß heute, was?«

»Ja, verbrennst dir fast die Fußsohlen im Sand.«

»Mußte im Wasser laufen.«

»Toll blau, das Wasser.«

»Warum heißt es dann Schwarzes Meer?«

»Keine Ahnung. Vielleicht gab's hier früher Neger.«

»Schöne Muscheln, was?«

»Auch nicht schöner als an der Ostsee.«

»Warst du schon an der Ostsee?«

»Paarmal.«

Alex setzte sich in den Sand, Birgit ebenfalls. Na, was ist los? dachte sie. Sie kannte sich aus, sie fand sich mit ihren siebzehn Jahren schon wahnsinnig erfahren. Meistens ging es ohne lange Vorrede los, und das war auch besser so, denn wenn die Kerle erst mal mit ihrem üblichen Schmus anfingen, konnte sie leider nur noch lachen. Auf der einen Seite ärgerte Birgit die Selbstverständlichkeit, mit der die Jungen von ihren Lippen Besitz zu ergreifen versuchten. Wenigstens konnten sie ja mal fragen, ob's auch recht war! Andererseits ließ sich nicht bestreiten, daß es jedesmal – na, sagen wir: in der Mehrzahl der Fälle – ein wohliges Gefühl und den Wunsch nach Fortsetzung auslöste.

Alex schaute aufs Meer: »Beim ersten Mal war ich wahnsinnig aufgeregt. Du auch?«

»Logo«, antwortete Birgit mit einem ganz leisen Schauer.

»Meine Eltern hatten mir unheimlich davon vorgeschwärmt.«

»Deine Eltern?«

»Ja. Ich konnt's kaum erwarten.«

»Wie alt warst du denn?« fragte Birgit.

»Acht.«

»Du spinnst ja! Mit acht?«

»Echt. Wenn ich's dir sage. Mit acht war ich das erste Mal an der Ostsee.«

»Ach so.«

Alex ließ sich rückwärts in den Sand sinken und schaute in den Himmel. Warum fängt er nicht endlich an? fragte sich Birgit. Wozu waren sie denn in brütender

Hitze bis ans einsame Ende des Strands gelaufen? Um Kindheitserinnerungen auszutauschen? Gut, es mußte ja nicht unbedingt sein, und es mußte auch nicht unbedingt dieser Alex sein. Aber irgendwie war es eine Herabsetzung, daß er nicht endlich anfing.

»Wo wart ihr denn an der Ostsee?« fragte Alex.

»Timmendorfer Strand.«

»Nie gehört.«

»Bei Lübeck.«

»Moment mal!« Alex setzte sich mit einem Ruck auf: »Wie kommt ihr denn in die BRD?«

»Wieso? Is' doch kein Problem, von West-Berlin nach Lübeck.«

Alex machte den Mund auf, ließ ihn eine Zeitlang offen, klappte ihn wieder zu, um ihn noch mal aufzumachen: »Was denn, du bist 'ne Wessi? Ach du Scheiße!«

Er ließ sich auf den Rücken plumpsen, daß der Sand stiebte.

16

»Mann, das geht doch nicht mit rechten Dingen zu bei Ihrem BFC Dynamo!« rief Bernd Bärwald.

»Wieso denn nicht?« fragte Boris Bobrowski.

Die beiden Männer hatten ihr gemeinsames Herz für den Fußball entdeckt, beide Frauen hatten sich daraufhin verzogen, Charlotte Bärwald tief in die Verstrickungen ihres Romans, Nina Bobrowski weit hinaus aufs Meer.

»Sie wissen doch besser als ich«, erklärte Bernd, »daß Ihr BFC Dynamo nicht zufällig ein ums andere Mal DDR-Meister wird. Das pfeifen doch die Spatzen von der Stadiontribüne, daß da faule Tricks im Spiel sind.«

»Na so was!« staunte Boris. »Welche denn?«

»Also, stellen Sie sich doch einfach mal vor: BFC Dynamo gegen Lok Leipzig, 90. Minute, null zu null, Foul im Berliner Strafraum, was macht der Schiedsrichter?«

»Pfeifen.«

»Pfeifen? Da kann er sich auch gleich die Kugel geben.«

»Es gibt ja verschiedene Pfiffe«, gab Boris mit feinem Lächeln zu bedenken: »Es gibt den Elfmeterpfiff, den Abseitspfiff, den Schlußpfiff. Der Schiedsrichter wird schon den passenden Pfiff pfeifen, da hätte ich volles Vertrauen.«

»Ach, Sie mit Ihrer Dialektik!« schnaubte Bernd.

Boris lachte: »Jedenfalls ist unser BFC Dynamo immer wieder im Europapokal, was man ja von Ihren Hertha BSC oder Blau-Weiß 90 oder Tennis-Borussia nicht behaupten kann.«

»Aber meistens fliegt der BFC beizeiten aus dem Pokal, und dann rufen Ihre Fans im Chor ›Hertha, Hertha!‹ Warum? Weil sie die Stasi ärgern wollen?«

»Nein, weil die Mannschaft so schlecht gespielt hat wie Hertha BSC.«

Bernd ließ von dem Thema ab, bei dem er als West-Berliner schlechte Karten hatte. Mit den genannten Vereinen war beim besten Willen kein Staat zu machen, und er hätte obendrein nicht die Behauptung gewagt, bei Hertha sei immer alles mit rechten Dingen zugegangen.

»Wir sind eben eine richtige Hauptstadt«, sagte Boris. »Jeder will zu uns. Bei uns ist was los, da gibt's Brot und Spiele, die halbe DDR will in die Hauptstadt, wir platzen aus allen Nähten. Und West-Berlin? Ein Super-Seniorenheim.«

»Und warum«, fragte Bernd triumphierend, »will dann keiner von West nach Ost übersiedeln?«

Charlotte sah von ihrem Buch auf: »Wenn ihr den ganzen Urlaub über politisieren wollt, dann sucht euch bitte ein Plätzchen ganz am Ende des Strands. Da könnt ihr dann zwei Sandburgen bauen und jeder ein Fähnchen reinstecken und euch mit Schlamm bewerfen.«

Bernd ärgerte sich über seine Frau, denn sie hatte Bobrowski die Chance gegeben, einer hochnotpeinlichen Frage aus dem Wege zu gehen.

»Ich will gar keinen Streit«, lenkte Bernd ein, »aber man kann doch auch mal was zugeben. Vor allem wenn man aus der DDR kommt.«

17

»Mensch, das geht doch nicht gegen dich persönlich«, beteuerte Alex, »ich hatte mir bloß geschworen: keine Wessis!«

»Warum?« fragte Birgit.

»Weil sie unsereinen aus der DDR immer wie den letzten Dreck behandeln.«

»Mit eurer DDR ist aber auch wirklich nicht viel los.«

Alex bekam Stiche. Er wußte nicht genau wo. In der Herzgegend? Im Magen? Im Kopf? Die Stiche schienen sich in seiner Miene niederzuschlagen, denn Birgit beteuerte rasch: »Das geht doch nicht gegen dich.«

Alex fühlte sich ganz kraftlos und wieder einmal darin bestätigt, daß DDR-Bürger am besten unter sich blieben. Von ihren sozialistischen Brüdern wurden sie als die »Streber« des östlichen Lagers zugleich beneidet und verachtet – und gegen die Westler ausgespielt. Diese wiederum ließen keine Möglichkeit ungenutzt, den höheren Wert ihrer harten Währungen zu demonstrieren.

»Bist du beleidigt?« fragte Birgit.

»Wegen dir vielleicht?« fragte Alex muffig zurück.

»Oh, là, là!« machte Birgit.

Es war eine ungute Stimmung, und Alex wäre am liebsten gegangen. Aber irgend etwas hielt ihn fest. Dieses Mädchen hatte eine ganz besondere Art, einen anzuschauen. Herausfordernd-abweisend, falls es so was gab. Und eine gewisse Art, sich zu bewegen. Aufreizend-zurückhaltend, falls es auch so was gab. Sie hatte eine Art, ganz unschuldig ihren Busen zu strecken, so daß es Alex in den Händen kribbelte. Er wäre gern gegangen, aber er blieb.

»Was machst du da drüben?« begann sie ein Gespräch.

»Ich war zuletzt auf der EOS.«

»Ach so. Und was versprichst du dir davon?«

»Wieso?«

Sie sah ihn wieder in der gewissen Weise an: »Frag doch nicht immer: wieso? Laß dir doch mal was einfallen! Erklär mir doch erst mal, was 'ne IOS ist.«

»EOS«, verbesserte Alex, »das ist 'ne Erweiterte Oberschule.«

»Na und? Was ist denn an der Oberschule erweitert? Der Horizont? Oder der Bizeps?«

»Weißt du was«, sagte Alex: »Verarschen kann ich mich selber.«

Er stand auf und trollte sich den Strand entlang. Er drehte sich nicht um, aber er lauschte, ob Birgit ihm folgte. Da er nichts hörte, verlangsamte er den Trab. Als er immer noch nichts hörte, trabte er ins Wasser und hechtete in die Wellen. Vom Wasser aus sah er, daß Birgit sich nicht vom Fleck gerührt hatte. Er schwamm, als sei er von Zufall und Strömung getrieben, geradewegs zu ihr zurück und setzte sich wieder neben sie.

»Erst mal macht man die POS bis zur zehnten Klasse«, sagte er, »und dann kommt man auf die EOS bis zum Abitur.«

»Ist dir das beim Schwimmen eingefallen?« fragte Birgit.

»Ach, weißt du«, sagte Alex und gab ihr einen Kuß.

Sie küßte recht heftig zurück, so daß Alex beinahe die Luft ausging. Wahnsinn! dachte er.

18

Es regnete.

Eigentlich durfte das nicht sein, nicht zu dieser Zeit in dieser Gegend. Es kam in keinem Reiseprospekt vor. Es regnete trotzdem, zwar nur leise, aber schier endlos. Die Familien Bobrowski und Bärwald waren um zehn am Strand verabredet, als angelernte Preußen trafen sie sich zuverlässig, pünktlich, im Regen. Bobrowskis trugen optimistisch die Badeanzüge unter der Freizeitkleidung.

Bernd Bärwald sah zum Himmel: »Was tun? sprach Zeus.«

»Nein, Lenin«, widersprach Boris Bobrowski.

Bernd verstand nicht.

»›Was tun?‹«, erklärte Boris, »ist ein Klassiker der revolutionären Literatur aus der Feder von Wladimir Iljitsch Lenin.«

»Und was schlug er vor zu tun?« fragte Bernd.

»Erst mal Bewegung in die Sache zu bringen. Deswegen schlage ich im Geiste Lenins vor, daß wir bei dem Scheißwetter einen Ausflug machen.«

»Wohin?«

»Vorwärts. Immer nur vorwärts.«

»Und womit?«

»Mit unserem Wartburg.«

Boris Bobrowski sah die Chance, endlich mal den Ton und die Richtung anzugeben. Bärwalds hatten das Westgeld und damit die Eintrittskarte in die besseren Etablissements. Gestern abend hatten sie wieder vorgeschlagen, gemeinsam in ihrem Hotelrestaurant zu essen. Boris und Nina hatten nach einem kurzen Blickkontakt zugestimmt, aber beide wußten, was der andere dabei dachte: Eigentlich müßten wir stolz in unser Zelt gehen und unsere Konservendosen aufmachen. Heute nun konnten sie ihr Auto ausspielen. Bärwalds hatten ja ihres nicht mit, und für einen Mietwagen waren sie nach Boris' Einschätzung nicht betucht genug. Außerdem bekam man einen solchen auch gegen harte Währung nicht ohne Vorbestellung.

»Warum eigentlich keinen Ausflug?« fand Charlotte. »Wenn ich mir vorstelle, bei diesem Wetter in unserem Hotel de Luxe zu hocken . . .«

»Wie viele Leute passen denn in Ihre Limousine de Luxe?« erkundigte sich Bernd.

»Vierzehn.«

»Und wie viele bequem?«

»Vier.«

»Ich bleibe freiwillig hier«, sagte Alex.

»Ich auch«, sagte Birgit schnell.

Die Eltern lächelten verstohlen.

Der Wartburg schnurrte durch den Regen. Boris lenkte. Bernd saß neben ihm, die Frauen hinten, wie sich's gehörte. Die Straße war schlecht, Asphalt mit vielen Löchern, aus denen das frühere Kopfsteinpflaster lugte. Überwiegend Lastwagen und Busse waren unterwegs, auch Traktoren und sogar Pferdefuhrwerke. Es ging mühsam voran.

»Haben wir auch endlos lange nicht mehr gemacht«, bemerkte Charlotte: »Einfach spazierenfahren. Weißt du noch, Bernd, wie wir früher von Osnabrück ins Blaue gefahren sind? Oder ins Grüne? Teutoburger Wald. Hermannsdenkmal. Externsteine. Das war mal schick: einfach spazierenfahren.«

Bernd dazu: »Auto fahren ist ja auch nichts Dolles mehr, wo jeder ein Auto hat und manchmal schon zwei.«

Und Charlotte: »Außerdem tut's der Umwelt nicht gut.«

Nina hörte lauter Untertöne heraus und sagte anzüglich: »Mit Ihrer Umwelt haben Sie wohl ziemliche Probleme. Ihr Fernsehen berichtet ja dauernd darüber.«

Bernd lachte laut: »Und Sie haben keine? Ausgerechnet in der DDR? Die dreckigsten Flüsse, die dickste Luft, die totesten Bäume – aber keine Probleme!«

»In unserem Fernsehen finden Sie nichts darüber.«

»Phhhh!« machte Bernd nur.

Der Regen hörte nicht auf, die Straße wurde nicht besser, die Dörfer schienen nicht sehenswert.

Nina nahm den Gedanken wieder auf: »Einfach so spazierenfahren, wissen Sie, das ist typisch DDR-Bürger. Man muß uns nur irgendwo hinlassen, dann sind wir wie losgelassen. Sogar in Bulgarien.«

»Würden Sie gern mal in den Westen fahren?« fragte Charlotte.

»Klar!« antwortete Nina prompt.

»Aber?« fragte Bernd.

»Kein Aber«, antwortete Nina.

Als die Landschaft endgültig im Regen zu ertrinken schien, fragte Bernd, wo man eigentlich sei.

»Keine Ahnung«, antwortete Boris. »Ich wollte zu Hause noch eine genauere Karte von Bulgarien besorgen, aber ich kam nicht mehr dazu. Hier ist keine zu bekommen.«

»Wieso nicht?«

»Wissen Sie, bei uns im Sozialismus wird die Verteilung der Waren genau nach den Bedürfnissen der Bürger geplant. Wenn ich zum Beispiel nach Weimar will, muß ich mir einen Stadtplan von Weimar in Berlin oder Leipzig oder Neubrandenburg kaufen. In Weimar kriege ich ihn normalerweise nicht. Warum? werden Sie fragen. Ist doch klar: Die Weimarer kennen sich in Weimar aus, aber die Berliner und Leipziger und Neubrandenburger nicht. Also werden dort die Stadtpläne gebraucht und nicht in Weimar. Und mit Bulgarien ist es genauso.«

In einem Nest, das Momino oder so ähnlich hieß, wollte Charlotte austreten sowie einen Kaffee trinken. Beides mißlang. Das nächste größere Dorf war eine Stadt und nannte sich Provadija. Dort konnte man austreten. Charlotte war damit allein nicht mehr zufrieden, verlangte jetzt eine Mittagspause mit warmer Mahlzeit. Hoffnung darauf bestand in der großen Stadt Varna, nach der sie sich nun durchfragten. Dort gab es zu essen, aber der Kellner reagierte gelangweilt auf die Talons vom DDR-Reisebüro. Wieder mußten Bärwalds aushelfen. Boris und Nina sahen sich händeringend, achselzukkend an. Die Lust am Ausflug hatte einen Dämpfer, sie stimmten zu, als Charlotte zurückwollte.

»Gar kein schlechtes Auto, der Wartburg«, lobte Bernd auf dem Heimweg.

Boris schaute vorsichtig hinüber, um sich zu vergewissern, ob es ein Ulk sein sollte. »Eine bewährte Konstruktion«, sagte er dann, »im Lauf der Jahrzehnte in vielen Details verbessert.«

»Nein, wirklich«, sagte Bernd, »ich hatte mich auf was gefaßt gemacht, aber es ist wie ein Auto.«

Boris drückte zweimal auf die Hupe: »Haben Sie das gehört? Beim Vorgängermodell mußte man noch die Tür aufmachen und rufen.«

»Warum«, fragte Charlotte von hinten, »machen Sie eigentlich immer alles so nieder, was mit Ihrer DDR zu tun hat?«

Boris antwortete zuerst nicht, und als er etwas sagte, war es auch keine Antwort, sondern eine Feststellung: »Das ist eine gute Frage.«

Sie fuhren stumm etwa einen Kilometer weit, ehe Boris anfing: »Bei uns ist manches anders. Bei Ihnen kann man ja einen Opel oder Ford kaufen und gleich mitnehmen, sogar ohne Anzahlung, und man kann sogar um den Preis feilschen. Auf unseren Wartburg müssen wir zwölf bis vierzehn Jahre warten. Also können sie den Wagen nicht dauernd technisch umkrempeln, sonst kriegt ja keiner am Ende das Auto geliefert, das er am Anfang bestellt hat.«

Charlotte war mit der Antwort unzufrieden: »Sie sollen sich nicht lustig machen, Sie sollen mir erklären, warum Sie Ihre DDR immer so niedermachen.«

Boris überlegte. Ihm war noch nie recht deutlich geworden, was Charlotte da aufgefallen war. Wenn DDR-Bürger unter sich waren, zogen sie gern mit Sarkasmus über Mißstände her wie die leidigen Wartezeiten für den Wartburg. Das war ja keine fundamentale Kritik am Sozialismus und der Partei der Arbeiterklasse! Aber diese BRD-Bürger schienen jede Äußerung eines DDR-

Bürgers geradezu zwanghaft auf ihren Gehalt an Systemkritik abklopfen zu müssen. Boris nahm sich vor, in Anwesenheit der Bärwalds mehr Zurückhaltung zu üben.

»Was für ein Auto fahren Sie eigentlich?« fragte Boris.

»Audi 80«, antwortete Bernd, »den neuen.«

Boris nickte anerkennend: »Gutes Fahrzeug.«

»Kann man wohl sagen«, bestätigte Bernd mit hörbarer Genugtuung.

»Der Unterschied ist aber« stellte Boris fest: »Aus BRD-Produktion gibt es noch bessere Autos. Aus DDR-Produktion gibt es keinen besseren als den Wartburg.«

»Na, das ist vielleicht ein Vergleich«, rief von hinten Charlotte.

Boris drehte sich um, im selben Moment rief Bernd: »Paß auf, ein Pferdewagen!«

Boris kam an dem Pferdewagen vorbei, auch an einem Kilometerstein und einer Birke. Aber er landete sein Fahrzeug mäßig sanft im Straßengraben.

»Rumms!« sagte er.

19

»Bumms!« sagte Birgit, weil sie sich den Kopf an der Zeltstange gestoßen hatte.

»Bißchen eng hier«, gab Alex zu, »aber ansonsten urgemütlich, oder?«

»Man kann schlecht ausweichen, wenn man bedrängt wird«, monierte Birgit.

Es regnete auf Alex' Zweimannzelt, mit einem eintönigen, aber zugleich anheimelnden Geräusch. Hier drinnen war es so wie ganz früher, wenn man aus der Bettdecke eine Höhle gebaut und sich mit Lieblingsplüschtieren hineinverkrochen hatte. Die Zeltplane fühlte sich von innen kühl an, man spürt mit der Hand die Tropfen, die außen aufschlugen. Das Lager aus Schlafsack und Wolldecken war jedoch trocken und warm.

Birgit hatte Alex gefragt, warum sie nicht ins geräumigere Zelt seiner Eltern gegangen wären. Er hatte geantwortet, er sei der Gastgeber, nicht seine Eltern. Diese Rolle hatte er sich eine Schachtel Kekse und eine Flasche bulgarischen Rotweins kosten lassen, von dem Birgit nur in winzigen Schlucken trank, um einen klaren Kopf zu behalten.

»Also, auf der POS hattet ihr polytechnischen Unterricht«, wiederholte sie, »was für Techniken habt ihr da gelernt?«

»Soll ich dir eine zeigen?«

»Besser nicht.«

»Ich habe zum Beispiel Schweißen gelernt.«

»So was kannst du mir ruhig zeigen.«

Alex beugte sich über Birgit und küßte sie auf die Wange.

»Und was willst du später mal werden?« fragte sie.

»Staatsratsvorsitzender.«

»Das trifft sich gut. Ich will Königin von England werden.«

Alex strich mit der Hand über Birgits Haar und streichelte ihre Schulter. Sie dachte weiter und ergriff seine Hand, um sie vorerst abzuhalten.

»Kann man bei euch eigentlich werden, was man will?« fragte Birgit.

»Nee«, murmelte Alex uninteressiert und versuchte, seine Hand zu befreien.

»Zum Beispiel Arzt?«

»Liegt mir nicht. Ich mag nicht an Menschen rumfummeln.«

Birgit sah ihn fragend an, und Alex mußte lachen.

»Und Radsportler bist du also? Willst du mal die Tour de France mitfahren?«

»Die Friedensfahrt höchstens. Aber wenn mal 'ne WM in West-Berlin ist, komm' ich dich besuchen.«

»Gut, ich geb' dir meine Adresse.«

»Wo wohnt ihr überhaupt?« fragte Alex.

»Ganz nah an der Mauer. Im Wedding.«

»Wedding? Wo is'n das? Ich meine, was is'n da auf unserer Seite?«

»Keine Ahnung«, sagte Birgit. »Irgend so'n Fußballstadion, wo sie samstags immer brüllen.«

Alex fuhr hoch und stieß mit dem Kopf an die Zeltplane, die ja zum Glück nachgab: »Mensch, da wohn' ich doch gleich nebenan! Wir wohnen Prenzlauer Berg, links von der Schönhauser Allee. Kennst du die?«

»Woher denn?« fragte Birgit.

»Haste auch wieder recht«, sagte Alex und ließ sich aufs weiche Lager zurücksinken.

Birgit hielt immer noch seine Hand fest. Ihr fiel plötzlich ein Lied ein, das älteren Datums sein mußte, das sie aber erst kürzlich im Radio gehört hatte. Sie sang es leise in Alex' Ohr:

»Ja, was ist schon dabei, ja, was ist schon dabei?

Papa und Mama, die sind in der Türkei, und ich bin so klug und längst alt genug...«

Papa und Mama waren mit Bobrowskis und dem Wartburg in Bulgarien unterwegs und würden bestimmt nicht so bald zurückkehren. Alex hatte ein sympathisches Gesicht und zärtliche Hände. Er war nicht ungestüm, aber er wirkte zielsicher. Es schien nicht undenkbar, daß er sein Ziel erreichte. Birgit ließ seine Hand los.

Alex brachte seinen Mund an ihr Ohr: »Wenigstens das T-Shirt«, bat er, »das hast du doch am Strand auch nicht an.«

Birgit ließ ihn eine Weile warten, ehe sie sagte: »Gut, ausnahmsweise.«

»Trink noch einen Schluck«, sagte er und reichte ihr den Blechbecher mit Rotwein.

»Ich weiß genau, was du vorhast«, antwortete sie und trank einen ganz kleinen Schluck, »du bist nämlich ein ganz infamer Typ, verlogen, hinterlistig, verschlagen, gerissen.«

»Kommunist«, ergänzte Alex.

Sie gab ihm einen Kuß.

Draußen war ein Auto zu hören, das unweit des Zeltes anhielt. Der Motor tuckerte noch eine kurze Zeit vor sich hin, ehe er abgestellt wurde. Birgit lauschte aufmerksam.

»Ein Trabbi«, sagte Alex.

»Ein was?«

»Ein Trabant. Bei uns gilt er als Auto. Jedenfalls ist es kein Wartburg.«

»Bist du sicher?«

Alex übte wieder an Birgits Bikiniverschluß. Ein Zwischenziel, dachte sie, darf er heute erreichen.

20

»Jemand verletzt?« fragte Bernd.

Er bekam keine Antwort. Die Landung im Straßengraben hatte allen offenbar die Sprache verschlagen.

Bernd versuchte, die Beifahrertür des Wartburg zu öffnen, aber das ging nur einen Spalt weit, da der Wagen schräg im Graben hing. Der Motor lief nicht mehr, aber der Scheibenwischer wischte noch den tröpfelnden Regen von der Scheibe. Bernd drehte sich um. Nina hing halb über Charlotte, beide waren bleich und stumm vor Schrecken. Bernd schaute nach links. Boris hatte einen fassungslosen Gesichtsausdruck und feuchte Augen.

»Sechs Jahre«, murmelte Boris, »mindestens sechs Jahre.«

»Quatsch!« widersprach Bernd, »dafür kriegst du doch nie im Leben sechs Jahre.«

Boris ballte die Fäuste: »Sechs Jahre muß ich noch auf den nächsten Wartburg warten. Sechs Jahre!«

»Ach so. Na, vielleicht fährt der alte ja noch. Können wir nicht erst mal aussteigen?«

Sie krochen durch die Fahrertür ins Freie, zuerst Boris, dann Bernd, dann die Frauen, wobei Bernd sowohl Charlotte als auch Nina herzhaft in die Arme nahm, ehe er sie auf die Füße stellte. Jetzt erst nahmen sie richtig wahr, daß zwei Lastwagen und ein Bus angehalten hatten und daß ungefähr dreißig Menschen neugierig das Auto umstanden und heftig palaverten. Der Busfahrer in grauer Uniform trat auf Boris zu und sagte mit hartem Akzent: »Große Scheiße, was? Hast du zu schnell gefahren für bulgarische Straße.«

»Der Pferdewagen!« rief Boris, »wo ist der Pferdewagen? Der hat mir die Vorfahrt genommen.«

Nina fand endlich wieder Worte: »Weg ist er. Und wie willst du's ihm außerdem beweisen? Vorfahrt auf dem Balkan!«

Boris kletterte hinab in den Straßengraben, um sein festgefahrenes Auto zu begutachten. Bernd stieg hinterher. Der rechte Kotflügel war verbeult, das Scheinwerferglas zersplittert, die Stoßstange verbogen. Ob die Vorderräder und der Frontantrieb etwas abbekommen hatten, war nicht festzustellen.

Der Busfahrer klatschte in die Hände und rief etwas auf bulgarisch. Ein gutes Dutzend Männer sammelte sich um den Wartburg, packte ihn an den Stoßstangen und den Radkästen und wuchtete ihn mit großem Hallo auf die Straße. Boris zog sein Portemonnaie aus der Hosentasche und nahm einen Geldschein heraus. Der Busfahrer sah das Geld an und hob die Hände: »Nix! Kein Mark von Brudervolk!«

Keine zwei Minuten später waren Bobrowskis und Bärwalds allein mit ihrem Wartburg und dem Regen.

»Ich habe vorhin einfach ›du‹ gesagt«, entschuldigte sich Bernd bei Boris.

»Ja? Hab' ich gar nicht gemerkt. Lassen wir's gleich dabei, oder? Meinst du, die Kiste fährt noch?«

»Das würde ich nicht diskutieren, sondern probieren«, sagte Nina, die schon wieder obenauf war.

Boris stieg ein und drehte, angestrengt lauschend, den Zündschlüssel herum. Der Motor sprang sofort an, Boris' Gesicht entspannte sich. Er legte den ersten Gang ein und ließ langsam die Kupplung kommen. Der Wartburg kreischte laut auf, Boris trat erschrocken auf die Bremse und würgte den Motor ab.

»Und nun?« fragte Nina.

»Abschleppdienst, Werkstatt, Mietwagen«, antwortete Boris.

»Chauffeur in weißer Livree«, ergänzte Nina.

Bernd und Charlotte wußten wieder mal nicht genau, ob die Bemerkungen zum Lachen gedacht waren oder nicht. Mit dem Sarkasmus dieser DDR-Bürger hatten sie ihre Probleme.

Bernd entschloß sich zu einem konstruktiven Vorschlag: »Wir schieben mal ein Stück, vielleicht geht's ja.«

Sie schoben, das rechte Vorderrad ließ ein schleifendes Geräusch hören, kein markerschütterndes Kreischen mehr. Nach hundert Metern stiegen sie ein und fuhren im Schrittempo los. Es klang nicht gut, aber es ging.

»Schade, daß man nichts von Technik versteht«, bedauerte Bernd.

»Was bist du eigentlich von Beruf?« fragte Boris.

»Ingenieur. Aber für Elektrotechnik.«

Charlotte kicherte: »Wär'n wir bloß mit 'ner E-Lok gefahren ...«

Bärwalds sehnten sich nach ihrem Hotelzimmer, aber als Boris ihnen vorschlug, noch mit zum Campingplatz zu fahren und im Zelt einen auf den Schrecken zu trinken, mochten sie die Einladung nicht zurückweisen.

Bobrowskis boten als erstes Handtücher an, um die nassen Füße trockenzurubbeln. Bernd schlug vor, es gegenseitig zu tun, und machte sich rasch über Ninas Füße her. Dann bot Boris Weinbrand Marke »Bärensiegel« an, den sie von zu Hause mitgebracht hatten. Urgemütlich, dachte Bernd, wie bei den Laubenpiepern vom Kleingartenverein Harmonie e.V. Das Zelt war zwar geräumig und sogar komfortabel, aber Bernd war froh, nur zu Besuch zu sein. Ihm gefiel hier eigentlich nur Nina.

Sie gefiel ihm sogar sehr gut, wie sie mit ihren nackten Füßen dasaß, das schwarze Haar zum Trocknen aufgelöst. Er schaute sie ziemlich unverwandt an, bis er einen bösen Seitenblick seiner Frau auffing.

»Wo mag sich Alex rumtreiben?« fragte Nina.

»Der wird Birgit Bulgarien zeigen«, vermutete Bernd.

»Hoffentlich nichts anderes.«

Nina stand auf und ging zu Alex' Zelt hinüber. Sie rief etwas, dann machte sie den Reißverschluß ein Stück auf und schaute hinein.

Sie kam zurück: »Sie schlafen.«

»Was heißt das?« rief Charlotte.

»Sie schlafen. Arm in Arm. Wie die Kinder.«

»Und vorher haben sie wahrscheinlich mit Puppen gespielt«, sagte Charlotte ärgerlich. »Wie die Kinder.«

21

»Wie sollen wir bloß mit dieser maroden Kiste die 2000 Kilometer bis Berlin schaffen?« fragte Boris resigniert.

Er und Alex hatten mit der Hilfe von Campingfreunden aus der DDR den Wartburg notdürftig auf zwei Benzinkanistern und einer Holzbohle aufgebockt und besahen sich von unten den Schaden. Die Zeltnachbarn, ebenfalls in Badehosen, nahmen Anteil, knieten neben dem Auto und stellten Vermutungen an: Spurstange verbogen, Antriebswelle gestaucht, Motoraufhängung gerissen, Lenkung verzogen. Aber keiner war Experte. Boris war ratlos. Alex tat unkundig.

Es war die Situation, die sich ein autofahrender DDR-Bürger am besten gar nicht erst vorstellte: Mit einem nicht mehr fahrtüchtigen Wagen in einem sozialistischen Bruderland zu sitzen, ohne die richtigen Ersatzteile, ohne ausreichende harte Währung. Aber die Situation war da. Boris hatte zwar zwei Reservereifen und den üblichen Kleinkram mit, der kaputtgehen oder geklaut werden konnte: Zündkerzen, Unterbrecherkontakte, Sicherungen, Ventile, Glühbirnen, Wischerblätter, Auspuffschellen, alles mühsam ergattert und sorgsam gehortet. Aber hier war mehr gefordert, unter Umständen eine halbe Automechanik.

Boris brachte die Situation auf den einfachsten Nenner: »Das war's dann wohl.«

Bärwalds kamen.

Birgit begrüßte Alex nur mit den Augen, das allerdings nachdrücklich. Die Erwachsenen gaben sich die Hand, Boris die linke, da die rechte mit Motoröl verschmiert war. Bernd erkundigte sich nach dem Auto und sprach sein Bedauern aus. »Kommt ihr trotzdem mit zum Strand?«

Nina wollte mit, Boris zögerte. Da machte Alex einen überraschenden Vorschlag: »Zischt ihr mal ruhig ab, ich kümmere mich um die Karre.«

»Du?« Boris war perplex. »Du kannst doch höchstens dein Rennrad und dein Moped reparieren.«

»Na und? Ein Wartburg ist kein Mercedes. Ein Wartburg ist fast noch auf der Stufe des Mopeds. Laß mich mal machen! Vielleicht brauche ich für Ersatzteile harte Währung, die müßt ihr mir dann besorgen.«

Boris willigte kopfschüttelnd ein. Es erleichterte ihn, die Verantwortung für das Auto und die Rückreise erst mal los zu sein, aber er rechnete fest damit, sie zurückzubekommen.

»Bleibst du bei mir?« fragte Alex Birgit.

»Nee. Autos ausschlachten ist nicht meine Berufsrichtung.«

»Schade.«

Die beiden Familien zogen zum Strand und richteten sich ein für einen Tag, der heiß und trocken zu werden versprach.

Nina dachte über Alex nach, der sie immer öfter überraschte. Daß er sich heute anerbot, das Auto zu reparieren, war nicht zu erwarten gewesen. Nie hatte er sich erkennbar für das Auto seiner Eltern interessiert. Manchmal hatte sich Nina darüber gewundert, daß Alex abends mit schwarzen Händen heimkehrte, gerade wie ein Automechaniker. Aber er hatte immer versichert, nur die Rennräder im Verein gewartet zu haben. Immer öfter hatte sie sich gesagt: Du mußt besser auf ihn achten. Er soll seiner Wege gehen, aber du mußt die Wege wissen.

Daß sich Alex neuerdings, wenn auch nur gelegentlich, in evangelischen Kirchenkreisen herumtrieb, obwohl er in keiner Weise religiös erzogen worden war, beunruhigte Nina ein wenig. Diese Kreise gewannen mehr und mehr den Ruch einer unabhängigen, kaum mehr lenkbaren Kraft im Staat, und manche Genossen sahen darin bereits die Keimzelle einer Opposition gegen Staat und Partei. Das könnte eines Tages für Alex gefährlich werden – und damit für seine Eltern. Nina wollte dennoch nichts dagegen unternehmen, während ihr Mann außerordentlich besorgt war. Nicht so sehr um Alex, aber um sich selbst.

Oft machte sich Nina Gedanken um Alex' Zukunft. Was sollte sie ihm wünschen? Eine unauffällige Karriere als DDR-Bürger? So wie sie sein Vater gemacht hatte? Oder vielleicht jenen Grad von Widerborstigkeit, der einem noch Selbstachtung erlaubte, aber nicht gleich alles vermasselte? Oder sollte sie ihm wünschen, daß er sein Glück im Westen versuchte? Manchmal dachte sie auch über diese Möglichkeit nach, über die sie jedoch mit ihrem Mann nicht sprechen konnte. Auch mit Alex hatte sie darüber noch nie geredet. Allerdings hatte er von sich aus dieses Thema auch nie angeschnitten. Hatte es ihn noch nie bewegt? Du weißt zu wenig über ihn, warf sich Nina vor.

Auch gestern abend hatte sie sich nur gewundert. Dieses Mädchen, diese Birgit, hatte Nina gefragt, was ist mit ihr? Was soll sein, ein Urlaubsflirt, nichts weiter, hatte er geantwortet. Nichts mit Liebe? Wo denkst du hin: mit 'ner Wessi? Wie kann man mit achtzehn so kaltschnäuzig sein? dachte Nina. Wir waren doch in diesem Alter jedesmal unsterblich verliebt.

Boris und Bernd kamen aus dem Wasser zurück, wo sie eine Zeitlang Ball gespielt hatten. Sie trockneten sich ab, zündeten sich Zigaretten an, jeder seine eigene Marke, und legten sich auf ihre Handtücher. Es war inzwischen heißer Mittag.

»Wo arbeitest du eigentlich?« fragte Boris.

»Bei Siemens«, erwiderte Bernd. Es klang wie: Wir sind führend in der Welt.

»Ziemlich großer Laden, was?«

»Kannste wohl sagen. Dreihundertsechzigtausend Leute. Weltweit natürlich. Fünfzig Milliarden Umsatz. Übern Daumen gepeilt. Schwankt ja immer 'n bißchen, auch durch den Dollarkurs. Anderthalb Milliarden Gewinn.«

»Donnerwetter!« staunte Boris, und nach einer Pause fügte er hinzu: »Kann man sich alles gar nicht vorstellen.«

Ungefragt fuhr Bernd fort: »Ich arbeite im Dynamowerk. Wir bauen mit die größten Wasserkraftgeneratoren der Welt. Argentinien, Venezuela, USA.«

»Und wo ist euer Werk genau?«

»Nonnendamm. Siemensstadt. Wir sind das viertgrößte Siemenswerk in Berlin. Achtzehnhundert Leute.«

»Und was machst du dort?«

»Entwicklung. Wir simulieren Betriebsbedingungen an Labormodellen. Zum Beispiel extreme Stromwechselbeanspruchungen.«

»Interessantes Gebiet«, sagte Boris, »mußte mir mal genauer erklären. Aber nicht am Strand«

»Und du?« fragte Bernd.

»Ich? Ach, halb so interessant. Verfahrenstechniker in 'ner Chemiebude.«

Alex kam angetrabt, die Hände schwarz verschmiert bis zu den Ellenbogen. Er ging auf Birgit zu, als wolle er sie umarmen, sie sprang auf und stob davon: »Du Schmutzfink!«

»Verachte nicht die werktätigen Massen!« mahnte Alex.

»Läuft die Kiste wieder?« fragte Boris.

»Nein. Aber ich weiß inzwischen, warum nicht. Ich weiß auch, welches Teil ich brauche. Ich weiß sogar, wo ich es vielleicht kriege.« Er hielt die schwarze Hand auf: »Jetzt brauche ich bloß noch harte Währung.«

»Mit harter Währung kann ich's auch«, erwiderte Boris.

»Dann mach doch!« rief Alex und setzte sich beleidigt in den Sand.

Es entstand ein langes Schweigen, das Boris mit einer halben Entschuldigung beendete: »Mensch, woher denn nehmen und nicht stehlen!«

»Und wenn ihr das Teil aus Ost-Berlin schicken laßt?« fragte Bernd.

Boris lachte nur.

Wieder war Schweigen, diesmal unterbrach es Nina nach einer Weile: »Ihr denkt jetzt bestimmt, wir erwarteten von euch, daß ihr uns mit D-Mark aushelft.«

»I wo!« rief Bernd, »das würden wir nie denken.«

»Es ist aber so. Wie sollen wir anders nach Hause kommen? Wir werden es euch irgendwie zurückerstatten.«

Das dritte Schweigen beendete Bernd: »Wieviel brauchst du denn?«

»Hundert«, antwortete Alex.

»Ihr könnt euch ja nicht vorstellen, wie das ist«, sagte Boris später. »Laßt uns morgen mal ein Experiment machen, damit ihr's begreift.«

22

»Wozu sollen wir dieses blöde Experiment machen?« murrte Charlotte beim Frühstücksei.

»Ach Charly, sei doch kein Frosch!« bat Bernd. »Boris will uns was beweisen, laß ihm doch den Spaß! Ist doch 'n netter Kerl.«

»Nett sein kann ich selber. Ich bin jedenfalls nicht in den Urlaub gefahren, um mich dauernd mit den Problemen unserer armen Brüder und Schwestern zu beschäftigen.«

»Wann tut man das sonst schon?« fragte Bernd.

Charlotte tat es sonst nie. Sie sah darin jedoch kein Versäumnis. Sie war in Osnabrück geboren und aufgewachsen, war widerstrebend mit nach Berlin gegangen, als Bernd ein gutes Angebot hatte, lebte inzwischen sogar ganz gern in Berlin, graulte sich nicht mehr vor den Grenzern beim Transit durch die DDR, wollte aber ansonsten nichts damit zu tun haben. Ein paarmal war sie mit Bernd drüben gewesen in Ost-Berlin, um wenigstens ein eigenes Bild zu haben: Unter den Linden, Friedrichstraße, Alex, gerade das Nötigste. Pergamonmuseum natürlich, das war beeindruckend gewesen. Das Abendessen danach nicht so sehr.

»Mir ist übrigens manches nicht ganz geheuer«, sagte sie.

»Was? Wieso?«

»Na, daß Boris dich über Siemens ausfragt.«

»Ausfragt?« rief Bernd verwundert.

»Ja, ausfragt. Und du erzählst ja auch alles haarklein: Mitarbeiter, Umsatz, Gewinn.«

Bernd lachte: »Mensch, das sind doch keine Geheimnisse, das steht doch alles im Geschäftsbericht.«

Birgit, die kein Morgenmensch war und bisher mühsam kauend stumm zugehört hatte, machte ihre erste Bemerkung: »Jeder Zoni ein Kommi, jeder Kommi ein Spion. Hat mir Alex verraten.«

»Quatsch nicht!« bat Bernd. »Was ist denn dabei, wenn man mit Urlaubsfreunden über seinen Job redet?«

»Ja, was ist schon dabei, ja, was ist schon dabei«, sang Birgit.

»Bernd, überleg dir, was du ihm übers Dynamowerk erzählst«, warnte Charlotte. »Überleg dir, er ist kein Franzose oder Schweizer oder Amerikaner, er ist aus der DDR. Das ist ein himmelweiter Unterschied.«

Birgit hatte auch noch etwas beizusteuern: »Alex wollte wissen, ob ich noch Jungfrau bin. Ich hab' gesagt, das fällt unter Geheimhaltung.«

»Du bist unmöglich!« schimpfte ihre Mutter.

»Wieso? Ich wollte dich ausnahmsweise mal gegen Papa unterstützen.«

Am Eingang der Tennisanlage stand eine Holzbude, dort konnte man einen Platz mieten sowie Schläger und Bälle ausleihen.

»Eine Stunde«, sagte Bernd und hielt, damit sich niemand verzähle, einen Finger hoch.

Der Platzwart nickte. »Wollen Sie Schläger?« fragte er auf deutsch.

»Ja, damit geht's wohl besser.«

»Bälle?«

»Ja, zur Sicherheit.«

Der Mann kramte das Gewünschte hervor und legte es auf den Tresen: »Pfand bitte, geben Sie mir hundert Mark.«

Bernd faßte in die Tasche seiner weißen Shorts und legte den blauen Schein hin, den Boris ihm für das Experiment geliehen hatte. Karl Marx war auf dem Schein abgebildet. Für den muß das Experiment doch auch interessant sein, dachte Bernd.

Der Mann schaute den Schein an und schüttelte den Kopf: »Nein, D-Mark.«

»Hab' ich nicht«, erwiderte Bernd, »ich bin aus der DDR.«

Der Mann packte ungerührt die Schläger und Bälle zurück ins Regal, setzte sich auf seinen Stuhl, zündete eine Zigarette an, eine Marlboro, und griff zu seiner Zeitung.

»Was ist?« fragte Bernd. »Wir wollen Tennis spielen.«

Der Mann sah nicht von seiner Zeitung auf: »Prima. Kannst du zu Hause spielen.«

Boris hatte die ganze Zeit daneben gestanden. »Na?« fragte er, »hast du jetzt das richtige DDR-Feeling?«

»Was macht euer Auto?« fragte Bernd später am Strand.

»Ich bin dem Ersatzteil auf den Fersen«, berichtete Alex, »morgen trampe ich mit meiner blauen Fliese nach Varna.«

»Mit wem!« wunderte sich Birgit.

»Mit eurem Hunderter. Die heißen bei uns blaue Fliesen. Tausche blaue Fliesen gegen Duscharmatur, verstehste? Kannst doch nicht sagen: Tausche D-Mark gegen Duscharmatur, oder?«

»Und in Varna kriegst du das Teil?«

»Vielleicht. Ist natürlich Bückware.«

»Was für?«

»Bückware. Mensch, ihr habt aber auch keine Ahnung! Wenn du unauffällig eine blaue Fliese hinhältst und der Verkäufer sich daraufhin unauffällig bückt und etwas hervorholt, das es eigentlich nicht gibt, dann ist das Bückware. Logo?«

Die Stunden in der Sonne rannen träge wie die Schweißperlen auf der Haut. Es gab nichts zu tun, außer sich zu rösten und sich zwischendurch abzukühlen. Charlotte hatte ihren Schmöker durch und einen neuen angefangen. Zum ersten Mal seit der Ankunft am Schwarzen Meer dachte Charlotte an die Abreise.

»Man müßte mal was ganz Tolles machen«, sagte sie. Niemand antwortete ihr.

»Was ganz Tolles müßte man machen«, wiederholte sie nach einer Weile. »Eine Schiffsreise müßten wir machen. Ich habe gelesen, daß man nach Istanbul fahren kann. Mit der Black Sea Company oder so ähnlich. Von Varna nach Istanbul und zurück.«

»Du bist ja verrückt«, erwiderte Bernd. »Wenn wir in die Türkei wollen, können wir mit Neckermann direkt hinfliegen, von Berlin aus.«

»Oder mit der U-Bahn. Linie 1 nach Kreuzberg«, warf Birgit ein, »da biste auch in der Türkei.«

»Ach, ihr seid Spießer«, schimpfte Charlotte. »Wir hätten wirklich genausogut an den Wannsee fahren können, anstatt hier in Bulgarien rumzuhängen, wo nichts los ist.«

»Gestern abend war im Hotel Folklore«, erinnerte Bernd protestierend.

Charlotte lachte höhnisch: »Ja, Zupfmusik mit Hupfdohlen. Ich will im Urlaub was erleben. Also, was ist mit Istanbul?«

Bernd fand die Idee unsinnig und teuer, er wünschte sich in seiner Ablehnung Unterstützung von wem auch immer, aber seine eigene Tochter war gegen ihn: »Charly hat recht, hier ist tote Hose.«

»Gut, Istanbul«, kapitulierte Bernd.

»Da komme ich mit«, versprach Alex.

»Natürlich, wir kommen alle mit«, lachte Nina. »Uns geht das nämlich auch schon auf die Nerven, über eine Woche lang im selben Ausland.«

Boris erkundigte sich, ob Charlotte oder Bernd oder beide schon mal in der Türkei gewesen seien. Sie verneinten.

»Kommst du eigentlich für Siemens viel rum?« fragte Boris.

»Es geht«, antwortete Bernd knapp, »die schönsten Reisen sind nur für die größten Bosse.«

Er dachte an Charlottes Warnung und stellte sich plötzlich vor, wie Boris abends im Zelt saß und im Schein der Petroleumfunzel seinen Bericht schrieb: B. macht den Eindruck eines mit seinem Fortkommen unzufriedenen Mitarbeiters, der sich übergangen und unterbezahlt fühlt und vermutlich durch attraktive Angebote für uns zu gewinnen wäre, zumal er zwar eine

Überlegenheit des BRD-Systems behauptet, aber weltanschaulich nicht gefestigt wirkt.

»Aber es ist schon eine besondere Sache, für eine Weltfirma zu arbeiten«, sagte Bernd. »Wenn du mal rüberkommst, zeige ich dir unser Werk. Wenigstens von außen.«

Boris lachte: »Wenn es bis dahin noch steht.«

Birgit döste in der Hitze und schrak auf, als ihr etwas auf den Busen rieselte. Es war Sand, den Alex rieseln ließ.

»Fährst du wirklich mit nach Istanbul?« fragte er.

»Logo.«

»Kannst du nicht hierbleiben?«

»Warum denn?«

Alex sang leise und ziemlich falsch: »Ja, was ist schon dabei, Papa und Mama, die sind in der Türkei . . .«

Birgit lachte: »Ich geh' mit in die Türkei, da fühl' ich mich sicherer vor sexuellen Belästigungen.«

23

Birgit ging es nicht gut. Das Schaukeln des Schiffes schlug ihr auf den Magen. Die ganze Nacht über hatte es geschaukelt, ungefähr im 4-Sekunden-Takt von links nach rechts nach links nach rechts. Oder von Backbord nach Steuerbord, aber das konnte sie nicht auseinanderhalten. Nein, eine Seefahrt, es war die erste ihres Lebens, war nicht lustig und nicht schön. Beim Abendessen hatte Birgit vor dem Hauptgericht passen müssen, beim Anlegen in Burgas wäre sie gern an Land gegangen, aber wie hätte sie zurückkommen sollen ins Hotel? Also folgte sie seit dem Morgenrot den Ratschlägen ihres Vaters: Rauf an Deck, aber nie am Bug oder am Heck aufhalten, wo es am meisten schaukelt, tief durchatmen und, wenn es schlimm wurde, laut singen. Wozu singen? Wirst schon sehen, es hilft.

Dabei war es an sich schön! Im Rücken die aufgehende Sonne, sah Birgit auf einen fernen, noch fahlen Streifen Land und rätselte, ob das noch Bulgarien oder schon Türkei sei. Die Sonne begann schon ein wenig zu wärmen, während der Fahrtwind kühl um die Nase strich. Birgit überlegte, ob die Möwen um das Schiff noch dieselben seien wie gestern abend oder ob sie Schichtwechsel gehabt hätten.

»Hey!« sagte jemand.

Birgit drehte sich um. Es war Alex, der hey gesagt hatte.

Birgit sah ihn sekundenlang sprachlos an.

Alex machte eine Verbeugung: »Gestatten, Alexander Bobrowski, Berlin, Hauptstadt der DDR.«

Birgit fing sich: »Mensch, wie kommst denn du auf den Pott?«

»Sag erst, daß du dich freust.«

Birgit schüttelte den Kopf: »Nee! Das gibt nämlich nix wie Stunk.«

»Aber du hast es gewußt. Ich hab' gesagt, ich komme mit.«

»Das war doch bloß 'n Joke, oder?«

»Wie man sieht«, antwortete Alex und nahm Birgit in die Arme.

Sie fand den Kerl wirklich unmöglich. Ein Zoni als blinder Passagier ohne Visum auf einem Schiff, das in ein NATO-Land fuhr! Und wozu das Ganze? Wenn man ihn fragte, würde er womöglich antworten: aus Liebe. Besser nicht fragen! dachte Birgit. Flirt war angesagt, nichts weiter.

»Wie bist du auf das Schiff gekommen?« fragte sie noch mal.

»Oh, da gibt es viele Möglichkeiten. Man kann im Dunkeln an einem Tau hochklettern. Man kann sich zwischen den Weinfässern an Bord schmuggeln. Man kann auch einen Matrosen bestechen. Man könnte sogar jemandem den Paß klauen, oder sagen wir: seinen Paß ausleihen. Aber so was würde ich nie machen.«

»Ich will wissen, wie du's gemacht hast.«

Alex lächelte nur feinsinnig.

Birgit befreite sich wütend aus Alex' Armen: »Ich will nichts mit dir zu tun haben. Ich will keinen Zoff mit dem Zoll. Mir ist sowieso schon schlecht.«

Alex ließ sie los: »Gut. Ich gehe. Du findest mich im ersten Rettungsboot an Steuerbord. Bring mir irgendwann was zu essen.«

»Wo ist Steuerbord?« rief ihm Birgit nach, aber er hörte es offenbar nicht mehr.

Was zu essen? Das fehlte gerade noch. Kleiner Ausreißer auf großer Fahrt, aber keinen Zwieback eingesteckt! Sollte mal ruhig einen Tag hungern. Nulltag. Was dachte sich dieser Mensch dabei, anderen solche Schwierigkeiten zu machen? Was mußte er partout in die Türkei? Reichte es einem DDR-Bürger nicht für den Anfang, Bulgarien zu sehen?

»Wißt ihr, wer an Bord ist?« fragte Birgit, als ihre Eltern vom Frühstück kamen: »Alex.«

»Alex?« fragte Bernd. »Natürlich, warum auch nicht. Und Honecker ist wahrscheinlich auch an Bord. Und Gorbatschow.«

»Hast du Fieber von der Seekrankheit?« fragte Charlotte besorgt.

Birgit nahm wortlos ihre Eltern bei je einer Hand, zerrte sie zum ersten Rettungsboot vorn links und klopfte dort an. Als niemand antwortete, versuchte sie es vorn rechts.

»Wer ist da?« hallte es aus dem Boot.

»Komm schon raus!« rief Birgit.

Alex gehorchte.

»Junge, bist du denn von allen guten Geistern verlassen?« rief Bernd.

»Haben Sie was zu essen mitgebracht?« fragte Alex.

»Wie willst du denn jemals wieder von diesem Schiff runterkommen?«

»Wenigstens 'ne trockene Schrippe?«

»Jetzt hör mir mal zu?« rief Bernd, und Charlotte zischte: »Nicht so laut!«

»Jetzt hör mir mal zu«, wiederholte Bernd: »Du bist illegal aus Bulgarien ausgereist. Hast du dir schon überlegt, wie's nun weitergehen soll? Nein? Also paß mal auf, welche Möglichkeiten es gibt: Wenn sie dich auf dem Schiff aufgreifen, gehst du in den Bau. Bulgarischer Knast soll zwar besser sein als bulgarische Hotels, viel Spaß verspreche ich dir trotzdem nicht. Wenn du dich aber in Istanbul von Bord schmuggelst, kommst du nie wieder aufs Schiff zurück. Dann mußt du beim deutschen Konsulat einen deutschen Paß beantragen, ich meine einen richtigen, einen grünen. Mit dem kannst du als Bundesbürger ein Visum für Bulgarien beantragen, damit du zurück auf euern Campingplatz kommst. Oder du kannst über die Bundesrepublik nach West-Berlin fliegen, falls dir einer den Flug bezahlt, und dann über Bahnhof Friedrichstraße zurück in eure Hauptstadt einreisen. Das wären die Möglichkeiten, die ich sehe. In jedem Fall mußt du aber ein paar Leuten sehr ausführlich verklickern, was du dir dabei gedacht hast. Ist dir das klar?«

Alex, der im Laufe der Vorhaltung immer nachdenklicher gewirkt hatte, schien zunächst ratlos, aber dann nickte er und sagte entschlossen: »Das mache ich.«

»Was?« fragten die drei anderen wie aus einem Munde.

»Das mit dem grünen Paß. Den hole ich mir. Ich mache das genau, wie Sie vorgeschlagen haben. Ich gehe in die BRD oder nach West-Berlin.«

»Ich! Vorgeschlagen?« rief Bernd entrüstet. »Ich habe dich gewarnt, sonst nichts.«

»Sagen Sie mal«, bat Alex, »könnten Sie mir nicht eine Schrippe besorgen, ehe wir weiterdiskutieren?«

Birgit wurde geschickt, unauffällig irgend etwas Eßbares zu besorgen, am besten Schokolade oder Kekse und einen Saft. Als sie mit Schafkäse und Bier zurückkam, war ihr Vater gerade dabei, Alex den Westen zu erklären: »Es gibt ja kaum Lehrstellen. Ich sehe das doch bei uns, bei Siemens. Tausende bewerben sich, ein paar Dutzend werden genommen. Und dann du ohne westlichen Schulabschluß? Willst du zu den zwei Millionen Arbeitslosen gehören? Soll ich dir sagen, wo du landest? In der Rauschgiftszene. Du hast ja keine Ahnung, wie es bei uns zugeht.«

Charlotte nahm ihre Tochter beiseite und flüsterte. »Mach was, daß er an Bord bleibt. Sonst haben wir ihn auf dem Hals. Auf dich hört er vielleicht.«

»Da wüßte ich was.« Birgit lächelte. »Ihr müßt mir nur den Schlüssel zu unserer Kabine dalassen.«

»Kommt nicht in Frage!«

»Dann weiß ich nichts.«

Alex kaute inzwischen den Schafkäse, während ihm Bernd weitere Bedenken mitteilte: »Man kann ja gegen eure DDR sagen, was man will, aber eines mußt du zugeben: Ihr habt eine gesicherte Ausbildung und müßt keine Angst vor Arbeitslosigkeit haben.«

Alex schluckte hinter und spülte mit Bier nach: »Wenn ich Sie so höre, wundere ich mich direkt, daß nicht Hunderttausende aus dem Westen in den Osten abhauen.«

Auf diese Bemerkung hin machte Bernd eine ratlose Pause.

Das Schiff hatte sich inzwischen dem Land so weit genähert, daß einzelne Ortschaften auszumachen waren. Man erkannte noch nicht viel, immerhin deuteten Minarette darauf hin, daß man bei Muselmanen war.

»Gleich fahren wir in den Bosporus«, bemerkte Bernd, »dann ist es nur noch eine Stunde bis Istanbul.«

Alex, schon wieder kauend, fragte: »Wissen Sie, wo dieses Konsulat ist?«

Birgit war nicht sicher, was sie sich wünschen sollte. Es reizte sie, Alex anzustacheln, denn die hilflose Aufregung ihrer Eltern machte ihr Spaß. Immer wußte Bernd genau, wo es langging, und wenn er es ausnahmsweise nicht wußte, sagte es ihm Charly. Und beide waren sich, trotz vieler Zwistigkeiten, erstaunlicherweise immer darüber einig, was ihrer Tochter guttat. Birgit hätte die beiden so gern ab und zu ratlos gesehen. Jetzt waren sie es.

Aber wenn nun Alex wahrmachte, was er ankündigte? Wer verrückt genug war, sich auf dieses Schiff zu schmuggeln, der traute sich noch mehr zu. Dann hätten sie ihn auf dem Halse, das sah Charly ganz richtig. Er würde sich wie eine Klette an die einzigen Leute hängen, die er im Westen kannte, an Charly und Bernd und an sie selbst, Birgit. Ob sie das wollte? So angenehm Alex' Nähe war, so schmeichelhaft seine Verliebtheit, so aufregend die vielen Stunden in seinem kleinen Zelt – es war ein Urlaubsflirt. Wenn er jedoch zu Hause tagtäglich auf der Matte stünde, um eine Erwiderung irgendwelcher Gefühle einzufordern . . .

»Du mußt vernünftig sein«, sagte Birgit. »Du bist viel zu naiv für den Westen. Du fällst garantiert auf die Schnauze. Und deine Eltern kriegen Zoff.«

Alex sah sie enttäuscht an: »Willst du nicht, daß ich . . .«

»Nein«, unterbrach Birgit rasch, »aber ich komme dich in Ost-Berlin besuchen.«

»Ehrenwort?«

»Ehrenwort!«

24

Das ist also die NATO, dachte Alex.

Er lehnte an der Reling und blickte fassungslos an Land, wo Menschenmassen sich drängten, Autoschlangen sich stauten, gewaltige Kuppeln sich wölbten und spitze Minarette in den Himmel stachen. Ein scheinbar unentwirrbares Durcheinander, dessen Lärm herüberbrandete zu dem Schiff, das am Kai festgemacht hatte. Aus dem Brodel der Geräusche stach vor allem ein unablässiges, vielhundertfaches Hupen hervor. Offenbar hupten die Autofahrer nicht nur, um keinen zu überfahren, sondern auch aus Lust am Lärm. Alex stellte sich vor, welche unerschöpfliche Geldquelle sich der peniblen Volkspolizei aus diesen permanenten Ordnungswidrigkeiten erschließen würde.

Nach einer Weile faßte Alex seine ersten Eindrücke in einem gemurmelten Satz zusammen: »Die sind ja hier noch chaotischer als der Warschauer Pakt, die können uns nicht überfallen.«

Ihm kam der Gedanke, er sei wie ein Agent in geheimer Mission im Feindesland. Oder wie ein Soldat, der im Getümmel seine Einheit verloren hatte und unverschens in den Rücken der gegnerischen Linien geraten war. Und nun? Desertieren oder sich zurückkämpfen zu den eigenen Leuten? Erst mal nicht auffallen! dachte Alex und schaute unauffällig um sich. Denn auffällig mußte er doch langsam werden: Welcher Verwirrte fuhr schon für teures Geld mit dem Touristendampfer nach Istanbul, um dort an Bord zu bleiben und das Treiben an Land von der Reling aus zu begaffen?

Das Schiff war unter einer imponierend weitspannenden Hängebrücke hindurchgefahren, die an Fotos von Golden Gate erinnerte. Rechter Hand war bald ein prachtvoller Palast vorbeigezogen, dann war das Schiff auf die hochgetürmte Stadt zugesteuert und hatte in nächster Nähe einer Brücke festgemacht, die offenbar zwei sehr belebte Stadtteile miteinander verband und in beiden Richtungen einen nicht abreißenden Strom von Menschen und Fahrzeugen zu bewältigen hatte.

Alex, der außer Prag keine große fremde Stadt gesehen hatte, war hin- und hergerissen: Runter von Bord! Wann kommst du je wieder nach Istanbul? Frühestens mit 65, als Rentner, aher dann fehlt dir das Geld, das Westgeld. Also, worauf wartest du? Sie werden dir nicht den Kopf abreißen. Sagst, du hättest dich verlaufen, wolltest sofort zu Mama und Papa zurück. Drohst, du würdest sonst mit dem Fuß aufstampfen und bitterlich weinen.

Aber die Bärwalds. Denen hast du dich einfach aufgehängt, die fühlen sich verantwortlich, haben furchtbare Angst, daß du sie hineinziehst in dein Abenteuer. Und wozu solltest du das auch? War nicht der Zweck der Reise längst erfüllt: Birgit zu beeindrucken? Ihre erstaunten Augen, als er plötzlich hinter ihr stand. Nie würde sie erfahren, wie er an Bord gekommen war, ein ewiges Rätsel sollte es ihr sein. Sie hatte versprochen, nach Ost-Berlin zu kommen, das war eine Perspektive, das wog mehr als ein paar Stunden Istanbul.

Und ganz im Westen bleiben, sich den grünen Reisepaß holen? Ach Gott! Das war doch eine Nummer zu groß. Was denn dann? Bärwalds auf der Tasche liegen? Birgit auf die Nerven gehen? Und nicht zu vergessen: die eigenen Eltern in Teufels Küche bringen?

Nein!

Alex wußte über den Westen, was man eben als DDR-Bürger aus dem Westfernsehen so wußte: viel Freiheit und viel Unsicherheit, viel Aufstieg und viel Scheitern, viel Wohlstand und viel Armut. Viele glänzende Medaillen mit stumpfen Kehrseiten. Freiheit, Aufstieg, Wohlstand reizten ihn, ja, durchaus. Aber der Rest schreckte ihn. Nein, wenn er an den Westen dachte, kam ihm seine DDR richtig kuschelig vor.

Ein dunkelblauer bulgarischer Schiffsoffizier mit goldenen Ärmelstreifen schaute von der Brücke herüber. Alex brachte es nicht fertig, frech stehenzubleiben; er setzte sich nach einigen Sekunden in Bewegung und schlenderte unter der Brücke hindurch zum Heck, wobei er die Offiziersaugen wie zwei Dolche im Rücken zu spüren glaubte.

Birgit hatte versprochen, immer wieder nach Ost-Berlin zu kommen. Hatte sie gesagt: immer wieder? Oder: oft? Oder wie?

Irgendwo dort drüben in diesem türkischen Tohuwabohu war Birgit jetzt unterwegs. Hoffentlich wurde sie nicht angesprochen! Aber wie denn? Sie konnte ja kein Türkisch. Und so ein Türke war ja wohl – NATO hin, NATO her – keine Konkurrenz für Alex Bobrowski aus Berlin, Hauptstadt der DDR, oder?

25

»Wir haben acht Stunden Zeit, wir müssen es mit System angehen«, erklärte Bernd.

»Wenn wir so wenig Zeit haben«, widersprach Charlotte, »sollten wir einfach drauflos laufen.«

»Das geht nur, wenn man viel Zeit hat«, beharrte Bernd, »wir können doch nicht in Istanbul gewesen sein, ohne die Hagia Sophia gesehen zu haben und die Blaue Moschee und den Topkapi-Palast. Und diese unterirdische Zisterne, wo damals der James-Bond-Film gespielt hat.«

Charlotte, Bernd und Birgit hatten sich noch keine zweihundert Meter von ihrem Schiff entfernt. Sie waren eingetaucht in ein Gewimmel von Menschen und Fahrzeugen, in Geschrei und Gehupe, in Abgase und fremdartige Gerüche. Sie hatten keine Ahnung, wohin man sich am besten wandte.

Am Straßenrand wurde in Bauchläden alles mögliche feilgeboten, frische grüne Gurken zum Beispiel, die die Verkäufer mit affenartiger Geschwindigkeit schälten, ehe sie sie den Käufern in die Hand drückten.

»Keine Gurken«, sagte Bernd, »wir müssen einen Stadtplan kaufen.«

»Dann frag doch mal jemanden, wo das nächste Stadtplangeschäft ist«, schlug Charlotte mit anzüglichem Ton vor, und Birgit kicherte.

Bernd raufte sich die Haare: »Weiber!« rief er laut, »Weiber!«

Ein Mann von etwa Mitte vierzig, dessen Gesicht von einem kunstvoll gestutzten Schnurrbart beherrscht wurde, trat auf Bernd zu und sprach ihn auf Deutsch an: »Ich zeige euch.«

»Was denn?« fragte Bernd.

»Tolle Sachen. Istanbul spezial. Mit Auto. Alles, was ihr wollt. Was du gesagt hast.«

Bernd zögerte. Diese obskuren Gestalten vom Straßenrand, die einen gleich duzten, wollten einen doch nur übers Ohr hauen, wenn sie nicht Schlimmeres vorhatten. Im Ausland hielt man sich besser ans Offizielle, ans Fremdenverkehrsbüro, an Rundfahrtbusse, an konzessionierte Taxis. Die Reederei hatte ja eine Rundfahrt angeboten, gar nicht mal teuer, Bernd hatte das Angebot überlegt, aber dann hatte ihn der Teufel geritten und ihm eingegeben, es auf eigene Faust zu versuchen. Nun drängte die Zeit, nun konnte man nicht mehr endlos prüfen, ehe man wählte.

»Was kostet das?« fragte Bernd vorsichtig.

»Billig«, beteuerte der Mann. »Hast du D-Mark?«

Aha, auch hier! dachte Bernd und nickte.

»Zehn Mark die Stunde«, schlug der Mann vor.

Und wenn ich's nie wieder tue, dachte Bernd und nickte noch mal.

Der Mann hatte einen ziemlich heruntergekommen Ford Granada, dessen Grundfarbe immer noch Goldmetallic war. Er setzte ihn laut hupend in Bewegung und fragte nach wenigen Metern erst mal, woher seine Fahrgäste seien. Bernd sagte es ihm.

Der Mann war begeistert: »Berlin? Oh, ich war in Berlin. Vier Jahre. Kreuzberg. Manteuffelstraße. Kennst du Manteuffelstraße? Scheißgegend. Aber gute Zeit. Viel Geld. Deutsche waren mies, aber viel Geld. Gute Zeit.«

Bernd kannte die Manteuffelstraße nicht, war überhaupt noch nie in jenem Teil Kreuzbergs gewesen, den die Berliner Schnauze »Klein-Ankara« getauft hatte. Er wußte nur, daß es eine schlimme Gegend sein sollte, und war deswegen höchst verwundert, einen zu treffen, der vorgab, in dieser Gegend eine gute Zeit gehabt zu haben. Ein Türke, der Deutschland kannte und dennoch lobte, mußte sich wohl etwas davon versprechen. Oder er war krank im Kopf. Also Vorsicht! dachte Bernd.

»Wie heißt du denn?« fragte Bernd, um später bei der Polizei wenigstens etwas aussagen zu können.

»Mümin Aidin«, antwortete der Mann, und Bernd merkte es sich.

Die Fahrt verlief zunächst in der Nähe des Wassers. Mümin erklärte, es sei das Goldene Horn. Es wirkte nicht so. Dann ging es durch enge und verfallene Gassen bis zu einer antiken und noch verfalleneren Stadtmauer, vor der vollends verfallene, mit Wellblech und Pappe reparierte Hütten standen. Mümin bedeutete seinen Fahrgästen, auszusteigen und ihm zu folgen. Er öffnete eine Tür, aus der laute Zigeunermusik drang. Bernd warf einen Blick ins Innere – und war wie vom Donner gerührt. In einem kahlen, verqualmten Raum, dessen Kaschemmendunst nach draußen drang, tanzte ein halbes Dutzend schwarzhaariger Mädchen, die außer Schuhen nur noch knappe Höschen trugen.

»Was ist das denn?« fragte Bernd.

»Attraktion«, antwortete Mümin stolz. »Sulukule, verstehst du, das ist große Attraktion für Touristen. Istanbul spezial.«

Birgit hatte sich neugierig in die Tür gedrängt, aber Charlotte zerrte ihre Tochter zurück.

»Mensch, was hast du dir denn dabei gedacht?« fragte Bernd den türkischen Stadtführer.

Mümin machte große Augen: »Hast du selbst gerufen: Weiber! Weiber! Das sind beste Weiber von Istanbul.«

»Los, bring uns in 'ne Kirche!« zischte Bernd.

Kopfschüttelnd warf Mümin wieder seinen Ford Granada an. Es ging eine breite Avenue hinab, vier Fahrspuren in jeder Richtung, keine Lücke im Strom der Autos. Mümin hupte und hupte.

»Warum hupt ihr eigentlich dauernd?« fragte Bernd.

»Hupen? Wer hupt? Keiner hupt«, widersprach Mümin hupend.

»Alle hupen dauernd«, beharrte Bernd.

Mümin hupte einen Moment lang nicht, sondern horchte: »Ja, du hast recht. Sie hupen.«

»Aber warum?«

»Weiß nicht. Ist eben so«, sagte Mümin und hupte.

Eine Batterie von Verkehrsampeln quer über die Fahrbahnen sprang auf rot, niemand scherte sich darum, auch Mümin fuhr über die Kreuzung. Autofahrer aus den engen Nebenstraßen versuchten sich einen Weg quer durch den Strom zu bahnen, Mümin hupte sie an.

»Wozu sind die roten Ampeln?« fragte Bernd.

»Welche roten Ampeln?« fragte Mümin.

Drei Kreuzungen weiter gab er eine Erklärung: »Türkei ist anders wie Deutschland. Gibt Verkehrsregel, aber keiner will wissen.«

In der Hagia Sophia fragte Bernd nach der unterirdischen Zisterne aus dem James-Bond-Film. Mümin wußte Bescheid, es war ganz in der Nähe, man konnte mit einem Boot darin herumfahren, zwischen Hunderten von antiken Säulen.

»Toll, was?« schwärmte Bernd.

»Wieso?« fragte Charlotte.

»Die Stimmung. Das Wasser. Das düstere Gewölbe. Über tausend Jahre alt.«

»Und James Bond war hier«, spottete Charlotte.

Draußen im Freien entspann sich eine Diskussion darüber, ob man nun den Bazar mit seinen Hunderten von Läden besuchen solle oder den Topkapi-Palast mit seinen Tausenden von Kunstschätzen.

»Bazar«, schlug Charlotte vor, »das ist interessanter.«

»Zum Geldausgeben«, ergänzte Bernd.

Charlotte funkelte ihn an: »Ums Geldausgeben geht's ja wohl vor allem bei dir. Sonst würdest du mich nicht immer dorthin schleppen, wo man keins ausgeben kann.«

»Wißt ihr was«, sagte Birgit: »Ihr seid ätzend. Andere wären gern mal in Istanbul, und ihr steht hier rum und ödet euch an wie zu Hause.«

»Andere, andere!« machte Bernd. »Meinst du diesen Westentaschen-Casanova, der dich sogar bis aufs Schiff verfolgt?«

Birgit schaute ihren Vater groß an. Er merkte, daß ihr die Tränen hochstiegen. Schnell nahm Bernd seine Tochter in die Arme und strich ihr über den Rücken: »Mensch, Mädel! Bist du etwa richtig verknallt? Wer ahnt denn so was!«

Mümin empfahl den Topkapi-Palast, da man im Bazar doch nur übers Ohr gehauen werde. Er führte seine Gäste selbst und zeigte ihnen die Porzellansammlung in den ehemaligen Küchengebäuden, die Vitrinen mit den prächtigen Gewändern der Sultane, die Schatzkammer mit dem weltberühmten indischen Thronsessel, der mit 25000 Perlen besetzt war. Das sei nachgezählt, versicherte Mümin, das könne man glauben. Birgit machte schnippische Bemerkungen darüber, daß die Sultane diesen ganzen Reichtum zusammengestohlen hätten, aber Mümin war nicht ärgerlich, bestätigte es sogar und bedauerte, daß es heute keine Sultane mehr gebe, die dazu in der Lage wären. Birgit wollte noch den Harem besichtigen, aber der machte früher zu als der übrige

Palast. Ohnehin war es spät geworden, und da in Istanbul augenscheinlich immer Rush-hour war, drängte Bernd zurück zum Schiff.

»Macht siebzig Mark«, sagte Mümin, als sie am Fuß der Gangway angekommen waren.

Bernd nahm ihn etwas zur Seite: »Wie hieß das, wo wir ganz zuerst waren?«

»Sulukule.«

»Wie?«

»Schweres Wort. Mußt du einfach sagen: Weiber!«

Als Birgit durch die Paßkontrolle war, stürmte sie die Gangway hinauf. Alex wartete oben. Charlotte und Bernd schüttelten den Kopf.

26

Birgit wachte auf, weil ihr Fenster klirrte. Mehrmals. Es klang wie Steine, Kieselsteine, erbsengroß vielleicht. Da mußte einer anständig zielen können, denn das Zimmer lag im dritten Stock des Hotels. Sie stand auf und schaute hinunter. Alex. Natürlich Alex, wer sonst? Es war früher Morgen, gerade halb hell und noch nicht warm. Alex winkte heftig.

»Was soll denn der Quatsch?« fragte Birgit, als sie unten angekommen war.

Alex küßte sie, ehe er antwortete: »Ich muß dir was zeigen. Unten am Strand.«

»Mitten in der Nacht?«

»Ja, später ist es weg.«

Er nahm sie bei der Hand und war sehr eilig.

Zuerst sah Birgit nur ihren Namen in den Sand geschrieben, mit meterbreiten Großbuchstaben im flachen Teil des Strandes, direkt an der Grenze des Wassers. Dann sah sie, daß der Text weiterging: BIRGIT, DU BIST DIE SÜSSESTE MAUS DER WELT.

»Los, wir müssen uns beeilen«, drängte Alex, »die Flut kommt.«

Er zog Birgit wieder an der Hand weiter.

ICH BIN TIERISCH IN DICH VERKNALLT, las Birgit im Laufen, ICH WÜRDE FÜR DICH SOGAR EIN SCHIFF NACH ISTAMBUL ENTERN.

»Falsch«, sagte Birgit, schon etwas außer Atem: »Istanbul, mit N in der Mitte.«

Alex korrigierte mit der Ferse.

DU HAST EINE AFFENGEILE FIGUR UND EINEN TOLLEN... Den Busen hatte Alex nicht ausgeschrieben, sondern in zwei ansehnlichen Sandhügeln modelliert, übertrieben groß, wie Birgit fand. Sie klebte Alex eine, bedeckte die getroffene Wange jedoch sofort mit einem kühlenden Kuß.

»Wann hast du das denn alles geschrieben?« fragte sie.

»Heute nacht. Mit der Taschenlampe. Komm weiter!«

BLOSS SCHADE DASS DU EINE WESSI BIST.

Birgit malte mit dem großen Zeh das fehlende Komma.

FÜ'N ZONI IST DAS NIX, DAS GIBT NUR TRABBEL.

»Wie viele Kilometer hast du denn geschrieben?« fragte Birgit.

»Bis zur türkischen Grenze.«

KOMMST DU MICH TROTZDEM IN UNSERER HAUPTSTADT BESUCHEN?

Dahinter hatte Alex die Möglichkeit geschaffen, JA oder NEIN anzukreuzen. Birgit kreuzte JA an.

Der Fragebogen ging weiter: EHRLICH?

JA.

WANN? BALD/SEHR BALD?

SEHR BALD!

Die Sonne hatte sich vom Horizont gelöst und blendete auf dem leicht bewegten Meer. Am Ende des Strandes stürzte sich ein erster Badegast ins Wasser.

ICH LIEBE DICH, stand in den Sand geschreiben, ICH LIEBE DICH, ICH LIEBE DICH, ICH LIEBE DICH, ICH LIEBE DICH. ALEX. Kleine Wellen leckten schon an den Buchstaben. Birgit und Alex setzten sich neben den letzten Punkt und schauten der Sonne zu.

Lange.

»Vielleicht hätte ich mir doch in Istanbul den grünen Paß holen sollen.«

»Du spinnst.«

»Jetzt muß ich immer warten, bis du kommst.«

»Ich komme ja.«

»Aber ich muß immer warten.«

»Das ist nun mal so.«

Die Flut schlich sich an, die Buchstaben waren schon zur Hälfte vom Wasser verwischt. Badegäste mit Luftmatratzen und Sonnenschirmen kamen und lasen, ehe sie sich einrichteten, kopfschüttelnd die angeknabberte Schrift im Sand.

»Hast du eigentlich vorher schon mal mit einem Mann geschlafen?« fragte Alex.

Birgit schüttelte den Kopf.

»Das hättest du ja merken müssen«, sagte sie nach einer Weile.

»Hm«, machte Alex. »Aber ich wollte es furchtbar gern von dir hören.«

Birgit sagte nichts. Statt dessen stand sie auf und zog Alex hoch. Sie nahm ihn bei der Hand.

»Wo willst du hin?« fragte er.

»In unser Zelt.«

Als sie am Hotel vorbeikamen, überlegte Birgit, daß ihre Eltern sie wahrscheinlich am Frühstückstisch vermißten. Aber sie hielt sich nicht bei diesem Gedanken auf.

Morgen früh würden Alex und seine Eltern abreisen.

27

»Noch 'ne Pulle Mavrud«, rief Bernd.

Der Kellner nahm mit einer Verbeugung die leere Rotweinflasche an sich und eilte, eine volle zu holen, die fünfte insgesamt.

Bärwalds und Bobrowskis feierten Abschied. Ursprünglich hatten Bobrowskis dazu in ihr Zelt eingeladen, um sich endlich mal »richtig zu revanchieren«, aber Bärwalds hatten auf einem »würdigen Ausklang« in der gediegenen Sechziger-Jahre-Bar ihres Hotels bestanden. Nun hatten sie schon vier Flaschen des besten bulgarischen Rotweins geleert, zu viert praktisch, denn Birgit und Alex waren nach dem ersten Glas auf Cola umgestiegen.

»Ihr habt's gut«, stellte Boris fest, »ihr habt noch 'ne ganze Woche vor euch.«

»Nun bleib mal auf dem Teppich«, rügte ihn Bernd, »und freu dich, daß sie euch überhaupt nach Bulgarien gelassen haben.«

»Wird wohl das letzte Mal gewesen sein, nach dem Geniestreich unseres Sohnes.«

»Mann, hör doch auf damit!« stöhnte Alex.

Gut, sie hatten ihn erwischt, als er in Varna vom

Schiff wollte. Ärgerlich! So leicht durfte man sich einfach nicht erwischen lassen. Aber was weiter? Sie hatten ihn ein bißchen unfreundlich verhört: Fluchtversuch, was? Unsinn! hatte er widersprochen, dann wäre ich ja nicht zurückgekommen, sondern in Istanbul geblieben. Sie hatten seine Personalien aufgenommen und angekündigt, der DDR-Botschaft Meldung zu machen. Na, wenn schon! Es war ja kein Mord passiert, nicht mal ein Diebstahl. Am meisten ärgerte Alex, daß seine Eltern jetzt schon zitterten vor den Scherereien nach der Heimkehr. Laumänner! Aber die alten Bärwalds waren ja nicht besser. Was hatten sie Angst gehabt, daß Alex in Istanbul von Bord ginge! Kalter Schweiß hatte Bernd auf der Stirn gestanden. Laumänner, die einen wie die anderen. Laumänner Ost, Laumänner West, alles die gleiche Sorte!

»Komm, wir gehen!« sagte Alex zu Birgit.

»Wohin?« fragten beide Mütter gleichzeitig.

»Abschied feiern.«

»Wo?«

»Mal sehen.«

»Aber trinkt nicht soviel!«

»Trinken?« fragte Alex verwundert.

Die neue Flasche Mavrud wurde aufgetragen.

»Schön war's mit euch«, beteuerte Bernd und hob das frisch gefüllte Glas. Dabei sah er Nina tief in die Augen.

Sie lächelte ihm zu: »Ja, nur viel zu kurz. Man hätte noch soviel machen können.«

»Oh, ja«, beteuerte Bernd und schaute ihr tief ins Dekolleté.

Charlotte bemerkte den Blick, Boris nicht, er sagte: »Wir sehen uns mal in Berlin, genehmigt?«

In diesem Moment setzte die Musik wieder ein, das Quartett intonierte einen langsamen Walzer, Boris bat Charlotte aufs Parkett.

Nina schaute Bernd an: »Du nicht?«

»Keinen Walzer«, wehrte Bernd ab.

Nina nahm seine Hand und zog ihn auf die Tanzfläche. Er tanzte nicht vollendet, dafür eng. Nina legte den Arm um seinen Nacken, sah ihm aber nicht ins Gesicht. Die ganzen zwei Wochen über hatte Bernd sie verstohlen angeschaut und ihr kleine Komplimente gemacht. Er hatte offenbar nicht gemerkt, daß alle es merkten. Als Nina sich ungefähr am vierten Tag des Urlaubs entschloß, nach westlicher Sitte das Bikini-Oberteil abzulegen, hatte Bernd seine Augen kaum lösen können. Er hatte wieder nicht gemerkt, daß alle es merkten. Nina hatte es schmeichelhaft gefunden.

Na ja, dachte sie beim langsamen Walzer, vor zwanzig Jahren hätte dieser Flirt wohl nicht beim Tanzen geendet.

Nach drei Titeln machten die Musiker Pause, darin waren sie schon den ganzen Abend sehr strikt.

»Prost!« rief Boris. »Ihr habt recht, wir müssen der Partei danken, daß sie uns das großzügige Geschenk einer solchen weiten Reise macht. Auch wenn wir sie selbst bezahlt haben. Die anderen müssen ins Erzgebirge und wandern. Wir dürfen die große weite Welt sehen, unseren Horizont erweitern, unseren Geist in Diskussionen mit dem Klassenfeind stählen. Der Partei sei ewig Ruhm und Dank!«

»Nicht so laut!« zischte Nina, aber sie wußte, daß sich Boris schon über die Hemmschwelle getrunken hatte. Dann vergaß er manchmal sogar seine tief verwurzelte Solidarität mit seinem Staat.

»Warum nicht so laut?« protestierte Boris. »Ich preise die Güte und den Weitblick der führenden Genossen, das kann man doch gar nicht laut genug tun.«

»Aber wenn jemand mithört.«

Boris stand auf und rief: »Ist hier jemand vom VEB Horch & Guck? Er soll sich melden. Er soll in der Hauptstadt melden, daß ich der Partei ewig danke. Und wenn ich nächstes Mal in die Türkei darf, küsse ich dem ganzen Politbüro die Füße.«

Nina zog ihn zurück auf den Stuhl: »Du bist ja betrunken.«

»Jawohl«, sagte Boris.

Charlotte und Bernd waren nicht so besorgt wie Nina, sondern amüsierten sich.

»Wer ist Horch & Guck?« fragte Charlotte.

»Die Staatssicherheit«, flüsterte Nina.

»Weißt du«, fragte Bernd, »daß wir zwischendurch mal dachten, ihr wärt von der Staatssicherheit? Weil Boris sich so genau nach meinem Job bei Siemens erkundigte.«

»Also hastes doch gemerkt!« rief Boris. »Aber macht nichts. Was ich rauskriegen sollte, hab' ich rausgekriegt.«

Die beiden Bärwalds schauten sich einen Moment lang verdattert an, dann fielen sie in das prustende Lachen ein, das Boris anstimmte.

»Die Flasche muß ein Leck haben«, vermutete Bernd und bestellte eine weitere, dazu vier sowjetische Weinbrände.

»Wart's mal ab«, prophezeite Boris, »dich werden sie eines Tages bei Siemens auf deine DDR-Kontakte ansprechen. Dann wirst du sofort an Boris Bobrowski denken. Aber dein Freund Boris ist sauber, darauf kannste dich verlassen. Ehrenwort eines Sozialisten! Nur der VEB Horch & Guck hat überall seine Leute, sogar hier in der Bar. Schau dir mal genau die Leute an«, Boris wurde immer lauter, »und such dir die blödesten Visagen aus. Das sind sie!«

»Hör auf!« zischte wieder Nina.

Die übrigen Gäste sahen amüsiert herüber, die meisten verstanden offensichtlich.

Boris war nicht mehr zu bremsen: »Ich weiß gar nicht, was du hast. Ich liebe meine Heimat. Und wenn ich das Pech hätte, BRD-Bürger zu sein, würde ich die Ausreise in die DDR beantragen.«

Von zwei, drei Nebentischen kam Gelächter. Den Musikern schien es ratsam, Boris zu übertönen, sie stimmten einen Tango an.

Boris lachte: »Jetzt haben sie mir das Wort entzogen. Aber im Ernst: Ich finde die DDR gar nicht so übel. Deswegen habe ich immer Streit mit meiner Frau. Aber was soll ich machen, mir geht's gut.«

Bernd beendete vorsichtshalber das Thema mit einem salomonisch wirkenden Wort: »Wir werden sehen. Wir kommen euch ja besuchen.«

28

Bobrowskis standen im Stau vor der rumänischen Grenze. Sie hatten beide Türen geöffnet, so daß ein wenig Luft durch den Wartburg wehte, der sich mit Sonnenhitze aufgeladen hatte. Eigentlich war nicht viel los vor dem Übergang, ungefähr vierzig Autos warteten darauf, zunächst von den Bulgaren abgefertigt zu werden. Aber es dauerte. Nutzlos vertane Zeit, dachte Boris, in der man viele Kilometer hätte schaffen können. Aber Schlangestehen lag ihnen schließlich im Blut, der DDR-Volksmund hatte dafür den Begriff der »sozialistischen Wartegemeinschaft« geprägt.

Der Trabant-Fahrer aus Leipzig, mit dem sie Stoßstange an Stoßstange warteten, fing ein Gespräch an: »Erscht mußte Burzelbäume machen, daß de nausgommst aus dr Rebubligg, und nu lassen'se eenen nich heeme.«

»Das müssen Sie anders sehen«, erwiderte Boris: »Ein DDR-Bürger muß jede Stunde genießen, die er im Ausland verbringen darf.«

»Was heeßt'n hier Ausland! Das ist doch hier kee richdches Ausland. Das is doch heechstns dr Hinderhof von dr DDR.«

»Na ja, wenn Sie das so sehen«, sagte Boris vorsichtig und fragte: »Was ist denn für Sie richtiges Ausland?«

Der Leipziger überlegte nur kurz: »Nu, richdches Ausland is alles, wo unsereens erscht als Rentner hinfahrn darf.«

»Also auch die BRD?«

»So gesehen: ooch. Wennse am Brandenburcher Door stehn und gaffen nieber – na, wenn das keen Ausland is!«

Alex entfernte sich von den Autos und lief ein Stück ins Feld.

»Wo willst du hin?« rief ihm Nina nach.

»Austreten.«

Alex lief weiter und schluckte Tränen hinunter. Er sah sich am Brandenburger Tor stehen, nicht unmittelbar am Brandenburger Tor, man durfte ja nicht ganz heran, sondern Unter den Linden, wo sie zu Ende waren und die Volkspolizisten Neugierige anhielten und zurückschickten. Von da konnte man durch die Säulen des Tores ein Stückchen West-Berlin sehen, im Hintergrund die Siegessäule mit der goldenen Götiin und vorn zwei Aussichtspodeste mit Touristen, die herübergafften in die Hauptstadt der DDR und mit gezückten Kameras vielleicht warteten, daß ein Flüchtling erschossen würde. Alex war nur ein einziges Mal am Brandenburger Tor gewesen, der Ort interessierte ihn nicht weiter. An der Absperrung hatte er zufällig neben einer Schulklasse von etwa Sechzehnjährigen gestanden und ihnen zugehört. Scheißmauer, hatte einer gesagt, stell dir mal vor, ich würde ja total ausrasten, und einfach abgeknallt wirste, Scheißstaat. Alex hatte erst allmählich gemerkt, daß es sich um Wessis handelte. Da war er gegangen.

Alex fand die Mauer störend, weil er gern auch mal nach West-Berlin gegangen wäre. Vielleicht zu Udo Lindenberg in der Deutschlandhalle oder zu David Bowie vor dem Reichstag. Aber er fand die Mauer nicht katastrophal, denn er war in der DDR zu Hause und wollte nicht weg. Außerdem gab es die Mauer schon immer. Sie war älter als Alex. Jetzt, heulend in dem Feld an der bulgarischen Grenze zu Rumänien, sah Alex sich an der Mauer stehen und Ausschau halten, ob Birgit drüben auf dem Touristenpodest stand und winkte.

»Lauf nicht so weit weg!« rief Nina, »es ist Grenzgebiet hier!«

29

Ich muß an dieser Stelle die Schilderung des damaligen Bulgarien-Urlaubs unterbrechen. Sozusagen für einen aktuellen Bericht.

Birgit hat vor zwei Wochen, kurz nach ihrem achtzehnten Geburtstag, das Abitur bestanden. Ihr Notendurchschnitt ist nicht überragend, aber ich finde bemerkenswert, daß sie es überhaupt geschafft hat, angesichts der Belastung durch ihren »Fall Alex« und das zunehmende Zerwürfnis zwischen ihr und ihren Eltern. Für die Stimmung in der Familie ist kennzeichnend, daß Birgits Vater nicht zur Abiturfeier in der Schule erschien, da er angeblich einen »dringenden Termin« nicht verschieben konnte. Es ging, wie ich weiß, um ein Routinegespräch mit einem Kunden aus Westdeutschland, der ebensogut zwei Stunden früher oder später hätte kommen können. Birgits private »Abiturfeier« sah so aus, daß ich – ich, wohlgemerkt! – sie zum Abendessen ins bewährte »Bistroquet« einlud. Ich hätte ihr gern eine Soirée de Luxe spendiert, ein ff. Menu mit Michelin-Stern, aber ich bin derzeit pekuniär nicht dazu in der Lage. Ich verwende viel Zeit auf die Geschichte, der ich inzwischen den Arbeitstitel »Das Mädchen vom Alex« gegeben habe. Aber diese Geschichte bringt mir keinen roten Heller. Jedenfalls vorläufig nicht. Vielleicht nie.

»Was hast du jetzt vor?« fragte ich Birgit im »Bistroquet«.

»Auf Alex warten«, antwortete sie.

»Das ist kein Job. Davon kannst du nicht leben.«

»Ach, frag mich doch morgen. Heute habe ich erst mal mein Abi.«

»Wenn du an Slatni Pjassazi denkst, den Goldstrand«, fragte ich: »Wäre es dir lieber, du wärst nie dort gewesen?«

»Wieso? Dann hätte ich doch Alex nicht getroffen.«

»Das meine ich ja.«

Birgit sah mich erst verwundert, dann spöttisch an: »Typische Reporterfrage. Klingt witzig, ist aber total sinnlos.«

»Wieso? Damals ist doch zufällig ein Ereignis eingetreten, dessen Folgen dein Leben verändert haben. Du hast dir viel Ärger und Verzweiflung eingehandelt. Da ist doch die Frage berechtigt, ob es dir nicht lieber wäre, alles wäre seinen normalen Gang gegangen.«

Birgit sah mich verwundert an und schüttelte den Kopf: »Ach, Andy, weißt du...«

Ich wollte mich nicht abspeisen lassen und wurde etwas ärgerlich: »Tu nicht so überheblich! Ich weiß, wovon ich rede, wenn ich dich so frage.«

Jetzt brauste Birgit auf: »Jaja, du kennst das Leben. Du weißt haargenau, worauf's ankommt. Kannst es jedem haarklein verklickern. Kannst bloß nicht erklären, warum du nie schaffst, worauf's ankommt. Und die Liebe kennst du auch. Mit deiner Vera hast du 'ne ganz coole Beziehungskiste, so nennt ihr Oldies das doch, oder? Ihr fehlt was, du hast es. Du brauchst was, sie hat es. Im Koordinatenkreuz der Bedürfnisse habt ihr einen Schnittpunkt festgestellt. Also macht ihr den Deal. Vorsichtig investieren, ein bißchen Geld. ein bißchen Prestige, ein bißchen Lust, wenig Emotionen. Wer weiß, ob's sich amortisiert oder 'ne Fehlinvestition war. So läuft das doch bei euch, oder?«

Sie funkelte mich herausfordernd an.

»Ja«, sagte ich.

Sie stutzte einen Moment, ehe sie heftig herausstieß: »Na siehste! Und du willst mir was über Liebe erzählen?«

»Will ich ja gar nicht«, widersprach ich. »Ich hatte nur eine Frage, und die hast du mir jetzt beantwortet: Es war gut, daß du damals am Goldstrand warst.«

»Und ob!«

Zwischen Hauptgang und Dessert fragte ich doch noch mal, was Birgit als nächstes vorhabe.

»Weg von zu Hause«, antwortete sie.

»Wohin?«

»Was weiß ich? Zu dir zum Beispiel.«

Ich muß ziemlich blöd dreingeschaut haben, denn Birgit lachte laut auf. Sie legte die Hand auf meinen Arm, dann um meinen Hals, gab mir einen Kuß auf die Nasenspitze: »Das trifft dich hart, was?«

Ich nickte: »Solche Scherze solltest du mit einem Mann mittleren Alters nicht mehr machen.«

Sie schüttelte den Kopf: »Kein Scherz. Ich komme wirklich. Sieh mal, deine Wohnung steht halb leer. Vera wird sich nicht auf mich freuen, aber an mich gewöhnen. Außerdem zahle ich Miete.«

»Wovon?«

»Ich gehe jobben. Kellnern. Irgendwas. Nein, nicht auf den Strich. Keine Angst, ich bleibe sauber!«

Um es kurz zu machen: Seit einer Woche wohnt Birgit bei mir. Dafür ist Vera ausgezogen. Die Auseinandersetzung mit ihr will ich hier nicht wiedergeben, da sie keinen unmittelbaren Zusammenhang mit der Geschichte hat. Vera hat mein Verhältnis zu Birgit nie begreifen können oder wollen. Vera und ich hatten es nicht schwer, uns zu trennen, wir hatten uns noch nicht mal richtig gefunden. Eine typische Großstadtliebelei zwischen zwei Leuten, die nur nicht allein sein wollten.

Birgits Eltern rückten mir, telefonisch wenigstens, auf die Pelle: Ich hätte ihre Tochter entführt und hielte sie unter Verschluß, sie würden ihren Anwalt beauftragen und die Polizei schicken. Natürlich taten sie beides nicht. Birgit ist achtzehn und damit volljährig, und ich bin unbescholten.

Mit einem Mädchen wie Birgit allein in einer Wohnung zu wohnen, ist ein zwiespältiges Gefühl. Ich sehe sie wie eine Tochter an, versuche es zumindest, und vom Alter her könnte sie es ja auch sein. Aber sie hat eine Art, sich frei und ungezwungen zu bewegen, so daß ich meine Augen und Gedanken manchmal nur schwer von ihr lösen kann. Sie weiß das natürlich.

»Andy«, sagte sie gestern, »du bist ein Oldie, aber noch ziemlich knackig. Manchmal denke ich, wir sollten miteinander schlafen. Aber ich kann nicht, wegen Alex.«

»Ja«, konnte ich nur sagen, »beziehungsweise nein.«

»Wenn es dich tröstet: Ich schlafe auch nicht mit anderen.«

»Du mußt dich nicht entschuldigen«, sagte ich.

Alex' Foto hat sie an die Wand gepinnt, mitten an die Wand, an der außer dem Foto nichts ist. Gegenüber hängt, wie früher, Erich Honecker. Noch hat es nichts geholfen.

Heute geht Birgit zum erstenmal kellnern. Fünfzig Mark soll sie für den Abend kriegen, plus Trinkgelder. Ehe Alex nicht frei ist, will sie nichts »Richtiges« anfangen.

Die Geschichte ihrer Begegnung mit Alex am Goldstrand in Bulgarien habe ich, soweit sie geschrieben ist, Birgit heute vorgelesen. Im Kern sei es so gewesen, sagte sie, nicht in allen Einzelheiten, aber im Kern. Ich solle jedoch alles so lassen, es gefalle ihr.

30

Die letzte Woche des Bulgarien-Urlaubs kam Birgit schrecklich lang vor.

Sie schlief morgens bis in die Puppen, obwohl sie abends mit den Hühnern ins Bett ging. Sie verschlief das Frühstück, knabberte mittags an einem Sandwich und ließ abends meistens den Hauptgang weg. Sie mied am

Strand die Gesellschaft ihrer Eltern und machte lange Spaziergänge. Sie versuchte sich an die Sätze zu erinnern, die Alex in den Sand geschrieben hatte, brachte aber nicht mehr alles zusammen. Wichtig waren ja nur die letzten Worte gewesen: ICH LIEBE DICH. Viermal: ICH LIEBE DICH.

ICH DICH AUCH, schrieb Birgit in den Sand und setzte sich daneben.

Leute kamen vorbei, lasen den unvollständigen Satz, feixten und ließen anzügliche Bemerkungen fallen: Du mich auch? Warum gerade mich? Wann darf es sein? Und so weiter. Birgit lächelte und dachte: Ach, ihr Affen!

Sie wurde viel von Halbwüchsigen angesprochen, aber auch von älteren Herren. Von Einheimischen, von DDR-Bürgern, von BRD-Bürgern. (Sie schloß das jeweils aus der Sprache oder dem Dialekt, denn sie fragte nicht nach.) Sie schaute an allen vorbei, aber ein wenig genoß sie auch die Aufmerksamkeit, die ihr entgegengebracht wurde. Sie hatte drei, vier Pfund abgenommen. Sie legte sich an ruhigen Strandabschnitten oben ohne in die Sonne, um sich ebenmäßig bräunen zu lassen. Für Alex. Bald.

31

Der Mercedes war übel zugerichtet: Stoßstange halb abgerissen, Heck links eingedrückt bis zum Radkasten, die Leuchten zertrümmert. Der Besitzer sah nicht weniger trostlos aus: Hängende Schultern, zerknirschtes Gesicht, leidender Blick. »Mensch, fuffzehn Jahre keen Kratzer«, klagte er, »und nu passiert mir so wat.«

»Wer ist Ihnen denn draufgeknallt?« fragte Alex teilnahmsvoll.

»Druffjeknallt? Keener! Ick bin zu schnell rückwärts jefahren. Det saacht jedenfalls die Volkspolizei.«

»Und wer war hinter Ihnen?«

»Det isset ja: die Volkspolizei.«

»Und wie war es wirklich?« fragte Alex.

»Det is doch janz ejal.«

Alex wußte nicht, wie er den Unglücklichen trösten sollte. Er kannte den Mann, der irgendein Privatgeschäft betrieb und seinen über zwanzig Jahre alten Mercedes 220 S in der Werkstatt warten ließ, in der Alex aushalf. Das Auto hatte 291000 Kilometer auf dem Buckel, sah aber fast wie neu aus – beziehungsweise hatte bis zu dem Unfall fast wie neu ausgesehen.

»Das Blech kriegen wir hin«, versprach Alex, »die Stoßstangen auch, bloß die Leuchten müssen wir aus West besorgen.«

»Wie denn?« fragte der Mann verzweifelt.

»Meine Oma kann das mitbringen, die darf schon rüber.«

Der Mann hatte plötzlich einen Hoffnungsschimmer in den Augenwinkeln und nickte Alex zu. Beide hatten verstanden, daß dieser Tage ein bißchen harte Währung vonnöten war.

»Na also«, sagte Alex, »dann geht ja alles seinen sozialistischen Gang.«

Alex hatte Zeit. Das Abitur war in der Tasche, die Einberufung zur »Fahne« hatte noch Weile. Alex nutzte die freie Zeit zum Geldverdienen. Geld hieß für ihn D-Mark. DDR-Mark brauchte man zwar auch, für die Straßenbahn, fürs Kino, für den FDJ-Beitrag. Aber für alles Wichtige mußte man D-Mark haben, für richtige

Sweatshirts, für richtige Schallplatten, für eine richtige Quarzuhr. Alex kannte Leute, die den richtigen Klassenstandpunkt vertraten und alles Westliche als dekadent ablehnten. Er hielt diesen Standpunkt gar nicht für falsch – sofern er auf konsequenter Überzeugung beruhte. Aber die meisten dieser Leute hatte Alex im Verdacht, sie seien nur nicht pfiffig genug, um an harte Währung heranzukommen. Er kannte andere, die D-Mark von der Westverwandtschaft geradezu nachgeworfen bekamen und damit prahlten. Die verachtete er gleichermaßen.

Alex selbst hatte diese wirklich unbezahlbare Quelle hier aufgetan, die kleine private Klitsche im Hinterhof, wo alles repariert wurde, was auf vier Rädern daherkam. Der Chef, der noch keine dreißig war, Kurt hieß und Kutte genannt wurde, hatte eine unnachahmliche Art, Kostenvoranschläge zu unterbreiten: »Janz billich wird's nich, aba lohnt sich unbedingt, is ja 'n jutet Fahrzeuch. Dauern tut's 'n bißken. Wie lange? Weeß ick nich, kommt druff an. Hab 'ne lange Warteliste, allet jute Kundschaft.« Die Kunden gaben dann meistens ganz eilig in verschlüsselter Form zu verstehen, sie würden versuchen, ein wenig harte Währung aufzutreiben.

Alex war fix und mittlerweile auch routiniert. Kutte wußte, was er an ihm hatte, und beteiligte ihn angemessen an den Einnahmen.

Der Bulgarien-Urlaub hatte Alex' Rücklagen aufgefressen, die Kasse mußte dringend gefüllt werden. Wenn Birgit kam, wollte er sich nicht als armer Zoni von ihr aushalten lassen, sondern ihr etwas bieten. Dafür brauchte er D-Mark. Man brauchte sie einfach, und merkwürdigerweise hatten sie auch die meisten. Die keine hatten, waren die wirklich armen Schweine.

In der Schule war Alex mal mit einer vorlauten

Bemerkung angeeckt: Wenn Karl Marx versprochen habe, im Kommunismus werde einst das Geld überflüssig und abgeschafft, dann sei die DDR ja schon ein schönes Stück vorangekommen auf diesem Weg, denn zumindest ihr eigenes Geld könne sie bald abschaffen, ohne daß es groß auffiele – wenn nur die D-Mark bliebe.

Alex brauchte jetzt viel Westgeld, wegen Birgit. Seit der Rückkehr aus Bulgarien hatte er nur eines im Sinn: Birgits ersten Besuch. An einem Werktag müßte sie kommen, wenn seine Eltern beide im Dienst waren. Oder an einem Abend, an dem sie Theaterabonnement hatten. Notfalls konnte man es auch deichseln, daß Omas Wohnung in der Karl-Marx-Allee gerade sturmfrei war. Besonders romantisch wäre es natürlich, mit dem bewährten Zelt ins Grüne zu fahren, vielleicht in die Müggelberge. Aber womit? Mit dem Moped? Zu zweit samt Zelt?

Wenn ich bloß wüßte, dachte Alex, wann sie zurückkommt aus Varna. Man hätte sie abpassen können, wenn sie mit Interflug in Schönefeld ankam. Aber auf gut Glück am Flughafen warten? Alex ärgerte sich, daß er im schmerzlichen Abschied die praktischen Fragen völlig vergessen hatte.

Siedendheiß fiel ihm ein, daß er nicht mal ihre Anschrift wußte. Er konnte also nur warten, daß sie sich meldete.

»Mann, bin ich bekloppt!« murmelte er, über das zerstörte Mercedes-Heck gebeugt.

»Wat is'n los?« fragte Kutte.

»Nix.«

»Erzähl doch mal wat von Bulgarien«, forderte ihn Kutte auf, »wie war's mit Weibern? Viel gebumst?«

»Nee.«

»Wat denn, jarnich?«

»Doch.«

»Und? Wie war se? Wie sah se aus? Jutet Fahrjestell? Heißet Jerät?«

»Ach, hör auf!« bat Alex.

32

Auf der Fahrt durch Ost-Berlin hielt Birgit diesmal die Augen offen. Vor drei Wochen, auf dem Weg von West-Berlin zum Flughafen Schönefeld, hatte sie kaum einmal aus dem Busfenster geschaut. Was ging sie dieses Ost-Berlin an, wo sie niemanden kannte? Ihre Eltern hatten gesagt, es sei billiger, mit Interflug ab Schönefeld zu fliegen als mit PanAm ab Tegel, also waren sie in Gottes Namen mit dem Bus durch dieses Ost-Berlin gefahren. Birgit hatte jedenfalls ganz woanders hingewollt.

Auf dem Rückweg war alles anders. Das also, dachte Birgit, ist die Stadt, in der Alex lebt.

Der Bus fuhr eine schnurgerade breite Allee hinunter, Birgit erhaschte im Vorbeifahren ein Straßenschild: Adlergestell. Blöder Name, dachte sie. Adlergestell, das klang wie Fahrgestell, wie Flugzeugfahrgestell. Beim Anflug auf Schönefeld hatte vorhin die Maschine mit Mordsgetöse ihr Fahrgestell ausgefahren, so ungewöhnlich laut, daß in der Kabine für kurze Zeit alle Gespräche verstummt waren. Adlergestell.

»Wo sind wir hier?« fragte Birgit ihren Vater.

»Keine Ahnung. Irgendein Vorort.«

Wieder ein Schild am Straßenrand: Sowjetisches Ehrenmal. Moment mal, war das nicht in West-Berlin, kurz vorm Brandenburger Tor? Wo immer die russischen Soldaten davorstanden wie in Zinn gegossen? Aber dieses Denkmal konnte ja nicht gemeint sein, es mußte also in Ost-Berlin auch noch so ein Ding geben.

Dann ging es über einen Fluß, die Spree, wie Birgit mutmaßte. Sie achtete ietzt auf die Autos, die den Bus überholten, es waren viele Wartburgs darunter, wie Bobrowskis einen hatten, und noch mehr Trabbis, wie sie Birgit auf dem Campingplatz in Bulgarien zahlreich gesehen hatte. Sie achtete auf Busse, Lastwagen, Taxis, alle sahen sie ganz anders aus als in West-Berlin. Es war wirklich wie Ausland. Eigentlich ist es ja auch Ausland, dachte Birgit.

Straßenbahnen! In Ost-Berlin gab es tatsächlich noch Straßenbahnen.

»Das ist die Stalinallee«, sagte ihr Vater, als sie eine breite Straße mit altmodischen, merkwürdig aufgeputzten Häusern überquerten.

»Stalinallee?« fragte Birgit.

»Nie gehört, natürlich! Was lernt ihr eigentlich noch auf der Schule?«

Birgit antwortete nicht auf diese oft gehörte Frage.

Sie dachte an etwas ganz anderes. Wenn nun plötzlich Alex auf seinem Moped vorbeikäme... Was dann tun? Halt rufen? Den Busfahrer würde es kaum scheren. Die Tür aufreißen und rausspringen? Ging wahrscheinlich gar nicht, technisch gesehen. Das Fenster einschlagen? Womit denn?

Es war ja nicht völlig ausgeschlossen, daß Alex gerade jetzt und gerade hier des Weges kam. Aber es würde nichts passieren. Er würde weiterfahren, ohne zu wissen, wer ihm gerade begegnet war. Es war besser, wenn Alex nicht gerade jetzt und hier vorbeikam.

Aber hätte er nicht am Flughafen Schönefeld warten können? Das wäre die totale Überraschung gewesen!

Hätte er nicht... Aber wie hätte er denn wissen sollen? Sie hatten ja am Goldstrand nicht darüber gesprochen, wann und welche Maschine und so weiter. Wie dumm!

Dimitroffstraße. Wer war das nun schon wieder?

»In welcher Richtung wohnen von hier aus eigentlich Bobrowskis?« fragte Birgit ihren Vater.

»Keine Ahnung.«

»Alex sagt, sie wohnen in der Nähe von einem Fußballstadion.«

»Ich kenne hier keins.«

»Alex sagt, es ist gar nicht weit von uns. Luftlinie jedenfalls. Die Straße heißt... Warte mal!«

Birgit griff nach dem Zettel, auf dem Alex seine Adresse für sie aufgeschrieben hatte. Mit Herzchen verziert.

Der Zettel war nicht da.

Birgit war sicher, daß sie ihn ins Seitenfach ihres Portemonnaies gesteckt hatte. Neben die Geldscheine. Ihr wurde heiß vor Aufregung, als sie das Portemonnaie um- und umdrehte. Sie versuchte zu rekonstruieren, ob sie es auf der Reise noch mal geöffnet hatte. Ja! Am Flughafen! Bei der Zollkontrolle, als sie ihr Geld hatte zählen müssen. Nur da konnte der Zettel herausgefallen sein.

Aber die Eltern hatten ja eine Verabredung mit Bobrowskis, beruhigte sich Birgit.

Grenzkontrolle an der Mauer.

Birgit schaute sich nach Alex um, obwohl sie sich sagte, daß er hier ganz gewiß nicht auf sie warten würde. Wahrscheinlich durfte er nicht mal so nahe ran an den Grenzübergang. Aber sie schaute sich trotzdem um. Sie hatte mit einemmal die ganz blödsinnige Idee, auszusteigen und einfach nicht mit hinüberzufahren nach West-Berlin. Auszusteigen und sich auf die Suche nach Alex zu machen.

Birgit wußte nicht, wie sie demnächst von West- nach Ost-Berlin kommen sollte, welche Papiere sie benötigte und wieviel Zeit. Sie hatte sich darüber noch nie Gedanken gemacht, auch nicht in Bulgarien. Aber plötzlich kam diese Frage in ihr hoch und bohrte sich sogleich in ihren Kopf hinein. Sie wollte aber nicht ihre Eltern fragen, sie wollte es selbst herausbekommen.

Die Kontrolle ging schnell, hinter der Grenze sagte Charlotte: »So ein Blödsinn, daß wir noch bis Bahnhof Zoo mitfahren müssen. Hier wären wir fast vor der eigenen Haustür.«

»Habt ihr die Anschrift von Bobrowskis?« fragte Birgit.

»Habe ich irgendwo aufgeschrieben«, antwortete ihre Mutter, »aber ich fürchte fast, ich habe den Zettel im Hotel liegenlassen. Ja, ich bin sogar sicher.«

»Aber ihr müßt doch. . . !«

Birgit war für einen Moment sprachlos.

»Aber eine Telefonnummer habt ihr doch?« fragte sie dann.

»Ich glaube, die haben gar kein Telefon.«

»Aber wie wollt ihr denn das machen?« rief Birgit. »Ihr habt doch mit Bobrowskis verabredet, daß ihr euch bald mal trefft.«

»Ach Gott, das war doch nicht wörtlich gemeint. So was sagt man öfter mal bei Urlaubsbekanntschaften.«

»Das heißt, ihr. . . «

Birgit wußte nicht weiter.

»Hast du denn nicht die Anschrift von deinem Alex?« fragte Birgits Vater.

Sie schüttelte den Kopf.

»Dann kann ja die Liebe nicht so groß sein«, bemerkte ihre Mutter.

»Oder die Intelligenz«, sagte der Vater.

»Ach, ihr...«, wollte Birgit sagen.

Ihr werdet schon sehen, dachte sie.

33

»Sie können an dreißig Tagen im Jahr nach Ost-Berlin reisen.«

»Was denn!« fuhr Birgit hoch, »nur dreißigmal im Jahr? Das ist doch wohl ein Witz!«

»Witz oder nicht Witz, so ist die Vorschrift.«

Am Montagmorgen nach der Rückkehr aus Bulgarien, Birgit hatte noch Ferien, war sie losmarschiert, um sich kundig zu machen. Es war sonst nicht ihre Art, Pläne umgehend in die Tat umzusetzen, meistens überließ sie der unaufhaltsamen Zeit die Entscheidung. Aber diesmal war es ihr eilig. Im Rathaus Wedding hatte Birgit erfahren, in dieser Angelegenheit erhalte man Auskunft beim Gesamtdeutschen Institut am Fehrbelliner Platz. Sie war sofort mit der U-Bahn hingefahren. Nach einer halben Stunde Wartens saß sie nun einer freundlichen Dame gegenüber, die geduldig erklärte. Einwohner von Berlin (West) konnten Berechtigungsscheine für Tagesbesuche in Ost-Berlin beantragen. Formulare gab es bei den Büros für Besuchs- und Reiseangelegenheiten. Am besten beantragte man einen Mehrfach-Berechtigungsschein, mit dem bis zu neun Besuche bewilligt werden konnten, wobei nur der Termin des ersten Besuchs vorher festgelegt werden mußte. Insgesamt waren, wie gesagt, dreißig Besuche im Jahr möglich.

»Was denn, dann soll ich den Alex nur dreißigmal im Jahr sehen? Die sind ja wohl knülle!«

»Ich weiß nicht, wer Alex ist«, sagte die Dame, »ich vermute aber, er steht Ihnen nahe.«

»Ziemlich.«

»Darauf nehmen die politischen Verhältnisse eben keine Rücksicht.«

»Politische Verhältnisse!«, höhnte Birgit, »was interessieren mich denn die?«

Die Dame, die sicher schon auf die Sechzig ging, lächelte: »Sehen Sie, so ist das eben. Die politischen Verhältnisse kümmern einen erst, wenn man sich an ihnen den Kopf stößt.«

Birgit wollte keine Belehrung über die Notwendigkeit politischen Interesses, sie wollte wissen, wie sie zu Alex kam: »Was muß ich'n machen, daß ich öfter rüber kann?«

»Sie müßten einen bundesdeutschen Reisepaß haben, dann könnten Sie jeden Tag nach Ost-Berlin. Dreihundertfünfundsechzigmal im Jahr.«

»Ich denke, man soll gerade als Berliner keinen bundesdeutschen Paß haben«, wunderte sich Birgit.

Die Dame schmunzelte: »Da haben Sie was verwechselt. Wenn man nicht zur Bundeswehr will, soll man keinen bundesdeutschen Paß haben. Deutschland ist ein kompliziertes Land, nicht wahr?«

»Und wie kriege ich so'n Paß?«

»Mit einem zweiten Wohnsitz in Westdeutschland.«

»Und wie kriege ich den?«

»Also, ein bißchen müssen Sie schon selbst mitdenken.«

Das sah Birgit ein.

In der U-Bahn dachte sie nach. Obwohl sie nun schon lange in Berlin lebte, länger als in Osnabrück, wo sie geboren war, hatte sie von dem soeben Gelernten noch nichts gewußt. Natürlich wußte sie: geteilte Stadt, Mauer, Fluchtversuche, Brandenburger Tor, Alliierte Parade, Checkpoint Charlie, Transit über Dreilinden, Bundespräsident manchmal im Schloß Bellevue, DDR-Protest dagegen – jaja, alles schon gehört, gelesen, gesehen.

Im Wedding, wo sie wohnte, gab es zwei Übergänge nach Ost-Berlin, an der Bornholmer Straße und an der Chausseestraße. Birgit kam manchmal dort vorbei, sah Autos durch die Mauer hinüberfahren oder herüberkommen, sah Menschen hinterm Steuer. Manchmal kamen Krankenwagen oder auch Leichenwagen mit Westberliner oder DDR-Kennzeichen. Birgit fragte sich dann schon mal: Wieso? Warum? Aber sie erkundigte sich nicht.

Manche Klassenkameraden hatten Verwandte drüben, Oma in Ost-Berlin, Onkel in Luckenwalde. Es sei sehr umständlich, sie zu besuchen. Na und? Birgits Oma wohnte in Osnabrück, das war auch nicht in einer halben Stunde zu erreichen. Oma in Osnabrück?

Das war's doch: zweiter Wohnsitz! Natürlich, das war die Idee! Birgit atmete auf.

Die U-Bahn unterquerte Ost-Berlin. Birgit kannte das, war ja schon x-mal mit der Linie 8 gefahren, von West-Berlin unter Ost-Berlin hindurch nach West-Berlin. Vor den geschlossenen Stationen drosselte die Bahn das Tempo, glitt langsam an trübe beleuchteten Bahnsteigen vorbei. Leere Kioske schliefen hinter staubblinden Scheiben. Männer in Uniform bewachten verschlossene Zugänge. Von Stationsschildern blätterte Farbe: Heinrich-Heine-Straße, Jannowitzbrücke, Alexanderplatz. Birgit kannte das.

Da oben, dachte sie plötzlich, lebt Alex.

Sie hatte keine Vorstellung davon, wie es dort aussah.

Da oben liefen sicher Menschen und fuhren Autos, während sich die gelbe Bahn wie ein Dieb in der Nacht unter Straßen, Plätzen, Häusern hindurchschlich. Birgit fiel zum erstenmal auf, wie in diesen düsteren Bahnhöfen sich auf merkwürdige, fast filmreife Art die beiden Welten begegneten: Die Fahrgäste schauten aus dem Zugfenster gleichgültig auf den vorbeigleitenden Bahnsteig, die Männer in Uniform schauten gleichgültig zurück auf die vorbeigleitende Bahn, ohne daß Blicke sich trafen.

Wenn ich in Ost-Berlin bin, dachte Birgit, schaue ich mir mal die toten U-Bahnhöfe von oben an.

»Du mußt mir das hier unterschreiben«, sagte Birgit und schob ihrer Mutter ein Formular samt Kugelschreiber über den Tisch.

»Warum?« fragte Charlotte.

»Weil ich noch nicht volljährig bin.«

Charlotte las das Formular und lachte: »Also willst du wirklich deinen Alex besuchen? Und gleich mehrfach!«

Birgit nickte nur.

»Und wenn ich es nicht unterschreibe?« fragte Charlotte.

Birgit sah ihre Mutter scharf an: »Charly, mach bitte kein' Scheiß! Sonst unterschreibe ich mit deinem Namen, und wir sind geschiedene Leute.«

»Au weia!« machte Charlotte und unterschrieb rasch den Antrag auf einen Mehrfach-Berechtigungsschein.

Birgit griff zum Telefon und wählte eine Nummer.

»Hallo, Oma? Hier ist Birgit. Hör mal, ich brauche umgehend einen zweiten Wohnsitz und einen bundesdeutschen Paß. Das mußt du mir besorgen. Wie man das macht? Das sagen sie dir schon. Ich wohne bei dir, offiziell, meine ich. Schick mir den ganzen Papierkrieg hierher, damit wir alles unterschreiben können. Ja, so bald wie möglich. Es ist eilig. Wieso? Wegen der Liebe, verstehst du? Bitte beeil dich! Versprochen? Ich häkle dir auch zu Weihnachten wieder was. Alles paletti? Tschüs!«

Charlotte hatte zugehört: »Mein Gott, was bist du plötzlich dynamisch!«

»Da staunste, was?«

»Hast du denn inzwischen wenigstens die Anschrift von Bobrowskis?«

»Nee, aber die finde ich auch noch raus. Man muß ja sowieso alles selber machen, weil die Alten solche Tüten sind.«

34

Das Telefon klingelte, Birgit hob ab: »Hier Birgit Bärwald.«

»Ja, hier ist die Oma...«

»Hallo, Oma! Hast du die Papiere abgeschickt?«

»Was für Pap... Moment mal, hier ist die Oma von Alex.«

»Ach so, wo sind Sie denn?« fragte Birgit aufgeregt.

»In einer Telefonzelle am KaDeWe.«

»Ich komme sofort, warten Sie, laufen Sie nicht weg!«

Birgit hängte ein. Sie rannte die Treppe hinunter und überlegte dabei, wie sie am schnellsten zum KaDeWe käme: U-Bahn mit Umsteigen am Kottbusser Tor oder 90er-Bus und dann 24er bis zur Urania. Lange dauerte es so oder so.

In der U-Bahn, ungefähr unter dem Alexanderplatz, fiel Birgit ein, daß sie gar nicht wußte, wie die Oma aussah. Hoffentlich hat sie Ähnlichkeit mit Alex, dachte sie. Von wo aus hatte die Oma eigentlich angerufen? Von einer Telefonzelle am KaDeWe. Das KaDeWe hatte vier Ecken, vielleicht standen an jeder ein paar Telefonzellen. Birgit schlug sich mit dem rechten Handballen vor die Stirn und murmelte ein Schimpfwort, so daß ihr Gegenüber kurz den Blick von seiner Zeitung löste und sie fragend ansah. Wie kann man so blöd sein! dachte sie. In jedem Agentenfilm in ARD und ZDF konnte man lernen, woran sich Unbekannte erkannten: an der Sonnenblume im Knopfloch oder der Prawda hinterm Ohr. Tausendmal gesehen, nix gelernt!

Birgit hastete die Treppen im Bahnhof Wittenbergplatz hoch und ins Freie, und genau gegenüber dem Ausgang, neben dem KaDeWe, erblickte sie Telefonzellen. Sie rannte schnell noch bei Rot hinüber und auf eine Frau zu, die vor den Zellen auf irgend etwas zu warten schien.

»Sind Sie die Oma von Alex?«

»Bitte?«

»Ob Sie die Oma von Alex sind.«

Die Dame schüttelte ärgerlich den Kopf: »Was glaubst du eigentlich, wie alt ich bin?«

Birgit entschuldigte sich, denn die Dame konnte, jedenfalls bei halbwegs normaler Geschlechterfolge, wirklich noch keine Oma sein.

Birgit schaute sich um. Es gab genug denkbare Omas, aber keine schien auf jemanden zu warten, alle strebten einem Ziel zu. Birgit war noch nie aufgefallen, wie viele alte Frauen es in Berlin gab, auffällig schicke und unauffällig schlampige. Das ist also die ungünstige Alterspyramide, dachte sie.

Wie erkannte man bloß eine Oma aus dem Osten? An der abgewetzten Kleidung? Am hungrigen

Gesichtsausdruck? Am gierigen Blick in die Auslagen des KaDeWe?

»Du bist sicher die Birgit.«

Birgit fuhr herum.

»Ich bin die Oma vom Alex.«

Birgit fiel der fremden Frau um den Hals. Sie mußte sich richtig eine Träne abwischen, ehe sie etwas fragen konnte: »Wie haben Sie mich denn gefunden?«

»Nu, ich habe gedacht: Wie könnte ein Mädchen aussehen, das einfach den Hörer einhängt, ehe man sich richtig verabredet hat.«

Birgit biß sich verschämt auf die Lippen.

»Ich habe gleich noch mal bei dir angerufen, aber du warst wohl schon auf und davon.«

»Ja, ich bin manchmal ein bißchen blöd.«

»Gut, daß Alex nichts davon gemerkt hat. Der schwärmt nämlich von dir. Schönen Gruß übrigens.«

»Ja, Mensch, wie geht's ihm denn?«

Die Oma machte ein trauriges Gesicht: »Schlecht. Er hat solche Sehnsucht nach dir.«

»Ich auch.«

Die Oma sah wie eine richtige Oma aus, war klein und mollig, trug graue Dauerwelle und eine Brille mit Kassengestell. Sie hatte zwei große Einkaufsbeutel bei sich. Birgit fand sie ausgesprochen lieb.

»Wo wollen wir hin?« fragte Birgit.

»Also, im KaDeWe war ich schon«, stellte die Oma fest, »da mußte ich was für meine Nachbarin besorgen, die darf noch nicht rüber. Dann muß ich noch zu Mercedes und ein Ersatzteil kaufen. Eigentlich könnten wir aber erst mal ins Kranzler gehen. Das ist für uns doch was Besonderes, wenn wir sagen können: Ich war im Kranzler am Kudamm. Da kriegen doch alle ganz große nasse Augen.«

Birgit stimmte dem Vorschlag zu, obwohl sie das Kranzler für einen Ort für alte Leute hielt. Aber die Oma war ja alt.

»Ich muß leider gestehen, daß ich in der Eile mein Geld zu Hause vergessen habe. Ich bin sogar schon schwarz U-Bahn gefahren.«

»Oh, macht nichts, ich habe ein bißchen bei mir.«

»Dürfen Sie das denn rüberbringen?« fragte Birgit.

»Na ja, ich muß es schon schmuggeln. Aber ich sage immer, in meinem Alter greift mir niemand mehr in den Ausschnitt.«

Im Kranzler kam Birgit endlich dazu, sich ausführlich nach Alex zu erkundigen. Die Zeit seit Bulgarien kam ihr jahrelang vor. So ohne jeden Kontakt, hatte sie manchmal gezweifelt, ob es ihm ebenso ernst sei wie ihr. Nun erfuhr sie es aus erster Hand.

»Oh, ja, er wartet dringend auf dich. Es macht ihn ganz verrückt, dieses Warten. Er würde am liebsten über die Mauer klettern, um dich zu besuchen. Aber das soll er mal schön lassen.«

»Ich komme ja«, beteuerte Birgit, »ich bin praktisch schon da.«

»Ich geb' dir mal sicherheitshalber die Anschrift«, sagte die Oma verschmitzt und schrieb sie auf eine Serviette, »ihr zwei beiden habt ja beim Abschied scheinbar alles verschwitzt.«

»Woher haben Sie übrigens unsere Telefonnummer?«

»Nu, man kann doch hier drüben ins Telefonbuch schauen. Bernd Bärwald ist ja nicht so häufig wie Peter Müller.«

Birgit schaute auf die Serviette: »Telefon?«

»Haben sie seit Jahren beantragt«, erwiderte die Oma.

Birgit war es peinlich, daß sie kein Geld eingesteckt

hatte und die Oma nicht einladen konnte. Es schien ihr geradezu paradox, daß die alte Frau aus Ost-Berlin von ihrem mitgebrachten Westgeld Kaffee und Torte im Kranzler für beide bezahlte. Beim ersten Gegenbesuch, nahm sich Birgit vor, würde sie mindestens ein Pfund Kaffee mitnehmen.

Die Oma sah die Sache anders: »Ganz schön«, sagte sie beim Zahlen, »wenn man mal jemanden einladen kann. Wir fühlen uns doch hier immer wie die Schnorrer.«

Birgit bekam heraus, wo die nächste Mercedes-Werkstatt war, sie fuhren mit dem Bus hin. Die Oma erklärte unterwegs, wozu sie bzw. Alex eine linke Rückleuchte für einen zwanzig Jahre alten 220er brauchte.

»Seine Eltern wissen immer noch nichts davon, daß Alex in der Werkstatt arbeitet. Dabei ist es fast schon sein Hauptberuf geworden.«

Das Ersatzteil war nicht vorrätig.

»Das gibt's doch nicht«, empörte sich Birgit. »Was ist'n das für 'ne bekloppte Automarke!«

Der Mann im blauen Kittel blieb freundlich: »Wir können es bestellen.«

»Es muß aber heute noch nach Ost-Berlin.«

Der Mann schüttelte den Kopf: »Heute nicht mehr.«

»Dann gehen wir woandershin.«

»Vielleicht versuchen Sie's mal bei BMW.«

Die Oma wußte Rat: »Du bringst das Teil mit, wenn du rüberkommst. Da muß der arme Mann mit seinem Mercedes eben noch ein bißchen warten.«

»Wenn er einen Wartburg hätte«, bemerkte der Mann, »müßte er noch länger warten. Wie der Name schon sagt.«

»Ha, ha«, machte Birgit.

Seitdem sie Alex kannte, störten sie solche Bemerkungen.

Der Nachmittag war im Nu vorüber, die Oma mußte zurück. Birgit fuhr, da es sowieso ihre Richtung war, in der S-Bahn mit bis zum Lehrter Bahnhof.

»Bis bald«, sagte Birgit.

»Na und? Soll ich ihm nichts ausrichten?«

»Ja, doch.« Birgit fiel nicht der richtige Satz ein.

»Soll ich ihm ausrichten, daß du ihn liebhast?«

»Ja, genau!«

Ehe sie ausstieg, nahm Birgit die Oma bei den Schultern und gab ihr einen Kuß: »Den geben Sie weiter an Alex.«

Auf dem Heimweg dachte sie über das Wort nach: Liebhaben. Klang altmodisch, aber schön. Die Oma hätte wohl auch nicht ausrichten können: Birgit steht total auf dich.

35

»Wovon hast du bloß immer so dreckige Pfoten?« fragte Boris Bobrowski seinen Sohn beim Abendbrot.

Alex antwortete nicht, sondern fragte pampig zurück: »Soll ich in der Küche essen?«

»Bitte nicht diese Töne!« fuhr Nina dazwischen.

Die drei aßen eine Zeitlang schweigend weiter, bis Boris von seiner Frau wissen wollte: »Ist die Fischbüchse aus'm *Delikat?*«

»Ja, schmeckt sie nicht?«

»Nicht besser als aus'm HO.«

Nina erwiderte nichts. Sie fand Boris' tägliche Nörgeleien nur noch ermüdend. Früher hätte sie geantwortet: Kannst ja mal selber nach dem Dienst noch einkaufen gehen. Aber das war oft genug diskutiert worden und stets ohne Ergebnis. Nach weiteren Minuten tonlosen Kauens und Schluckens kam Nina auf Boris' erste Frage zurück: »Alex, die dreckigen Hände. Du willst mir doch nicht weismachen, daß du Tag für Tag im Verein Rennräder reparierst. So viele Rennräder gibt's in der ganzen DDR nicht.«

»DDR-Rennräder sind besonders reparaturanfällig«, gab Alex kurz angebunden zurück.

Seine Mutter ließ sich nicht abwimmeln: »Scherz beiseite! Du kannst ja zwischen Abi und Fahne mit deiner Zeit anfangen, was du willst. Aber ich will es wenigstens wissen.«

Alex überlegte eine Weile, ob er antworten solle. Auf Dauer, hatte er schon oft gedacht, ließ sich der Job in Kuttes Autowerkstatt nicht verheimlichen. Außerdem war Alex stolz auf das selbstverdiente Westgeld und hätte furchtbar gern davon erzählt. Freilich wußte er, daß sein Vater nichts hielt von solchen Beschäftigungen am Rande der Legalität und außerhalb des Üblichen. Sein Vater war kein glühender Sozialist, aber ein treuer DDR-Bürger, der die üblichen Witze über Honecker und die sowjetischen Freunde erzählte und im Suff auch mal gefährlich lose Reden führte, der aber ansonsten streng auf Loyalität zu seinem Staat achtete.

Alex gab sich einen Schubs: »Ich mache Kohle.«

»Ach so. Und davon hast du so kohlrabenschwarze Pfoten?« fragte Boris.

»Hände«, verbesserte Alex kauend.

»Was für Kohle?«

»Richtige. Echte Kohle. Bunte, verstehst du?«

Boris stutzte einen Augenblick: »Harte Währung?«

Alex nickte.

»Komm, Junge, laß dir nicht die Würmer einzeln aus der Nase ziehen!«

Alex erzählte.

»Und das findest du korrekt?« fragte am Ende sein Vater.

Das nun hatte Alex gerade noch gefehlt: »Was heißt denn da korrekt? Findest du es korrekt, daß bei uns die einen Westgeld haben und die anderen nicht? Daß die einen Champagner trinken und die anderen Rotkäppchensekt saufen? Ist das korrekt? Willste ins Konzert von Spider Murphy und kriegst keine Karte über die FDJ, brauchste Westgeld. Ohne Buntes bist du doch in diesem Staat der letzte Dödel.«

»Dann bin ich also der letzte Dödel«, stellte Boris fest.

»Ja«, erwiderte Alex geradeheraus.

Boris war ganz anderer Ansicht: »Ich finde eben diese Zwei-Währungs- und Zwei-Klassen-Gesellschaft nicht korrekt, ich finde sie sogar zum Kotzen.«

»Und du meinst«, mischte sich Nina ein, »mit deiner strikten Ablehnung schaffst du diese unhaltbaren Zustände aus der Welt?«

»Bitte sei nicht polemisch!« bat Boris gereizt. »Nach eurer Logik könnte ich zum Beispiel hemmungslos klauen, weil ich durch eigene Ehrlichkeit das kriminelle Phänomen der Eigentumsdelikte nicht aus der Welt schaffe.«

»Das ist mir zu blöd«, sagte Alex. »Entschuldigung! Zu hoch.«

Boris machte ein ernstes, wenn nicht besorgtes Gesicht und hub zu einer Erklärung an: »Wir leben in der DDR.«

»So ist es«, bestätigte Nina, »wir leben in gesicherten Grenzen hinterm antifaschistischen Schutzwall.«

»Davon wollte ich jetzt nicht reden.«

»Aber ich.«

»Aber ich nicht!« Boris haute mit der Faust auf den Tisch, so daß die Teetassen hüpften. »Ich rede davon, daß hier nicht jeder machen kann, was er will, weil sonst aus dem Staat nie was wird. Ein bißchen was haben wir diesem Staat schließlich auch zu verdanken. Mit meiner gesellschaftlichen Herkunft hätte ich in der BRD jedenfalls nicht studieren können.«

»Ach was!« Nina machte eine wegwerfende Handbewegung. »Ich will dir mal was sagen: Der Staat soll entweder das Westgeld in der DDR verbieten, oder er soll uns welches geben, oder er soll uns dorthin gehen lassen, wo wir welches verdienen können.«

Boris erwiderte nichts. Er war grundsätzlich der Ansicht, die DDR biete ihm ein sicheres Dasein unter annehmbaren Bedingungen. Nina hätte lieber ein weniger sicheres Dasein im Westen riskiert, um wenigstens die Chance besserer Bedingungen zu haben. Alex versuchte, aus allem das Beste zu machen.

»Ich muß auch zusehen«, sagte Nina in die Pause hinein, »wo ich mein Westgeld herkriege.«

»Und woher kriegst du es?«

»Ach, weißt du, im Krankenhaus bleibt ab und zu mal eine angebrochene Packung Westmedikamente liegen. Die sind ja bei uns sehr begehrt.«

»Das ist ja Diebstahl!« rief Boris erschrocken.

»Na und? Hast du noch nie davon gehört, daß überall in der DDR die Leute klauen wie die Raben? Wie soll denn einer zum Beispiel eine Datsche bauen, ohne Baumaterial zu klauen? Was meinst du, wie leer es plötzlich in der Märkischen Schweiz wäre, wenn nur noch die ehrlichen Datschen stehenblieben. Und in eurer Chemiebude klauen sie auch, tu doch nicht so, als hättest du noch nie davon gehört! Aber ist es vielleicht unsere Schuld? Wenn wir für unser Geld – wohlgemerkt: für unseres! – alles zu kaufen kriegten, was wir brauchen, gäbe es das Problem nicht.«

Nina hatte sich förmlich in Rage geredet, Boris hielt es für besser, sie nicht weiter zu reizen. Allerdings war er mit dem Gehörten noch nicht fertig. Da hatte also seine Familie hinter seinem Rücken mehr oder weniger zweifelhafte Mittel und Wege gefunden, an »harte Währung« heranzukommen. Die Sache mit den Medikamenten fand Boris nicht in Ordnung, er hatte Angst, daß Nina eines Tages damit aufflog. Alex' Aktivität nötigte ihm wenigstens Anerkennung ab. Sein Sohn war ein cleveres Bürschchen, alle Achtung! Beunruhigend fand Boris nur, daß er die ganze Zeit über nichts davon gewußt hatte. Es war in der DDR nicht ganz ungefährlich, seine halbwüchsigen Kinder an allzu langer Leine laufen zu lassen.

»Treibst du sonst noch Dinge«, fragte Boris seinen Sohn, »von denen ich nichts weiß?«

Alex schüttelte den Kopf und zählte auf: »Schule, FDJ, Radsport, Aufbau des Sozialismus. Das war eigentlich alles in der letzten Zeit. Ach so, in die Kirche gehe ich manchmal.«

»Zum Gottesdienst?« wunderte sich Boris.

»Quatsch! Das ist doch langweilig. Nein, Diskussionen, Ausstellungen, Konzerte. Da tut sich was. Da kannste wirklich mal sehen, was anliegt. FDJ ist doch öde, da plapperst du bloß ein paar Formeln nach. Aber in der Kirche geht die Post ab, kann ich dir sagen.«

»Junge, sei vorsichtig!« riet Boris.

»Wieso? Kirche ist doch nicht verboten.«

Es war zwanzig Uhr geworden, geheiligte Zeit für die »Tagesschau« im Ersten. Die neuen Arbeitslosenzahlen in der BRD, Generalstreik in Italien, Bombenanschläge in Paris und im Baskenland, neuer Giftskandal am Rhein, Polizeierfolg gegen Drogenhändler, nur östlich der Elbe noch vereinzelte Niederschläge.

»Ich habe beim besten Willen keine Möglichkeit«, sagte Boris, »an Westgeld ranzukommen.«

»Ich kann dir was tauschen«, meinte Alex. »Im Augenblick ist der Schwarzmarktkurs eins zu sechs, bei mir kriegst du eins zu fünf.«

36

Die S-Bahn rollte langsam aus dem Lehrter Bahnhof und näherte sich der Grenze. Birgit hatte ein mulmiges Gefühl im Magen. Warum eigentlich? dachte sie. Ich werde mich in Ost-Berlin anständig benehmen, keiner wird mir etwas tun. Warum also dieses dumme Gefühl? Nur weil alle sagten: oh, Gott, diese DDR?

Die S-Bahn ratterte zwischen Mauern und Gitterzäunen dahin, es waren kaum Menschen zu sehen, außer solchen in Uniform. So richtig anheimelnd, dachte Birgit, wirkt es nicht. Rechter Hand, nun schon hinter der Mauer, sah sie den riesigen grauen Kasten des Reichstagsgebäudes. Letztes Jahr, beim Besuch mit der Schulklasse, hatten sie von einem Eckbalkon aus nach Osten geschaut, auf Mauern und Zäune und die S-Bahn. So sah nun also der Reichstag »von drüben« aus.

Der Zug hielt quietschend im Bahnhof Friedrichstraße, Birgit ergriff ihre drei Plastiktüten. Eine Menge Menschen auf dem engen Bahnsteig, viele Alte darunter, aber auch eine fröhlich lärmende Schulklasse. Ein Kiosk, ein »Intershop«, vor dem sich schnell eine Schlange bildete.

Birgit folgte dem Strom der mit ihr Angekommenen und tauchte in das vielgeschossige, ockerfarben gekachelte Labyrinth des Bahnhofs ein. Sie achtete nicht auf Hinweisschilder, trottete immer nur hinter den anderen her, bis in eine Halle mit mehreren Schaltern. Sie stellte sich, ganz clever, an der kürzesten Schlange an.

»Na, Frolleinchen, hier stehnse aber falsch«, sagte jemand. Es war ein alter Mann.

»Hier ist für heimkehrende DDR-Bürger«, sagte er, »also praktisch für Rentner. Und wie 'ne Rentnerin sehnse mir nicht aus.«

Birgit bedankte sich und stellte sich richtig an: »Bürger der BRD und von West-Berlin«.

Hoffentlich ist er da! dachte sie.

Seit Bulgarien hatte sie nicht mit Alex sprechen können. Einen Brief hatte sie ihm geschrieben, nachdem sie von der Oma seine Adresse bekommen hatte. Einen Brief mit Beteuerungen, die ihr beim Schreiben todernst gewesen waren, die ihr im Nachhinein aber ganz kindisch vorkamen. Vorgestern hatte Alex angerufen, er besaß ja nun ihre Nummer, aber Birgit war unglückseligerweise nicht zu Hause gewesen. Ihre Mutter hatte ihr beiläufig von dem Anruf berichtet.

»Was hat er gesagt?« hatte Birgit elektrisiert gefragt.

»Was schon? Sollst mal kommen.«

Als kein weiterer Anruf kam, hatte Birgit gestern abend ein Telegramm losgeschickt: »Komme morgen mittag Friedrichstraße, Birgit«. So ein richtig stupider Telegrammtext, dachte sie. Aber das, was sie gern telegrafiert hätte, hätte sündhaft hohe Gebühren gekostet.

Hoffentlich ist er da!

Birgit schob ihren Ausweis und die Genehmigung unter einer Glasscheibe hindurch. Dahinter saß ein Mann mit drei goldenen Knöpfen auf den Schulterklappen seines Militärhemdes. Er schaute Birgit interesselos an und verglich sie mit ihrem Foto. Der Mann verrichtete mit unbewegtem Gesicht seine Arbeit, aber was er hinter seinem Schalter eigentlich trieb, konnte Birgit nicht sehen. Nach zwei Minuten schob er den Ausweis zurück. Birgit verabschiedete sich, der Mann nickte nur.

Hinter der nächsten Tür die nächsten Uniformen, taubenblaue diesmal. »Durchführung des verbindlichen Mindestumtauschs.« Dann wurde Birgit von einem relativ jungen Beamten gefragt, was sie in ihren drei Tüten mit sich führe.

»Geschenke«, antwortete sie.

»Für wen?«

»Für meinen...« Birgit verbesserte sich rasch: »Für einen Freund.«

»Kann ich mal reingucken?«

Er förderte den Karton mit Mercedes-Stern zutage, worin die Rückleuchte eingepackt war.

»Vornehme Freunde«, bemerkte er.

Birgit lächelte ihn an, er lächelte zurück und schickte sie fort.

Hinter einer weiteren Tür schaute Birgit in ein Dutzend erwartungsvoll starrender Gesichter.

»Hey, Birgit!« rief es.

Wohl zwei Minuten lagen sich Birgit und Alex in den Armen, ohne etwas zu sagen. Als sie sich endlich voneinander lösten, blinzelten sie sich aus feuchten Augen an. Immer noch fanden sie keine Worte. Schließlich hob Birgit ihre Plastiktüten auf, die sie hatte fallen lassen, und gab eine davon Alex: »Hier, die Rückleuchte.«

»Spitze«, sagte er.

Hand in Hand verließen sie den Bahnhof und traten auf die Friedrichstraße. Am Bordstein stand eine dreißig Meter lange Schlange von Menschen mit Koffern und Taschen, am Anfang der Schlange hielt gerade ein einziges Taxi und nahm eine Rentnerin auf.

»Wenn ich die Fahrerlaubnis habe«, sagte Alex, »fahre ich Schwarztaxi. Eine Goldgrube in unserer Hauptstadt, kann ich dir sagen. Hier gibt's doch weniger Taxis als in der sibirischen Tundra. Ich muß dann bloß noch den Alten rumkriegen, daß er mir abends den Wartburg dafür gibt.«

»Und womit fahren wir jetzt?« fragte Birgit. »Und wohin überhaupt?«

»Mit der Straßenbahn zu uns nach Hause.«

Sie nahmen die Linie 46, Alex erklärte links und rechts der Strecke: Berliner Ensemble, Brecht, Weigel und so weiter. Friedrichstadtpalast, ganz neu, sensationell, wie Las Vegas, vermutet kein Schwein ausgerechnet im Sozialismus, aber unsere Partei zeigt's ihnen. Ständige Vertretung der BRD, davor lauter Volkspolizisten, damit niemand aus Versehen reingeht. Brecht-Gedenkstätte. Dahinter zwei alte Friedhöfe mit lauter Prominenten. Dann ein paar Stationen weit nichts Erwähnenswertes. Schließlich die Schönhauser Allee mit der Hochbahn in der Mitte, und mitten unter der Hochbahn die Würstchenbude von Konopke, die weltberühmteste der Hauptstadt der DDR.

»Zeige ich dir alles noch ganz genau«, versprach Alex.

Sie stiegen aus und gingen zwei Häuserblocks weit.

Dann standen sie im halbdunklen Flur der Bobrowskischen Altbauwohnung, und Alex half Birgit aus der Jacke.

»Schön, daß du endlich da bist«, sagte er leise.

»Ja.«

»Hast du Sehnsucht gehabt?«

»Komm mit in mein Zimmer.«

»Ja.«

Alex ließ keinen Zweifel daran, worauf er sich gefreut und wonach er sich gesehnt hatte. Birgit hatte sich ebenfalls danach gesehnt. Die ganze Zeit seit Alex' Abreise aus Bulgarien hatte sie sich danach gesehnt. Aber jetzt, nach so langen Wochen, so kurz nach dem Wiedersehen, in einer fremden Wohnung...

»Ich hab' dir was mitgebracht«, sagte sie.

»Ja, ich weiß, eine Rückleuchte.«

»Nee, noch was. Guck mal in die andere Tüte!«

Alex guckte in die zweite Tüte: »Was soll ich denn mit Kaffee? Fällt euch Wessis immer bloß Jakobs Krönung ein?«

»Der ist doch für die Oma.«

Birgit zeigte auf die dritte Tüte.

Diesmal ließ Alex einen kleinen entzückten Aufschrei hören: »Mann, is ja affengeil! Ein Michael-Jackson-Sweatshirt!«

Er lotste Birgit in sein Zimmer, wo er das Sweatshirt sofort anprobierte. Es paßte.

Er ließ sich rückwärts auf sein Bett fallen und machte die Arme auf. Birgit zögerte einen Augenblick, dann legte sie sich auf ihn. Er küßte sie und streichelte ihren Rücken.

»Du fühlst dich noch genausogut an«, flüsterte er.

Birgit antwortete nicht.

»Vorn auch«, stellte Alex nach Prüfung fest.

Birgit rollte sich auf den Rücken und schaute sich in Alex' Zimmer um. Es war nicht viel anders als ihres, ein ziemliches Durcheinander in den Regalen und an den Wänden. Was ihr auffiel, waren farbige Fotos von Radsportlern, deren Namen ihr nichts sagten, sowie ein großes Porträt von Erich Honecker, den sie als einzigen DDR-Politiker kannte.

»Was haste denn mit dem?« fragte sie. »Feindbild?«

»Im Gegenteil: Maskottchen. Vielleicht bringt er irgendwann Glück.«

Alex beugte sich über Birgit, küßte sie und streichelte sanft ihren Busen. Sie genoß die zärtliche Berührung, aber ihr war nicht nach mehr zumute.

»Wir haben uns so lange nicht gesehen«, sagte sie leise. »Ich muß mich erst wieder an dich gewöhnen. Und die Wohnung ist so neu für mich. Können wir nicht irgendwo dein Zelt aufschlagen?«

»Ach, sei doch kein Frosch!« schmeichelte Alex.

»Das hat nix mit Frosch zu tun. Das geht bei mir nicht so fix. Und außerdem«, log sie, »geht es heute bei mir sowieso nicht.«

»Scheißspiel«, maulte Alex.

Sie gingen spazieren. An der Schönhauser Allee aßen sie bei Konopke Currywurst, Birgit bezahlte, weil sie ihr DDR-Geld irgendwie loswerden mußte. Die Wurst war nicht schlecht, aber leider gab es keine Papierservietten, so daß sie Konopke mit klebrigen Fingern verließen. Die Schönhauser Allee entlang schaute Birgit in die Auslagen der Läden und fand das meiste im Vergleich ziemlich farblos. Alex blieb oft stehen, um Birgit zu küssen.

Wie ist das so merkwürdig anders als in Bulgarien, dachte sie. Dort war alles heiter und unbeschwert gewesen, man hatte nicht denken müssen, außer an den nächsten Tag: Treffen wir uns wieder um zehn am Strand? Oder soll ich zum Campingplatz kommen? Jetzt war das Treffen eine Aktion und eine Prüfung: Gilt noch, was wir uns beim Abschied versprochen haben?

Ungewohnt ist alles nur, dachte Birgit, bald wird es wieder wie am Anfang sein.

Plötzlich standen sie vor der Mauer. Birgit hatte nicht gewußt, daß es auf der östlichen Seite Stellen gab, an denen man so nah herankam. Drüben war eine hohe Aussichtsplattform, Menschen schauten herunter auf Birgit und Alex, die stehengeblieben waren und zurückschauten. Sie wurden fotografiert. Eine junge Frau winkte herüber. Birgit hob kurz die Hand, ließ sie aber wieder sinken. Die denkt, dachte sie, ich bin aus der DDR. Woher soll sie auch wissen?

»Hier ist es immer wie im Zoo«, bemerkte Alex. »Fehlt bloß noch, daß sie uns Bananen rüberschmeißen. Übrigens sollen wir nicht winken, das wird ungern gesehen.«

»Aha. Weißt du, was da drüben ist?« fragte Birgit.

Alex schaute sie verständnislos an. »West-Berlin, hat man mir berichtet.«

»Logo, aber welche Ecke von West-Berlin?«

»Bernauer Straße, soviel ich weiß.«

»Ach!«

Das war ja ganz nah! Birgit wohnte drei Ecken von der Bernauer. In Bulgarien, erinnerte sie sich, hatten sie schon mal darüber gesprochen, daß ihre Wohnungen gar nicht weit voneinander lagen, Aber so nah?

»Ich wollte dir unseren antifaschistischen Schutzwall bloß mal zeigen«, sagte Alex. »Normal gehe ich nämlich nicht hierher.«

Als sie zurückkamen in die Bobrowskische Wohnung, war Alex' Vater da.

»Na so was!« wunderte er sich, »ist das nicht die Ferienliebe aus Bulgarien?«

»Das ist Birgit«, erwiderte Alex streng.

»Oh, Verzeihung!« beeilte sich sein Vater zu sagen.

Alex zog Birgit in sein Zimmer und schloß die Tür ab.

»In Bulgarien war er aber nicht so muffig«, bemerkte sie.

»Ach, der Alte! Wir hatten gestern mal wieder Schulungsabend, er hat mir die Sache mit dem Sozialismus erklärt und ich ihm die Sache mit der harten Währung. Seitdem sind wir mal wieder über Kreuz.«

»Meinst du nicht, er hat was gegen mich?«

»Das ist dem doch piepegal.«

»Schade.«

Birgit wollte einen Stadtplan sehen, um festzustellen, wie nah beieinander sie wohnten. Aber auf Alex' Stadtplan war West-Berlin ein weißer Fleck ohne Straßen und Plätze. Nur die S-Bahn-Linien und ein paar Grünflächen waren eingezeichnet.

»Warum gibt's uns da nicht?« fragte Birgit.

»Weiß nicht. Vielleicht sollen wir nicht auf dumme Gedanken kommen. Wo nichts ist, kann man nicht hin, verstehst du?«

Birgit ließ sich einen Bleistift geben und malte ihre Straße in die weiße Fläche und machte einen großen Kringel, wo ihr Haus stand: »Hier wohne ich!«

»Gut zu wissen. Falls ich dich mal besuchen will.«

Nach einer Weile stand Alex auf und holte aus einem Schrank zwei Wassergläser und eine Weinflasche.

»Kennst du den?« fragte er.

»Na klar! Den haben wir doch immer im Zelt getrunken.«

Alex ließ den Korken schnalzen und schenkte ein: »Auf Bulgarien!«

»Nee, auf Berlin!« erwiderte Birgit.

37

Mitternacht war schon vorbei, als Birgit tief unterm Bahnhof Friedrichstraße auf ihre U-Bahn wartete.

Birgit fühlte sich glücklich und deprimiert. Sie schmeckte noch Alex' Abschiedskuß auf den Lippen und hatte seine Beteuerungen im Ohr, aber der erste Besuch in Ost-Berlin hatte sie sehr ernüchtert. Bulgarien – das war ein Fest gewesen. Berlin, das war nun der Alltag. Kleinlicher Papierkrieg vor der Einreise, kilometerweite Wege zum Grenzübergang, öde Warterei in den katakombenartigen Räumen des Bahnhofs, Herzklopfen bei den Kontrollen. Die Ungewißheit, ob die Verabredung geklappt hatte. Und dann: Herumlaufen in der Stadt, nirgendwo ein ungestörtes Versteck für zwei Verliebte. Wie sollte das erst im Winter werden?

Zum Glück war heute – genau genommen mußte man ja schon sagen: gestern – ein wunderschöner Sommertag gewesen. Birgit und Alex waren spätnachmittags mit der U-Bahn vier Stationen weit bis zum Alexanderplatz gefahren und hatten auf der Terrasse des Hotels »Stadt Berlin« zwei Eisbecher gegessen. Fast zwei Stunden waren sie sitzengeblieben, hatten auf die wiederholten fragenden Blicke der Bedienung hin noch zwei Club-Cola bestellt. Von Bulgarien hatten sie geredet, vom Strand, vom Zelt, von der Disco, vom Schiff nach Istanbul. Alex hatte immer noch nicht verraten, wie er an Bord gekommen war. Von der Zukunft hatten sie nicht gesprochen.

Später waren sie in eine Disco gegangen, viel zu früh, es war nichts losgewesen. Laute Musik, ausnahmslos Westmusik übrigens, obwohl, wie Alex erklärte, offiziell sechzig Prozent Musik aus dem sozialistischen Lager vorgeschrieben waren. Vor lauter Lärm kein Wort zu verstehen, kein Gespräch möglich. Das übliche Gehampel auf der Tanzfläche, man hätte auch allein hingehen können. Die Stunden waren zerronnen, dreiundzwanzig Uhr mit einemmal, Zeit zum Heimfahren, die Eltern würden Terror machen. Hand in Hand ohne viele Worte zum Bahnhof Friedrichstraße. Was hätte man sagen sollen? Daß alles so anders war als beim ersten Mal?

Vor der Tür, die DDR-Bürger nicht ohne Genehmigung durchschreiten durften: Küsse, Schwüre, Versprechen. Die Telefonnummer von Kuttes Werkstatt, dort wäre Alex meistens zu erreichen. Gut, kann man ja mal versuchen.

Birgit hatte es plötzlich eilig gehabt.

Jetzt stand sie auf dem Bahnsteig, wo es muffig nach U-Bahn roch, und dachte: Es wird werden, es muß werden. Man durfte es wirklich nicht mit Bulgarien vergleichen. Es mußte sich einspielen, man mußte Lösungen finden, ja, auch für das Bedürfnis, für das es in Bulgarien das Zelt gegeben hatte.

Auf dem Bahnsteig warteten etwa zwanzig Menschen auf die U-Bahn, auffallend viele junge darunter. Ob es ihnen auch so geht wie mir? dachte Birgit. Sie schaute den Leuten ins Gesicht und versuchte sich Geschichten vorzustellen. Vielleicht war es ja gar nicht so ungewöhnlich: Liebe mit Mauer dazwischen?

Am Ende des Bahnsteigs wartete eine Familie mit drei kleinen Kindern und Sack und Pack. Die Familie war Birgit schon vorhin bei der Zoll- und der Paßkontrolle aufgefallen. Die Frau und der Mann hatten alle Hände voll zu tun gehabt, um das Gepäck meterweise weiterzuschleppen und die unruhigen Kinder immer wieder einzufangen. Birgit hatte überlegt, ob diese Familie wohl dabei sei, die DDR für immer zu verlassen. Es waren ja viele inzwischen, die das taten. Sie ging kurz entschlossen hin und fragte, ob sie etwas helfen könne.

»Warum?« fragte der Mann etwas abweisend.

»Weil...« Birgit war auf die Gegenfrage nicht gefaßt gewesen. »Weil sie zuwenig Hände haben.«

»Wir kommen schon klar.«

»Gehen Sie ganz weg aus der DDR?« fragte Birgit.

»Warum wollen Sie das wissen?«

»Sie haben recht, es geht mich nichts an. Aber ich kann ja mal zwei Kinder an die Hand nehmen, wenn die U-Bahn kommt.«

»Entschuldigung, ich wollte nicht unhöflich sein«, sagte der Mann, »aber wir sind völlig mit den Nerven runter. Heute morgen kam der Bescheid, und vor Mitternacht mußten wir draußen sein.«

»Innerhalb eines Tages? Das ist doch Schikane!«

»Natürlich. Es war nicht die erste, aber endgültig die letzte.«

Birgit fing an, mit den Kindern zu spielen, die gleichzeitig übermüdet und aufgekratzt wirkten. Das waren also die deutschdeutschen Geschichten, dachte Birgit, über die ab und zu ein paar Zeilen in der Zeitung standen. Hier, auf dem nächtlichen Bahnsteig, konnte man ihnen begegnen. Wahrscheinlich stieß man an diesem ungemütlichen Ort Tag für Tag und Nacht für Nacht auf solche Geschichten, aber bislang war Birgit nie hier gewesen.

Sie schubste die Kinder in den U-Bahn-Wagen und zerrte noch einen Koffer herein.

»Werden Sie abgeholt?« fragte sie.

»Nein, aber wir haben eine Adresse im Wedding. Wir konnten nicht mehr anrufen, aber vielleicht ist jemand da.«

»Haben Sie Geld, falls Sie ein Taxi brauchen?«

»Nein.«

Birgit fuhr mit bis zur Seestraße, wo die Familie ausstieg, die Adresse war nicht weit davon, in der Togostraße. Die Treppen rauf mit Kind und Kegel, Koffer geschleppt, Kinder festgehalten, weil ja auch mitten in der Nacht noch Autos fuhren, in der Togostraße geklingelt, Gott sei Dank war jemand da.

»Viel Glück!« wünschte Birgit.

»Ja, danke. Und Entschuldigung noch mal. Aber wir sind echt mit den Nerven runter.«

Es war kurz vor eins geworden. Birgit lief zum Leopoldplatz, um den 64er-Bus zu kriegen, aber der war sechs Minuten vorher abgefahren. Sie machte sich zu Fuß auf den Weg nach Hause. Obwohl sie nicht ängstlich war, fühlte sie sich unwohl in den ausgestorbenen Straßen. Ihre Eltern würden ein gewaltiges Donnerwetter loslassen, das war unabwendbar. Aber es war egal. Es gab jetzt wichtigere Dinge als das Wohlwollen der Eltern. Es gab jetzt Alex und Ost-Berlin und all diese Geschichten. In denen steckte Birgit nun mittendrin. Sie war sogar eine Hauptfigur in einer dieser Geschichten.

38

Alex fuhr sich seine Wut aus dem Bauch.

Nach dem Urlaub hatte er wenig trainiert, die Arbeit in Kuttes Hinterhofwerkstatt war ihm wichtiger gewesen als sein Rennrad. Aber heute mußte er mal wieder wie besessen in die Pedale treten. Immer, wenn ihn etwas ganz furchtbar fuchste, strampelte er sich seinen Zorn auf diese Weise ab. Man konnte innerhalb der Grenzen der Hauptstadt der DDR so viele Kilometer zurücklegen wie auf einer ganzen Etappe der Friedensfahrt. Von Blankenfelde oder Buch im Norden bis nach Rauchfangswerder im südlichsten Zipfel brauchte man ja schon mit dem Auto endlos lange. Alex fuhr von der Schönhauser Allee nach Lichtenberg, Friedrichsfelde, Karlshorst, Oberschöneweide. Hier draußen in den ruhigen Vierteln mit den alten Einfamilienhäusern gab es noch viel tückisches Kopfsteinpflaster. Das eignete sich gut fürs Training, denn beim Rennen bauten sie auch immer solche Schikanen ein. Nennenswerte Steigungen gab es hier allerdings nicht, den Berliner Radsportlern fehlte daher die Bergpraxis, das spürten sie immer schmerzlich bei den Rennen im Erzgebirge oder Thüringer Wald. Früher hatte Alex oft den Alptraum gehabt, an der »steilen Wand« von Meerane kläglich aus der Friedensfahrt auszusteigen. Aber das Thema »Friedensfahrt« war inzwischen längst gegessen. Da muß man schon mit sechzehn besser sein als du, hatte ihm der Trainer gesagt, wenn man mit zwanzig ganz vorn sein will. Vielleicht reichte es noch mal für einen vorderen Platz bei der Berliner Meisterschaft.

Alex kam an der »Alten Försterei« vorbei, dem Stadion des 1. FC Union Berlin, der in der Oberliga meistens am Ende herumkrebste. Raunen aus Tausenden von Kehlen drang herüber, dann ein Pfeifkonzert. Alex hatte mit Fußball nichts im Sinn, freute sich nur, wie die meisten, wenn der BFC Dynamo, diese hochprivilegierte Polizei- und Stasitruppe, mal richtig eins übergebraten bekam, was leider selten geschah. Vielleicht wäre ich für Fußball talentierter gewesen, überlegte Alex. Doch die Tester, die damals die Kinder vermessen und auf Herz und Nieren geprüft hatten, waren sich einig gewesen: Alexander Bobrowski wird Radsportler. Aber was für einer! dachte Alex grimmig und legte einen

Zahn zu. Er jagte durch Köpenick und Friedrichshagen nach Rahnsdorf.

Seine Wut hatte sich noch nicht gelegt. Es war Samstag, und eigentlich hatte er den Tag mit Birgit verbringen wollen. Aber sie hatte ihn gestern in Kuttes Werkstatt angerufen und unter Tränen berichtet, sie dürfe nicht kommen. Das ganze Wochenende nicht. Ihre Eltern hätten sich furchtbar darüber aufgeregt, daß sie vom ersten Besuch in Ost-Berlin um zwei Uhr zurückgekehrt war.

»Diese alten Spießer!« schimpfte Alex bei Tempo 30 auf halsbrecherischem Pflaster.

Seine eigenen Eltern hatten nicht viele Worte über Birgits Besuch verloren. Aber es war ihnen auch seit etwa einem Jahr der Überblick über Alex' rasch wechselnde Liebschaften verlorengegangen. »Na, nix mehr mit Sonja?« hatte sein Vater nur gefragt, nicht ahnend, daß Sonja bereits die vorvorletzte Flamme gewesen war. Und Alex' Mutter hatte nur beiläufig bemerkt: »Ist ja nett, daß sie extra rüberkommt.« Ihm war die geringe Anteilnahme ganz recht, er mochte Fragen über sein Liebesleben nicht.

In »Neu-Venedig« war Alex mit seinen Eltern bei Bekannten verabredet. Die Frau war eine Kollegin seiner Mutter. Alex kannte das hübsche Haus am Wasser, mit Steg und Boot. Neu-Venedig, diese Idylle aus ruhigen Flußarmen und schmucken Anwesen, gleich hinterm Müggelsee gelegen, war der Traum vieler, vieler Bürger der Hauptstadt. Wer hier etwas Eigenes hatte, durfte sich im Neid der anderen sonnen.

Als Alex ankam, waren Kaffee und Kuchen schon aufgetragen. Heinz und Gisela, wie er sie anreden durfte, rieten ihm zu einer Dusche nach der schweißtreibenden Fahrt.

»Wie habt ihr das hier eigentlich gekriegt«, fragte Alex beim Kaffee, »durch Beziehungen?«

»Alex!« mahnte seine Mutter, »stell bitte nicht solche Fragen.«

»Laß ihn doch!« meinte Heinz, »er soll ruhig was lernen. Also, mein Junge, auch in der klassenlosen Gesellschaft wirst du am schnellsten durch Erbschaft reich. Gisela hat das hier geerbt.«

»Eigentlich müßte so was ja erst mal an den Staat zurückfallen«, sinnierte Alex, »der es dann gerecht verteilt.«

»Wozu denn das? Unsere hohen Funktionäre haben doch alle schon Häuser.«

»Ich sagte ja auch: gerecht verteilen.«

»Ach, und du meinst, da hätten wir es bekommen? Oder ihr? Du bist mir so ein Sozialist.«

»Aber ursprünglich war das doch mal so gedacht mit dem Sozialismus«, beharrte Alex, der heute widerborstig sein wollte. »Ursprünglich sollten doch alle das gleiche haben.«

»Ja, ursprünglich!« Heinz lachte, während Boris Bobrowski eine säuerliche Grimasse schnitt. »Als ich noch ganz klein war«, erzählte Heinz, »ein Thälmann-Pionier in kurzen Hosen, da stellte ich mir vor, die führenden Genossen wohnten ganz normal mitten unter den Werktätigen und führen mit der Straßenbahn ins Zentralkomitee oder ins Ministerium. Da kannst du mal sehen, daß ich ein besonders treuherziger kleiner Sozialist war. Heute weiß ich natürlich, daß die führenden Genossen eine große Villa brauchen, damit sie sich vom Führen ausruhen können. Und um die Villa muß eine hohe Mauer stehen, damit nicht dauernd Werktätige zur Terrassentür reinschneien und sich für die gute Führung bedanken wollen. Und die führenden Genossen brauchen auch große Volvo-Limousinen, weil sie immerzu arbeiten, sogar auf der Fahrt zur Arbeit, und in einem Trabbi kann man kaum fahren, geschweige denn arbeiten. Sie brauchen auch besondere Läden für Lebensmittel, damit sie trotz der anstrengenden Führung bei Kräften bleiben. Siehst du, das habe ich als kleiner Thälmann-Pionier alles noch nicht gewußt.«

»Das ist aber im Kapitalismus auch nicht besser», hielt Alex dagegen.

»Eben«, erwiderte Heinz.

Weil von Westen her überm Müggelsee dunkle Wolken aufzogen, wurde rasch noch eine kleine Bootsfahrt unternommen. Heinz erklärte, wem die benachbarten Anwesen am Ufer gehörten. Viele waren Familienbesitz seit der Vorkriegszeit. Manche gehörten privaten Handwerkern, andere bekannten Künstlern.

»Es ist schon gut«, sagte Heinz, »daß die Partei die Ungleichheit nicht völlig abgeschafft hat. Natürlich hat sie dabei zuerst an sich gedacht, aber ein bißchen profitieren wir eben auch davon.«

»Mit euch kann man keinen Sozialismus aufbauen«, stellte Alex fest und erntete lachende Zustimmung für sein »Wort zum Sonntag«.

Es regnete, es regnete sich sogar ein, der geplante Grillabend fiel ins Wasser. Die Eltern wollten dennoch auf eine Stulle bleiben, Alex trat den Heimweg an.

»Bei dem Wetter?« fragte Gisela.

»Radrennen finden auch bei Regen statt«, erwiderte er.

Alex machte sich die Rückfahrt trainingshalber schwer. Er fuhr einen Umweg zu den Müggelbergen, um wenigstens eine einzige Steigung unter den Reifen gehabt zu haben, machte einen Schlenker durch den ausgestorbenen Pionierpark in der Wuhlheide, nahm dann aber, weil es immer stärker regnete, den direkten Weg über Rummelsburg, vorbei an dem häßlichen Backsteinbau des Zuchthauses, wo die Politischen und die Fluchtversuche einsaßen.

Wie kommen diese alten Bärwalds eigentlich dazu, fragte sich Alex ein ums andere Mal, ihre Tochter einfach nicht zu mir zu lassen? Welches Recht hatte jemand, zwei Verliebte so brutal zu trennen? Natürlich konnten sie es verbieten, solange Birgit noch nicht achtzehn war. So war jedenfalls das Gesetz. Aber welches Recht hatten sie?

Alex hatte anrufen wollen, vom Postamt aus oder von irgendwelchen Bekannten, die Telefon hatten. Aber er stellte sich vor, er hätte Birgits Vater an der Strippe. Da würde er sich um Kopf und Kragen reden: Hören Sie mal, Sie Grufti, wie kommen Sie eigentlich dazu...

Hinfahren müßte man halt, Birgit an der Hand nehmen und mit ihr rausgehen, ab durch die Mitte! Aber die Gesetze der DDR verboten, daß man nach West-Berlin fuhr. Mit welchem Recht?

Alex scherte sich im allgemeinen wenig um diese ganze Ausreisediskussion. Auch in den Kirchenkreisen, in denen er neuerdings verkehrte, interessierten ihn mehr die Debatten über den inneren Zustand der DDR. Zwar wäre er gern mal aus Neugierde nach West-Berlin gegangen, aber seine Seligkeit hing nicht daran. Was er aus dem Westen brauchte fürs tägliche Leben, bekam er über ARD und ZDF und RIAS, aus dem Intershop oder durch Kungelgeschäfte mit Freunden. Das »Käfig-Gefühl«, von dem viele DDR-Bürger sprachen, neuerdings sogar offen sprachen, dieses Gefühl hatte ihn noch nicht infiziert.

Aber jetzt, in dieser Minute, im strömenden Regen

auf der Rummelsburger Hauptstraße, dachte Alex wütend: Was haben die für ein Recht!

Er strampelte sich fast die Seele aus dem Leib und schrie es in den Regen: »Ihr habt kein Recht!«

39

Am ersten Tag nach den Ferien ging Birgit zur Schule, ohne gefrühstückt zu haben. Schon seit Freitag hatte sie nichts gegessen. Oder nur weniges, und das heimlich. Was blieb ihr auch anderes übrig, als ihren Eltern mit Hungerstreik zu drohen?

Sie hatte die hartherzige Reaktion auf ihre späte Heimkehr nicht verstanden. Sie hatte erzählt von der Warterei am Übergang und im U-Bahnhof und von der Familie, die in die Togostraße mußte. »Interessiert mich nicht«, hatte ihr Vater gesagt, »solange du die Beine unter meinem Tisch hast, bestimme ich, wann du nach Hause kommst.« Birgit hatte sich in ihr Zimmer zurückgezogen, Musik gehört und das ganze Wochenende über keine Aufforderung befolgt. Am Sonntag, als sie allein in der Wohnung war, hatte sie in Kuttes Werkstatt angerufen, aber natürlich niemanden erreicht. Warum kann Alex nicht mal anrufen? hatte sie gedacht. Er wußte doch nun die Nummer, und irgendwo fand man doch ein Telefon!

Die erste Stunde: Mathe. Der graue Alltag hatte sie wieder eingeholt. Birgit hatte noch keine feste Vorstellung von ihrem künftigen Beruf, sie wußte nur, daß er nichts mit Mathematik zu tun haben würde. Sie hörte dem Lehrer nicht zu, wurde etwas gefragt, gestand offen ihr Desinteresse, ließ die Belehrung ohne Reue über sich ergehen, dachte an vieles, nur nicht an Mathe.

In der ersten Pause war endlich Zeit, die Ferien zu bereden. Viele waren an der Ostsee gewesen, dort, wo sie zu Westdeutschland gehört, ein paar auf Mallorca oder sogar Ibiza, ein einziger aus der Klasse hatte mit den Eltern Amerika besucht, er hatte bis zum Pausenklingeln davon zu erzählen.

»Wie war's in Bulgarien?« fragte in der zweiten Pause Birgits beste Freundin Irina.

Birgit verdrehte wortlos verzückt die Augen.

»Bist auch knackig braun«, stellte Irina fest. »Und? Lag was an?«

»Und ob!«

»Wie heißt er?«

»Alex. Also eigentlich Alexander.«

»Wo wohnt er.«

»Berlin.«

»Haste ja Glück gehabt.«

»Ost-Berlin.«

»Ach, du armes Schwein!«

»Wieso?«

»Mein Bruder hatte mal eine in Ost-Berlin. Frau fürs Leben! Jeden Tag ist er rüber. Wurde schon mit Handschlag begrüßt von den Grenzern. Fiel direkt auf, wenn er mal nicht kam, da waren die Grenzer schon total besorgt: Ging's Ihnen gestern nicht gut? Aber dann drüben: keine sturmfreie Bude, kein Taxi, kein Platz in der Kneipe. Und immer brauchte die Dame was aus dem Intershop, mal Lippenstift, mal Strumpfhosen, mal Cinzano. Hat sich dumm und dußlig gezahlt, mein Bruderherz. Wollte aber nicht Schluß machen, kam sich schäbig vor, wenn er bloß dran dachte. Wollte sie sogar rüberholen, mit Fluchthelfer und so. Für zwanzig Mille. Total bekloppt. Erstens hatte er nicht mal zwei Mille. Zweitens war Fluchthilfe schon lange out, alles längst von der Stasi unterwandert. Zum Glück hat sie kalte Füße gekriegt. Später ist sie ins Erzgebirge gezogen und hat einen geheiratet, der Nußknacker und Weihnachtspyramiden baut.«

»So was macht der Alex nicht.«

»Weihnachtspyramiden?«

»Nee, mich so ausnehmen. Da hat Alex einen unheimlichen Stolz. Irina, sag mal ganz ehrlich: Soll ich die Finger davon lassen?«

»Auf keinen Fall!«

»Wieso nicht?« fragte Birgit.

»Wegen der Liebe«, erwiderte Irina.

»Und warum hast du mir dann den ganzen Horror von deinem Bruder erzählt?«

»Damit du weißt, was auf dich zukommt.«

40

Birgit schritt gutgelaunt durch die bekannte Tür im Bahnhof Friedrichstraße und fiel Alex in die Arme.

»Weißt du eigentlich«, fragte sie nach einem langen Kuß, »daß es mit uns beiden völlig aussichtslos ist?«

»Wieso?« fragte Alex entgeistert zurück.

»Wieso, wieso! Du wirst es sehen. Es geht nicht auf Dauer. No chance! Aber bis dahin machen wir uns 'ne schöne Zeit, okay?«

Alex wollte es genau wissen, aber Birgit lachte und zog ihn aus der muffigen Bahnhofshalle hinaus in die Sonne. Sie stellte sich am Rand der Friedrichstraße auf, winkte heftig und rief laut: »Hallo! Taxi!«

Ein paar Passanten schauten sich nach ihr um, zwei davon tippten sich an die Stirn.

Alex, ein bißchen pikiert, nahm Birgit an der Hand: »Komm, ich hab' 'ne Überraschung für dich!«

Vorbei am Taxistand, wo wieder dreißig bis vierzig Menschen standen, aber kein Auto, steuerte Alex auf zwei Rennräder zu, die mit einer Kette an einen Pfosten geschlossen waren.

»Du kannst doch radfahren?« fragte er.

»Ja, schon, aber nur auf'm richtigen Fahrrad, nicht auf so'm mickrigen Drahtesel.«

Alex half ihr hinauf. Der Sattel war zu hoch, aber Alex hatte Werkzeug bei sich und verstellte ihn. Wieder nahm Birgit Platz, sie mußte sich tief über den Rennlenker beugen. Alex schob sie an, sie schlingerte fünfzig Meter weit die Friedrichstraße hinauf, bis sie sich fing und halbwegs geraden Kurs steuerte. Alex hatte sie schon eingeholt: »Nur Mut, Mädchen, du hast Talent!«

Den Weg, den sie letztes Mal mit der Straßenbahn zurückgelegt hatten, strampelte Birgit hinter Alex her, der sich immer wieder nach ihr umschaute und aufmunternde Gesten machte. In Höhe von Konopkes Wurstbude in der Schönhauser Allee atmete Birgit erleichtert auf, denn nun war es nach ihrer Erinnerung nicht mehr weit bis zu Bobrowskis. Aber Alex hielt nicht an. Birgit wollte sich nicht blamieren und stemmte sich in die Pedale. Ihre Waden schmerzten, ihr Atem wurde kurz und kürzer, sie schaute nicht mehr nach vorn oder links oder rechts, nur noch auf Alex' Hinterrad. Als er endlich anhielt, fuhr sie fast auf ihn auf. Sie sah sich um: ein Hinterhof, ein paar Autos, ein paar Karosserieteile. Viel Unordnung. Aha, dachte sie, Kuttes Werkstatt. Sie fiel mehr vom Rad, als daß sie abstieg.

Alex fing sie auf, lobte: »Reife Leistung, ehrlich!«

»Müssen wir das jetzt immer machen?« fragte sie.

»Klar! War doch 'ne Klasse-Idee von mir, oder? Das

Rad gehört übrigens dem Verein. Volkseigentum, sozialistische Sportbewegung, verstehst du. Ich hab's nur zum Reparieren mitgenommen, aber das dauert natürlich. Gibt ja keine Ersatzteile.«

»Und jetzt muß ich immer damit fahren?« fragte Birgit noch mal.

Alex nickte ganz begeistert: »Jetzt sind wir doch unabhängig, keine Straßenbahn mehr, keine S-Bahn, nix! Wir sind freie Menschen in einer freien Stadt.«

»Wat? Da will ick ooch hin!« rief es unter einem der Autos hervor.

Alex zeigte auf zwei Beine in ölverschmierten Jeans: »Das ist der Inhaber dieses privatwirtschaftlich organisierten Dienstleistungsbetriebs.«

Kutte robbte auf dem Rücken unter dem Auto hervor, blinzelte gegen die Sonne, raffte sich auf die Füße und reichte Birgit die verschmierte rechte Pranke. Er nickte Alex zu: »Hast nicht übertrieben.«

Dann kam er sofort aufs Geschäftliche: »Der Typ will heute seinen Mercedes abholen, du mußt endlich die Rückleuchte einbauen.«

Alex machte sich an die Arbeit.

Birgit sah sich um, Kutte gab ihr bereitwillig Erläuterungen: »Autos, Autos, Autos! Wie bei euch: Und wenn se sonst nischt im Kopp haben, 'n Auto paßt rin. Zahlen sich dämlich dafür. Stell dir mal vor: Jebrauchtwagen sind bei uns teurer wie neue. Kannste dir nich vorstellen, wa? Jibt's ooch bloß bei uns. Warum? Janz eenfach: Jebrauchte jibt's sofort, neue jibt's in fuffzehn Jahren. Is ja irjendwie 'n Element von freie Marktwirtschaft: Anjebot und Nachfrage. Kutte, hab ick mir jesagt, in det Jeschäft steckt Kohle drin. Laß die andern den Sozialismus uffbaun, du machst in Kardanwellen. Kleen, aber oho. Und wat soll ick dir sagen, der olle Brecht hat recht: Nur wer im Wohlstand lebt, lebt angenehm. Und Brecht war Sozialist!«

Birgit war beeindruckt und fragte: »Muß man bei Ihnen in D-Mark bezahlen?«

Kutte schaute sie ungläubig an: »Wat für?«

»D-Mark«, wiederholte Birgit arglos.

Kutte bekreuzigte sich: »Nee! Also, wenn ick von so wat erfahre. . . «

Birgit war verwirrt: »Hab' ich was Verkehrtes gesagt?«

Kutte grinste: »Hier is allet streng jesetzlich, klar? Aber wenn eener jrade keene DDR-Mark bei sich hat, komm ick ihm schon mal entjejen.«

Alex hatte seine Rückleuchte eingebaut, er nahm Birgit bei der Hand und führte sie in den Keller der Klitsche. In einer Ecke stand etwas, das mal ein Auto gewesen sein konnte. Ein Chassis war erkennbar, mit Motor und Rädern ohne Reifen, daneben Teile einer Karosserie, eine Motorhaube, zwei Türen, eine Windschutzscheibe, zwei Sitze, ein Lenkrad.

»Moderne Kunst?« fragte Birgit, »Beuys oder so?«

»Das ist mein Auto«, erwiderte Alex ernst.

Birgit verstand nicht sofort, Alex fuhr fort: »Bis ich die Fahrerlaubnis habe, ist auch das Auto fertig. Dann fahre ich mit dir durch die Republik.«

Birgit fand die Fassung wieder: »Mensch, ich hab' 'n Typ mit Auto?«

Alex erklärte eifrig weiter: »Das Chassis ist von 'nem Unfallwagen. Papiere alles paletti. Und den Rest hab' ich gesammelt. Seit einem Jahr. Meine Alten brauchen übrigens vorläufig nichts davon zu erfahren.«

»Was für'n Auto ist es denn überhaupt?«

»Trabbi. Jeder anständige DDR-Bürger fängt mit'm

Trabbi an. Alles andere wäre unanständig. Wir sind nämlich gegen Privilegien und Bonzentum. Ich hätte übrigens auch 'n kaputten Lada kriegen können, aber das würde mir mein Alter nie verzeihen, weil er bloß 'n Wartburg hat.«

Alex ließ sich für den Rest des Nachmittags von Kutte beurlauben und fuhr wieder vor Birgit her. Sie fragte nicht nach dem Wohin, nahm sich fest vor, nicht schlappzumachen. Bei Konopke hielten sie an, aßen Thüringer Rostbratwurst, dann ging's weiter. Nach Kilometern bog Alex in eine breite Allee ein, die Birgit bekannt vorkam. Natürlich, auf dem Weg vom Flughafen Schönefeld nach West-Berlin waren sie hier vorbeigekommen, ihr Vater hatte gefragt: Nie gehört? Was lernt ihr eigentlich in eurer Schule?

»Alex, halt mal an!« rief Birgit.

Alex hielt an.

»Ist das die Stalinallee?«

»Nee, die Karl-Marx-Allee.«

»Aber es war mal die Stalinallee, oder?«

»Ja, früher.«

»Wann, früher?«

»Vor dem Krieg. Nee, natürlich danach. Ich weiß es nicht genau.«

»Und warum sind wir hierher gefahren?«

»Weil hier meine Oma wohnt.«

Die Oma zog Birgit über die Schwelle und in ihre Arme: »Nu, du gutes Mädel! Daß du die alte Oma besuchen kommst! Da hat Alex endlich mal was Richtiges. Hat er gar nicht verdient. Und daß du letztes Mal sogar die Rückleuchte für das Auto mitgebracht hast! Nu, ich hab's erfahren. Wo doch die meisten jungen Leute heutzutage so unzuverlässig sind. Und schönen Dank für den schönen Kaffee, Alex hat ihn mir gebracht. Wollt ihr einen Kaffee? Und Plätzchen? Und Schnäpschen? Setzt euch in die Sofaecke und laßt euch verwöhnen!«

Die Oma verschwand in ihre Kochnische, von wo man sie mit Küchengerät klappern und dabei reden hörte: »Also, Birgit, mit dem Westkaffee, nein, es ist wirklich keine Einbildung. Ich meine, es ist ja schon die Verpakkung, ich muß mich immer überwinden, ehe ich sie aufreiße, weil sie so schön ist. Und der Duft! Erst mal sitze ich minutenlang und stecke die Nase in die Packung. Warum können sie bei uns keinen solchen Kaffee machen? Hört ihr mir überhaupt zu oder sitzt ihr da und schmust?«

»Ja«, antwortete Alex.

»Also, warum können die bei uns keinen solchen Kaffee machen?«

»Weil unsere Werktätigen andere Sorgen haben.«

Die Oma kam zurück, brachte die Plätzchen mit und holte den Weinbrand aus dem Schrank, während draußen der Kaffee in der Maschine blubberte.

»Sag mal, wann hieß die Stalinallee eigentlich Stalinallee?« fragte Alex.

»Nu, früher. Zu Stalins Zeiten.«

»Und warum heißt sie nicht mehr so?«

»Nu, weil dann andere drangekommen sind. Das ist genau wie mit Ulbricht, nach dem heißt ja auch nichts mehr. Was lernt ihr eigentlich heutzutage noch in eurer Schule?« fragte die Oma, beinahe empört.

Die Kaffeemaschine hatte ausgeblubbert, die Oma holte den Topf und goß ein.

»Sagt mal«, begann sie ein offenbar ernsthaft gemeintes Gespräch, »wie stellt ihr beiden euch das eigentlich mit euch beiden vor?«

»Wieso?« fragte Alex.

»Na ja, wie wollt ihr das künftig machen?«

»Wir wollen uns ganz oft sehen.«

»Und wo?«

»Na, in der Hauptstadt natürlich. Ich darf ja nicht nach drüben.«

Die Oma prostete den beiden mit dem Weinbrand zu und fuhr fort in ihrer Befragung: »Wo wollt ihr euch denn sehen? Du hast doch zu Hause nicht mal 'ne sturmfreie Bude. Bei uns früher war das ja nicht so wichtig, da passierte vor der Ehe sowieso nicht viel, aber heutzutage! Ich meine: Laß mal Winter werden!«

Birgit sah amüsiert, daß Alex bei diesen Worten seiner Oma rote Ohren bekam. Aber schon hatte die Oma eine Frage an sie: »Und du, Birgit, du willst so oft wie möglich rüberkommen. Das ist ja schön. Aber du mußt doch immer umtauschen. Wer soll denn das bezahlen? Das sind doch Hunderte im Monat.«

Birgit zuckte zusammen. Sie hatte dieses Thema bisher einfach beiseite geschoben. Die beiden ersten Besuche hatte sie noch leicht aus ihren Taschengeldrücklagen bestritten, das war kein Problem gewesen, aber wenn sie vielleicht dreimal die Woche kommen wollte...

»Ich gehe eben jobben«, sagte sie einfach.

Aber sie glaubte in diesem Augenblick selbst nicht daran. Sie fühlte sich im Grunde mutlos angesichts von tausend Schwierigkeiten, von denen ihr wahrscheinlich die größten noch gar nicht begegnet waren.

»Sollen wir vielleicht aufgeben?« fragte Alex.

»Vielleicht wäre es das beste«, hörte sie sich sagen.

Nein, nein, nein! versuchte sie sich einzureden. Wir schaffen es. Man muß nur wollen! Warum waren die alten Leute immer so pessimistisch? Warum sagten sie immer, dies sei nicht möglich und jenes nicht? Man mußte bloß wollen!

»Wißt ihr, was ihr machen müßt?« fragte die Oma.

Birgit und Alex schüttelten die Köpfe.

»Ihr müßt eure Eltern zusammenbringen. Dann wird es für euch viel einfacher. Trinkt ihr noch ein Schnäpschen mit mir? Ihr müßt ja nicht Auto fahren.«

Sie blieben bis halb sieben und tranken noch je zwei Schnäpschen.

»Woll'n wir in die Samariterkirche?« fragte Alex unten auf der Straße.

Birgit schaute ihn mit großen Augen an: »Habe ich ›Kirche‹ gehört? Willst du mich missionieren?«

»Quatsch! Heute ist ein Konzert in der Samariterkirche.«

»Habe ich ›Konzert‹ gehört? Liturgische Gesänge? Kantaten? Oder sonst ein Genöle?«

»Quatsch! Liedermacher.«

»Das klingt schon besser.«

Vor der Samariterkirche, die nur wenige hundert Meter von Omas Wohnung entfernt war, hatten sich mehrere hundert junge Leute versammelt. Viele schienen sich untereinander zu kennen, sie standen in Gruppen beieinander und redeten. Die Stimmung war fröhlich, fast ausgelassen. Birgit wunderte sich ein wenig, denn in ihrer Vorstellung waren junge Christenmenschen eher freudlos.

»Sind die alle fromm?« fragte sie.

»Quatsch! Die kommen doch nicht zum Beten.«

»Sondern?«

Alex deutete mit dem Kopf hinüber auf die andere Straßenseite: »Siehst du die unauffälligen Autos mit den unauffälligen Herren, die unauffällig herüberschauen? Ja? Was haben die wohl hier zu suchen? Na? Staatsfeinde natürlich. Hier werden nämlich Lieder gesungen, die die Partei nicht gern hört.«

Birgit mußte sich mit diesem Gedanken erst mal vertraut machen: daß sie in eine Ansammlung, vielleicht sogar in eine Zusammenrottung hineingeraten war, die so gefährlich war, daß sie von der Staatsmacht diskret überwacht wurde. Dieser Gedanke beunruhigte sie und regte sie gleichzeitig an. Sie wäre ebensogern gegangen wie geblieben. Sie blieb, weil Alex blieb.

Alex steuerte auf eine Gruppe junger Männer zu und begrüßte sie. Ehe sie ins Palavern kamen, fiel ihm ein, Birgit mit seinen Freunden bekanntzumachen. Die Jungen nannten sich Kalle, Hotte, Ronny etc. Birgit fand, sie hatten das gleiche laute Macho-Gehabe, das sie auch an ihren Klassenkameraden in West-Berlin nicht verknusen konnte. Alex fiel von einer Minute zur anderen in diesen forschen Ton, so daß sich Birgit demonstrativ von ihm ab und der Architektur der Samariterkirche zuwandte.

»Ist deine Braut 'ne Wessi?« hörte sie Kalle, Hotte oder Ronny fragen.

»Treffer!« hörte sie Alex antworten. »Aber bitte exklusiv für mich. Wer sie anfaßt, kriegt 'n paar auf die Pfoten.«

Vielleicht, dachte Birgit grimmig, sollte ich besser einen Freund haben, der schon die Pubertät hinter sich hat.

Die Veranstaltung begann. Die Kirche war fast voll. Der Gemeindepfarrer, der gar nicht wie ein Pfarrer wirkte und auch nicht so angezogen war, sprach ein paar Worte. Alex stieß mehrmals Birgit mit dem Ellenbogen an, als wolle er sagen: Mensch, hör dir das an! Aber Birgit verstand nicht, was der Pfarrer mit welcher Anspielung gemeint haben könnte.

Dann sang vor dem Altar ein unscheinbarer junger Mann mit rauher Stimme zu einer laut und zornig geschlagenen Gitarre. Die Texte handelten von DDR und SED und FDJ, aber manchmal auch vom Beton, der die Wiesen tötet, oder von der Chemie, die den Wald frißt, und von den Menschen, die sich zu wehren beginnen. Die Zuhörer schienen gefesselt. Sie lauschten beinahe atemlos, manchmal lachten sie, bisweilen unterbrachen sie den Sänger mit frenetischem Beifall.

Birgit verstand nicht viel. Sie verstand, wie schon bei den Worten des Pfarrers, viele Anspielungen nicht. Sie verstand meistens nicht, warum hier gelacht und da gejubelt wurde. Sie fühlte sich beinahe wie in einem Konzert in einem fremden Land in einer fremden Sprache. Sie begriff nur, daß sie etwas Unerhörtes miterlebte, das sie in der DDR nicht vermutet hatte, am wenigsten in einer Kirche.

»Darf der das?« fragte sie leise Alex.

»Eigentlich nicht«, antwortete Alex. »Wahrscheinlich fliegt er auch bald raus aus der DDR. Dann könnt ihr euch mit ihm rumärgern.«

Nach dem Konzert hätte Birgit gern über das Erlebte diskutiert, aber sie drängte, diesmal spätestens um zehn am Bahnhof Friedrichstraße zu sein. Der Weg schien endlos, das Radfahren war beschwerlich, mit Muskelkater in den Waden und Omas Schnäpschen im Magen.

Beim Abschied war Birgit nicht besonders freundlich.

»Ich habe mich schon gefragt«, sagte sie, »warum du mir immer deine Freunde vorenthältst. Aber seit heute weiß ich, daß es klug von dir ist.«

»Du magst sie nicht?« fragte Alex.

»Nee!« antwortete Birgit rundheraus.

»Gott sei Dank! Das fehlt mir noch, daß dir einer davon gefällt.«

Birgit war von dieser Antwort einen Augenblick lang gerührt und küßte Alex auf die Nasenspitze. Aber dann verabschiedete sie sich rasch und verschwand in der Abfertigungshalle, in die DDR-Bürger nicht ohne Genehmigung durften.

Als Birgit in die U-Bahn nach Wedding einstieg, war sie fast sicher, daß ihre Beziehung zu Alex aussichtslos sei. Als sie ausstieg, war sie fest entschlossen, es auszuprobieren.

41

»Boris, ich habe die Schlagsahne vergessen!«

»So'n Pech! Dann gibt's eben keine.«

»Bitte, geh noch mal los, ehe die Kaufhalle zumacht!«

Boris stieß mit dem Fuß den Staubsauger beiseite, den er eben hatte betätigen wollen, und machte sich auf den Weg zur HO-Kaufhalle.

»Ein Pfund oder zwei?« fragte er im Hinausgehen.

»Einen Viertelliter, du Quatschkopf«, rief ihm Nina nach.

Warum sind Frauen so unsystematisch? dachte Boris unterwegs. Jeden Samstag das gleiche Ritual: Kurz vor Ladenschluß fiel Nina etwas ein, das sie fürs Wochenende dringend brauchte, und da sie gerade mit mehligen Händen Kuchenteig knetete oder mit fettigen Fingern Buletten formte, schickte sie Boris los. Es war ihm aber gar nicht unrecht. Es entband ihn für eine halbe Stunde oder länger von lästigeren Aufgaben wie Staubsaugen oder Fensterputzen. Daher nutzte er die Besorgung meistens für einen Bummel über die Schönhauser Allee.

Heute waren Bärwalds zum Kaffeetrinken angesagt, sie sollten zum Pflaumenkuchen die Schlagsahne nicht entbehren. Boris hatte nichts gegen ihren Besuch, denn sie waren nette Leute. Beim Abschied in Bulgarien hatte man ja auch lose verabredet, sich mal in Berlin zu sehen. Das war nicht ernster und nicht weniger ernst gemeint gewesen als sonst, wenn man im Urlaub nette Leute kennengelernt hatte. Ergab sich's, war's gut, ergab sich's nicht, war's auch gut.

Doch in letzter Zeit war Alex ganz wild darauf gewesen, daß Bärwalds eingeladen wurden. Warum? Nun, das war Boris klar: Der Junge wollte seine Liebschaft mit der kleinen Bärwald-Tochter sozusagen familiär absichern. Anfangs hatte er sie fast versteckt vor seinen Eltern, nun schien es Gründe zu geben für eine Änderung der Taktik. Vielleicht machten Bärwalds Schwierigkeiten? Gar nicht dumm von Alex, den Widerstand auf diese Weise zu unterlaufen!

Ob das Mädchen die Richtige für Alex war? Ach Gott, darauf kam es doch nicht an! In diesem Alter kamen und gingen die Mädchen wie – ja, wie was denn? – wie die Regierungen im kapitalistischen Italien oder die Trainer in der kapitalistischen Bundesliga. Und so wie dort bei jedem Wechsel geschworen wurde, man habe jetzt die optimale Lösung auf Dauer gefunden, so schien jede neue Freundin die Frau fürs Leben zu sein. Also, man mußte sich über Alex und seine Birgit keine Gedanken machen. Es gab nicht mal mehr die Angst, unter der man früher selbst so gelitten hatte: die minderjährige Freundin ungewollt zu schwängern. Im Westen wie im Osten bekamen diese Küken ja ganz ohne Probleme die Pille. Daß Birgit nicht täglich kam und Alex sie nie besuchen konnte, war kein Nachteil, denn so wurde die Beziehung nicht gleich eheähnlich.

Der Küchentisch sah aus wie ein Schlachtfeld. Nina entsteinte Pflaumen.

»Hättste keine aus'm Glas nehmen können?« fragte Boris und stellte die Sahne in den Kühlschrank.

»Wenn's gerade Pflaumen gibt, werd' ich wohl welche aus'm Glas nehmen!« empörte sich Nina. »Soll ich mich lumpen lassen?«

»Für die Gäste aus dem Westen gibt's das Beste nur vom Besten«, reimte Boris.

»Quatsch! Wenn die Bautzner kommen oder die Dresdner, kommt auch was Anständiges auf den Tisch.«

»Das ist ja auch was anderes«, erklärte Boris. »Die Dresdner sind nicht so gut versorgt wie wir in der Hauptstadt, und die Bautzner gehören zu den ärmsten Schweinen in der ganzen Republik. Die können manche Gemüsesorten schon nicht mehr buchstabieren. Die Bautzner müssen wir hier richtig aufpäppeln. Aber doch nicht die Wessis! Im Gegenteil! Denen müßten wir das richtige Zonen-Gefühl verschaffen: Schwarzbrot mit Margarine und Sirup, Muckefuck, Graupensuppe, Steckrüben. Denen müßten wir einen lukullischen Abenteuerurlaub verschaffen.«

Nina entsteinte ungerührt die letzten Pflaumen: »Du bist wirklich ein Quatschkopf. Wenn eine Hausfrau Gäste erwartet, bringt sie das Beste auf den Tisch. Das ist überall so.«

Boris nahm die Frage jetzt ernst: »Ja, das Beste aus dem eigenen Land.«

»Das geht ja nicht.«

»Wieso?« fragte Boris verwundert.

»Weil das Beste aus der DDR gegen Devisen in den Westen verkauft wird.«

Boris schnaubte ärgerlich und ging staubsaugen.

Pünktlich halb vier war das Ehepaar Bobrowski empfangsbereit. Der Pflaumenkuchen stand auf dem gedeckten Kaffeetisch, die geschlagene Sahne im Kühlschrank, der Kaffee auf der Warmhalteplatte.

Um vier kam Alex angestürmt: »Sind sie schon da?«

Halb fünf setzte Nina frischen Kaffee auf.

Kurz vor fünf kamen Bärwalds: »Wir bitten tausendmal um Entschuldigung, aber diese Grenzabfertigung! Also, das machen wir nicht noch mal mit.«

»Trotzdem herzlich willkommen!« sagte Boris.

»Ja, danke. Wir freuen uns auch. Hoffentlich haben wir Ihnen keine Umstände gemacht mit der Verspätung.«

»Überhaupt nicht«, beteuerte Boris, »wir konnten uns mal richtig in Ruhe unterhalten, sonst ist doch jede Minute verplant. Aber mal ganz was anderes: Hatten wir in Bulgarien nicht du zueinander gesagt?«

»Oh, natürlich!«

Bärwalds hatten ein Gastgeschenk mitgebracht, Nina wickelte es aus, es waren zwei Flaschen bulgarischen Rotweins.

»Das ist aber eine originelle Idee!« rief sie.

»Zur Erinnerung an den Urlaub«, erklärte Bernd, obwohl Bobrowskis es sofort begriffen hatten.

»Wahrscheinlich«, vermutete Charlotte Bärwald, »kriegt ihr ihn auch bei euch zu kaufen, aber bei uns ist er auf jeden Fall billiger.«

Nina brachte das Gastgeschenk in die Küche und versteckte rasch im Schrank die zwei Flaschen bulgarischen Rotweins, die sie für den Besuch der Bärwalds gekauft hatte.

»Wo sind die Kinder?« rief Boris. »Los, Kaffee trinken!«

Die Kinder, die sich sofort in Alex' Zimmer verzogen hatten, kamen mit zerzausten Frisuren wieder heraus.

Das Tischgespräch drehte sich zunächst um den Kuchen, der als sehr gelungen bezeichnet wurde.

»Gibt's denn bei euch frische Pflaumen?« erkundigte sich Charlotte.

»Ja«, sagte Nina und warf ihrem Mann einen Blick zu: Siehste, sie hat's gemerkt.

Alex verschlang drei Stück Kuchen, Birgit aß nur eines, dann verabschiedeten sich die beiden eilig und versprachen, zum Abendessen zurück zu sein. Die beiden Ehepaare frischten ihre gemeinsamen Urlaubserinnerungen auf, kamen aber dabei nicht so recht in Schwung. Charlotte half das Geschirr hinaustragen und hatte anschließend eine belebende Idee: »Ihr müßt uns eure Wohnung zeigen. Ich bin immer so neugierig, wie andere wohnen.«

»Gern! Boris hat extra Staub gesaugt.«

Charlotte fand die Wohnung sehr schön: »Ich liebe doch Altbauten mit hohen Räumen und viel Stuck. Das hat soviel Charme. Und diese herrlichen Kachelöfen! Ein Traum!«

»Vor allem morgens, wenn du sie anheizen mußt«, murmelte Boris. »Asche runtertragen, Briketts raufschleppen. Ein Traum!«

»Das sind die Leute«, erklärte Bernd seiner Frau, »die uns im Winter den Smog bescheren. Mit ihren miserablen Braunkohlenbriketts verpesten sie unsere Luft. Aber sie haben uns ja schon im Urlaub erklärt, das könne alles gar nicht sein, denn das ›Neue Deutschland‹ berichte nicht darüber.«

»Schnäpschen?« fragte Nina schnell dazwischen und schenkte, als alle nickten, sowjetischen Weinbrand in kleine Schwenker.

»Hier drin ist wirklich alles picobello«, faßte Charlotte das Ergebnis der Besichtigung zusammen, »aber als ich euer Haus von außen sah, dachte ich, mich äfft ein Spuk. So verdreckt und vergammelt!«

»Das Dach ist es«, erklärte Nina, »das Dach ist undicht, die Dachrinnen sind undicht. Das ist eine republikweite Erscheinung. Die DDR zerfällt von oben her, weil überall die Dächer undicht sind.«

»Kann man da nichts machen?«

»Eingaben. Wir haben schon zwei Eingaben beim Stadtbezirk gemacht. Fast alle Mieter haben unterschrieben, außer Boris und zwei anderen. Viele Hausgemeinschaften machen Eingaben, manche sogar an den Staatsrat. Meistens kommt nur heiße Luft dabei raus. Die KWV hat kein Geld, kriegt keine Leute, kein Gerüst, keine Dachrinnen, keine Dachziegel. Die KWV, das ist die Kommunale Wohnungsverwaltung. Wir übersetzen KWV auch: Kann weiter verfallen.«

Boris fand seine Frau zu negativ. »In zwei Jahren sind wir bekanntlich mit der Komplexrekonstruktion dran«, verkündete er mit einem gewissen Triumph in der Stimme.

»Mit was?« fragte Bernd.

Nina erklärte es gern: »Bei euch kann jeder sein Haus in Schuß bringen, wann er will. Das führt jedoch zu einem uneinheitlichen Stadtbild. Bei uns wird nach Plan vorgegangen. Es wird häuserblockweise oder straßenzugweise rekonstruiert. Komplexrekonstruktion. Damit erreichen wir das einheitliche Bild, das bei euch fehlt: In der einen Straße lauter schicke Fassaden, in der nächsten lauter bewohnte Ruinen. Und nun dürft ihr raten, durch welche Straßen die Rundfahrtbusse fahren.«

»Apropos Rundfahrt!« rief Boris, um endlich von der Nörgelei seiner Frau abzulenken: »Sollen wir euch ein bißchen unsere Hauptstadt zeigen?«

Charlotte war sofort einverstanden, Bernd zögerte

eine Weile und fragte, ob man denn die Sportschau um 18.05 Uhr aufzeichnen könne.

»Womit denn?« fragte Boris.

Es wurde eine Rundfahrt im Wartburg beschlossen. Die beiden Männer saßen vorn, Boris machte den Stadtbilderklärer. Er nahm sich vor, es locker-ironisch anzugehen, dem Westbesuch das heitere Selbstbewußtsein der DDR-Hauptstädter zu demonstrieren.

»Also, die Schönhauser Allee kennt ihr ja schon. Der Vergleich mit dem Kudamm hinkt und ist nur deshalb möglich, weil man an der Schönhauser Allee den Kudamm nicht kennt. Bitte schaut nicht rechts und links in die Seitenstraßen, wo die Komplexrekonstruktion noch nicht begonnen hat. Wir wollen nicht, daß sich solche atypischen Bilder in den Hirnen unserer Besucher festsetzen.«

»Wo sind denn die putzigen Soldaten«, fragte Charlotte dazwischen, »die so schön die Keulen schmeißen?«

»Kommt alles noch«, versprach Boris und fuhr mit seiner Führung fort: »Jetzt sind wir im sogenannten Scheunenviertel, da könnt ihr noch original Zilles Milljöh bestaunen, da könnte die DEFA ihre Filme drehen über kapitalistische Slums, statt dessen bauen sie teure Kulissen. Na ja, typisch Staatsbetrieb! Wir nähern uns der großen Synagoge in der Oranienburger Straße, sie wurde von den Nazis niedergebrannt, unser Staat baut sie trotzdem wieder auf.«

»Wieso trotzdem?« fragte Bernd.

»Na, unser Staat hat doch gar nichts damit zu tun, bekanntlich kamen alle Nazis aus der heutigen BRD. So, nun biegen wir in die Friedrichstraße ein. Die soll nun wirklich 'ne Art Kudamm werden, am richtigen Kudamm kriegen sie schon Angst vor der Konkurrenz. Links der Friedrichstadtpalast, von außen wie 'n orientalischer Edelpuff, aber innen Varieté mit Weltniveau, wie Las Vegas. In einer Hinsicht ist es auch wie Las Vegas: Mit Dollars kommst du immer rein. Dort drüben das Hotel Metropol. Ein Valuta-Hotel. Was das heißt? Daß du mit richtigem Geld bezahlen mußt. Als DDR-Bürger bist du nicht erwünscht. Ja, das ist unsere Spielart der Apartheid.«

»Boris«, mahnte Nina, »bleib loyal zu dem Staat, der dich studieren ließ.«

»Ist doch wahr!« erwiderte Boris ärgerlich.

»Die Soldaten«, erinnerte Charlotte, »daß wir sie nicht verpassen.«

»Keine Angst, meine Liebe! Erst mal die Linden, das Brandenburger Tor. Wenn wir jetzt weiterfahren würden, kämen wir auf die Straße des 17. Juni, könnt ihr mit dem Datum noch was anfangen? Dann kämen wir, soviel ich weiß, auf den Bismarckdamm und noch einen Damm und die Heerstraße, und nach einer halben Stunde, immer geradeaus, wären wir im Bezirk Potsdam, also wieder in der DDR. Warum sollten wir also durchs Brandenburger Tor fahren wollen?«

Boris hielt kurz an, um den Blick durchs Brandenburger Tor auf die Siegessäule anzubieten. Ein Volkspolizist winkte ihn sofort energisch weiter.

»Ich verstehe das immer nicht«, sagte Nina: »Wenn es ein antifaschistischer Schutzwall ist, dann braucht der Kollege Staatsorgan doch nur darauf zu achten, daß sich von westlicher Seite keine verdächtigen Personen nähern.«

»Das verstehst du nicht«, behauptete Boris.

»Das sage ich ja«, sagte Nina.

»Da drüben ist unser Kreml«, erklärte Boris, »das Zentralkomitee der SED. Hinter diesen betont schmucklosen Mauern ist die kollektive Weisheit der führenden Klasse versammelt. Nicht immer, aber wenn Sitzungstag ist. Der einzige Ort der Republik, wo man wirklich weiß, was die Bürger brauchen. Daß wir zum Beispiel keinen geräucherten Aal brauchen und keinen Videorecorder, aber Lenins gesammelte Werke und rote Fähnchen zum Winken. So, und wenn ihr mal nach halblinks oben schaut, seht ihr die Rache des Papstes. Ja, dort oben auf der Kugel unseres Fernsehturms, da spiegelt sich die Sonne in Form eines Kreuzes. Konstruktionsfehler. Peinlich, peinlich! Stellt euch vor, über dem Petersdom stünde jede Nacht ein roter Stern.«

Bernd sagte etwas: »So richtig verstehe ich dich nicht, Boris. Du ziehst alles durch den Kakao, wo du doch sonst immer deine Treue zur DDR herausstreichst.«

Boris mußte gerade einem Fußgänger ausweichen und konnte erst danach antworten: »Nur vom festen Fundament des Sozialismus aus kann man bestimmte Erscheinungen kritisieren.«

»Aha.«

In der minutenlangen Pause, die sich anschloß, überlegte Boris amüsiert, ob sich Bernd veralbert fühle.

Boris nahm den Weg zum Ostbahnhof, der sich im Umbau befand: »Guckt mal, wir kriegen einen Hauptbahnhof. So was habt ihr nicht, so was gab's in Berlin noch nie. Das verdanken wir der Partei, daß wir von hier aus komfortabel in sämtliche Richtungen fahren können, nach Norden, nach Osten und nach Süden. Und nun zeige ich euch noch, wo unsere Oma wohnt. Die wohnt nämlich in der ersten sozialistischen Straße der DDR, erbaut unter dem ersten Generalsekretär der SED – wie hieß er noch, er hatte so einen merkwürdigen sächsischen Bart – und benannt nach dem großen und weisen Führer der Sowjetunion, auch dieser fast vergessene Name wird mir noch einfallen. Da drüben, das sechste Fenster von unten, das siebenundvierzigste von links, dahinter wohnt unsere Oma.«

Rechtzeitig zur Wachablösung waren sie an der Neuen Wache Unter den Linden. Charlotte und Bernd gaben sich sehr beeindruckt von dem militärischen Zeremoniell: »Dieser Stechschritt! Nee, so was Komisches gibt's bei uns nicht!«

»Wir in der DDR pflegen die positiven Traditionen des Preußentums«, erklärte Boris, »den Stechschritt, die Bürokratie und den Bismarckhering.«

»Also, ihr habt eine wunderschöne Hauptstadt«, lobte Bernd auf dem Rückweg. »Wenn ich sagen sollte, was man verbessern könnte, nein, ich wüßte es nicht.«

Auf dem letzten Kilometer überlegte Boris, ob nun er an der Reihe war, sich veralbert zu fühlen.

Zum Abendessen tischte Nina ihren Räucherlachs aus dem Delikat auf, den Rest der Schlagsahne hatte sie mit Meerrettich angemacht. Boris stellte Radeberger Pilsner dazu, das er anläßlich einer Dienstreise im Speisewagen des D-Zugs nach Leipzig ergattert hatte. Zu seiner Enttäuschung wurde es kommentarlos weggetrunken, als sei es überhaupt nichts Besonderes. Die Gäste aßen zügig, der Lachs ging weg wie warme Semmeln. Als Birgit und Alex verspätet eintrafen, war nur noch Aufschnitt im Angebot. Nach dem Essen durften die »Kinder« sich wieder verziehen, während Boris den bulgarischen Rotwein entkorkte und sowjetischen Weinbrand dazustellte.

»In der DDR wird viel getrunken«, bemerkte Bernd.

»Was im Plan ist, muß weg«, erklärte Boris.

Der Alkohol lockerte die Stimmung, bald war es fast wieder wie an den letzten Abenden in Bulgarien. Nina bemerkte, daß Bernd, wie damals, seinen Blick kaum von ihr ließ.

»Mir ist es lieber, die Bulgaren schicken uns ihren Wein«, sagte Boris bei der zweiten Flasche, »als ihre Taschenrechner. Die sind nämlich so wie die japanischen vor zehn Jahren. Aber andere sind für DDR-Mark nicht zu kriegen.«

»Wozu brauchst du einen?« fragte Bernd.

»Im Betrieb könnte ich gut einen brauchen. Nix Besonderes, vielleicht drei Dutzend Funktionen. Bei euch kosten die nicht die Welt.«

»Soll ich mich mal umschauen?« fragte Bernd.

»Um Gottes willen! Deswegen habe ich das nicht gesagt.«

Als der Bärwaldsche Bulgarien-Wein ausgetrunken war, holte Nina ihren eigenen aus dem Küchenschrank, die Gäste merkten es nicht. Gegen elf kamen Birgit und Alex zurück, Bärwalds verabschiedeten sich.

»Das mit dem Rechner war wirklich nicht so gemeint«, beteuerte Boris noch mal, »wir reden eben manchmal darüber, was wir gern hätten, wenn unser Geld mehr wert wäre.«

Bernd legte die Hand auf Boris' Arm: »Ist gut. Ich kann mir schon denken, wie das ist. Mal sehen, was sich machen läßt.«

»Wir sehen uns mal wieder?« fragte Boris.

»Auf jeden Fall«, versprach Bernd. »Fast hätte ich gesagt: das nächste Mal bei uns.«

42

Ich bewundere Birgits Stehvermögen.

»Du mußt doch völlig kaputt sein«, sagte ich letzte Nacht, als sie vom Kellnern heimkehrte.

»Es geht noch«, lächelte sie.

»Aber du schläfst fast im Stehen ein.«

Sie setzte sich.

Seitdem Birgit kurz nach ihrem achtzehnten Geburtstag und dem bestandenen Abitur zu mir in die große, halbleere Kreuzberger Altbauwohnung gezogen ist, kellnert sie sieben Abende die Woche. Wie lange sie das durchsteht, weiß ich nicht. Zum Glück liegt das Lokal in unserer Nähe, so daß sie nicht noch nach Mitternacht Bus oder U-Bahn fahren muß. Sie bringt, da sie reichlich Trinkgelder bekommt, selten weniger als hundert Mark pro Abend nach Hause. Eine Lohnsteuerkarte hält sie vorerst für entbehrlich, Sozialversicherung ist ihrer Meinung nach höchstens für alte Leute ab Ende zwanzig interessant.

»Manchmal frage ich mich«, sagte sie letzte Nacht, »wozu ich eines Tages studieren soll. Zeig mir mal 'ne Frau mit Diplom, die im Monat drei Mille auf die Hand kriegt.«

Ich wollte ihr erklären, daß Kellnerin keine Lebensaufgabe sei, außer für eine Kellnerin, und daß schwarz zu arbeiten keine Dauerlösung sei, allenfalls für einen Schwarzarbeiter, aber Birgit lachte: »Warum nicht? Du weißt doch, wie wir Frauen sind. Studieren oder Servieren, beides mache ich nur, bis ich den richtigen Mann habe.«

»Den hast du doch schon, dachte ich.«

»Wer weiß, ob der jemals kommt.«

»Er kommt«, sagte ich.

Wir wissen kaum Neues von Alex und das wenige nur auf dem Umweg über die Oma, die kürzlich mal wieder in West-Berlin war und einen Nachmittag lang auf unserem Sofa saß.

Nina und Boris, erzählte sie, bekommen von Alex ab und an einen belanglosen, zensierten Brief, dem eigentlich nichts zu entnehmen ist. Ihre seltenen Besuche in der Haftanstalt finden unter ungebetenen Augen und vor unerwünschten Ohren statt, so daß sie auch dabei nichts erfahren, aber wenigstens ihren Sohn in Augenschein nehmen können. Blaß sei er. (Kein Wunder, Rummelsburg ist eben nicht als Sommerfrische gedacht.) Niemand weiß, ob Alex eines Tages in den Westen entlassen wird. Birgits größte Sorge ist, daß er in der DDR bleiben muß und alles von vorn anfängt.

Seine Eltern sind grimmig entschlossen, ihre Ausreise zu ertrotzen. Sie werden jede Woche einbestellt und bearbeitet: »Ziehen Sie zurück! Es hat keinen Sinn, wir lassen Sie nicht raus! Je länger Sie uneinsichtig sind, desto irreparabler ist der Schaden, den Sie sich selbst zufügen!« Und so weiter. Boris wurde von seinem Posten abgelöst und in ein Labor versetzt. Vom weißen Kittel in den grauen. Kein Dienstapparat mehr. Kein Zugang mehr zu wichtigen betriebsinternen Informationen. Damit könne er leben, sagt Boris. Noch vor ein paar Jahren seien Leute wie er zum Hoffegen abgestellt worden, aber inzwischen gebe es wohl so viele Ausreiseanträge, daß in der DDR die Besen knapp würden. Nina hat es weniger gut getroffen. Sie darf nicht mehr in der Krankenhausapotheke selbst arbeiten, sondern nur noch – welche feinsinnige Schikane – die Medikamente zu den Abteilungen bringen. Blödsinnig und dabei symptomatisch ist auch folgende Kleinlichkeit: Bobrowskis hatten schon ihren lange beantragten Telefonanschluß genehmigt bekommen, aber nun wurde die Installation abgesagt. (So kann ich sie nach wie vor nur auf gut Glück besuchen, und die letzten Male habe ich sie nicht angetroffen.)

Die Behandlung durch die Behörden, sagen beide, sei gemein und zynisch. Man fühle sich wie der letzte Dreck. Es sei unübersehbar, daß die DDR-Treuen auf den Ämtern einen regelrechten Haß auf die DDR-Abtrünnigen hätten. Eine Stimmung und eine Tonart wie am Ende einer zerrütteten Ehe.

Birgits Eltern lassen nichts von sich hören. Ich rechne jedoch damit, daß sie in absehbarer Zeit einen Versuchsballon steigen lassen. Birgit tut, als wäre ihr das alles gleichgültig, doch ich weiß, daß sie an dem gestörten Verhältnis leidet. Ich sage mit Absicht »gestört« und nicht »zerstört«.

So leben wir beide in unserer merkwürdigen Mini-WG nicht gerade sorglos, aber äußerlich ruhig und gleichförmig. Birgit arbeitet vom späten Nachmittag bis in die Nacht, schläft den halben Tag, denkt nur an zweierlei: daß Alex bald kommt und daß sie bis dahin genug Geld gespart hat. Sie will bis dahin ihren Führerschein gemacht haben. Sie vermeidet im übrigen jede unnütze Ausgabe, beteiligt sich jedoch angemessen (angemessen, nicht in gleicher Höhe) an unseren laufenden Kosten. Ich bestreite Miete, Strom etc., Birgit kauft die Lebensmittel, außer Getränken. Sie soll schließlich nicht meinen Whisky finanzieren. Ich arbeite wie gewohnt, schreibe meine Storys aus Berlin und über die DDR für – glücklicherweise – immer mehr Zeitungen in Westdeutschland, neuerdings auch einige in der Schweiz. Ich werde im Leben kein Millionär mehr, aber ich kann leben wie Millionen.

Die Geschichte über das »Mädchen vom Alex«, in die

ich nun so hautnah einbezogen bin, kostet mich nach wie vor viel Zeit und bringt vorerst nichts ein. Aber solche Dinge gewinnen ja manchmal eine eigene Dynamik, machen sich selbständig von Anlaß und Ziel. Ich schreibe, weil die Story nicht mittendrin aufhören kann. Meistens setze ich mich spät am Abend hin, um anhand meiner Gesprächsnotizen die Geschichte von Birgit und Alex weiterzuspinnen. Wenn Birgit um zwei oder drei Uhr nach Hause kommt und natürlich noch viel zu aufgedreht ist, um schlafen zu gehen, lese ich ihr vor. Oft lacht sie, bisweilen schüttelt sie den Kopf, nur selten protestiert sie: »Das hab' ich nie gesagt!« Oder: »Das geht andere nichts an.« Dann sage ich, daß ein Autor eine gewisse Freiheit im Umgang mit den Details haben müsse. Und im Prinzip stimme die Story doch, oder? Das bestätigt sie mir. Dieses Vorlesen und Diskutieren des neu Geschriebenen alle paar Nächte hat sich derart eingespielt, daß Birgit enttäuscht ist, wenn ich mal eine Woche lang sagen muß: »Ich habe ausnahmsweise was anderes zu tun, wovon ich leben muß.« Birgit macht meistens einen starken und gelassenen Eindruck, der für ihr Alter erstaunlich ist. Gestern fragte ich sie, ob es ihr denn schwerfalle, Alex so lange treu zu sein.

»Nee«, sagte sie spontan. »Ich weiß ja, daß er auch nicht fremdgeht.«

»Bist du nie in Versuchung?«

»Was'n das für'n Wort? Klingt ja wie aus der Bibel. Nee! Sie versuchen's immer wieder, aber ich sage ihnen, ich hätt' zu Hause 'n Besseren.«

»Zu Hause?«

Birgit lachte: »Als du mich kürzlich mal abgeholt hast, da fragten sie am nächsten Tag, ob du der heiße Typ wärst, von dem ich immer rede.«

»Und was hast du gesagt?«

Birgit wiegte den Kopf und hüllte sich in Schweigen.

Ich fragte sie, wann eigentlich ihre Gefühle für Alex am stärksten gewesen seien.

»Jetzt«, antwortete sie, ohne nachzudenken.

»Und damals?« fragte ich, »in der ersten Zeit nach Bulgarien?«

»Ach, weißt du, das war so ein Wechselbad. Wenn ich endlich wieder in der U-Bahn nach Ost-Berlin saß, hätte ich platzen können vor Glück, und wenn ich nachts in der U-Bahn nach West-Berlin saß, hätte ich heulen können vor Elend. Das war eigentlich keine schöne Zeit.«

Nach einer Minute fügte sie hinzu: »Klingt verrückt, aber heute ist es schöner.«

43

War es das siebzehnte oder erst das sechzehnte Mal, daß Birgit nach Ost-Berlin fuhr? Sie zählte die Besuche bei Alex, aber zum erstenmal war sie nicht ganz sicher. Sie beschloß, künftig alle Fahrten nach Ost-Berlin in ihrem Taschenkalender zu vermerken.

Mit dem grünen Bundespaß, ausgestellt in Osnabrück, konnte sie nun praktisch zu jeder Stunde hinüberfahren, ohne Antrag, ohne Vorbereitung. Die Spitzfindigkeit deutsch-deutscher Vereinbarungen brachte mit sich, daß Westberliner bis zwei Uhr morgens bleiben durften, Bundesbürger nur bis Mitternacht. Das spielte jedoch für Birgit keine Rolle, denn sie wurde eisern gehalten, spätestens um Mitternacht zu Hause zu sein. Nicht über die Grenze, sondern über die Schwelle der Wohnungstür.

Ins Geld liefen die Besuche. Birgit verfluchte jedesmal neu, was im DDR-Chinesisch »Durchführung des verbindlichen Mindestumtauschs« hieß. Straßenräuber! Wegelagerer! Bei der ganzen langweiligen Prozedur im Bahnhof Friedrichstraße war die taubenblau uniformierte Geldwechslerin hinter ihrem primitiven Holzpult jedesmal diejenige, für die Birgit kein verbindliches Lächeln hatte. Der Umtausch war aber nicht alles, sie wollte schließlich ab und zu eine Kleinigkeit mitbringen.

Alex hatte kürzlich angeboten, mit Westmark auszuhelfen, er habe doch welche. Sie könne das Geld gefahrlos nach West-Berlin mitnehmen und bei der nächsten Einreise ihren Umtausch damit machen.

»Bist du verrückt?« hatte sie gerufen. »Dann wird ja dein schönes Westgeld eins zu eins getauscht.«

»Du hast ja schon total das Zoni-Denken drauf«, hatte Alex anerkennend gemeint.

Welch perverse Vorstellung! dachte Birgit jetzt, auf der Fahrt zum siebzehnten oder sechzehnten Besuch: Ein Zoni verdiente Westgeld, um damit die Besuche seiner Freundin aus Wessiland zu finanzieren! Das wäre doch ein Armutszeugnis für die gesamte freie Welt! Nein, das kam für Birgit nicht in die Tüte. Sie jobbte neuerdings. Sie gab Nachhilfe in allen Fächern, die gewünscht wurden, außer in Mathe, wo sie selbst Nachhilfe brauchte und bekam. Ihr Vater hatte vorgeschlagen, sie möge die Mathe-Nachhilfe nunmehr selbst bezahlen, aber da war Charlottes verborgener Gerechtigkeitssinn erwacht: Es sei doch hoch anzuerkennen, daß das Mädel endlich mal von sich aus eine Initiative ergreife, aus welchem Grund und zu welchem Zweck auch immer, und das dürfe man nicht bestrafen. So kam Birgit mit dem Geld einigermaßen über die Runden und war stolz darauf.

»Hey, Birgit!«

Jedesmal umarmte Alex sie mit diesem Ausruf. Einmal hatte er »Biggi« gesagt, aber das hatte sie sich energisch verbeten. Nein, auch wenn ein Mädchen dieses Namens im Westfernsehen auftrete, wolle sie so nicht angeredet werden.

Sie versanken, wie immer, in ihren langen Kuß und kümmerten sich nicht um das Rundherum, wie sich niemand um sie scherte, auch nicht die lauernden Gestalten, die sich an Wessis heranmachten und halblaut den schwarzen Kurs der D-Mark durch die Lippen preßten.

»Diesmal habe ich eine tolle Überraschung«, versprach Alex.

»Ist dein Auto fertig?«

»Nein. Beziehungsweise bald. Aber die Fahrerlaubnis noch nicht.«

»Also? Wo ist die Überraschung?«

Alex machte es spannend: »Was fehlt uns immer am meisten?«

»Ein Auto.«

»Gut. Was noch?«

»Geld für'n Taxi.«

»Das kriegst du auch mit Geld nicht. Mach weiter!«

»Ja, was fehlt uns denn?« grübelte Birgit. »Vielleicht eine Perspektive.«

»Bleib doch mal ernst!« bat Alex. »Wo können wir leider nie hingehen?«

»Zu mir nach Hause.«

»In gewisser Weise bist du ganz nah dran. Überleg mal: Was hast du zu Hause? Ich denke an ein ganz bestimmtes Möbel.«

Birgit blinzelte ihn an: »Ein Nachtschränkchen?«

»Haarscharf daneben!«

»Du bist ja ein... Ich komme jetzt nicht auf das richtige Schimpfwort. Doch! Du bist ein Jungfrauenverderber.«

Der Weg war weit. Birgit hatte im Sattel des vereinseigenen Rennrads, das immer noch »zur Reparatur« entliehen war, weite Teile der Stadt kennengelernt. Bis nach Marzahn waren sie gefahren, der monumentalen Betonlandschaft, gegen die das berüchtigte Märkische Viertel West-Berlins richtig lauschig wirkte. In Köpenick waren sie gewesen, da Birgit der Rühmann-Film über den Hauptmann so gut gefallen hatte. Die langen Strecken hatten Birgits Waden gestrafft, fast fühlte sie sich fit für die Tour de France der Damen. Aber heute nahm der Weg kein Ende.

»Is 'n bißchen weit«, gab Alex beim Halt vor einer roten Ampel zu, »aber echt todschick. Und total sturmfrei. 'ne Datsche in Neu-Venedig. Gehört Freunden von meinen Alten.«

»Wenn's noch weit ist«, stöhnte Birgit, »muß ich dort auf der Stelle ins Bett, aber zum Schlafen.«

Die Ampel sprang auf Grün, Birgit quälte sich wieder in den Sattel.

»Wie soll ich das bloß finden?« fragte Birgit: »In einem fremden Haus in einem fremden Bett mit einer fremden Flasche Wein.«

»Den Wein habe ich selbst gekauft«, widersprach Alex, »unser bulgarischer Roter, der gehört doch dazu, seit damals im Zelt.«

Birgit streichelte über seinen Rücken: »Gut, aber das Haus und das Bett. Wissen die Leute überhaupt, daß wir hier sind?«

»Logo. Gisela weiß. Ich habe ihr von unserem Notstand erzählt, da hat sie mir einfach den Schlüssel in die Hand gedrückt.«

Birgit versuchte, im Liegen einen Schluck Rotwein zu trinken, aber sie hatte Angst, die fremde Bettwäsche zu bekleckern, und richtete sich auf. Alex nutzte diese Gelegenheit, um mit der Nase ihren Busen zu stupsen.

»Es war besonders schön heute«, flüsterte er.

Sie nickte: »Das macht das Ambiente.«

»Wer?«

»Das Ambiente? Habt ihr das Wort nicht in eurer Republik? Die Umgebung macht es. Die Stimmung. Die Ruhe. Keiner kann uns stören. Schade, daß es nicht immer so ist.«

»Wir können immer hierher«, beteuerte Alex rasch.

»Ich kann nicht immer so weit strampeln. Ich kann nur eins: radfahren oder das andere.«

Birgit ging ins Badezimmer, suchte sich ein Handtuch, kämpfte mit dem Durchlauferhitzer, kriegte das Wasser nur ganz heiß oder ganz kalt, wusch sich am Ende kalt. Als sie zurückkam, war Alex eingenickt.

»Hey! Aufwachen! Ich muß mit dir reden.«

»Worüber?« fragte Alex, noch dösig.

»Über unsere Perspektive. Es kann doch nicht ewig so weitergehen wie bisher. Sollen wir die nächsten zehn Jahre jede Woche in diese Datsche fahren? Was machen wir überhaupt, wenn du zum Bund mußt?«

»Zur Fahne. So heißt das bei uns.«

»Meinetwegen zur Fahne. Dann robbst du irgendwo in der Walachei rum, und ich studiere vielleicht in Heidelberg oder Freiburg. Wie stellst du dir das alles vor? Los, sag was! Aber was Substantielles!«

»Oh, Birgit!«, stöhnte Alex, »da hat man gerade sein Bestes gegeben, und nun soll man so'ne Fragen beantworten. Ich hab' doch auch keine Ahnung. Es wird sich weisen.«

»Nichts wird sich weisen«, widersprach sie heftig,

»überhaupt nichts wird sich weisen. Wir machen weiter, einmal, zweimal die Woche, bis wir eines Tages merken, daß es schon längst zu Ende ist.«

»Ach, Birgit!«

»Sag nicht immer: Ach, Birgit! Und laß jetzt die Hände von meinem Busen! Ich meine es ernst. Was haben wir für eine Perspektive? Du wirst wahrscheinlich Ingenieur für Wartburgs oder Trabbis, ich werde vielleicht Ärztin für Säuglinge und Kleinkinder. Du in der DDR, ich in der BRD. Du heiratest eine Kinderärztin, ich einen Ingenieur von Ford oder Opel. Du lebst in Zwickau oder wo die Trabbis gebaut werden, ich in Rüsselsheim, wo die Opels gebaut werden. Wir schreiben uns Briefe und tauschen Fotos von den Kindern aus. Wenn du fünfundsechzig bist, besuchst du uns. Dann erzähle ich meinen Enkeln: Das war der mit dem Zelt.«

»Alles falsch!« stellte Alex fest. »Erstens braucht man für den Trabbi keine Ingenieure, das Auto ist nicht verbesserungsfähig. Zweitens werde ich...«

Birgit haute ihm eine runter: »Hör auf! Ich mein's ernst!«

Alex rieb sich die Wange und versuchte einen entschuldigenden Blick: »Ich hab' mir noch keine Gedanken gemacht. Ich find's bis jetzt einfach schön. Ich versuche zu organisieren, Geld, Fahrrad, Auto, Datsche, Rotwein. Das ist bei uns alles schwieriger als bei euch. Da hab' ich genug zu überlegen. Aber ich verspreche dir, ich denke über unsere Perspektive nach.«

»Wann?«

»Ab sofort.«

»Wann hast du ein Ergebnis?«

»Spätestens Weihnachten. Sag mal, Birgit, warum heulst du denn?«

»Ich heule? Niemand heult. Warum soll jemand heulen?«

Birgit schniefte und gab Alex einen Kuß auf die geohrfeigte Wange, dann zog sie ihn aus dem Bett und erinnerte an seine Ankündigung, ihr vom Paddelboot aus Neu-Venedig zu zeigen. Das war ein Ort, wie ihn Birgit bei aller inzwischen erworbenen Kenntnis der DDR-Hauptstadt hier nicht erwartet hatte. Es roch nach privatem Reichtum, die Grundstücke an den Ufern der schmalen Spreearme waren zum Teil richtige Anwesen mit schicken Bungalows, Hollywoodschaukel auf der Terrasse, Boot am Steg. Menschen waren an diesem Werktag kaum zu sehen. Alex saß vorn und paddelte, Birgit ließ ihre Hände durchs Wasser gleiten.

»Wem gehört das alles?« fragte sie.

»Werktätigen«, antwortete Alex.

»Wo kommt man eigentlich hin«, wollte Birgit eine Weile später wissen, »wenn man die Spree ganz hinaufpaddelt?«

»Nach Bautzen.«

»Da kommst du doch her!«

»Liegt Osnabrück eigentlich am Rhein?« fragte Alex.

»Sag mal, was lernt ihr eigentlich über uns? Ihr seid ja schlimmer als die Amis. Neuschwanstein auf der Loreley bei Rothenburg.«

Alex ließ sein Paddel sinken und drehte sich zu Birgit um: »Weißt du, an welchem Fluß Leipzig liegt? Nein? Und Karl-Marx-Stadt? Auch nicht? Und Halle an der Saale? Keine Ahnung? Siehste! Also, wie heißt nun das Rinnsal in Osnabrück?«

»Hase.«

»Das ist doch kein Name.«

Es wurde kühl auf dem Wasser, sie kehrten um und legten an. Alex verstaute das Boot im Geräteschuppen,

Birgit suchte sich in der Küche das Notwendige zusammen, um einen Tee aufzubrühen. Sie stellte sich vor, es sei ihr Haus, ihres und Alex'. Nach Hause kommen, die Tür hinter sich zuziehen, ungestört sein. Einen Tee trinken, ein Bad nehmen, ins Bett gehen. Nicht lauschen, ob sich ein Schlüssel im Schloß drehte. Auch mal einfach nicht öffnen, wenn es klingelte. Man war ja bei sich zu Hause.

Alex hatte den Fernseher eingeschaltet, Mainzelmännchen, Persil, unser bestes, da weiß man, was man hat, Mainzelmännchen, dein Kaffee war die Krönung, Jakobs Krönung, Mainzelmännchen, im Asbach ist der Geist des Weines. Birgit servierte den Tee.

»Wie'n altes Ehepaar«, flachste Alex.

»Keine Angst, daraus wird nichts.«

»Ach, Birgit!«

Er zog sie auf seinen Schoß und küßte sie. Die Mainzelmännchen plärrten dazwischen.

»Mit Pampers liegt mein Kind immer trocken«, äffte Alex nach, »staubtrocken, saharatrocken, mumientrocken.«

»Dreh ihnen die Luft ab!« bat Birgit.

Alex stand auf, hielt Birgit dabei auf den Armen.

»Ich habe eine Idee«, flüsterte er ihr ins Ohr.

»Eine neue?« fragte sie.

»Nein, aber eine schöne.«

»Schon wieder?«

44

Birgit erwachte von einem Donnerschlag. Regen trommelte gegen die Scheiben, ein Blitz erhellte durch die zugezogenen Gardinen hindurch das Zimmer, ein neuer Donnerschlag krachte.

»Alex!«

Birgit saß senkrecht im Bett.

»Alex! Wie spät ist es?«

Alex knipste das Licht an und schaute auf seine Armbanduhr: »Ach du Scheiße! Halb zwölf!«

»Alex! Ich muß Mitternacht über die Grenze sein. Ach was, ich muß Mitternacht zu Hause sein.«

Birgit sprang auf und suchte ihre Sachen. Vor Aufregung stieg sie zuerst mit dem rechten Fuß ins linke Hosenbein ihrer Jeans. Dann kriegte sie ihren BH-Verschluß nicht zu, Alex half wortlos. Währenddessen trommelten die Regentropfen und krachte der Donner. Birgit fing an zu heulen.

»Warum hast du mich nicht geweckt?« schrie sie Alex an.

»Ich konnte nicht«, antwortete Alex, »ich hab' geschlafen.«

»Du bist schuld, wenn ich nie mehr zu dir darf«, schrie Birgit weiter. »Jetzt mach was! Hol ein Taxi oder sonst was! Ich muß Mitternacht an der Grenze sein.«

Alex wollte sie in den Arm nehmen, aber sie riß sich los und heulte: »Mach was! Mach was! Los! Los!«

Da gab ihr Alex eine mittelstarke Ohrfeige. Birgit sah ihn erstaunt an, hörte jedoch augenblicklich auf zu heulen.

»Halt mal die Klappe und hör zu!« befahl Alex.

Birgit gehorchte.

»Du kommst nicht vor Mitternacht über die Grenze.

Selbst wenn ich einen Porsche hätte, würde es noch eng. Und ein Taxi kann ich nicht rufen, weil hier kein Telefon ist.

Und selbst wenn hier ein Telefon wäre, käme ich bei der Taxizentrale nicht durch. Also müssen wir mit dem Fahrrad fahren.«

»Ja, los!«

»Wenn das Gewitter vorbei ist. Zu spät kommen wir in jedem Fall.«

»Wir?« fragte Birgit. »Ich! Ich hab' das Problem, nicht du. Ich muß vor Mitternacht raus. Du hast es gut, du brauchst ja nicht raus aus deiner Hauptstadt.«

Alex stutzte einen Augenblick und lachte dann: »Nein, ich brauche nicht raus. Wenigstens einen Vorteil muß ich doch als DDR-Bürger haben.«

Birgit stand am Fenster und schaute dem Gewitter zu. Im Schein eines Blitzes sah sie auf ihrer Uhr, daß es inzwischen zehn vor zwölf war.

»Was machen die mit mir an der Grenze?« fragte sie.

»Was sollen sie machen? Dumme Fragen stellen. Das erleben die doch jede Nacht.«

»Glaubst du?«

»Logo. Jede Nacht kommt jemand zu spät. Bei Tausenden von Leuten ist das doch gar nicht anders drin. Da fragen sie, und du erklärst es, dann wird es notiert und geht seinen sozialistischen Gang, und beim dritten Mal kriegst du die gelbe Karte. So einfach ist das.«

Birgit atmete etwas auf. Aber dann fielen ihr ihre Eltern ein.

»Mein Alter rastet aus. Der läßt mich nicht mehr aus dem Bau. Ende der Fahnenstange!«

»Weißt du was?« sagte Alex, und weil es gerade wieder blitzte, bemerkte Birgit ein Blinzeln in seinen Augenwinkeln: »Wenn er Zoff macht, erklärst du ihm

einfach, du bleibst nächstes Mal ganz in der DDR.«
»Phhh!« machte Birgit.

Das Gewitter grollte nur noch von fern, der Asphalt war noch naß. Birgit und Alex mußten im Dunkeln große Pfützen umkurven. Sie fuhren gemächlich, denn es war halb eins und alles zu spät.

Am Bahnhof Friedrichstraße, an der bekannten Tür, die die DDR-Bürger nicht durchschreiten durften, wollte sich Birgit verabschieden. Aber Alex schüttelte den Kopf und ging mit. In der häßlichen Halle warteten im bleichen Neonlicht ein paar Westberliner auf die Abfertigung, es war ein Uhr siebenunddreißig. Birgit wurde nun doch mulmig zumute, sie griff nach Alex' Hand, er packte fest zu und flüsterte: »Come on, forget it!«

»Mal auf die Uhr geguckt?« fragte der Grenzer nach einem Blick in Birgits Paß.

Ihr fiel plötzlich eine Ausrede ein: »Ja, den ganzen Abend, aber sie war stehengeblieben.«

Der Grenzer, der ein wenig müde wirkte, sah Birgit unter seinem Mützenschild hervor beinahe mitleidig an: »Haben Sie noch eine zweite Version? Die erste höre ich heute abend zum fünften Mal.«

»Es war meine Schuld«, mischte sich Alex ein, »ich sollte sie wecken, aber ich bin eingepennt.«

»Ihren Paß!« bat der Grenzer.

»Der ist zu Hause. Ich bin DDR-Bürger.«

Der Grenzer, der wirklich müde zu sein schien, zeigte ohne Erregung zur Tür, durch die sie hereingekommen waren: »Schild gelesen?«

Alex gab sich männlich hart: »Ja, aber ich gehe erst, wenn ich sicher bin, daß meiner Verlobten nichts passiert.«

»Verlobt?« fragte der Mann. »Seit eben, vermute ich. Also, Ihrer Verlobten werden jetzt da hinten ein paar Fragen gestellt. Und Sie zwingen mich bitte nicht dazu, Sie entfernen zu lassen. Haben wir uns verstanden? Jede Nacht dieser Zauber!« seufzte er.

Birgit gab Alex einen Abschiedskuß und schubste ihn in die Richtung, aus der sie gekommen waren.

Die Schlafzimmertür der Eltern stand offen, als Birgit leise die Wohnung betrat. Eine Nachttischlampe flammte auf, beide Eltern stürzten in den Flur.

»Hast du mal auf die Uhr geschaut?« rief Bernd Bärwald.

Birgit mußte lachen.

»Was gibt's da zu lachen? Es ist halb drei durch. Wo hast du gesteckt?«

Birgit versuchte eine Verteidigung: »Es fing an mit einer Fahrradpanne. Dann das Gewitter. Dann keine Straßenbahn mehr. Dann haben sie mich an der Grenze eine halbe Stunde verhört.«

»Verhört? Was haben sie denn wissen wollen.«

»Ach, alles. Schule, Familie, Kontaktadresse in der Hauptstadt der DDR.«

»Familie?« fragte Bernd Bärwald irritiert, »haben sie auch was über mich wissen wollen?«

»Ja. Aber nur Namen und Arbeitsstelle.«

»Und du hast es ihnen gesagt?«

»Klar. Ich wollte ja wieder raus aus dem Kabuff.«

Bernd kam auf Birgit zu, so daß sie vor einer vermuteten Ohrfeige zurückwich. Ihr Vater hatte sie seit Jahren nicht mehr geschlagen, aber er schien jetzt so wütend wie seit Jahren nicht mehr. Charlotte hörte mit ratlosem Gesicht zu. Bernd Bärwald packte seine Tochter bei den Schultern und schüttelte sie.

»Du gehst nicht wieder nach Ost-Berlin, hast du das verstanden? Das war das letzte Mal. Du gehst nicht wieder hin!«

»Doch«, sagte Birgit.

Ihr Vater schien es überhört oder nicht richtig verstanden zu haben: »Nie wieder gehst du da hin!«

»Doch. Und zwar am Samstag.«

»Wie bitte?«

»Am Samstag bin ich wieder mit Alex verabredet.«

Bernd Bärwald war verdattert: »Ich habe doch eben laut und deutlich gesagt...«

»Ich hab's gehört. Aber ich gehe wieder rüber. Und wenn du Zoff machst, dann bleibe ich ganz drüben.«

Birgit registrierte mit Genugtuung, daß der Schuß ins Schwarze getroffen hatte. Ihre Eltern sahen sie mit großen Augen an und schienen keine Worte zu finden.

»Gute Nacht!« wünschte Birgit und drehte sich um.

»Halt! So nicht! Ich werde wohl gegenüber meiner minderjährigen Tochter noch meinen Willen durchsetzen. Du lieferst mir jetzt sofort deinen Reisepaß ab.«

Birgit fühlte sich plötzlich ganz obenauf: »Kannst du gern haben. Bis zum Bahnhof Friedrichstraße komme ich auch ohne Paß, und zurück will ich ja dann nicht mehr.«

45

»Kollege Bobrowski, Sie sollen um vier beim Genossen Bergmann sein«

»Warum?« fragte Boris.

»Wahrscheinlich will er mit Ihnen über die Oberliga plaudern.«

Boris versuchte, wenigstens äußerlich ruhig zu wirken. Eine Vorladung zum Genossen Bergmann kam außerordentlich selten vor und konnte eine Beförderung einläuten oder einen jähen Absturz einleiten. Es konnte auch nur ein temporärer Ärger ins Haus stehen, umgekehrt war ebensogut an eine Belobigung zu denken. Jedenfalls wurde man nicht zum Genossen Bergmann bestellt, um mit ihm übers Wetter zu reden oder über Fußball.

In dem Satz lag alles drin: Kollege Bobrowski zum Genossen Bergmann. Genosse Bergmann, etwa gleichaltrig mit Boris, hatte eine nicht genau zu definierende, aber wichtige Funktion im Betrieb. Er war weder Parteisekretär noch Vorsitzender der BGL, der Betriebsgewerkschaftsleitung, er war eine Art rechte Hand des Betriebsdirektors, aber viele Kollegen mutmaßten, Genosse Bergmann habe bessere Kontakte als die drei anderen zusammengenommen. Wie immer in solchen Fällen, wurde eine Verbindung zum »VEB Horch & Guck« vermutet, zur Staatssicherheit also.

Kollege Bobrowski zum Genossen Bergmann: In diesem Satz lag auch, daß Boris Bobrowski Kollege war und nicht Genosse. Es war ein erheblicher Unterschied, ob an der Bürotür »Gen. Bobrowski« stand oder nur »Koll. Bobrowski«. Dieser Unterschied verwischte sogar manchen Unterschied in der Qualifikation.

Schon zweimal hatte sich Boris um die Aufnahme in die Partei beworben. Das hatte ihn einiges Nachdenken gekostet, denn so fest er auch auf dem Boden des Arbeiter- und Bauernstaats stand, so ging ihm doch die alles bestimmende und alles durchdringende Rolle der Partei der Arbeiterklasse gegen den Strich. Daß man Genosse sein mußte, um recht zu haben, bzw. daß man recht hatte, weil man Genosse war. Aber da Boris nie daran gezweifelt hatte, sein Leben in diesem Staat zu Ende zu leben, wollte er nicht auf ewig in der Brühe köcheln, sondern irgendwann als Fettauge oben schwimmen. Die Partei hatte ihn jedoch nicht als Kandidaten aufgenommen. Seine kleinbürgerliche Herkunft wäre hingenommen worden, sie war auch fürs Studium kein Hindernis gewesen. Aber die gesellschaftliche Betätigung! Gleich null! Mitglied im FDGB und der DFS? In der Gewerkschaft war fast jeder, und die Gesellschaft für Deutsch-Sowjetische Freundschaft war auch nicht gerade ein harter elitärer Kern. Entscheidend war jedoch Boris' Beruf: Akademiker. Arbeiter brauchte die Partei! Aber gerade die hatten es gar nicht nötig. Statt dessen rannten alle diese bürgerlichen Existenzen der Partei die Bude ein, um eine Laufbahn im sozialistischen Staat zu bewerkstelligen. Die Partei der schwieligen Arbeiterfaust drohte permanent zum Karriereverein der schmerbäuchigen Schlipsträger zu verkommen.

Boris hatte weder über seine Aufnahmeanträge noch über deren Ablehnung mit seiner Familie gesprochen.

»Zigarette?« fragte Genosse Bergmann.

»Danke, ja.«

»Kaffee?«

»Schwarz. Ohne alles.«

»Schnäpschen dazu?«

»Danke, nein. Muß noch fahren. Und im Dienst sowieso nie.«

»Ungewöhnlich für einen DDR-Bürger«, bemerkte Genosse Bergmann.

Boris überlegte eine Antwort, wollte reaktionsschnell, witzig wirken. wußte aber nicht. wie. Alkoholismus war ein Problem in der DDR, sollte man darüber flachsen oder nicht? Boris sagte nichts, lächelte vielsagend.

»Kollege Bobrowski, ich habe Sie zu mir gebeten, weil ich unter vier Augen mit Ihnen sprechen muß.«

Boris nickte unsicher. Sein Blick fiel auf die Wand hinter dem Genossen, dort hing der Generalsekretär des Zentralkomitees der Sozialistischen Einheitspartei Deutschlands und Vorsitzende des Staatsrats der Deutschen Demokratischen Republik in Form des bekannten Amtsstubenfotos, das ihn um Jahre jünger machte. Also doch nicht unter vier Augen, dachte Boris.

»Sie sind Anfang vierzig«, stellte Genosse Bergmann fest.

»Ja«, antwortete Boris, obwohl die Feststellung nicht wie eine Frage geklungen hatte.

»Da ist es Zeit für gewisse Dinge.«

Die rätselhafte Wendung löste in Boris' Kopf ein Karussell der Spekulationen aus: Zeit, um endlich Vernunft anzunehmen? Zeit, um eine angemessene Position einzunehmen? Zeit wozu?

»Was ist das für eine Werkstatt, in der Ihr Sohn arbeitet?«

O Gott! dachte Boris und versuchte, in Sekundenbruchteilen richtig zu reagieren: »Ich kenne die Werkstatt nicht.«

»Sollten Sie aber, wenn Ihr Sohn dort arbeitet.«

Falsch reagiert! dachte Boris.

»Spricht etwas gegen die Werkstatt?« fragte er.

Genosse Bergmann nahm einen Schluck Kaffee und ließ ihn bedächtig die Kehle hinunterrinnen, ehe er antwortete: »Das Valutaproblem. Wir dürfen das nicht überall einreißen lassen. Achten Sie mal drauf, daß er in unserer Währung bezahlt wird.«

»Werde ich tun«, versprach Boris erleichtert.

»Er hat da dieses Mädchen aus West-Berlin«, fuhr Genosse Bergmann fort.

Boris nickte bestätigend und hob dann die Schultern: »Ja, was soll man machen. Ich habe sie nicht für ihn ausgesucht.«

Genosse Bergmann lächelte: »Das glaube ich Ihnen. Es ist ja auch im Prinzip nichts dagegen einzuwenden. Aber wir machen oft die Erfahrung, daß solche Beziehungen zu Schwierigkeiten führen. Sie wissen, was ich meine.«

Boris nickte wieder. Er hätte gern gefragt, wen Genosse Bergmann meinte, wenn er sagte: wir. Er traute sich aber nicht, weil er ahnte, wer das war: wir. Er hätte auch gern gewußt, wer diese Informationen zusammengetragen hatte. Aber er ahnte es ja: wir.

»Sie waren in Bulgarien«, stellte Genosse Bergmann fest.

»Ja, wir hatten dieses Jahr das Glück.«

»Im Ausland neigt man manchmal dazu, lose Reden zu führen, vor allem in weinseliger Urlaubsstimmung.«

Boris trat Schweiß auf die Stirn, er nahm schnell einen Schluck des halb erkalteten Kaffees: »Ich kann mich nicht erinnern.«

»Der Wein«, sagte Genosse Bergmann lächelnd. »Es ist auch nicht wichtig, so was rutscht einem schon mal raus. Zufällig hat es jemand gehört, der sich bemüßigt fühlte, Ihren Namen in Erfahrung zu bringen und zu Hause Bericht zu erstatten. Solche Bürger haben wir eben auch.«

»Leider«, rutschte Boris heraus.

»Aber wir schauen da schon genauer hin«, fuhr Genosse Bergmann fort, »ob jemand im Grunde loyal ist. Wir wollen Ihnen die Abteilung des Genossen Welter übergeben.«

Der Satz kam ganz beiläufig, aber Boris war vor den Kopf geschlagen. Manchmal hatte er sich ausgemalt, abends nach Hause zu kommen und zu sagen: Ich soll den Welter beerben. Vom Fachlichen her hätte es längst passiert sein müssen, aber was zählte das schon! Welter war Genosse.

»Ist Genosse Welter krank?« fragte Boris, die Dämlichkeit der falschen Frage zum falschen Zeitpunkt sofort, aber zu spät einsehend.

Genosse Bergmann lächelte ein weiteres Mal: »Er erfreut sich bester Gesundheit, auch politisch, und wird eine gehobenere Funktion in einem bezirksgeleiteten Kombinat übernehmen. Und für Sie hätte ich noch den Hinweis, daß die Partei einen erneuten Aufnahmeantrag wohlwollend prüfen würde.«

»Und der Telefonanschluß?« fragte Boris schnell.

Diesmal lachte Genosse Bergmann, und Boris hätte seine Frage am liebsten wieder verschluckt.

Wie auf ein verabredetes Zeichen klingelte das Telefon, Genosse Bergmann stand auf und geleitete Boris zur Tür: »Kann es übrigens sein, daß ich Sie letzthin beim BFC Dynamo gesehen habe?«

»Das kann gut sein. Ich bin oft dort.«

»Richtiger Fan?«

»Muß man doch! Schon aus Lokalpatriotismus.«

»Sie kriegen natürlich alles noch offiziell«, sagte Genosse Bergmann in der Tür. »Und achten Sie ein bißchen auf Ihren Sohn! Adel verpflichtet, auch unter Werktätigen.«

46

»Du hast echt eine totale Meise«, fand Birgit, als sie mit Alex am Flughafen Schönefeld vorbei auf die Autobahn nach Dresden fuhr.

Alex nickte selbstzufrieden: »Stimmt.«

Vor vier Wochen, als er mit der Dresden-Idee gekommen war, hatte Birgit gelächelt und gedacht: Jaja, warum fahren wir nicht gleich auf den Mond! Oder wenigstens nach New York. Mit dem Trabbi, der wie Frankensteins Monster aus einem halben Dutzend Schrottautos zusammengesetzt war, wollte Alex in Birgits Herbstferien mit ihr eine DDR-Tour machen, in seine Heimatstadt Bautzen und nach Dresden. Ein Einreisevisum für Birgit hatte er schon beantragt, als er ihr seinen Plan eröffnete. Trotz dieser unübersehbaren Entschlossenheit hatte sie gedacht: Jaja, rede du nur!

Jetzt waren sie auf dem Weg.

Alex trat frohgemut das Gaspedal durch, so daß ihn Birgit mahnte, die vorgeschriebenen Hundert einzuhalten.

»Keine Angst«, erwiderte Alex, »bei achtundneunzig zerlegt er sich in seine Einzelteile.«

Birgit war noch nie mit einem Freund allein in den Urlaub gefahren. Die Zustimmung ihrer Eltern hatte sie auch nur erlangt, indem sie wieder einmal gedroht hatte, eines Tages ganz in der DDR zu bleiben. Sie setzte dieses Druckmittel sparsam ein, so daß es noch immer seine Wirkung tat. In Bautzen und Dresden, hatte sie versprochen, würden sie bei Alex' Verwandtschaft auf der Wohnzimmercouch schlafen, gefahrlos demnach. Aber wenn es den Eltern lieber wäre, könnten sie auch das Zelt...

Die DDR flog an den Trabbi-Scheiben vorbei, die

Tachonadel zitterte um die neunzig. Wagen mit westlichen Kennzeichen rauschten vorüber, so daß leichte Druckwellen den Trabbi streiften. Auf einer Strecke mit sanftem Gefälle kratzte die Nadel an der Hunderter-Marke, Alex blinzelte Birgit zu, sie machte mit Mittel- und Zeigefinger das Victory-Zeichen. Eine Zeitlang genossen sie schweigend den Rausch der Geschwindigkeit und das Gefühl grenzenloser Unabhängigkeit.

»Warum ist dein Vater neuerdings so komisch zu mir?« fragte dann Birgit.

»Mein Alter? Den haben sie total verunsichert. Der könnte jetzt Karriere machen, aber seine Familie stellt ihm ständig ein Bein.«

»Versteh' ich nicht.«

»Ich auch nicht, aber es ist nun mal so. Mein Job bei Kutte gefällt ihnen nicht und meine Beziehung zu dir. Jetzt müssen sie bloß noch rauskriegen, daß meine Mutter mit Westmedikamenten handelt, dann kann er sich seine Karriere in die Haare schmieren.«

Birgit schwieg eine Weile und dachte nach.

»Aber woher wissen die denn das alles?« fragte sie schließlich.

»Die wissen alles. Ist mir auch egal.«

»Aber wenn sie deinen Vater...«

»Ist mir auch egal. Er kann sich ja von mir distanzieren. Wahrscheinlich hat er's schon getan.«

Bis zum Abzweig Lübbenau sprachen beide nicht, hörten nur dem eintönigen Knattern des Zweitakters und dem Rumpeln der Räder zu. Dann endlich tat Alex den Mund wieder auf und deutete nach links hinüber: »Der Spreewald.«

»Was denn, die Schornsteine?«

»Das ist ein Kraftwerk, aber dahinter ist der Spreewald. Da müssen wir auch mal hin.«

»Meinetwegen kann dein Vater also keine Karriere machen?« fragte Birgit.

»Nein«, erwiderte Alex, »höchstens meinetwegen. Weil ich mit dir zusammen bin. Aber damit muß er selbst fertig werden.« Nach einer kurzen Pause fuhr Alex mit plötzlicher Heftigkeit fort: »Wenn in der DDR jeder immer nur vor denen kuscht und innerlich die Hacken zusammenknallt, wird es nie besser. Der Alte muß eben sagen: Mein Sohn ist zwar mein Sohn, aber was er tut und läßt, hat nichts damit zu schaffen, ob ich als höherer Kader geeignet bin oder nicht. So müßte er reden, dieser Laumann!«

Birgit versuchte seine Erregung zu dämpfen: »So sind sie doch alle. Bei uns auch.«

Aber Alex regte sich nur noch mehr auf: »Das ist es ja! Das hat auch nix mit Ost und West zu tun, höchstens mit jung und alt. Wenn mein Alter ’ne Ausnahme wäre, würde ich sagen: Pech gehabt, irgendwen muß es ja treffen. Aber sie sind alle so. Zu Hause große Klappe, ansonsten Herz in der Hose. Beschwört mich jeden Abend, ich soll mich von dir trennen.«

»Was?« rief Birgit.

»Ja, du hast richtig gehört. Aber mach dir nix draus. Der kann reden, bis er schwarz wird.«

Alex sagte das mit so nachdrücklicher Bestimmtheit, daß Birgit nicht fragte noch widersprach, sondern den Arm um seine Schultern legte und ihm einen Kuß aufs rechte Ohr gab. Aber den Gedanken, dem Vater ihres Freundes im Wege zu stehen, wurde sie die ganze Fahrt über nicht los. Jetzt haben wir fast alle gegen uns, überlegte sie: meine Eltern, seinen Vater, vielleicht auch seine Mutter, bloß die Oma hält zu uns.

Sie durchfuhren eine verwüstete Landschaft, sie erinnerte an die manchmal im Fernsehen wiederholten Bilder, die die Mondfähren der NASA zur Erde übertragen hatten. Das Niederlausitzer Braunkohlegebiet, erklärte Alex. Energie geht vor Poesie.

Einige Zeit nach dem Abzweig Dresden verengte sich in Richtung Bautzen die Autobahn auf zwei Fahrspuren und wurde von Kilometer zu Kilometer schlechter. Zerlöchertes Kopfsteinpflaster wechselte mit zerbröckelten Betonplatten. Alex fuhr vorsichtig.

»Das ist unsere härteste Teststrecke«, meinte er, »die überleben nur wirklich gute Autos. Ich bin gespannt.«

Birgit war gespannt auf die Verwandtschaft in Bautzen und ließ sich ein letztes Mal einweisen: Tante Wera, mit W geschrieben, war Ninas ältere Schwester und arbeitete als Verkäuferin im Intershop hinterm Hotel Lubin. Ihr Mann fand es eigentlich unangebracht, daß seine Frau in einer derart dekadenten Einrichtung tätig war, aber natürlich sah auch er die Vorteile. Onkel Friedrich verdiente sein Geld als Brigadier im VEB Waggonbau, wovon die Familie keine besonderen Vorteile hatte, denn wann brauchte man schon mal einen Eisenbahnwaggon? Onkel Friedrich war Genosse, Tante Wera Kollegin. Alex versprach Birgit, sie werde in Gestalt seines Onkels endlich einen Kommunisten von echtem Schrot und Korn kennenlernen, mit proletarischem Hintergrund und einwandfreier Kaderakte, von unerschütterlicher Gesinnung und eiserner Unbestechlichkeit – bis auf die Intershop-Frage. Onkel Friedrich war fünfundfünfzig, wurde aber unverdrossen »der junge Fritz« genannt, denn er stammte aus dem benachbarten Dorf Hochkirch, wo der alte Fritz mal eine Schlacht geschlagen hatte, woran bis auf den heutigen Tag ein Wirtshaus »Zum alten Fritz« erinnerte. Birgit fand, das sei kein ausreichender Grund für den Spitznamen des Onkels, Alex fand das auch. Die beiden Söhne

Björn und Sven, Alex' Vettern also, waren derzeit bei der Fahne. Derart gebrieft, freute sich Birgit auf das erste Etappenziel.

Der Trabbi hatte die ruinöse Teststrecke überstanden, die schöne Silhouette der alten Stadt Bautzen tauchte aus abgeernteten Kornfeldern auf, hinter der Abfahrt steuerte Alex auf den Randstreifen und stellte den Motor ab.

»Hier komme ich nun her«, sagte er. »Gefällt es dir?«

»Toll! Die Türme. Richtig wie Rothenburg. Bloß das häßliche Hochhaus mittendrin.«

»Jaja, unser Hochhaus. Jedes Provinznest braucht sein Hochhaus, weil sonst der Bürgermeister Komplexe kriegt. Alle waren gegen diese Kiste, alle außer der Partei. Hoffentlich bricht sie eines Tages zusammen. Ich meine die Kiste.«

Dann wies Alex auf einen großen, altmodischen gelben Backsteinbau am Rande der Stadt: »Das ist es. Das gelbe Elend. So nennen wir es hier. Verstehst du nicht? Mensch, das Zuchthaus! Bautzen und Zuchthaus, das ist für die meisten ein und dasselbe. Wo du hinkommst in der Republik, sagen sie: Bautzen? Oh, je!«

Sie fuhren hinunter in die Stadt und überquerten auf einer hohen Brücke einen bescheidenen Fluß. Die Spree, dachte Birgit. Hatte nicht Alex in Neu-Venedig gesagt, man komme in seine Heimatstadt, wenn man immer spreeaufwärts führe?

Alex parkte vorm Lubin. Gegenüber stand ein alter Stadtturm, der sich deutlich, aber nicht bedenklich zur Seite neigte. Das sei Bautzens Gemeinsamkeit mit Pisa, erklärte Alex.

Tante Wera war stark beschäftigt. Eine Schlange von ungefähr zwölf bis fünfzehn Menschen, alle mit Plastikkörben bewaffnet, wartete im Intershop darauf, bedient zu werden. Alex holte einen Korb und stellte sich mit Birgit hinten an. Es ging langsam voran, da manche Kunden hin und her überlegten, ehe sie sich zwischen Asbach und Hennessy entschieden, zwischen Milka und Lindt, zwischen Lux und Fa. Nur die Raucher fackelten nicht und nannten wie aus der Pistole geschossen ihre Sorte. Tante Wera, die ihrer Schwester Nina wirklich sehr ähnelte, griff mit roboterhaften Bewegungen in die Regale und blieb auch gegenüber den unentschlossensten Kunden geduldig, allerdings auf eine eher gleichgültige denn freundliche Art. Am Ende wurde zusammengerechnet, und wenn es nicht auf volle fünfzig Pfennig aufging, konnten die Kunden wählen, ob mit Kaugummi oder Schokoladentalern aufgerundet werden sollte. Die DDR-Bürger konnten ja nicht mit D-Mark bezahlen, sie mußten ihr Westgeld erst mal bei der Staatsbank in Forum-Schecks einwechseln, und auf die gab es kein Kleingeld raus.

»Ein Tütchen Heroin«, verlangte Alex, als er an die Reihe kam.

Tante Wera stockte, wie den Umstehenden, der Atem, dann erkannte sie ihren vorlauten Neffen und antwortete mit routinierter Verkäuferinnenstimme: »Ist diesmal nicht mitgekommen. Darf's Kokain sein?«

»Die haben vielleicht dumm geguckt«, amüsierte sich Tante Wera noch beim Abendbrot.

»Aber es wird sich herumsprechen«, vermutete Alex: »Im Bautzner Shop gibt's harte Drogen.«

»Vielleicht bringt uns das von unserem Zuchthausimage weg«, hoffte Onkel Friedrich, und Birgit wunderte sich darüber, weil er doch angeblich ein richtiger Kommunist war.

»Aber mal ganz im Ernst«, sagte Alex: »Wo kriegen

zum Beispiel Björn und Sven ihr Rauschgift her, wo sie jetzt bei der Fahne sind?«

Onkel Friedrich verzog keine Miene: »Unsere Nationale Volksarmee hat alles, was für die Landesverteidigung benötigt wird.«

Tante Wera und Onkel Friedrich machten den Eindruck, als hätten sie Birgit sofort in ihr Herz geschlossen. Das tat ihr gut, denn Alex' Eröffnungen auf der Fahrt hierher hatten sie sehr deprimiert. Sie spürte jetzt Wärme und Anteilnahme, auch Interesse an ihrer Person, wie es Alex' Eltern nie an den Tag gelegt hatten. Sie fühlte sich wohl.

Die Verwandten wohnten in einer Altbauetage in der Nähe des Bahnhofs, nicht großartig, aber auch nicht bescheiden. Das Haus war ungepflegt, wie es Birgit inzwischen von so vielen Ostberliner Häusern kannte, die Wohnung hingegen tipptopp in Schuß, nicht anders als bei Bobrowskis. Tante Wera hatte Westware aus dem Shop aufgetischt, Wurst und Käse, Hering in Pußta-Soße, Onkel Friedrich trank Radeberger Pilsner, »unser Bestes«, wie er bei jedem Einschenken betonte. Er bot auch Alex davon an – vergeblich, denn Alex wollte noch Auto fahren, Birgit etwas zeigen.

»Was denn, Alex, kein Fernsehen heute abend?« fragte Onkel Friedrich.

»Phhh! Ihr wißt doch hier gar nicht, was das ist.«

Onkel Friedrich lachte gutmütig: »Die Aktuelle Kamera des DDR-Fernsehens bringt alles, was wir wissen müssen. Manchmal verlassen wir ja auch unser Tal der Ahnungslosen und fahren in die Hauptstadt oder die westlichen Bezirke, und dann gucken wir den ganzen Tag ARD und ZDF. Dann saugen wir uns voll mit Mord und Totschlag, mit Arbeitslosenzahlen und Rauschgiftopfern, mit Persil und Lenor. Dann fahren wir zurück in unser stilles Städtchen und fragen uns, was uns nun am meisten fehlt.«

Birgit sah sich die Bautzner Verwandten an: Das waren also die berühmten Ahnungslosen aus dem gleichnamigen Tal. Tante Wera hatte die dunklen Augen, die auch ihre Schwester und Alex hatten. Onkel Friedrich war so, wie sich Birgit ohne viel Nachdenken einen Brigadier vorgestellt hätte: kräftige Figur, rundes, rötliches Gesicht, graublonde Haare mit Stirnglatze. Wera und der junge Fritz paßten gut zueinander, waren lebhaft und fröhlich, bisweilen verschmitzt, und Birgit sah beim besten Willen keine Anzeichen dafür, daß der erzwungene Verzicht auf Westfernsehen die Menschen in ihrer geistigen Verfassung beeinträchtige. Birgit fiel allerdings auch hier auf, daß in der DDR jedes Gespräch innerhalb kürzester Zeit in irgendeiner Weise den Westen berührte: Tagesschau, Bundesliga, Intershop, Besuchsantrag, Ausreise. Ob sie ständig darüber redeten oder nur in Anwesenheit von Westbesuch? Die einen gaben sich dabei locker, ironisch, sarkastisch, die anderen verbittert oder larmoyant. Aber sie kamen nie länger als eine halbe Stunde von dem Thema los.

Tante Wera zeigte Birgit und Alex, wo sie schlafen sollten. Zum Glück nicht auf dem Wohnzimmersofa, das auch dann zu kurz und zu schmal für zwei Personen war, wenn sie gern eng beieinander lagen. Birgit sollte in Björns Zimmer schlafen, Alex in Svens.

»Können wir auch tauschen?« fragte Alex.

»Wie ihr wollt.«

Bautzen bei Dunkelheit war romantisch. Man hätte auch sagen können, die Straßenbeleuchtung sei erbärmlich.

Vom schiefen Reichenturm aus waren Birgit und Alex

durch den Fußgängerbereich zum Hauptmarkt gebummelt. Dort hatte Alex auf die drei Uhren am Rathausturm hingewiesen, zwei mechanische und eine Sonnenuhr, und dieses verschwenderische Angebot mit dem alten Bautzner Witz erklärt: So könnten immer drei Passanten gleichzeitig die Zeit ablesen.

Der Petridom war noch geöffnet. Birgit und Alex traten ein, es war halbdunkel und ganz leer. Dieser Dom sei einmalig und weltberühmt, weil ihn sich seit der Reformationszeit Katholiken und Protestanten brüderlich teilten, so daß die Konfessionen noch heute ihre Gottesdienste wechselweise zu den Zeiten abhielten, die damals vereinbart wurden. So etwas hatte Birgit wirklich noch nie gehört, und wieder einmal kam ihr das Gefühl, das sie in den letzten Monaten so oft gehabt hatte: auf interessanten Spuren in einem unbekannten Land zu sein.

Sie stießen in den ältesten, winkligsten Teil der Stadt vor, kamen zur Ruine der Nicolaikirche und zur Ortenburg. Der Laternenschimmer verlieh den Gassen einen Charme, den ihnen das mitleidlose Tageslicht morgens vermutlich wieder nahm. Es war sehr still, mal huschte eine Katze vorbei, mal rumpelte ein Trabbi vorüber, es war, als hätte ein Regisseur die Kulisse für eine Liebesgeschichte bestellt. Alex erklärte viel von seiner Heimatstadt, Birgit behielt wenig. Morgen, bei Tag, wollte sie es genauer sehen.

»Als ich noch in Bautzen wohnte«, sagte Alex, »wollte ich immer abends mit einem Mädchen Arm in Arm hier rumlaufen. Wie mein Vetter Björn. Der war aber schon fünfzehn und ich erst elf. An jeder Ecke wollte ich stehenbleiben und knutschen. Das war mein großer Traum, das stellte ich mir noch toller vor als Kosmonaut werden. Aber dann sind wir in die Hauptstadt gezogen, und so habe ich nie in Bautzen an jeder Ecke geknutscht.«

»Mach doch mal!« sagte Birgit.

Einc halbe Stunde später standen sie wieder vor dem Turm mit den drei Uhren, zwei zeigten zehn Minuten nach Mitternacht, die Sonnenuhr enthielt sich.

»Das ist so schön wie in Italien«, sagte Birgit.

»Warst du schon in Italien?«

»Ja, zweimal.«

»Mit deinem Freund?«

»Mit meinen Eltern.«

»Fahren wir mal zusammen nach Italien?«

»Klar«, sagte sie.

»Welches ist nun dein Zimmer?« flüsterte Birgit auf dem unbeleuchteten Flur.

»Ich schlafe bei Sven und du bei Björn«, flüsterte Alex zurück. »Aber ich tausche lieber. Tauschst du auch?«

»Nein, ich nicht.«

Noch später flüsterte Birgit: »Ich glaube, heute war unser schönster Tag bisher.«

47

Onkel Friedrich chauffierte seine jungen Gäste im Wartburg durch das Bautzner Umland. Er hatte sich extra einen Tag frei vom Waggonbau genommen. Alex wäre lieber mit Birgit allein gewesen.

Auf der Fernstraße 6 in Richtung Görlitz und Polen waren es nur zehn Minuten bis zum ersten Ziel: Hochkirch, Onkel Friedrichs Heimatdorf. Er parkte mitten im Ort, Birgit erspähte sofort das Wirtshausschild »Zum alten Fritz«. Der junge Fritz strebte aber zur Kirche, wo er einen offenbar nicht zum erstenmal gehaltenen historischen Vortrag begann: »Am vierzehnten Oktober siebzehnhundertachtundfünfzig hielt die Welt den Atem an, denn es tobte um unser Dorf eine der blutigsten Schlachten des Siebenjährigen Kriegs. Preußen gegen Österreich. Friedrich der Zweite gegen Maria Theresia. Wobei nur ersterer persönlich auf dem Schlachtfeld zugegen war. 15 000 Menschen mußten ihr Leben lassen. Fünfzehntausend! Dort oben am Kirchturm die Kanonenkugeln, die in der Schlacht steckenblieben. Genauer gesagt: während der Schlacht in der Kirche steckenblieben. Dort drüben die Blutgasse, durch die das Blut der Erschlagenen zu Tal strömte.«

Alex unterbrach ihn: »Irgendwie bist du stolz darauf.«

»Wieso?«

»Das merkt man einfach. Und 15 000 Tote sind ja für so ein Kaff auch ziemlich einmalig.«

Onkel Friedrich verbat sich solche Herabsetzungen seines Heimatorts, aber Alex frotzelte weiter: »Die Kanonenkugeln habt ihr später eingemauert, das mußt du zugeben. Das könnt ihr nicht mal Jungen Pionieren erzählen, daß die Kugeln steckengeblieben sind. Und überhaupt könnt ihr froh sein über das Gemetzel, denn mit euren paar Rüben und Karnickeln wärt ihr nie in ein Lexikon gekommen.«

»Wer hat eigentlich damals gewonnen?« fragte Birgit.

»Das ist doch egal«, erwiderte Onkel Friedrich. »Wenn Ausbeuter gegen Ausbeuter kämpfen, verliert immer das Volk.«

Alex schmunzelte: »Ich hab' dir ja gesagt, daß mein Onkel einen kompromißlosen Klassenstandpunkt hat.«

Das Wirtshaus »Zum alten Fritz« hatte Ruhetag. Alex

erklärte, daß Wirtshäuser in der DDR, wenn man sie besuchen wolle, meistens Ruhetag oder Betriebsferien hätten. Erfahrene DDR-Bürger nähmen daher Stullen und ein hartgekochtes Ei mit. Onkel Friedrich gab trotz seines Klassenstandpunkts zu, daß es in der Gastronomie noch aufzuholen gebe und leider oftmals die Privaten vormachten, wie es geht.

Von der schönen alten Stadt Zittau hatte Birgit vorher nicht einmal den Namen gehört. Es gab eine kurze Rundfahrt, dann kündigte Onkel Friedrich als Höhepunkt und höchsten Punkt des Ausflugs – ein Wortspiel! – den Berg Oybin an. Das war unbestreitbar ein malerischer Flecken Erde: auf steilem Felsen eine Kirchenruine wie aus dem Skizzenblock eines Romantikers und ein malerischer Friedhof mit teilweise jahrhundertealten Steinen. Von ganz oben ein tiefer Blick ins Tal, und wie bestellt dampfte eine Schmalspureisenbahn aus Richtung Zittau heran, stellte ihre weiße Fahne zwischen die schwarzen Fichten, tutete aufgeregt vor jeder Kreuzung eines Feldwegs und schnaufte in dem kleinen Bahnhof direkt unter dem Felsen erschöpft aus.

»Unsere DDR ist ein schönes Land«, stellte Onkel Friedrich fest, und als niemand antwortete, fuhr er fort: »Und wir haben's uns gut eingerichtet, unser Land. Hier kann man leben.«

Alex fand seinen Onkel plötzlich furchtbar penetrant. Ein schönes Land? Natürlich! Das war nicht zu bestreiten, schon gar nicht, wenn man vom Gipfel des Oybin herabschaute. Auch sonst war die DDR ein schönes Land, da brauchte man nur die leinengebundenen Bände mit den Hochglanzfotos durchzublättern, die so irre teuer waren: die weißen Kreidefelsen von Rügen und die roten Backsteingiebel von Rostock, die blauen Seen Mecklenburgs und die grünen Wälder Thüringens, die Märkische und die Sächsische Schweiz, Sanssouci und Pillnitz, Rudelsburg und Wartburg, Goethehaus und Händelhaus, Lutherhaus und Bachhaus. Schön. Wunderschön! Allerdings Zufall, daß alles in der DDR stand oder lag, denn es hatte schon vor der DDR am selben Fleck gestanden oder gelegen. Außerdem waren dagegenzuhalten: die vom Braunkohleabbau verwüsteten Landstriche in der Niederlausitz und um Leipzig, die verdreckte Elbe und ihre stinkenden Nebenflüsse, der kahle Kamm des Erzgebirges mit seinen toten Fichtenstrünken, die im Mief ihrer Chemiewerke erstickenden Städte wie Bitterfeld oder Lauchhammer, die Einöden der Neubauviertel von Leipzig-Grünau, Halle-Neustadt oder Berlin-Marzahn. Jeder kannte es, hatte das meiste mit eigenen Augen gesehen und mit eigener Nase gerochen, keiner redete darüber, es wurde nicht gern gehört. Die DDR, ein schönes Land.

»Am Rhein ist es auch schön«, sagte Alex.

»Überall ist es schön«, bestätigte Onkel Friedrich, »aber bei uns haben wir obendrein eine gerechte Gesellschaft.«

Alex wußte, daß Onkel Friedrich ein unerbittlich geschulter, sattelfester Dialektiker war. Man konnte ihm jede Frage stellen, jeden Mißstand vorhalten, er wußte zu antworten. Was er antwortete, stimmte zwar oft nicht, aber ihm das zu beweisen, war außerordentlich schwer, weil Onkel Friedrich immer noch eine rückwärtige Auffangposition vorbereitet hatte. Alex hatte schon als Kind gewünscht, Onkel Friedrich mal etwas zu beweisen, aber selbst jetzt, mit Abitur, fühlte er sich nicht gewappnet.

»Ich finde eure Gesellschaft nicht gerechter als unsere«, hörte er Birgit widersprechen.

Onkel Friedrich bekam ein Funkeln in die Augen, wie

er es immer bekam, wenn er sich auf eine Auseinandersetzung freute: »Wieso?«

Birgit ging ihn geradewegs an: »Okay! Bei uns gibt's zwei Millionen Arbeitslose, und bei euch werden Leute gebraucht. Warum bewerben sich unsere Arbeitslosen nicht bei euch?«

Onkel Friedrich schien überrascht, er machte den Mund auf und wieder zu, ohne geantwortet zu haben.

»Weiter«, fuhr Birgit fort: »Abertausende von euren Leuten wollen zu uns, obwohl sie bei euch Arbeit haben und bei uns angeblich auf der Straße liegen. Warum?«

Onkel Friedrich hatte sich gefangen: »Dahinter stekken ganz komplexe gesellschaftliche und historische Zusammenhänge. So einfach kann man die Fragen nicht stellen.«

»Doch, kann man!« widersprach Birgit. »Und erklär mir noch was: Wenn ich von der Arbeitslosigkeit und der Kriminalität und dem Rauschgift die Nase voll habe, kann ich in die DDR fahren, und keiner hält mich auf. Wenn Alex von deiner gerechteren Gesellschaft die Nase voll hat, muß er trotzdem in der DDR bleiben. Wieso?«

»Das ist eine lange Geschichte«, erwiderte Onkel Friedrich, noch beherrscht, aber schon etwas gereizt. »Das könnt ihr jungen Leute nicht verstehen. Wir haben nach fünfundvierzig aus den Trümmern des Hitlerfaschismus...«

»Warum kann Alex nicht zu mir nach West-Berlin?«

»Das ist nicht so einfach zu...«

»Warum? Das ist doch eine einfache Frage, oder?«

Alex beobachtete mit Vergnügen, wie Birgits einfache Fragen den gestandenen Genossen und Brigadier ins Schwitzen brachten. Gut, dem Genossen Hager aus dem Politbüro wären Antworten eingefallen, aber der arme Onkel hatte zu rudern. Und Alex freute sich.

Stehe ich etwa schon auf der anderen Seite? fragte sich Alex plötzlich. Die paar Monate Umgang mit Birgit hatten ihm viel Westliches nahegebracht. Schon vorher hatte er westliche Mode und Musik gemocht, westliche Technik von BMW oder JVC bewundert, aber immer hatte er sich fraglos auf der Seite gefühlt, auf der er lebte. Zumal man auf die andere Seite nicht kam.

»Der Blick von hier oben ist toll«, sagte Birgit. »Wie buchstabiert sich dieser Berg?«

»O – Ypsilon – be – i – en«, buchstabierte Onkel Friedrich.

Auf der Heimfahrt, diesmal über Ebersbach, erzählte Onkel Friedrich, wie er nach dem Krieg mit fünfzehn Jahren beim Waggonbau angefangen habe. Zuerst hätten sie nur kriegszerstörte Waggons repariert, nun seien sie ein wichtiger Exportbetrieb, sogar in der Mongolei führen Waggons aus Bautzen. Birgit hatte gar nicht gewußt, daß in der Mongolei Schienen verlegt waren. Sie wollte wissen, ob Onkel Friedrich ihr den Betrieb mal zeigen könne, aber dieser Gedanke schien ihn heftig zu erschrecken: »Da mußt du eine Delegation sein.«

»Mein Vater könnte dir Siemens zeigen, obwohl du Kommunist bist«, sagte Birgit.

»Wir haben immerhin schon das Westfernsehen im Betrieb gehabt«, erzählte Onkel Friedrich schnell, »und ich wette, unser Fernsehen käme bei Siemens nicht rein. Wir haben euer Fernsehen aber schön geleimt, wir haben sie nur in unseren neuen Hallen filmen lassen. Wäre ja noch schöner, wenn sie unsere alten Bruchbuden im Westfernsehen zeigen könnten! Und in der Kantine hatten die Frauen an der Essensausgabe weiße Häubchen auf dem Kopf, extra für den Tag. Das haben die vom Westfernsehen natürlich nicht wisssen können.«

Onkel Friedrich lachte so herzlich, daß sein Wartburg ein paar leichte Schlangenlinien fuhr.

»Wie wär's« fragte Alex, »wenn sie immer Häubchen trügen? Und wenn ihr die Bruchbuden modernisieren würdet?«

»Hat euch mein Mann zum Kommunismus bekehrt?« fragte beim Abendbrot Tante Wera.

»Nein«, erwiderte Alex. »Ich bin schon ein glühender Marxist, und Birgit ist unbelehrbar.«

»Aber wie soll es dann mit euch weitergehen?« fragte Tante Wera.

Das war die Frage, die Alex immer vor sich herschob. Von einem Besuch Birgits zum anderen.

»Wenn Björn oder Sven ein festes Mädel aus dem Westen hätten«, fuhr Tante Wera fort, »würde ich sie vor die Alternative stellen: Entweder ihr trennt euch oder ihr geht richtig zusammen.«

»Wohin denn zusammen?« fragte Alex.

»Das ist ja egal. Jedenfalls zusammen. Es gibt Wege in jeder Richtung.«

»In jeder?« fragte Onkel Friedrich streng.

48

»Ich habe eine tolle Idee«, versprach Alex, als der Trabbi von der Autobahn hinab nach Dresden rollte.

»Um Gottes willen!« stöhnte Birgit, »nicht schon wieder.«

Alex behielt daraufhin seine Idee für sich, bis Birgit vor Neugierde platzte.

»Das Bellevue«, sagte Alex. »Wir zwei wohnen heute im Bellevue. Das ist die edelste Herberge der Republik, dagegen ist das Merkur in Leipzig eine Absteige und das Metropol in der Hauptstadt eine Jugendherberge.«

»Aber wir sollen doch bei deinen Verwandten...«

»Morgen. Für eine Nacht gehen wir ins Bellevue.«

»Da lassen sie dich gar nicht rein«, wandte Birgit ein.

»Mich nicht, aber dich. Du wirst vorgeschickt mit deinem Westpaß.«

»Aber ich habe nicht genug Geld.«

»Das gebe ich dir mit. Dein Westpaß und mein Westgeld, damit werden sie uns nicht abwimmeln.«

Birgit wollte nicht: »Ich find's pervers, in so ein Hotel zu gehen.«

»Ich auch. Aber einmal mit meiner Freundin im Bellevue – davon zehre ich dann, bis ich von der Fahne wiederkomme.«

Der Trabbi rollte über Kopfsteinpflaster und Straßenbahnschienen hinweg sowie unter mehreren Eisenbahnbrücken hindurch, linker Hand lag der Bahnhof Dresden-Neustadt. Birgit suchte Argumente, um Alex von seinem blödsinnigen Plan abzubringen. Der Trabbi!

»Alex, wenn wir mit dem Trabbi vorfahren...«

»Du hast recht. Wir müssen den Mercedesstern aufstecken. Irgendwo muß ich ihn eingepackt haben. Vielleicht parken wir auch auf der anderen Straßenseite.«

Eine Minute später hielt Alex frech vor dem Hotel Bellevue. Er schleppte Birgit zur Rezeption, wo sie unwillig ihren Reisepaß über den Tresen schob und nach einem Doppelzimmer für eine Nacht fragte. Die junge Dame vom Empfang schien gar nicht erstaunt, sondern legte Birgit ein Anmeldeformular und einen Kugelschreiber hin. Birgit begann auszufüllen.

»Was kostet 'n die Nacht?« fragte Alex vorsichtig.

»Zweihundertsechzig D-Mark.«

Alex atmete tief ein und stieß die Luft geräuschvoll durch die Zähne. Gleichzeitig schien er unter seiner Sommerbräune ein bis zwei Grade blasser zu werden. Aber dann zuckte er mit den Schultern, straffte seine entgleisten Gesichtszüge und nickte Birgit zu.

Das Zimmer war größer als Bobrowskis Wohnzimmer. Alex sprang mit einem lauten Jauchzer auf das Doppelbett, hopste wie auf einem Trampolin, ließ sich auf den Rücken fallen und breitete die Arme aus. Birgit folgte dieser Einladung.

»So ein Streß!« stöhnte sie.

Alex lachte. »Dafür hast du's jetzt hinter dir. Und wenn wir wirklich mal Hochzeitsreise machen sollten, dann brauchen wir nicht mehr in ein teures Hotel, das kennen wir dann schon.«

Er stand auf, zog Birgit zum Fenster und schob die Gardinen zur Seite. Der Blick ging über die Elbe aufs gegenüberliegende Ufer. Alex erklärte: die Semperoper, vierzig Jahre nach der Zerstörung rekonstruiert, eine Viertelmilliarde soll es gekostet haben. Links daneben die Hofkirche, ebenfalls am 13. Februar 1945 zerstört, aber schon bald danach wieder aufgebaut. Dazwischen und dahinter Mauern und Türme des ausgebrannten Schlosses, angeblich war es als nächstes mit der Rekonstruktion an der Reihe. Eine Brücke über den

Fluß, oberhalb am Ufer weiße Schiffe, darunter zwei altertümliche Schaufelraddampfer, nicht unähnlich denen, die Birgit als Kind auf der Weser gesehen hatte.

»Das ist Dresden«, sagte Alex mit einem Anflug von Ehrfurcht, »das war vor dem Krieg die schönste Stadt der DDR, bis die anglo-amerikanischen Terrorbomber alles in einer Nacht zerkloppt haben. Fünfunddreißigtausend Tote.«

»Vor dem Krieg«, erinnerte Birgit, »gab es noch keine DDR.«

Sie beschlossen einen Spaziergang in die Stadt und verließen das Hotel, dessen Vornehmheit Birgit furchtbar auf die Nerven ging. Über die Dimitroffbrücke liefen sie zur Oper, die sie gern besichtigt hätten, aber das war ohne rechtzeitige Anmeldung nicht möglich. Nebenan der Zwinger, den Birgit von Fotos kannte. Riesige Menschenmengen im Innenhof, zwischen den Wasserbecken und Fontänen, Reisegruppen aus der Sowjetunion darunter, die man schon an der unmodischen Kleidung erkannt hatte, ehe man aus der Nähe ihre ebenso harte wie melodische Sprache vernahm. In die Gemäldegalerie? Bei dem schönen Wetter? Aber man konnte doch nicht in Dresden gewesen sein, ohne die Sixtinische Madonna besucht zu haben. Nur dies eine Bild! Sie besuchten sie. Birgit stand lange davor und gab am Ende zu, ein schöneres Bild selten oder vielleicht noch nie gesehen zu haben. Alex war stolz.

Aus einem der Zwingertore hinaus, steuerte Alex auf ein viereckiges Gebäude zu, vor dem Reisebusse parkten und eine Schlange stand.

»Diese gastronomische Einrichtung«, erklärte Alex, »nennen die Dresdner den Freßwürfel. Würfel bezieht sich auf die ideenreiche architektonische Gestaltung, Freß bezieht sich auf die exquisite Küche. Also, sagen wir, man wird satt. Falls man einen Stuhl kriegt.«

Sie kriegten keinen, jedenfalls absehbar nicht vor Ablauf einer Stunde. Nach kurzer Beratung zogen Birgit und Alex zu einer nahegelegenen Würstchenbude. Dort war die Schlange viel kürzer, bald saßen sie mit je einer Bockwurst auf der Faust und einer Cola in der anderen im Gras und genossen die Sonne und das belebende Gefühl eines sich füllenden Magens.

»Sieht uns auch keiner an, daß wir Bellevue-Gäste sind«, amüsierte sich Alex.

Kauend erläuterte er dann die Ruinen des verschachtelten Schloßkomplexes sowie, etwas weiter entfernt, den unordentlichen Haufen schwarzer Quader, aus denen bis zum Februar 1945 die himmelhohe, atemberaubend schöne Kuppel der Frauenkirche bestanden hatte.

»Noch 'ne Cola?« fragte Alex.

»Danke, nein.«

»Übrigens, was meine Tante Wera gesagt hat, geht mir nicht aus dem Kopf.«

»Sie hat viel gesagt in der kurzen Zeit. Was davon geht dir nicht aus dem Kopf?«

»Daß es Wege in jeder Richtung gibt. Das stimmt ja. Warum kommst du nicht wirklich zu mir in die DDR?«

»Ich bin ja dauernd da.«

»Ich meine: für immer.«

Birgit drehte langsam den Kopf, bis sie Alex in die Augen sah. Er schaute zurück, unverwandt, ohne einen Anflug von Schalk. Sekundenlang.

Das kommt davon! dachte Birgit. Ungefähr fünfmal hatte sie, wenn sonst nichts mehr Eindruck machte, ihre Eltern vor die Wahl gestellt: Entweder ihr laßt mich morgen zu Alex, oder ich gehe ohne eure Zustimmung und bleibe ganz drüben. Offenbar hatten die Eltern ihr das wirklich zugetraut. Lachend hatte sie jedesmal Alex von diesen erfolgreichen Erpressungen erzählt. Und nun kam er damit!

Birgit schüttelte den Kopf: »Das ist aber nicht dein Ernst, oder?«

Alex nickte: »Das ist mein Ernst.«

»Du spinnst ja. In die DDR übersiedeln? Da kann man sich ja auch gleich in eine geschlossene Anstalt begeben.«

»Ach so? Für dich sind wir alle Idioten?« rief Alex.

»Quatsch! Ihr lebt ja nicht freiwillig hier.«

»Ich schon!« widersprach er.

Birgit hatte Mühe, ihre sich überstürzenden Gedanken im Kopf zu sortieren, ehe sie sie auf die Zunge ließ. Alex' Ansinnen hatte sie vollkommen unvorbereitet getroffen. In die DDR übersiedeln? Konnte man das überhaupt? Gab es Menschen, die das taten? Sie hatte bisher nur von solchen gehört, die den umgekehrten Weg gegangen waren. Würde man in der DDR überhaupt aufgenommen? Was sollten sie hier mit einem? Man wäre doch nur ein Element der Unruhe, man war doch verdorben für ein Leben in Bevormundung und mit Versorgungsmängeln.

»Jetzt paß mal auf«, sagte Birgit. »Wenn du ein Franzose wärst oder ein Italiener, kein Problem. Aber du bist ein DDR-Bürger, verstehst du?«

»Na und?«

»Na und! Na und! Was soll ich denn bei euch? Schnauze halten und Schlange stehen? Und bis sechzig warten, ehe ich mal wieder raus darf?«

»Das machen wir alle, und trotzdem leben wir noch.«

»Aber ihr seid dran gewöhnt, von Kindesbeinen. Ihr

meckert zwar manchmal, aber in Wahrheit macht's euch nichts aus. Sonst würdet ihr nämlich mal richtig auf den Putz hauen und nicht nur ab und zu 'ne zaghafte Eingabe machen. Komm, erzähl mir nix! In Wahrheit seid ihr froh, daß sie euch sagen, wo's langgeht. Daß ihr euch nicht dauernd entscheiden müßt. Aber ich würde kaputtgehen bei euch. Ich kann nicht zu euch. Ich will nicht.«

»Dein Konsumterror«, erwiderte Alex giftig, »ist dir eben wichtiger als ich.«

Birgit sprang auf: »Du Blödmann! Das mir! Wo ich seit Monaten Kopfstände mache, auch finanzielle, um möglichst oft bei dir zu sein. Denkst du, ich hätt's nicht leichter mit 'nem Freund aus West-Berlin?«

Alex, von diesem Wutausbruch erschreckt, war auch auf die Füße gesprungen, wollte Birgit umarmen, haschte mit den Lippen nach ihrem Mund, aber sie wehrte sich heftig und fauchte ihn an: »So was Mieses!«

Erst nach einer Weile willigte sie ein, den Rundgang durch die Stadt fortzusetzen. Aber sie achtete nicht sehr auf das, was Alex ihr zeigte und erklärte: den Altmarkt, wo Dresden nach '45 zuerst wieder aufgebaut worden war; die Kreuzkirche, wo der berühmte Kreuzchor zu Hause war; das Rathaus, von dessen Turm aus das berühmte Foto entstanden war, auf dem ein steinerner Engel mit ausgestreckter Hand auf das Ruinenfeld der Stadt hinabdeutet. Sie erinnerte sich, so ein Foto schon gesehen zu haben, hatte aber eher vermutet, es wäre aus Berlin.

Zurück zur Elbe. An der Anlegestelle der weißen Flotte sollte in zehn Minuten ein Schaufelraddampfer, die »Friedrich Engels«, flußaufwärts ablegen zur Fahrt in die Sächsische Schweiz. Alex kaufte, ohne Birgit zu fragen, zwei Fahrscheine. Sie ging wortlos mit an Bord.

Die Fahrt war schön an diesem sonnigen Herbstnachmittag, mit jedem Kilometer fühlte sich Birgit versöhnter. Sie hoffte, Alex würde nicht noch einmal auf seinen blödsinnigen Vorschlag zurückkommen.

Etwa alle zehn Minuten legte der Dampfer an, ein Bootsmann unterstützte jedesmal das Manöver mit einer langen Holzstange, die er ins Ufer stakte. Nach kurzem bimmelte die Glocke, das Schiff stampfte wieder auf die Flußmitte zu. Ein wenig wurde Birgit an Beschreibungen der Schiffahrt auf dem Mississippi erinnert.

»Schloß Pillnitz«, erklärte Alex mit der Geste eines Cicerone.

Birgit nickte wortlos.

»Keine Fragen dazu?« fragte Alex.

»Sag mir in Gottes Namen, wer es gebaut hat.«

»Arbeiter und Handwerker«, antwortete Alex.

»Welcher König, meine ich natürlich.«

»August der Starke hat es bauen lassen. Gebaut haben es Arbeiter und Handwerker.«

Ach, du mit deinen sozialistischen Spitzfindigkeiten! dachte Birgit.

Die Stadt Pirna zog vorbei, bald danach wuchsen die ersten steilen Felsen aus der Landschaft und gaben ihr das unverwechselbare Gesicht. Sächsische Schweiz! Birgit hätte gern gesagt, daß es ihr gefiel, aber sie fürchtete, Alex würde sofort antworten: Siehste, was die DDR für'n schönes Land ist! So nahm sie kommentarlos die Erläuterung der Bastei hin, einer hohen Felswand, die wirklich eindrucksvoll aus dem bunten Herbstlaub in den blauen Himmel stieß.

»Das ist sozusagen die Loreley der DDR. Bloß, daß keine blonde Maid die Schiffer anplärrt.«

Links der Lilienstein, rechts der Königstein mit der

großen Festung, dann Bad Schandau, wo sie ausstiegen, um mit der Reichsbahn zurückzufahren.

»Die DDR ist doch gar nicht so häßlich«, sagte Alex, als sie, diesmal vom Zugfenster aus, die Bastei noch einmal sahen.

»Hm«, machte Birgit.

Der Zug war ziemlich voll, Ausflügler, Feierabendverkehr, Alex schien es nicht für ratsam zu halten, sich vor aller Ohren mit Birgit über die DDR auseinanderzusetzen. So hatte sie Ruhe bis Dresden-Hauptbahnhof.

Auf der Prager Straße war noch Leben fast wie im Hochsommer. Die Springbrunnen sprangen, einige sahen aus wie große Pusteblumen, Kinder planschten mit den Füßen im Wasser, vor einem Eiscafé stand eine Schlange. Alex stellte sich an.

»Ich find's einfach nicht gut«, begann er, als sie Eis schleckend auf einem Brunnenrand saßen, »daß du meine Idee nicht mal diskutieren willst. Die DDR ist doch kein Slum, wir leben hier besser als ganz Asien und Afrika und halb Amerika. Aber du tust, als wären wir eine verlauste Kolonie.«

»Ach, Alex!«

»Nee, nicht ach Alex! 'ne Antwort will ich haben!«

»Alex, was soll ich denn bei euch? Soll ich mit in deinem Zimmer wohnen? Sollen deine Eltern mich ernähren? Wie soll ich mein Abi machen? Wahrscheinlich müßte ich Marxismus-Leninismus pauken, damit ich studieren kann.«

»Das schadet ja nix. Mir hat's auch nix geschadet.«

»Mach keine Witze«, bat Birgit, »mir ist es ernst. Nein, nein, entweder du kommst in den Westen, oder wir machen irgendwann Schluß.«

Alex bot Birgit ein Abendessen im Hotel Bellevue an, aber sie wollte dort nicht essen. Die Übernachtung sei schon teuer genug, außerdem habe sie keinen Appetit. Sie versuchten diesmal ihr Glück im Szeged, bekamen sogar einen Platz, aßen Szegediner Gulasch und bummelten anschließend ohne bestimmtes Ziel durch die Stadt.

Als sie lange vor Mitternacht ins Hotel zurückkehrten und Alex den Vorzug des komfortablen Doppelbetts nutzen wollte, drehte sich Birgit auf die Seite und behauptete, sie habe dummerweise ihre Pillen zu Hause vergessen.

»Jetzt sind wir im Superhotel der Republik«, sagte Alex nach einer Weile, »und maulen uns bloß an. Nicht mal die tolle Badewanne haben wir benutzt.«

»Laß uns morgen nach Berlin zurückfahren«, bat Birgit.

49

Kurz hinter der Ausfahrt Staakow bemerkte Alex im allerletzten Augenblick eine Radarfalle. Da die Autobahn leicht bergab ging, hatte er den Trabbi fröhlich auf fast hundertzehn hochgepeitscht. Er hätte eigentlich beizeiten aufmerksam werden müssen, denn die Radarfallen der Volkspolizei auf den Transitautobahnen waren wirklich nicht besonders raffiniert getarnt. Meistens verbargen sich die grünen Wartburgs am Rand der Fahrbahn hinter ein paar mannshohen Kiefern, denen man ansah, daß sie eigens zu diesem Zweck aufgestellt waren.

Alex hatte nicht aufgepaßt, nun trat er voll auf die Bremse, der Trabbi nahm das übel und schoß bis kurz vor den Mittelstreifen, auf dem es keine Leitplanke gab.

Zum Glück war die Autobahn gerade fast leer. Alex steuerte sein Auto mühsam zurück nach rechts. Er fühlte, wie ihm Schweiß auf die Stirn trat.

Birgit hatte sich erschrocken ins Armaturenbrett verkrallt, aber keinen Ton gesagt. Jetzt fragte sie, noch atemlos: »Muß das sein?«

»Ja, leider«, erwiderte Alex. »Ich möchte nämlich nicht erwischt werden.«

»Vielleicht blechst du lieber zwanzig Mark, anstatt mich vor den nächsten Baum zu setzen.«

»Zwanzig Mark, zwanzig Mark!« gab Alex zurück. »Darum geht's doch nicht. Ich habe keine Fahrerlaubnis.«

»Was?!«

Alex ärgerte sich, sein gehütetes Geheimnis preisgegeben zu haben. Er hatte alle Hebel in Bewegung gesetzt, um so früh wie möglich seine Fahrerlaubnis zu bekommen. Aber in der DDR konnte man nun mal nicht mit siebzehndreiviertel zur Fahrschule gehen, um am achtzehnten Geburtstag den Stempel unter der Lizenz zu haben. Es gab einfach von allem zu wenig, außer vielleicht von den vielbändigen Werken der Klassiker des Marxismus-Leninismus, es gab auch zu wenige Fahrschulen. Man hatte Glück, wenn man vor dem zwanzigsten Geburtstag Autofahrer war.

Aber Alex hatte unbedingt diese Reise mit Birgit machen wollen. Er wußte, daß seine potentiellen Nebenbuhler in West-Berlin alle mit achtzehn Auto fahren und sich auch irgendwie ein Auto verschaffen konnten. Alex hatte keinen Verdacht, noch weniger einen konkreten Hinweis, daß sie ihm untreu sei. Aber er dachte sich: Birgit ist eine süße Maus, und die Konkurrenz schläft nicht.

Ohnehin fiel es ihm furchtbar schwer, Birgit immer

abends am Bahnhof Friedrichstraße abzuliefern und sie bis zum nächsten Besuch aus den Augen zu verlieren. Nein, er vermutete nicht, daß sie ihn betrog, mit einem anderen ins Bett ging. Aber daß er nichts von dem, was sie tagtäglich tat, aus eigener Anschauung kannte! Er kannte nicht ihre Wohnung und nicht ihre Schule, nicht ihre Freundinnen und Freunde, nichts. Er fragte sich, ob er ihr genug bieten konnte, wenn sie in die Hauptstadt kam. Aus diesem Gefühl der Unsicherheit heraus war sein Plan einer DDR-Reise im eigenen Auto entstanden. Wenn es nicht anders ging, ohne Führerschein. Mehr noch: Der Trabbi war nicht zugelassen. Die Nummernschilder stammten von einem Wagen, der bei Kutte zur Reparatur stand. Alex' Eltern wähnten ihn indessen mit der Reichsbahn unterwegs, und die Bautzner ahnten von den Unregelmäßigkeiten nichts. Hoffentlich!

»Ohne Führerschein?« fragte Birgit. »Bist du total verrückt?«

»Ja«, antwortete Alex. »Ich wollte unbedingt mit dir die Reise machen. Da konnte ich doch keine Rücksicht nehmen auf solchen kleinkarierten Papierkrieg.«

Birgit schüttelte den Kopf: »Mannomann!«

Alex hoffte insgeheim, Birgit beeindruckt zu haben. Mußte sie nicht sehen, wieviel ihm daran lag, ihr eine Freude zu machen? Sie äußerte sich aber nicht dazu.

Alex bat Birgit, sie in Berlin nicht gleich zum Bahnhof Friedrichstraße fahren zu müssen. Er wollte mit ihr in sein Zimmer und dort mit aller Zärtlichkeit versuchen, sie umzustimmen. Er wollte sie beschwören, den Ärger von Dresden zu vergessen und alles werden zu lassen wie zuvor.

Alex parkte seinen nicht zugelassenen Trabbi zur Vorsicht zwei Häuserblocks vor der Bobrowskischen

Wohnung. Noch ehe er die Wohnungstür aufgeschlossen hatte, hörte er von drinnen Radiomusik. Aus der Traum, noch eine Stunde mit Birgit allein zu sein!

»Wieso hast du heute deinen freien Tag?« fragte er seine Mutter.

»Ich hab' mit Gisela getauscht. Wieso seid ihr heute schon zurück?«

»Uns ist das Geld ausgegangen«, erfand Alex schnell.

Seine Mutter lächelte.

»Ach, Alex, ehe ich's vergesse: Die Karte ist gekommen.«

»Die Einberufung?«

»Ja.«

Alex war wie von einer Keule getroffen. Natürlich, Anfang November mußte er zur Fahne, das war seit Monaten klar. Aber solange die Einberufung nicht im Briefkasten lag, hatte er die unsinnige Hoffnung gehegt, sie könnten ihn vergessen. Jetzt war nur noch Hoffnung, daß er nach Berlin einberufen würde. Oder wenigstens in die Nähe.

»Wo muß ich hin?« fragte er aufgeregt.

Sie zuckte mit den Schultern: »Na ja, hast Pech gehabt.«

»Wohin denn?« drängte er.

Nina schaute zweifelnd von Alex zu Birgit, als wisse sie nicht, ob eine BRD-Bürgerin so eine hochsensible militärische Information mithören dürfe.

Dann sagte sie: »Es ist im Bezirk Karl-Marx-Stadt.«

»Ach, du Schande!« rief Alex.

50

»Damals dachte ich, nun wäre alles aus«, sagte mir Birgit letzte Nacht.

Wir reden viel miteinander, meistens am frühen Morgen, wenn Birgit vom Kellnern kommt und ich noch an der Schreibmaschine gesessen habe. Inzwischen weiß ich mehr über Birgits Gefühle und Gedanken als ihre Eltern. Wir sind wirklich wie ein vertrautes Ehepaar, bis auf den einen Punkt natürlich. Nach wie vor.

»Ich weiß nicht«, sagt sie oft, »ob Alex die Liebe fürs Leben ist. Aber ich weiß, daß ich keinen anderen will, ehe ich es nicht mit Alex zu Ende probiert habe.«

Wir beide warten auf Alex. Ich warte auch. Ich bin gespannt auf ihn, nicht nur wegen der Geschichte, die ich schreibe und der ich ein Happy-End wünsche. Alex ist mir, obwohl ich nichts als Fotos von ihm und Berichte über ihn kenne, so vertraut, daß ich schon mühelos in seine Gedanken schlüpfe.

Das Neueste aus meinem Privatleben. Auch wenn es nicht mit Birgit und Alex zu tun hat: Bei meinen Recherchen für eine Story über Nachtlokale, Discos und dergleichen in Ost-Berlin machte ich letzthin eine Bekanntschaft. Es war in Clärchens Ballhaus, einem urigen Etablissement im Scheunenviertel hinterm Alexanderplatz, wo man sich nicht wunderte, käme plötzlich Heinrich Zille mit seinem Skizzenblock um die Ecke. Clärchens Ballhaus also: Vor hundert Jahren hätte man Dienstmädchen-Schwof dazu gesagt, heute ist es beliebt bei allen Schichten, auch bei nostalgischen Intellektuellen und neugierigen Wessis. Dort machte ich eine Bekanntschaft. Karin, sechsundzwanzig, sehr hübsch, nicht dumm, Sekretärin, sagt sie, sei sie. Wo, sagt sie nicht. Sie hat eine Einraumwohnung draußen in Marzahn, eine Bienenwabe, möchte ich es nennen, sie selbst nennt es ironisch ein Wohnklo. Aber man müsse froh sein.

Warum ich die Sache mit Karin überhaupt erwähne? Weil mir an meiner eigenen Reaktion klar wurde, wie verdreht die deutschen Verhältnisse sind. Normal ist doch, daß ein Mann, wenn eine hübsche Frau ein Gespräch mit ihm sucht, sich freut. Auf einen netten Flirt zumindest, auf ein Abenteuer vielleicht. Es ist ja in unseren Zeiten auch nicht mehr ehrenrührig, wenn die ersten leisen Signale von der Frau gesendet werden. Was aber war mein erster Gedanke? Andy, dachte ich, du bist in Ost-Berlin, sei vorsichtig! Du bist Journalist, recherchierst dauernd Geschichten, verkehrst mit Leuten, die Ausreiseantrag gestellt haben, schreibst über einen, der wegen versuchter Republikflucht einsitzt. Sei vorsichtig! Ja, ich hatte sofort den Gedanken: Die Dame schickt dir der VEB Horch & Guck. Verrückt, nicht wahr? Überhaupt, die deutschen Verhältnisse: Birgit und ich reden viel darüber.

»Damals, im Herbst«, sagte sie letzte Nacht, »war ich sicher, daß wir an den Verhältnissen scheitern würden. Ich in West-Berlin im Streß vorm Abi, Alex bei der Fahne im Bezirk Karl-Marx-Stadt, wahrscheinlich würden wir uns Wochen und Monate nicht sehen, vielleicht nicht mal schreiben dürfen. Da war kein Licht mehr am Ende des Tunnels.«

»Resignation?«

»Zuerst ja. Ich dachte: Kannste nix machen. Ist nun mal so in Deutschland, unsere Großeltern haben den Krieg verloren, wir baden's aus.«

»So ist es ja auch.«

»Ja, aber heute denke ich: Damit kann man sich doch nicht zufriedengeben. Man muß doch was machen. Ich war ja immer ziemlich unpolitisch. Aber plötzlich hatte ich eine solche Stinkwut auf alle diese Pappnasen, die immer reden und nichts tun. Menschenrechte! Jeder malt sie auf sein Schild und wedelt damit vor seinen Wählern rum. Sogar die von der SED, obwohl sie sowieso ihre neunundneunzigkommaneun Prozent kriegen. Aber wo waren denn meine Menschenrechte geblieben? Und Alex' Menschenrechte? Ich weiß nicht, ob das Recht auf Liebe irgendwo verankert ist, aber selbst wenn nicht, ist es ein Menschenrecht, und vielleicht das wichtigste. Aber uns wollten sie es verwehren. Und warum? Wegen der Prinzipien. In der Politik geht es erst mal ums Prinzip und dann lange Zeit um nichts und dann vielleicht um die Leute. In der DDR, denke ich manchmal, sind sogar die Politiker arme Schweine, denn sie haben so enge Prinzipien, daß sie kaum menschlich reagieren können. Aber bei uns! Die könnten doch viel öfter mal sagen: Komm, laß laufen, wenn's jemandem nützt. Oder?«

»Im Prinzip hast du recht«, entgegnete ich, »aber du mußt doch sehen, daß gegenüber früher schon einiges besser geworden ist.«

»Mag ja sein«, gab Birgit zu, »früher hab' ich mich nicht drum gekümmert. Aber es gibt doch immer noch zu viele Betonköppe. Wie oft haben sie den Erich verprellt, bis er in die BRD konnte. Laß ihn doch kommen! Man kann doch mit ihm reden. Ja, aber erst muß sicher sein, daß was dabei rauskommt. Quatsch! Es kommt in jedem Fall mehr dabei raus, als wenn man nicht mit ihm redet. Aber die Betonköppe haben ihre Prinzipien. Solche wie Alex und ich sind denen doch, mit Verlaub, scheißegal.«

Ich konnte Birgit nicht guten Gewissens widersprechen. Ich konnte ihr nur den furchtbar väterlich klingenden Rat geben, selbst in die Politik zu gehen, um es besser zu machen.

»Um Gottes willen!« rief sie. »Mir fehlen alle Eigenschaften, die man da braucht. Ich bin nicht machtbesessen, nicht rechthaberisch, nicht intolerant, nicht korrupt.«

»Ob du korrupt bist, kannst du erst beurteilen, nachdem jemand versucht hat, dich zu korrumpieren.«

»Das hat man schon versucht«, lachte sie. »Meine Eltern haben mir damals, in besagtem Herbst, ein gebrauchtes Käfer-Cabrio zum Abi versprochen, wenn ich mich von Alex trenne. Aber wie du siehst, fahre ich bis auf den heutigen Tag mit der U-Bahn.«

»Um auf den Anfang zurückzukommen«, sagte ich: »Nach der Rückkehr aus Dresden wolltest du resignieren. Wann hast du denn beschlossen, nicht zu resignieren, sondern zu Alex zu halten?«

»Als mir das Cabrio angeboten wurde.«

51

Kurz nach der Dresdenreise hatte Birgit zu Hause eine Auseinandersetzung.

»Du kannst sehr wohl ein paar Mark von deinem Taschengeld opfern«, sagte Bernd Bärwald zu seiner Tochter.

»Ich habe nichts mehr«, erwiderte Birgit, »ich kann gern einen Offenbarungseid leisten.«

»Dann kannst du eben morgen die Klassenfahrt nicht mitmachen.«

Dieser Vorschlag, der eigentlich als Drohung gedacht war, kam Birgit mehr als gelegen, denn die Klassenfahrt nach Venedig interessierte sie herzlich wenig. Nicht weil sie etwas gegen Venedig gehabt hätte, wie denn auch, da sie Venedig überhaupt nicht kannte. Nein, es ging darum, daß Alex in sechs Wochen zur Fahne mußte und Birgit jeder Tag als ein verlorener erschien, an dem sie nicht zu Alex nach Ost-Berlin konnte. Neu-Venedig, ja! Aber diese Klassenfahrt war in ihren Augen vertane Zeit, vertanes Geld obendrein.

»Was muß es aber auch Venedig sein?« fragte Charlotte Bärwald, »wir sind damals an den Bodensee und fanden es ganz toll.«

»Jaja, ganz früher sind sie zu Fuß zum Hermannsdenkmal«, spottete Birgit. »Außerdem war es bei euch die Klassenfahrt vor der mittleren Reife, wir stehen vor dem Abitur. Charly, die Zeiten haben sich geändert, in jeder Hinsicht. Bodensee ist out, Italien ist in. Obwohl es mir gestohlen bleiben kann.«

»Wo wärst du denn gern hingefahren?« wollte Bernd wissen.

»DDR«, antwortete Birgit knapp.

»Na klar!« rief Bernd.

In den letzten Wochen hatte es oft Auseinandersetzungen zwischen Birgit und ihren Eltern gegeben. Birgit brachte jede Stunde und jede Mark dafür auf, bei Alex in Ost-Berlin zu sein, ihre Eltern verwechselten das mit Begeisterung für die DDR. Zum Beispiel hatte Birgit in leuchtenden Farben geschildert, wie sie mit Alex den Friedrichstadtpalast besucht hatte. Mit Geduld und Valuta hatten sie zwei Karten erstanden. Birgit hatte noch nie so eine Show live gesehen, mit Artisten, Eisläufern und Badenixen. In West-Berlin gab es so was nicht. Na schön, hatte Bernd gesagt, dafür gibt's bei uns Räucheraal. Birgit hatte eigentlich nur von dem herrlichen Abend im Friedrichstadtpalast erzählen und keinen

Systemvergleich anstellen wollen. Aber ihre Eltern hatten darauf bestanden, daß sich die DDR den Friedrichstadtpalast nur habe bauen können, indem sie ihrer Bevölkerung banalste Konsumgüter vorenthalte. In dieser oder ähnlicher Form lief seit einiger Zeit jedes Gespräch über die Besuche in Ost-Berlin aus dem Ruder.

»Wenn du nicht dauernd nach Ost-Berlin gingst«, sagte Bernd, »hättest du genug Geld für Venedig. Aber du bist ja total fixiert auf diese DDR. Du hast ja plötzlich den Mittelpunkt des Universums in Ost-Berlin entdeckt.«

»So'n Quatsch!« protestierte Birgit. »Ihr versteht überhaupt nix davon, weil ihr nie hingeht. Ihr wart ein einziges Mal bei Bobrowskis, seither macht ihr nur noch blöde Bemerkungen.«

»Den Ausdruck verbitte ich mir! Im übrigen finden wir diese Leute eben nicht so interessant wie du. Sollen wir abendelang darüber reden, was in der DDR besser ist und was bei uns besser ist? Das ist doch völlig wurscht. Wenn sie's bei sich so toll finden, ist das doch ihre Sache. Wir wollen nicht in die DDR, und wenn die zu uns wollen, müssen sie eben rüberkommen und sich hinten anstellen.«

»Wieso denn hinten anstellen?« fragte Birgit dazwischen.

»Weil sie nicht mehr zu uns gehören. Die Türken gehören auch nicht zu uns, aber die kapieren wenigstens, daß in unserem Land erst mal wir drankommen und dann sie. Aber die aus der DDR halten es ja für völlig normal, daß man ihnen alles vorn und hinten reinschiebt.«

»Das ist doch wohl alles nicht dein Ernst!« rief Birgit entsetzt.

»Natürlich ist es unser Ernst«, erwiderte Charlotte an Bernds statt. »Und außerdem nervt es uns, daß diese DDR-Bürger immer was von einem wollen. Und wenn's ein Taschenrechner ist. Als ob wir alles geschenkt bekämen!«

»Ich hab' nicht gedacht, daß ich solche Plattmacher als Eltern habe«, murmelte Birgit, laut genug, um verstanden zu werden.

Charlotte wollte auffahren, aber Bernd machte eine Geste, als wolle er sagen, mit seiner Tochter sei ohnehin nicht mehr zu reden. Die Stimmung am abendlichen Essenstisch war, wie letzthin oft, auf Null gesunken.

Aber Birgit wollte das Thema »Klassenfahrt« geklärt haben: »Also rufe ich jetzt die Frau Oberstudienrätin an und sage ihr, daß wir uns die Venedig-Reise nicht leisten können.«

»Bist du verrückt?« rief Bernd. »Du fährst natürlich mit.«

Birgit zog sich in ihr Zimmer zurück und dachte darüber nach, ob sie mit weniger ungeschicktem Vorgehen aus der Klassenfahrt hätte aussteigen können. Aber sie dachte auch darüber nach, ob sie nicht doch schon zu sehr auf Alex fixiert war. Nicht auf die DDR, das war Unsinn, aber auf Alex.

Treffpunkt war Bahnhof Zoo, alle waren pünktlich, nur der Zug nicht, er kam von drüben und brachte Verspätung mit.

»Na, was sagst du dazu?« wurde Birgit gefragt.

Alle wußten längst, daß Birgit einen Freund in Ost-Berlin hatte. Seither wurde sie für alles in Anspruch genommen, was mit der DDR zu tun hatte. Im Unterricht galt als ausgemacht, daß Birgit über DDR-Belange Auskunft geben konnte. Manchmal wurde sie für Äußerungen Erich Honeckers oder anderer DDR-Größen geradezu haftbar gemacht. Sie wurde gefragt nach Tips für illegalen Geldwechsel und preiswerte Kneipen. Manchmal machte es ihr Spaß, die Frager auflaufen zu lassen, sie mit der offiziellen DDR-Linie zu konfrontieren, die sie von Alex wußte, und zu beobachten, daß sie nichts dagegenzusetzen wußten. Dann kam sich Birgit fast wie eine Insiderin vor. Aber meistens ging sie solchen Gesprächen aus dem Weg. Ihr war inzwischen das Thema zu ernst.

Zu der Verspätung äußerte sie sich nicht.

Der Zug hielt in Wannsee, dann fuhr er in die DDR. Die Grenzer kontrollierten lax und freundlich und schienen die lärmende Horde nicht ernstzunehmen. Das spornte einige in Birgits Abteil an, kühne Jugendstreiche zu ersinnen. Zum Beispiel unterwegs auszusteigen und sich durchzuschlagen, so weit die Füße trügen. Oder auf öffentlichem Platz für die Einführung von McDonald's in der DDR zu demonstrieren. Oder einen DDR-Bürger auszuschleusen, indem man ihn an geheimem Ort im Waggon verstaute. Bei diesen Gedankenspielen tat sich ein gewisser Heiko hervor, der seit geraumer Zeit Birgits Nähe suchte und sich am Bahnhof Zoo zielstrebig den Platz neben ihr gesichert hatte.

Kindskopf, dachte Birgit, als sie ihm zuhörte.

»Mach doch mal was!« forderte sie ihn auf. »Mach keine Sprüche, mach mal was!«

Heiko wurde, als Birgit ihn so ansprach, rot bis unter die Wurzeln der blonden Haare, während seine blauen Augen unruhig zu blinzeln begannen.

»Kaum bist du in der DDR«, fuhr Birgit unerbittlich fort, »willst du Räuber und Gendarm spielen. Aber du traust dich ja nicht.«

Heiko schaute Birgit an, und sie rätselte, ob er von ihr hingerissen war.

»Findest du das nicht albern?« fragte sie, »daß dir zum Thema DDR nur so'n Scheiß einfällt?«

Da bekam Heiko, der fast geschlagen war, aus einer nicht vermuteten Richtung Hilfe, nämlich von Birgits bester Freundin Irina: »Du siehst das längst zu verbissen, Birgit. DDR ist DDR, in Gottes Namen. Ich finde es ein ziemlich beklopptes Land, aber wenn jemand gern hinfährt, okay! Bloß bei dir ist es ja schon krankhaft. Du bist ja bald reif für den Karl-Marx-Orden mit Eichenlaub, falls es so was gibt. Du kannst ja schon keinen Witz mehr über die DDR machen. Du gehst einem schon unheimlich auf den Keks.«

Birgit antwortete nicht, denn sie mußte mit Irinas Worten erst mal fertig werden.

Abends in München, beim Umsteigen in den Nachtzug nach Venedig, schaute Birgit auf der Fahrplantafel nach, ob es auch noch einen Zug zurück nach Berlin gab. Es gab einen, nach zweiundzwanzig Uhr. Er fuhr sogar bis Bahnhof Friedrichstraße. Aber Birgit stieg mit Irina und Heiko und den anderen in den Zug nach Venedig. Es sind ja nur zehn Tage, dachte sie, und dann bleiben noch vier Wochen, bis Alex zur Fahne muß.

52

»Tomaten«, murmelte Alex, »Tomaten nehme ich mit.«

»Gab's denn welche?« fragte Birgit.

Sie war in manchem schon wie eine Bürgerin der DDR geworden und sah Tomaten auch im Oktober nicht einfach als Gegebenheit an.

»Tomaten«, wiederholte Alex.

»Wozu?« fragte Birgit.

»Für Erich. Zum Nationalfeiertag. Ich bringe ihm Tomaten mit.«

Birgit wollte den 7. Oktober, den Jahrestag der Gründung der DDR, in Ost-Berlin erleben und hatte sich dazu eigenmächtig einen Tag schulfrei verordnet. Das »Neue Deutschland« und die übrigen Zeitungen riefen die Berliner und ihre Gäste auf, für die Ehrenparade der Nationalen Volksarmee in der Karl-Marx-Allee ein jubelndes Spalier zu bilden. Alex hatte vorgeschlagen, Birgit solle zur Feier des Tages die blaue Bluse der Freien Deutschen Jugend tragen, er würde ihr eine besorgen, mit ausreichender Oberweite. Aber sie hatte sich sowohl diese Anzüglichkeit als auch das ganze Ansinnen verbeten. Eingedenk auch der Kritik ihrer besten Freundin Irina auf der Klassenfahrt, legte sie jetzt mehr Wert auf politische Abgrenzung.

»Wie willst du Erich die Tomaten überreichen?«

Alex antwortete nicht, sondern holte aus dem Küchenschrank vier oder fünf Tomaten und tat sie in ein Einkaufsnetz.

Die halbe Stadt war auf den Beinen, um aus Begeisterung oder Pflichtgefühl die Parade anzuschauen. Straßenbahnen wurden umgeleitet oder endeten auf halber Strecke, ortsunkundige Autofahrer sahen sich von Volkspolizisten in Himmelsrichtungen dirigiert, in die sie gar nicht wollten. Am besten nahm man die U-Bahn, auch wenn sie überfüllt war.

»Willst du ihn bewerfen?« fragte Birgit.

Alex nickte: »Wie sagt man bei euch? Aus deutschen Landen frisch ins Gesicht.«

»Du bist verrückt!«

Alex hob die Schultern: »Vielleicht nehmen sie mich

fest, unter dem Vorwurf des landesverräterischen Tomatenmißbrauchs, und schieben mich in den Westen ab.«

Birgit wußte in letzter Zeit nicht mehr, wann sie Alex ernst nehmen sollte und wann nicht. Er war anders geworden nach der Rückkehr aus Dresden, schweigsamer als vorher, lustlos in mancher Hinsicht, sarkastisch oftmals. Er redete nicht von der Einberufung, aber auch nicht von der Zeit danach. Birgit vermutete bisweilen, er sehne den November herbei, nicht die Kaserne und die Uniform, aber das Ende des Wartens auf das Ende.

»Wir kommen leider nicht in die erste Reihe gegenüber der Ehrentribüne«, sagte Alex, »von da könnte ich ihn treffen, aber da kommen nur geladene Genossen hin.«

»Du würdest ihn sowieso nie treffen. Der ist viel zu weit weg.«

»Dann treffe ich eben einen anderen. Irgendeinen. Auf der Tribüne kannst du gar keinen falschen treffen. Guck sie dir an, die ›junge Garde des Proletariats‹. Fast alle im Rentenalter. Dürfen alle schon reisen. Aber uns verbieten sie's.«

»Nicht so laut!« mahnte Birgit.

»Ach was! Die können mich ja rausschmeißen, wenn's ihnen nicht paßt.«

Mit einem Fanfarensignal und einer endlos langen Meldung durch den Verteidigungsminister begann die Parade.

Birgit hatte keinen Sinn fürs Militärische. Es war ihr regelrecht zuwider. Noch nie hatte sie sich die alljährliche Parade der Alliierten auf der Straße des 17. Juni aus der Nähe angeschaut. Sie fand Soldaten überflüssig und war froh, daß es keine Wehrpflicht für Frauen gab.

Berufssoldaten gar hielt sie für Langweiler, denen kein richtiger Beruf eingefallen war. Neben einem Freund in Uniform zu gehen, war ihr immer undenkbar gewesen. Erst in allerjüngster Zeit, da die Frage akut zu werden schien, hatte sie es sich vorzustellen versucht.

»So ein albernes Getue«, fand sie, als die ersten Formationen, Schüler verschiedener Offiziersschulen, vorbeimarschierten. »Wozu ist eigentlich dieser Stechschritt?«

»Zum Lachen«, antwortete Alex.

»Mußt du das auch lernen?«

»Nein. Ich kann's schon, ich habe heimlich geübt«, erwiderte Alex, aber es klang gar nicht lustig.

Eine Lautsprecherstimme kündigte mit sich überschlagender Begeisterung immer weitere Einheiten an, Panzer ratterten vorbei, auf denen Soldaten unbeweglich wie Ölgötzen hockten. Die Staatsführer auf der Tribüne grüßten wie Grußautomaten, das spalierbildende Volk winkte mit Papierfähnchen. Birgit schüttelte sich vor Entsetzen über das Schauspiel.

»Gefällt es dir nicht?« fragte Alex, offenbar scheinheilig.

»Ätzend«, befand Birgit.

»Ich muß endlich meine Tomaten werfen.«

Alex holte die erste aus seinem Einkaufsnetz, wendete sie mehrmals in der Hand, polierte sie mit dem Ärmel seines Hemdes und sah sie nochmal prüfend an: »Eigentlich viel zu schade.«

»Du triffst nicht mal so'n Panzer hier vor uns«, prophezeite Birgit.

»Ist ja egal, Hauptsache, sie nehmen mich fest.«

Als Alex ausholte, entriß ihm Birgit schnell die Tomate und biß hinein, daß der Saft spritzte.

»Verräterin!« rief Alex.

Nachbarn feixten.

Raketen auf mächtigen vierachsigen Lastwagen, die Lautsprecherstimme sprach von mobilen Startrampen, bildeten den Abschluß der Parade. Kaum war das Spektakel vorbei, mischten sich wie auf Verabredung die Landesverteidiger unter die Landeskinder, Jungpioniere drückten den Soldaten Blumen in die Hand, Mädchen spendierten auch Küsse, Alex verteilte seine paar Tomaten.

Auf dem Alexanderplatz war den ganzen Tag Volksfest, die Massen drängten hin und her und im Kreise, Birgit und Alex ließen sich schieben.

»Wenn ich geworfen hätte, würde ich jetzt schon verhört.«

»Quatsch! Du wolltest ja in Wirklichkeit gar nicht.«

»Aber irgendwas mache ich.«

»Jaja. Warum machst du eigentlich nicht bei dem Radrennen da drüben mit?«

Alex winkte mit beiden Händen ab: »Soll ich zur Ehre unserer Republik wie ein Blöder im Kreis rumfahren? Auf so ein Fahrrad kannst du auch einen dressierten Affen draufsetzen.«

»Eine bemerkenswerte Aussage für einen Radsportler.«

»Für einen ehemaligen Radsportler«, verbesserte Alex. »Den Quatsch mache ich nicht mehr. Oder erst wieder, wenn ich bei euch starten darf.«

»Mensch, Alex, mit dir ist überhaupt nichts mehr los.«

»Stimmt.«

Birgit hatte die Idee, endlich mal auf den Fernsehturm zu fahren. Die Idee hatten an diesem Tag viele, und obwohl die Aufzüge pausenlos Menschen nach oben baggerten, wartete unten eine lange Schlange. Birgit fiel wieder einmal auf, mit welcher Gelassenheit DDR-Bürger zu warten wußten.

Endlich oben in der Kugel, ganz Berlin zu Füßen, suchte Birgit nach der Straße und dem Haus, wo sie wohnte. Sie konnte es nur ungefähr ausmachen.

»Der Hügel da drüben«, erklärte sie und zeigte mit dem Finger, »das ist der Bunkerberg im Humboldthain. Und davor ist es. Wir sollten ein Fernglas haben, dann könnten wir vielleicht unsere Fenster sehen.«

Alex sagte nichts.

»Und wo seid ihr?« fragte Birgit.

Alex wies ungefähr in die gleiche Richtung, nur ein paar Grad weiter nach rechts: »Siehst du das Stadion da, den Jahn-Sportpark, und rechts davon die Schönhauser Allee mit der Hochbahn, wo Konopkes Würstchenbude drunter ist. Alles klar?«

»Mensch, so nahe beieinander wohnen wir!«

Im Westen schien die Nachmittagssonne durchs Brandenburger Tor, die Siegesgöttin auf ihrer Säule glänzte golden, ein wenig weiter links drehte sich der große Mercedesstern auf dem Europacenter.

»Der Stern von Bethlehem«, spottete Alex, »dem rennen sie alle nach wie die drei Könige aus dem Morgenland. Einmal zum Kudamm!«

»Willst du nicht mal hin?« fragte Birgit.

»Jeder will mal zum Kudamm«, sagte Alex laut.

»Jawoll!« bekräftigte ein zufälliger Nachbar.

»Natürlich besuchsweise«, sagte Alex.

Als ihnen vom Laufen die Fußsohlen brannten, kehrten Birgit und Alex bei Oma Bobrowski ein und ließen sich mit Kaffee und Keksen verwöhnen.

»Hast du den höchsten Feiertag der DDR recht ausgelassen begangen?« fragte Birgit.

»O ja«, antwortete die Oma, »ich habe morgens meinen geliebten Jakobs-Kaffee getrunken, dann habe ich die Wiederholung vom Tatort gesehen, und mittags habe ich zur Feier des Tages einen Henkell Piccolo aus dem Intershop geköpft. Von mir aus können wir jeden Tag Nationalfeiertag haben.

»Siehst du«, sagte Alex, »ab nächsten Monat stehe ich auf Friedenswacht und verteidige alle diese sozialistischen Errungenschaften.«

Die Oma nahm Birgit in die Arme: »Du wirst ihn doch besuchen da unten, sonntags hat er ja vielleicht Ausgang.«

»Ach, weißt du.«

»Du mußt ihn aber besuchen. Ich bin damals auch jeden Sonntag von Bautzen bis nach Leipzig gefahren und habe vor der Kaserne gewartet. Es war ja schon Krieg seit ein paar Wochen, und ich wollte meinen Schatz noch so oft wie möglich sehen, ehe sie ihn an die Front schickten. Nein, nein, Birgit, du mußt ihn sonntags besuchen. Wenigstens einmal im Monat.«

»Wie denn?«

»Wenn du ganz früh am Morgen rüberkommst und gleich weiterfahrst nach Karl-Marx-Stadt und dort einen guten Anschluß hast, bist du mittags bei ihm, kannst ein paar Stunden bleiben und bist vor Mitternacht zurück.«

»Ich darf doch auf Tagesvisum gar nicht aus Ost-Berlin raus.«

Die Oma schaute Birgit fast mitleidig an: »Das darfst du denen natürlich nicht sagen.«

»Ach, weißt du«, sagte Birgit noch einmal.

Bei Bobrowskis, später am Nachmittag, spürte Birgit sofort eine merkwürdige Atmosphäre. Boris Bobrowski war ihr gegenüber nie herzlich gewesen, heute war er ausgesprochen kühl. Birgit hatte das Gefühl, daß Alex die Ursache wußte, aber die Angelegenheit überspielen wollte.

»Was ist los?« fragte sie, als sie mit Alex allein war.

»Was soll los sein?«

»Alex, mach keinen Kindergarten mit mir! Was ist los?«

»Okay. Mein Alter hat Karriere gemacht und darf keine Westkontakte mehr haben.«

Birgit trat zum Fenster und sah hinaus. Nun ist der Schlamassel komplett, dachte sie. Von Mal zu Mal hatte sie größere Hemmungen gehabt, diese Wohnung zu betreten, in der sie sich immer unwillkommener fühlte. Sie hatte längst aufgegeben, mit Freundlichkeit und Charme gegen diese feindselige Stimmung anzugehen. Wie lange war es eigentlich her, daß sie ihre Eltern zu Bobrowskis getrieben hatte? Nichts hatte es genutzt. Sie hatten nichts miteinander anfangen können. Sie hatten ein paar Platitüden ausgetauscht und wider besseres Wissen einen zweiten Besuch verabredet. Seither redeten sie nur noch versteckt anzüglich oder offen abfällig voneinander. Birgit hatte inzwischen ein waches Ohr für deutsch-deutsche Nuancen. Immer wenn ihr Vater scheinbar scherzhaft bemerkte, er müsse sich endlich um den Taschenrechner für seinen armen Freund Boris in Ost-Berlin kümmern, schluckte Birgit mühsam ihre Verachtung hinunter. Nicht anders ging es ihr, wenn Boris Bobrowski witzelte, er habe alles über Siemens sofort weitergegeben an die Staatssicherheit.

»Idioten«, sagte sie vor sich hin.

»Wer denn?« fragte Alex.

»Mein Vater, dein Vater, alles Idioten.«

»Wieso?«

»Weil sie bloß auf ihr bißchen Karriere scharf sind. Weil sie nicht aufmucken. Weil sie alles mit sich machen lassen. Wenn sie meinem Alten sagen würden: Die Ostkontakte Ihrer Tochter sehen wir aber nicht gern, würde er sofort in der Hüfte einknicken und die Hände an die Hosennaht nehmen: Sehr wohl, meine Herren, ich werde es ihr verbieten! Und deiner ist genauso. Erzähl mir nicht, daß es hier schwerer ist, zu widersprechen. Dein Alter würde auch im Westen nicht widersprechen. Der würde nicht mal widersprechen, wenn ihm dafür eine Belohnung versprochen würde. Der weiß gar nicht, wie das geht: Widersprechen. Die sind alle gleich. Nach drei Bier sind sie bereit, bewaffneten Widerstand zu leisten. Aber wenn sie nüchtern ihrem Chef begegnen, haben sie plötzlich Watte im Kopf und Blei auf der Zunge. Alle.«

»Und ich?« fragte Alex.

»Ach, weißt du«, sagte Birgit.

Beim Abschied am Bahnhof Friedrichstraße kam sie noch einmal auf das Thema zurück: »Soll ich vielleicht vorschlagen, daß du den Wehrdienst verweigerst? Oder die Ausreise beantragst? Ich kann doch nicht sagen: Nun sei mal schön mutig! Ich riskiere doch nichts.«

»Und was würdest du an meiner Stelle tun?«

»Das ist doch eine ganz andere Frage.«

Alex umarmte Birgit, als wolle er in sie hineinkriechen, und ließ sie lange nicht los.

»Es ist alles eine ziemliche Scheiße«, sagte er.

53

Das Häuschen in Neu-Venedig war festlich geschmückt. Alex hatte überall Blumen verstreut, sie mußten ihn ein Vermögen gekostet haben nebst einiger Findigkeit, denn Ende Oktober war es ganz schwierig mit Blumen. Eine kalte Platte hatte er angerichtet mit zwei Arten Fisch, garnierten Bratenscheiben und gewürfeltem Käse, alles auf Salatblättern drapiert. Sekt stand kalt, Rotkäppchen halbtrocken. Birgit war gerührt.

»Abschiedsfeier?« fragte sie.

»Ja, so was.«

»Ist ja nicht für immer«, tröstete sie.

»Wer weiß?«

Alex ließ den Korken knallen, ungeübt und ungeschickt, so daß Sekt auf den Teppich schäumte. Birgit unterdrückte eine freche Bemerkung. Heute, dachte sie, ist kein Tag für Sticheleien. Sie stießen an, sahen sich in die Augen, dann legte Alex von der kalten Platte vor. Sie aßen, ohne etwas zu sagen.

Birgit kaute zu Ende und schluckte hinunter, spülte mit Sekt nach und sagte: »Wir bleiben zusammen, das ist doch klar.«

»Ich schon«, antwortete Alex. »Ich bleibe zusammen. Aber du?«

»Ich auch. Ich habe es beschlossen. Jetzt, wo alle dagegen sind, auch deine Eltern, da bleiben wir zusammen.«

»Der Unterschied«, sagte Alex, »der Unterschied macht mich ganz krank. Ich hocke in dieser Kaserne wie auf dem Mond, aber du bist mitten im Leben.«

»Du doch auch. Du wirst sehen, die Dorfschönheiten werden vor dem Kasernentor warten, daß ihr Ausgang habt.«

»Birgit, Birgit! Du weißt doch! Ich habe schon bisher beinahe Magengeschwüre, weil ich immer hinter dieser Mauer bleiben muß und nicht weiß, wie es drüben ist, wo du bist. Und nun kommt noch eine Mauer dazwischen, die Kasernenmauer. Und ein paar hundert Kilometer. Ich halte das nicht aus.«

»Was willst du also machen?«

»Keine Ahnung. Aber irgendwas mache ich.«

Sie aßen sich durch die kalte Platte und tranken Rotkäppchen, bis Alex die halbvolle Flasche und die Gläser nach nebenan trug und die Bettdecke aufschlug.

Birgit hatte das Gefühl, sie müsse Alex etwas schenken. Einen besonders schönen Abend. Eine Nacht konnte es nicht sein, denn das Tagesvisum lief um 24 Uhr ab.

54

Nina Bobrowski wachte auf und erschrak, weil es im Zimmer hell war. Sonnenlicht drang durch die zugezogene Gardine. Normalerweise war es zu dieser Jahreszeit stockdunkel, wenn sie aufstehen mußte. Nina versuchte sich zu erinnern und kam zu ihrer Beruhigung rasch darauf, daß sie hatte ausschlafen dürfen. Sie hatte sich diesen Tag frei genommen, um Alex beim Kofferpacken zu helfen und ihn mit dem Auto, das Boris deswegen dagelassen hatte, zum Wehrbereichskommando zu fahren. Von dort sollten die Wehrpflichtigen mit dem Bus zum Bahnhof Lichtenberg gebracht werden, zu ihrem Zug nach Karl-Marx-Stadt.

Nina streckte die Glieder und überlegte, ob sie wieder einschliefe, wenn sie nicht sofort aufstünde. Aber dann kam ihr ein Gedanke, der sie wach bleiben ließ. Wie unsinnig, dachte sie, dieses Kind in eine Uniform zu stekken, ihm einen Stahlhelm auf den Kopf zu stülpen und ihm ein Gewehr in die Hand zu drücken. Ihrem kleinen Alex! Es war doch gar nicht lange her, daß sie ihm den ersten Teddybären geschenkt und daß er geplärrt hatte, weil ihm das fremde Tier unheimlich war. Und nun sollte er die Republik verteidigen. Gott sei Dank hatte niemand die Absicht, die Republik anzugreifen. Zumindest war Nina davon überzeugt, auch wenn die Partei immer wieder in grellen Farben die Gefährdung des Friedens und der sozialistischen Errungenschaften durch den Imperialismus beschwor. Damals, dachte Nina, eine Generation vor uns, als solche halben Kinder tatsächlich in den Krieg ziehen mußten...

Ihr nächster Gedanke: Bin ich wirklich schon so eine alte Frau, daß mein Sohn zu den Soldaten muß? Nina stand auf und streifte ihr Nachthemd ab. Vor dem Wandspiegel überzeugte sie sich, daß sie noch nicht alt war. Ob es ihrem Boris demnächst mal wieder auffiele? Was war es eigentlich, das die Männer so müde machte? Die Arbeit? Das frühe Aufstehen? Der Streß? Der Frust? Oder waren es die Frauen, die die Männer müde machten? Wenn sie es recht bedachte und sich nichts vormachte, war Nina meistens genauso müde wie ihr Mann, und es ging abends eigentlich nur darum, wer von beiden zuerst seine Unlust eingestand, so daß man die Schuld zuteilen konnte. Manchmal fragte sich Nina: War's das? Kam nichts mehr? Wahrscheinlich nicht mit diesem Mann. Vielleicht mit einem anderen. Aber für wie lange? Jedenfalls, dachte Nina energisch, sehe ich nicht aus wie die Mutter eines Wehrpflichtigen. Sie zog den Morgenmantel an und ging Alex wecken.

Alex war nicht da. Seine Bettdecke war nicht aufgeschlagen, das Kopfkissen nicht zerdrückt, der Schlafanzug noch zusammengelegt.

Er hat eine Dummheit gemacht! schoß es Nina durch den Kopf. Vom ersten Augenblick an war ihr klar: Alex hatte eine Dummheit gemacht. Er hatte die letzten zwei Wochen Bemerkungen gemacht. An sich keine ungewöhnlichen Bemerkungen, sondern solche, wie man sie eben machte, wenn man zur Fahne mußte und nicht wollte. Bemerkungen über Möglichkeiten, sich vor der Fahne zu drücken, beziehungsweise der Fahne unwürdig zu werden. Aber jetzt, als sie vor dem unbenutzten Bett stand, kamen Nina die Bemerkungen der letzten Zeit plötzlich ganz ernst vor.

Der Junge!

Warum konnte man in dieser Republik keinen Telefonanschluß bekommen! Jetzt müßte man Boris im Betrieb anrufen können. Boris würde auch nichts wissen, aber er müßte etwas unternehmen. Es konnte ja nicht immer alles an den Frauen hängenbleiben. Die Oma könnte man anrufen, wenn, wie in einem normalen Staat, jeder Bürger ein Telefon hätte. Vielleicht war Alex aus irgendeinem Grunde bei der Oma hängengeblieben, hatte bei ihr übernachtet. Auch die Polizei könnte man anrufen. Ungern. Aber vielleicht wußte sie etwas.

Hoffentlich kein Unfall! dachte Nina. Hoffentlich nur eine Dummheit!

Da es kein Telefon gab, mußte sie sich zuerst anziehen, um mit der Außenwelt in Kontakt zu treten. Nina zog sich an. Sorgfältig, denn sie wußte nicht, wo sie heute überall würde vorsprechen müssen.

Vor der Telefonzelle warteten schon zwei, Nina stellte sich ungeduldig an. Sie hoffte, gleich bei Boris durchzukommen; ihn konnte man seit neuestem nicht mehr direkt anwählen, er hatte ein Vorzimmer mit einer Vorzimmerdame, einer gewissen Kollegin Kunze, die ihren Vorgesetzten vortrefflich abschirmte, auch und vielleicht gerade gegenüber seiner eigenen Ehefrau.

»Hier Bobrowski, meinen Mann bitte.«

»Tut mir leid, Kollege Bobrowski ist in einer wichtigen Besprechung.«

»Ich habe eine noch wichtigere Besprechung mit ihm, bitte holen Sie ihn sofort!«

Kollegin Kunze schwieg, anscheinend überrascht, stellte dann durch.

»Alex ist weg«, rief Nina, »er war die Nacht nicht zu Hause. Er hat bestimmt eine Dummheit gemacht, er muß doch heute zur Fahne.«

»Nina, bitte«, erwiderte Boris, »ich habe eine wichtige Besprechung.«

»Aber...« Nina war sprachlos.

»Alex hat mir genug eingebrockt«, fuhr Boris fort, »jetzt soll er mal alleine zurechtkommen.«

Nina knallte den Hörer auf.

»Ja, er war bei mir«, sagte die Oma. »Er saß auf dem Sofa und heulte. Er wollte nicht zu dieser Fahne.«

»Jeder muß zur Fahne. Überall. Auch im Westen.«

»Es war doch wegen Birgit.«

«Oh, diese Birgit!« rief Nina.

»Was hat das Mädel dir denn getan?« fragte die Oma.

Nina antwortete nicht, sondern fragte weiter: »War er deprimiert? Oder erregt? Hat er wirres Zeug geredet? Hat er getrunken?«

»Ja.«

»Was: ja.«

»Getrunken. Aber wenig. Ich habe ihm immer nur ganz wenig nachgeschenkt.«

»Und wann ist er weg?«
»Gegen Mitternacht.«

Der Beamte im Volkspolizeirevier war zuerst sehr freundlich und hilfsbereit. Alexander Bobrowski, 18 Jahre alt, seit Mitternacht vermißt? Ja, man werde nachsehen. Nein, ein Unfall sei nicht bekannt, jedenfalls kein tödlicher, das könne er jetzt schon sagen. Verletzt ins Krankenhaus eingeliefert? Wird schon geprüft. Nach Minuten war auch hier Fehlanzeige bestätigt. Moment mal, es gebe ja noch eine Möglichkeit.

Der Beamte, mittleres Alter, rosiges Gesicht, graublond gewelltes Haar, wählte eine Nummer: »Habt ihr was vorliegen gegen Bobrowski, Alexander? Müßte diese Nacht gewesen sein.« Nina konnte die Antwort aus dem Telefonhörer nicht verstehen, zumal der Beamte ihn fest ans Ohr preßte. Sein Gesicht wurde ernst und ernster, dann sagte er: »Gut, ich werde es der Bürgerin sagen.«

»Frau Bobrowski«, sagte er, nachdem er aufgelegt hatte, »es ist eine ernste Angelegenheit. Ich darf Ihnen keine weiteren Auskünfte geben. Bitte begeben Sie sich nach Hause und halten Sie sich zur Verfügung.«

»Was ist denn los?« rief Nina.

Der Beamte stand auf und bedeutete ihr, die Amtsstube zu verlassen. Er begleitete sie bis zur Tür, dort beugte er sich zu ihr und flüsterte: »Ich darf es Ihnen nicht sagen. Ihr Sohn hat eine versuchte Republikflucht begangen.«

Über dem Alexanderplatz schien die kalte Herbstsonne, deren Licht vor zweieinhalb Stunden Nina geweckt hatte. Die frische Luft biß in Nase und Wangen. Nina konnte sich jetzt nicht zu Hause »zur Verfügung halten«, mußte erst mal ihre Gedanken ordnen.

Sie setzte sich auf eine Bank. Ein Flugzeug zog niedrig und tösend eine Schleife um den Fernsehturm, Nina las den unübersehbar großen blauen Schriftzug »PanAm«. Vier Minuten vielleicht bis Berlin-Tegel, dachte Nina.

Boris anrufen? Nein, nein, er hatte bestimmt wieder eine wichtige Besprechung. Und was sollte er schon am Telefon sagen? Was sollte er überhaupt sagen? Wahrscheinlich würde er sagen: Müßt ihr mir das auch noch antun!

Wo mochte eigentlich Alex sein? Nina wunderte sich, daß ihr die Frage so spät kam. Bis jetzt hatte sie nur das Gefühl gehabt, Alex sei verschluckt worden von einem großen Apparat, quasi aufgesaugt von einem Vakuum, nicht mehr an einem topografisch definierbaren Ort, sondern einfach weg. Jetzt fragte sie sich, wo in dieser großen Stadt ihr Sohn, dieses Kind, jetzt eingesperrt war und verhört wurde. Ob er geschlagen wurde? Nein, das doch wohl nicht. Ob er nach seiner Mutter fragte? Oder wenigstens an sie dachte? Na, wohl eher an seine Freundin! Nina bekam plötzlich einen großen Zorn auf Birgit.

Die Oma öffnete auf Ninas Klingeln mit der Weinbrandflasche in der Hand.

»Gibt's was Neues?« fragte sie aufgeregt.

»Fluchtversuch«, erwiderte Nina und warf ihren Mantel über den Garderobenhaken.

»Gott sei Dank!« Die Oma schenkte sich noch mal ein und holte auch für Nina ein Glas.

»Wieso Gott sei Dank?«

»Na, erstens lebt er. Und zweitens hat er recht.«

Nina traute ihren Ohren nicht. Republikflucht war eines der am strengsten geahndeten Verbrechen in der DDR. Wer sie versuchte, stellte sich so gut wie unwiderruflich gegen die sozialistische Gemeinschaft. Er war abtrünnig, unbelehrbar, undankbar, eigentlich undenkbar. Jedenfalls offiziell.

»Er hat recht, sagst du?«

Die Oma nickte heftig. »Wer denn sonst? Haben die vielleicht recht, die zwei Verliebte nicht zueinanderkommen lassen?«

»Na, du bist ja vielleicht mal naiv!«

»Ja, bin ich«, bestätigte die Oma. »Muß man auch sein. Oder soll man sich von denen das Hirn vernebeln und das Rückgrat verbiegen lassen? Du kannst natürlich, wie mein Sohn Boris, immer ja und amen sagen, damit du was wirst. In Gottes Namen kannst du das tun, wenn du nicht anders kannst. Aber du mußt doch trotzdem sehen, daß man es eigentlich machen muß wie Alex. Die haben dir nichts zu sagen, diese alten Männer in diesem Büro oder wie dieser Verein heißt. Du darfst dich von denen nicht kleinkriegen lassen. Du mußt ganz naiv sein und sagen: Das darf's nicht geben, und deswegen kann's das auch nicht geben.«

»Oma, Oma!« stöhnte Nina. »Wenn alle so dächten wie du.«

»Fluchtversuch«, sagte Nina abends, als Boris kam.

»Was?!«

»Ja. Es war schon einer hier und hat mir Fragen gestellt. Aber auf meine Fragen wollte er nicht antworten.«

»Mensch, habe ich nicht genug Ärger!« rief Boris. »Müßt ihr mir das auch noch antun.«

55

Birgit wurde mitten aus der Mathestunde hinausgebeten, da bei der Direktorin eine wichtige Nachricht auf sie warte.

Alex! dachte Birgit erschrocken.

Die Direktorin gab Birgit mit ernster Miene die Hand: »Die Oma Ihres Freundes ist nebenan, es ist etwas Schreckliches passiert.«

Birgit dachte, jetzt müsse ihr das Herz stehenbleiben: »Ist er. . . ?«

»Geflüchtet«, sagte die Direktorin.

Birgit atmete auf: »Mensch, das ist doch toll.«

»Nein, nein, er hat es nicht geschafft. Er wurde festgenommen.«

»Ach du Sch. . . «

Nach diesem Wechselbad der Empfindungen mußte sie sich setzen, sie nahm den Stuhl der Direktorin, weil er der nächsterreichbare war.

»Besser als erschossen«, murmelte Birgit nach kurzem Überlegen.

Die Oma wurde aus dem Nebenzimmer hereingeführt, sie wirkte bekümmert und übernächtigt. Birgit sprang auf und fiel ihr in die Arme. Beiden kamen die Tränen, die Direktorin versuchte, diskret zur Seite zu schauen.

»Wann ist es passiert?« fragte Birgit die Oma.

»Nu, vorletzte Nacht ist es gewesen. Er war bei mir bis spätabends, wir haben geredet und ein bißchen getrunken, dann ist er los, und gestern morgen war er nicht zu Hause.«

»Und warum erfahre ich das erst heute?« rief Birgit.

»Weil ich erst heute rüberkommen konnte.«

»Aber es gibt doch Telefone.«

Die Oma sah Birgit kopfschüttelnd an: »Wie lange verkehrst du eigentlich in unserer Republik? Sollen wir über so ein Thema am Telefon reden? Mädel, Mädel!«

Sie sah es ein.

»Ich warte in dem Café an der Müllerstraße«, versprach die Oma, nahm ihren Regenschirm und ging.

Birgit mußte der Direktorin in groben Zügen die Geschichte erzählen. In der Pause nach der Mathestunde wurde sie mit Fragen bestürmt: Fluchtversuch? An der Mauer? Ist ja irre! Wo denn an der Mauer? Weißte nicht? Hat aber nix in der Zeitung gestanden. War wohl kein richtiger Fluchtversuch. Sonst hätten sie auf ihn geschossen. Meinste, er hat's deinetwegen gemacht? Is ja wie im Film. Was machste nu? Kannste ihn wenigstens besuchen? Was kriegt er denn aufgebrummt für so was?

Der gewisse Heiko, der Birgit bereits auf der Klassenfahrt so hofiert hatte, gewann dem Vorfall ganz pragmatisch eine positive Seite ab: »Wenn der Typ im Knast ist, dann ist Birgit endlich wieder auf dem Markt.«

Sie sah ihn mit soviel Verachtung an, wie sie in einen einzigen Blick hineinlegen konnte: »Bub, geh deinen Pausenkakao trinken!«

Irina, trotz kritischer Einwände immer noch Birgits beste Freundin, fragte: »Mal im Ernst, wie soll das mit euch weitergehen?«

Birgit wußte es nicht.

Beim letzten Besuch vor der Einberufung war sie sicher gewesen: Wir halten durch. Das korrumpierende Angebot eines Cabrios zum Abitur hatte sie darin bestärkt. Trotz aller Hürden, die im Wege standen: Alex achtzehn Monate bei der Fahne, nur selten ein Wochenende in Ost-Berlin, Fahrten zu ihm ohne gültiges Visum, heimliche Treffen ohne Wissen seiner

Eltern, wahrscheinlich kein gemeinsamer Urlaub. Und nach Ende der eineinhalb Jahre? Der schlimmste Gedanke war, daß danach nichts besser würde, als es zuletzt gewesen war.

Doch nun war mit einem Schlag alles noch ganz anders. Nicht eineinhalb Jahre Fahne, sondern wer weiß wieviel Jahre Bau. Und überhaupt keine Chance, sich zu sehen. Denn durfte ein DDR-Häftling Westbesuch haben? Oder Post aus dem Westen? Jahre ohne jeden Kontakt. Allerdings: Am Ende würde Alex wahrscheinlich freigekauft. So war das doch meistens. Und das war eine Perspektive.

»Ich bleibe mit ihm zusammen«, antwortete Birgit, obwohl ihr diese Formulierung angesichts der trennenden Tatsachen paradox vorkam.

»Wahnsinn!« rief Irina, und es war nicht eindeutig herauszuhören, ob sie Wahnsinn im medizinischen Sinn meinte.

Vor Beginn der Deutschstunde kam die Direktorin und sagte, Birgit dürfe selbstverständlich nach Hause gehen und sich von dem Schock erholen.

Die Oma saß vor einem halbgegessenen Tortenstück und fuhr aus Gedanken hoch, als Birgit an den Tisch trat und sich zu ihr setzte.

»Jetzt erzähl mal!« bat Birgit. »Wie geht es ihm?«

»Das wissen wir doch nicht. Es hat ja noch keiner mit ihm reden dürfen.«

»Wo ist er rüber. Ich meine: Wo wollte er rüber?«

»An der Oderberger Straße, haben sie Nina gesagt. Das ist da, wo man den hohen Aussichtsturm auf eurer Seite drüben sieht.«

Birgit kannte die Stelle. Für manche Tage, wenn keine Zeit für einen Besuch war, hatte sie sich mit Alex zu bestimmter Frühabendstunde verabredet: Sie auf dem Aussichtsturm am Ende der Bernauer Straße, er am Ende der Oderberger Straße, vor dem Eckhaus, wo in einer ehemaligen Kneipe ein Lokal der »Volkssolidarität« eingerichtet war. Nur an wenigen Stellen konnte man von beiden Seiten, also auch der östlichen, so nahe an die Mauer heran wie hier. Außerdem war der Platz nur wenige hundert Meter von Birgits Wohnung entfernt und nicht viel weiter von Alex' Wohnung. So hatten sie oft gestanden, sie oben auf dem Turm, er unten auf der Straße, und unauffällig mit den Augen gesprochen, denn alles andere war verboten, jedenfalls auf östlicher Seite. Manchmal hatte Birgit sich dabei vorgestellt: Wenn das nun alles wäre! Wenn ich nicht alle paar Tage hinüber könnte! Denn sie wußte von Leuten, für die über Monate und Jahre hinweg der einzige Kontakt, außer Briefen und Telefonaten, darin bestand, zu verabredeten Stunden stumm und unauffällig Blicke über die Mauer zu werfen.

Diese Stelle also hatte sich Alex ausgesucht.

»So ein dummer Kerl!« schimpfte die Oma vor sich hin. »Er sollte ja nicht in den Krieg, bloß zur Fahne, anderthalb Jahre, mit Wochenendurlaub und allen Schikanen. Denk doch mal dran, wie damals mein Mann an die Front mußte. Alle Männer, nicht nur meiner. Na ja, bis auf die Nazibonzen, die an der Heimatfront wichtig waren. Ja, da haben wir jedesmal gedacht: Vielleicht siehst du ihn nicht wieder. Und oft war's ja auch so. Willst du meine Torte aufessen? Mir hat's den Appetit verschlagen. Ja, also, der dumme Kerl. Und alles bloß wegen einem Mädel.«

»Ja, und dann noch wegen so einem«, ergänzte Birgit.

Die Oma stutzte, ehe sie lachte: »Na ja, wenn schon wegen einem Mädel, dann schon wegen so einem.« Dazu knuddelte sie Birgit bei den Ohren.

Birgit war wirklich nicht zum Scherzen aufgelegt. Sie war ungeduldig, mehr und Genaueres zu erfahren, aber die Oma wußte nichts weiter. Wie viele Jahre man für einen Fluchtversuch bekam? Die Oma wußte es nicht, hatte noch nie so einen Fall in der näheren Umgebung gehabt. Ob man einen Untersuchungshäftling besuchen durfte? Keine Ahnung. Ob man ihm etwas schicken konnte? Keine Ahnung.

»Was sagen denn seine Eltern dazu?«

»Oh, Gott, sein Vater springt im Quadrat. Nun hat er gerade diesen neuen Posten im Betrieb ergattert, mir erzählt er ja nicht, was er da Geheimnisvolles macht, und da vermasselt ihm der Sohn die Karriere. Boris ist vollkommen außer sich. Er würde sich am liebsten lossagen von Alex, wenn er nur sicher wäre, daß sie das honorieren.«

Birgit war empört: »Er muß doch zu ihm halten!«

Die Oma schüttelte den Kopf: »Mein Sohn hat sich sehr verändert. Er sieht nur noch seine Karriere. Aber er hat ja sonst auch nichts.«

»Er hat Nina.«

»Na ja. Das ist auch nichts mehr, sie merken es bloß noch nicht richtig.«

Birgit hatte die Oma noch nie so deprimiert und mutlos gesehen. Alles an der Oma kam ihr müde vor, der Blick, die Gesten, die Art, wie sie den Kaffeelöffel führte. Diese Stimmung steckte an. Auch das Wetter taugte nichts. Trostlos. Alles November.

»Was werden deine Eltern dazu sagen?« fragte die Oma.

»Die würden sagen: Wir haben's ja gleich gesagt. Deswegen sage ich's ihnen gar nicht erst.«

»Aber du mußt doch...«

»Nein!«

Das hatte Birgit gerade noch gefehlt, daß sich jemand jetzt in ihre Angelegenheit einmischte. Das wollte sie doch mal sehen, ob sie mit bald achtzehn Jahren nicht imstande war, eine persönliche Sache allein zu regeln. Alle würden ihr nun noch mehr als vorher raten: Laß die Finger davon! Mach Schluß! Es führt doch zu keinem guten Ende! Aber die sollten mal sehen!

Wie gut, daß die Oma auf die Eltern zu sprechen gekommen war. Birgit erwachte zu Widerspruch und Kampfgeist.

»Nein! Es ist meine Sache. Und Alex' Sache. Unsere Sache. Du wirst sehen, wir ziehen das durch. Kann ich bitte zahlen!«

56

Ein paar Tage später, am Sonntagmorgen, erzählte Birgit dann doch zu Hause: »Alex haben sie verhaftet. Fluchtversuch.«

»Na also«, sagte ihr Vater, »dann hat ja die liebe Seele Ruh'.«

Birgit war von dieser ungerührten Antwort derart vor den Kopf gestoßen, daß ihr fast der Löffel aus der Hand fiel, von dem sie gerade Honig auf ihren Toast traufen ließ.

»Wie meinst du das?« fragte sie nach einem Augenblick der Fassungslosigkeit.

»Ich meine«, antwortete Bernd Bärwald, »daß damit endlich dieses Kapitel abgeschlossen ist. Es hatte von Anfang an keinen Sinn.«

Charlotte Bärwald sprang ihrem Mann bei: »Wir haben nichts gegen diesen Jungen persönlich, aber die

Umstände waren von Anfang an so ungünstig, daß wir uns immer die größten Sorgen gemacht haben.«

Birgit hätte gern geheult, aber sie verkniff es sich trotzig. Sie konzentrierte sich auf den Löffel und versuchte, mit Honig das Wort Alex auf den butterbestrichenen Toast zu schreiben. Das x geriet ihr so weit nach rechts, daß es über den Rand des Toasts zerfloß. Wie kann man, dachte Birgit, so eiskalt sein wie Charly und Bernd?

»Euch ist das scheißegal«, stellte sie fest.

»Im Gegenteil«, widersprach Bernd. »Wir bedauern den armen Jungen, aber wir sind froh für dich.«

Birgit wollte jetzt kein Einverständnis mit ihren Eltern, sie wollte mit ihnen streiten. Sie wollte ihnen all ihre Borniertheit vor Augen führen und sie, wenn möglich, beschämen. Überzeugen wollte sie sie nicht mehr.

»Ihr gehört doch zu den Leuten, die immer der Regierung nachquatschen.«

»Birgit! Bitte!« rief Charlotte.

»Birgit! Bitte!« äffte Birgit nach. »Was denn, bitte? Die Verbesserung der deutsch-deutschen Beziehungen ist uns ein zentrales Anliegen, nicht wahr? Im Interesse der Menschen im geteilten Vaterland müssen wir alles tun, nicht wahr? Wir können doch das Feld auch nicht einfach den Kommunisten überlassen, nicht wahr? Wir müssen doch die Einheit der Nation bewahren, nicht wahr? Wir dürfen doch vor allem die menschlichen Kontakte zwischen den beiden deutschen Staaten nicht verkümmern lassen, nicht wahr? Diesen Schmus quatscht ihr doch ständig nach, nicht wahr?«

»Das ist Politik«, sagte Bernd ziemlich ruhig, »aber in deinem Fall geht es ums tägliche Leben, und das soll man sich nicht mutwillig von der Politik kaputtmachen lassen.«

Birgit, 17¾ Jahre alt, wollte es jetzt genau wissen: »Also ist Politik für die Reden da, und das Leben ist ganz was anderes? Uns haben sie erzählt, Politik sei dazu da, daß man besser leben kann. Alles gelogen?«

»Nein. Es ist nur komplizierter, als man es sich mit siebzehndreiviertel vorstellt. Politische Verhältnisse ändert man nicht, indem man so zu leben versucht, als seien die politischen Verhältnisse schon anders geworden. Man kommt nicht mit dem Kopf durch die Wand. Oder durch die Mauer.«

»Aber man ändert politische Verhältnisse auch nicht, indem man so lebt, als könnten sie sich nie ändern.«

Birgit freute sich, daß sie soweit war, ihrem Vater mit guten Argumenten zu widersprechen. Sie freute sich, daß er für den Augenblick nichts zu erwidern hatte.

»Was willst du denn jetzt tun?« fragte Charlotte.

»Was hättest du denn getan«, fragte Birgit zurück, »wenn zwischen dir und Bernd so eine Mauer gewesen wäre?«

»Das weiß ich nicht.«

»Siehst du, das ist eben der Unterschied.«

»Manchmal denke ich, wären wir bloß in Osnabrück geblieben!« seufzte Charlotte.

Drei Stunden später klingelte Birgit an Bobrowskis Wohnungstür. Nina öffnete, sah Birgit an und machte schnell wieder zu. Birgit klingelte noch mal.

»Du kannst doch jetzt nicht mehr zu uns kommen!« zischte Nina beim zweiten Öffnen.

»Warum nicht?«

Nina warf sich rasch einen Mantel über, dann zog sie Birgit die Treppe hinunter und aus dem Haus. Draußen schaute sie sich um, als seien Häscher auf ihren Fersen, dann wählte sie den Weg in Richtung Schönhauser Allee. Nina lief hastig, Birgit hielt neben ihr Schritt.

»Du weißt, daß mein Mann dich nicht sehen darf. Und jetzt erst recht nicht. Er hat größte Schwierigkeiten. Er hat Glück, daß sie ihn nicht von seinem Posten abgelöst haben. Er hat sich natürlich von Alex' Fluchtversuch distanziert.«

»Vom Fluchtversuch oder von Alex?« fragt Birgit.

Nina antwortete nicht. »Boris muß jetzt sehr vorsichtig sein. Der geringste Fehler, und sie schießen ihn ab.«

»Abgeschossen wird doch nur an der Mauer.«

Nina blieb stehen und schaute Birgit in die Augen: »Nun mach noch Witze!«

Birgit hatte keinen Witz machen, sondern nur daran erinnern wollen, daß Alex auch hätte tot sein können, während Boris allenfalls den Verlust seines Schreibtischs zu befürchten hatte. Sie versuchte es zu erklären, aber Nina war viel zu erregt, um ihr zuzuhören. Auf der sonntäglich stillen Schönhauser Allee ließ Nina endlich etwas mit dem Tempo nach. Birgit wußte nicht, wohin es eigentlich gehen sollte, und lief einfach nebenher.

Wieder blieb Nina stehen: »Du darfst nicht mehr kommen, ist das klar?«

»Aber wie soll ich sonst erfahren, wie es Alex geht? Ich kann ihn doch nicht selbst besuchen.«

»Alex? Du?« Nina schüttelte den Kopf. »Alex und du, das ist vorbei. Das hatte von Anfang an keinen Sinn. Das hat uns nur Unglück gebracht. So was geht eben nicht. Die Verhältnisse, verstehst du?«

»Nein, versteh' ich nicht. Will ich auch gar nicht verstehen. Meine Eltern reden genauso. Versteh' ich auch nicht. Alle machen nur den Buckel krumm und lassen sich prügeln. Und genau deswegen sind die Verhältnisse so.«

»Ach, was soll ich mir von dir Küken auch noch Belehrungen gefallen lassen!«

Mit diesen Worten ließ Nina Birgit einfach mitten auf der Schönhauser Allee stehen.

Birgit wollte hinterherlaufen. Sie mußte doch Nina für sich gewinnen, wenn sie nicht Alex verlieren wollte. Wer sollte ihr denn berichten, wie es Alex ging? Wer sollte ihm denn berichten, daß sie auf ihn wartete? Das mußte er doch erfahren! Wer sollte ihm ab und zu ein Geschenk von ihr mitbringen oder ein Foto? Birgit wollte Nina hinterherlaufen, aber sie stand wie angewurzelt auf der Schönhauser Allee und heulte.

Eine Stunde später saß Birgit bei der Oma auf dem Sofa und fühlte sich schon wieder viel besser.

»Ich mach' das alles für euch«, versprach die Oma. »Ihr habt euch doch immer auf mich verlassen können, oder nicht?«

Birgit nickte schnell und heftig.

»Die Kinder haben jetzt den Kopf verloren«, fuhr die Oma fort, »sie sind nur noch mit der Frage befaßt, ob Boris seinen feinen Posten wieder verliert. Als ob das alles im Leben wäre! Aber weil sie alle so denken, ist ja alles so besch. . . Na ja, so was sagt man nicht.«

»Aber das ist doch mein Reden seit jeher!« rief Birgit. »Die Verhältnisse, die Verhältnisse! Als wären die Verhältnisse vom Himmel gefallen und nicht von den Leuten gemacht.«

Die Oma stand auf, und Birgit wußte, daß nun das Schnapsfläschchen kam.

»Alkohol!« schüttelte sie sich. »Das ist ja hier die reinste Lasterhöhle. Hier werden junge Menschen zur Sucht verführt, und dann gehen sie los und leisten Widerstand.«

»Prost!« sagte die Oma.
»Prost!« erwiderte Birgit.

57

Birgit stand seit zwei Stunden in einem Eingang gegenüber Bobrowskis Haus und wartete auf Nina. Es regnete, nicht heftig, eher still vor sich hin, novemberlich. Das Wetter drückte den Geruch der Stadt in die Nase, jene Mischung aus Braunkohle und Zweitakter, die Birgit inzwischen vertraut war. Wartburgs und Trabbis knatterten heran, wurden rückwärts zum Bürgersteig eingeparkt, pusteten ihren Mief in Birgits Richtung. Menschen stiegen aus und förderten dick vermummte Kinder ins Freie, die den Tag in der Krippe oder im Hort zugebracht hatten. Einkäufe wurden in die Häuser getragen, nicht in bunten Plastiktüten wie im Westen, sondern in einfarbigen Netzen oder Beuteln. Auch das war für Birgit ein vertrauter Anblick. Sie fühlte sich bisweilen hier schon heimischer als auf der anderen Seite.

Hatte sie nicht vor kurzem noch in Dresden mit Alex darüber gesprochen, ob sie für immer in die DDR übersiedeln könnte? Birgit kannte ja schon eine Reihe von DDR-Bürgern, einzelne von Alex' Freunden, seine Verwandten in Bautzen, Zufallsbekanntschaften im Lokal. »Hier kann man leben«, hatten sie beteuert, fast alle sogar mit denselben Worten. Zuerst hatte es Birgit als Rechtfertigung empfunden, so als hätte jemand gefragt oder stünde jemandem die Frage ins Gesicht geschrieben: »Warum seid ihr denn immer noch hier?« Aber mit der Zeit hatte sie begriffen, daß diese Bekundung sich gar nicht an die »Wessis« richtete, daß vielmehr die

DDR-Bürger sich selbst versicherten: »Hier kann man leben.« Der Gedanke an Flucht oder Ausreise war für den DDR-Normalbürger programmiert. Nur wenige dachten nie daran. Allerdings waren es auch nur wenige, die konkret daran dachten. Die meisten spielten mit dem Gedanken, holten ihn hervor, wenn irgend etwas mal wieder unerträglich schien. Aber noch im selben Augenblick schreckten sie vor der tollkühnen Idee zurück. »Man kann hier leben«, sagten sie sich dann.

Birgit hatte damals Alex' Idee, sie könnte übersiedeln, schroff zurückgewiesen. So eine blödsinnige Vorstellung! Wer von West nach Ost ging, dachte sie, der mußte entweder sehr viel Dreck am Stecken oder furchtbar Schiffbruch erlitten haben. Richtige Flüchtlinge mußten das sein, auf der Flucht vor Staatsanwalt oder Gerichtsvollzieher. In die DDR der Liebe wegen? Nicht doch! Höchstens aus der DDR der Liebe wegen. Flucht oder Antrag, beides war riskant, brauchte Mut, aber wenn es gelang, war man für alle Zeiten durch den Schlamassel hindurch. Der umgekehrte Weg, von West nach Ost, war kurz und leicht, man fuhr hinüber und meldete sich. Aber was dann kam, war fürs ganze Leben. War es nicht so?

Inzwischen hatte Birgit viel über Alex' Vorschlag nachgedacht, und er kam ihr nicht mehr so abwegig vor. Das Leben in der DDR, soweit sie es kennengelernt hatte, schien ihr auf merkwürdige Weise schwerer und leichter als das Leben im Westen. Der Alltag hatte seine tausend Tücken, die man mit Geduld, Geschick und Beziehungen meistern mußte. Die DDR-Bürger schimpften oder spotteteten darüber, je nach Grad der Erbitterung. Auf der anderen Seite verließen sie sich einfach darauf, daß ihr Staat sie nie durch den Rost fallen ließ. Wenn Birgit nach Vorzügen der DDR fragte, war stets die erste Antwort: »Wir können nie arbeitslos werden.« Birgit hatte manchmal Angst davor, keinen Beruf zu finden oder einen zu lernen, der nicht gebraucht wurde. In der DDR...

Aber nun waren ja mit einem Schlag alle Übersiedlungsideen hinfällig, denn Alex, mit seinem Makel einer versuchten Republikflucht, konnte nur noch im Westen seine Chance suchen.

Bobrowskis Wartburg nahte. Wie Birgit befürchtet hatte, kamen die beiden gemeinsam nach Hause, Boris mußte Nina vom Dienst abgeholt haben. Boris parkte ein und lud eine Kiste Bier und eine Kiste Selters aus. Nina trug Einkäufe im Netz. Birgit ärgerte sich und wartete. Nach eineinhalb Minuten ging oben im Wohnzimmer das Licht an. Nina trat ans Fenster und zog die Gardinen zu. Birgit sprang rasch aus ihrer Haustür und winkte mit beiden Armen, aber Nina reagierte nicht. Danach ging für Sekunden in Alex' Zimmer das Licht an, und Birgit überlegte, was Bobrowskis mit diesem für lange Zeit nutzlos gewordenen Raum nun machten. Die Getränkekisten abstellen, über die man in der engen, viel zu vollgestellten Küche immer beinahe gestolpert war?

Alex' Zimmer! Sie hatten nicht viele Stunden darin verbracht, aber einige sehr schöne. In meinem Zimmer, dachte Birgit, wird es eines Tages genauso schön werden.

Im Augenblick, seit Alex' Festnahme, war es so, daß Birgit zu Hause die Nähe dieser schrecklichen Grenze besonders spürte. Von ihrem Fenster aus konnte sie zwar nicht die Mauer, aber die Dächer von Ostberliner Häusern sehen. Bisher hatte sie diese Nähe als angenehm empfunden, den Gedanken, daß dort drüben, gar nicht weit von ihr, Alex lebte, schlief, aufwachte, aß, trank, zu Bett ging. Die Mauer zwischen ihnen hatte sie zeitweise kaum noch gestört, denn alle paar Tage fuhr sie ja mit der U-Bahn darunter hindurch zu ihm. Nun aber, da er irgendwo in einem Knast saß und sie ihn vielleicht auf Jahre nicht sehen würde, war ihr die tägliche Nähe der Grenze schnell unerträglich geworden. Sie wünschte sich, in einem ganz anderen Teil Berlins zu wohnen, in Charlottenburg oder Wilmersdorf, Hauptsache nicht mehr an der Mauer. Am liebsten wäre ihr eine eigene kleine Wohnung gewesen, so weit weg von den Eltern, daß man mit Anstand nicht mehr als einen Besuch in der Woche hätte abstatten müssen. Aber Birgit war nicht volljährig, und vor allem fehlte ihr das Geld für solchen Luxus.

Plötzlich stürzte Nina aus dem Haus und eilte zum Wartburg. Ehe Birgit über die Straße war, saß Nina schon im Auto und hatte den Motor angelassen. Birgit klopfte heftig an die Seitenscheibe, Nina erschrak. Aber sie öffnete die Beifahrertür, Birgit schlüpfte auf den Sitz und schnallte sich an.

»Was machst du denn hier?« fragte Nina.

»Auf Sie warten.«

»Ich habe keine Zeit für dich«, erwiderte Nina, die aufgeregt und ein wenig abwesend wirkte.

»Was is'n los mit Ihnen?« fragte Birgit.

»Ich hab' im Dienst meine Tasche liegenlassen, ich muß sie holen.«

»Das können Sie doch morgen machen.«

»Nein, nein, ist etwas drin, das niemand finden darf. Eine Anschrift. Gisela hat sie mir gegeben. Du weißt, meine Kollegin, die das Haus in Neu-Venedig hat. Eine Anschrift in West-Berlin. Da muß man sich hinwenden, damit Alex freigekauft wird. Wenn jemand die Tasche aufmacht. . . «

Birgit erschrak. Früher hätte sie gesagt: na gut, eine

Anschrift in einer Tasche. Inzwischen wußte sie Bescheid.

Nina fuhr hektisch und unaufmerksam, Birgit war nicht wohl auf dem Beifahrersitz. Sie sagte nichts. Sie blieb im Auto sitzen, während Nina in die Charité stürzte, um die Tasche zu holen. Nach zehn Minuten war Nina zurück, erleichtert, befriedigt.

»Wie geht's Alex?« wagte nun Birgit zu fragen.

»Ganz gut. Nein, eigentlich ziemlich schlecht. Anfangs hat er geglaubt, die müßten doch merken, daß es nur ein dummer Streich im Suff war. Aber jetzt hat er begriffen, daß sie es tierisch ernst nehmen. Daß er für sie ein Verbrecher ist. Weißt du, die Hundertfünfzigprozentigen bei uns, die dem Staat alles verdanken, die haben einen tiefen, ehrlichen Haß auf alle, die aus diesem Staat rauswollen. Das könnt ihr im Westen nicht verstehen. Aber das kriegt Alex jetzt zu spüren.«

»Wo ist er denn eigentlich eingebuchtet?« fragte Birgit.

»In Rummelsburg. Das ist hier in der Hauptstadt, Bezirk Lichtenberg. Ein scheußlicher Bau, öde und...«

Nina hielt plötzlich inne.

»Das darf ich dir ja gar nicht erzählen. Ich bin ja unter schärfsten Drohungen verpflichtet worden, absolutes Stillschweigen zu wahren.«

»Wie lebt er denn?« fragte Birgit. »Hat er eine Einzelzelle?«

Nina antwortete erst nach einer Pause: »Birgit, du scheinst das nicht ernst zu nehmen, was ich gesagt habe. Ich darf dir nichts erzählen. Kein Wort.«

»Aber ich bin doch...«

»Kein Wort, hörst du?«

Birgit schwieg. Wieder hatte sie das peinigende Gefühl, es nur mit Menschen zu tun zu haben, die aus

Angst alles mit sich machen ließen. Mich könnten sie tausendmal verpflichten, dachte sie, ich würde darauf pfeifen. War Nina nicht zuerst verpflichtet, dem Mädchen, das Alex liebte, zu berichten, wie es ihm ging?

»Dann sagen Sie mir wenigstens, ob er nach mir gefragt hat.«

Nina wartete wieder, als müsse sie überlegen, ob sie antworten dürfe.

»Ja«, sagte sie dann.

»Ja und? Was weiter? Haben Sie ihm gesagt, daß ich auf ihn warte?«

»Nein.«

»Warum denn nicht?« rief Birgit.

»Weil ich nicht will, daß er sich an eine unsinnige Hoffnung klammert. Bis er rauskommt, weißt du schon nicht mehr, wer er war.«

Birgit war entgeistert: »Das können Sie nicht machen! Sie müssen ihm das sagen! Ich kann es ihm doch nicht schreiben!«

Sie waren vor Bobrowskis Haus angekommen und stiegen aus. Nina gab Birgit die Hand: »Ich weiß schon, was ich zu tun habe.«

»Die Anschrift!« rief Birgit ihr nach, »ich kann doch da hingehen zu der Stelle in West-Berlin!«

Die Haustür schlug hinter Nina zu. Birgit stand im Regen und spürte, wie sich auf ihrem Gesicht die Tropfen mit Tränen mischten.

58

»Hast du's gefunden?« fragte Boris.

Er saß am Couchtisch, auf dem eine fast leere Bierflasche und eine angebrochene Flasche Nordhäuser Doppelkorn standen, aber keine Gläser. Im Fernseher lief ohne Ton die Abendschau vom SFB.

Nina hielt ihm den Zettel unter die Nase, den sie aus der Charité geholt hatte.

»Schmeiß den Wisch weg!« befahl Boris.

Nina verstand nicht: »Hier kann ihn doch niemand finden.«

»Du sollst ihn wegschmeißen«, wiederholte Boris ungehalten.

Nina verstand immer noch nicht: »Aber ich muß doch...«

»Nichts mußt du! Du wirst doch wohl nicht irgendwelche BRD-Agenten einschalten, damit sie deinen Sohn aus der DDR wegkaufen«

»Was denn sonst?« fragte Nina verwirrt.

Boris nahm je einen Schluck aus beiden Flaschen und wischte sich mit dem Ärmel den Mund ab.

»Alex«, sagte er dann, »geht nicht rüber, der wird hier wieder in die Gesellschaft integriert. Ist das klar?«

Nina wußte, daß sie jetzt nicht mit Boris streiten durfte. Er trank öfter und wurde dabei leichter jähzornig als früher.

»Vielleicht stellt Alex sich das so vor«, fuhr Boris ein wenig schwerzüngig fort: »Ein Jährchen absitzen, dann rauskaufen lassen und, juppheidi!, die große Sause im Westen. Aber das läuft nicht!«

»Natürlich nicht«, bestätigte Nina mit ruhiger Stimme. »So stellt er sich das auch gar nicht vor.«

»Woher weißt du das? Hast du mit ihm drüber geredet?«

»Wo denkst du hin!« rief Nina. »Da steht doch immer einer daneben und hört zu, was wir reden.«

Boris griff, da die Bierflasche leer war, zum Nordhäuser und tat einen tiefen Zug. Er reichte Nina die Flasche, sie tat, als nippte sie daran.

»Genosse Bergmann hat mich heute wieder zu sich bestellt«, erzählte Boris. »Es steht auf der Kippe mit mir. Aber er denkt, er kann mich vielleicht halten, trotz der Sache mit Alex.«

»Wäre ja gut.«

Boris schaute Nina verwundert an: »Was heißt hier: Wär' ja gut! Ist meine einzige Chance. Hab' mich schwer genug getan, weil ich nie ein Hundertfünfzigprozentiger war. Jetzt hab' ich's halbwegs geschafft, und das laß ich mir nicht von meinem Sohn vermasseln. Ist das klar?«

»Ja.« Boris zog seine Schuhe aus und machte es sich auf der Couch bequem. Nina ahnte, daß er bald in die seltene Stimmung käme, in der er sie daran erinnern würde, daß sie miteinander verheiratet seien. Sie legte sich Ausreden zurecht.

»Genosse Bergmann hat mich auch gefragt, ob ich über diesen Bärwald ein paar Interna von Siemens erfahren könnte. Aber ich habe schnell abgewimmelt. Mit dem Mädchen ist es aus, habe ich gesagt. Und das ist übrigens auch meine Meinung: Diese Birgit müssen wir von Alex fernhalten. Der Westen interessiert ihn nämlich gar nicht, es ist nur das Mädchen. Er darf keinen Kontakt mehr mit ihr haben.«

»Genau das habe ich ihr gerade vor zwanzig Minuten beigebracht.«

Boris schnellte von der Couch hoch: »Du hast sie getroffen? Ja, sag mal, wie blöde bist du eigentlich?«

Nina wollte erklären. Aber sie sagte nichts. Wenn er sich in diesem Zustand auch noch ärgerte, konnte er am Ende wirklich in jene Stimmung geraten. Das kannte sie.

59

Auf dem Bahnsteig zog es wie Hechtsuppe, es war klirrend kalt seit Tagen schon, und der Zug hatte Verspätung. Ein paar hundert Menschen warteten mit geröteten Nasen und hochgeschlagenen Mantelkrägen, trampelten mit den Füßen und reckten immer wieder die Hälse, ob nicht am Ende der Bahnhofshalle endlich die rote Diesellok erschien. Hunderte von Atemwölkchen vereinigten sich zu einem kollektiven Nebel.

Fast immer, wenn Birgit vom Bahnhof Zoo nach Westdeutschland wollte, erlebte sie Verspätungen, die ihr um so unverständlicher waren, als die Züge meistens ein paar Kilometer östlich erst eingesetzt wurden. Entweder hatte sie unverhältnismäßig viel Pech, oder die Reichsbahn konnte es einfach nicht besser. Am liebsten wäre Birgit von Tegel geflogen, aber dafür wollten ihre Eltern nie das Geld ausgeben. Tegel kannte Birgit nur von Pauschalreisen nach Ibiza und an die Algarve.

Es war zwei Tage vor Weihnachten. Vor zwei Monaten noch hatte Birgit sich vorgestellt, mit Alex »unterm Weihnachtsbaum« zu sitzen, wie man so sagte, obwohl man ja zum Glück nie wirklich darunter saß. Ein bißchen kitschig hatte sie einerseits diese Vorstellung gefunden, unpassend für einen aufgeschlossenen jungen Menschen, andererseits sich mühelos dazu bekannt, daß sie seit einiger Zeit empfänglich für ganz altmodische

Emotionen war. Doch unter den Umständen, die eingetreten waren, wollte sie die Feiertage auf keinen Fall mit ihren Eltern verbringen, sondern möglichst weit weg. Charlotte und Bernd waren nicht versessen auf Lichterglanz und Lebkuchenduft, wären selbst gern in die Sonne oder in den Schnee gereist, aber Charlotte hatte es auf den Nenner gebracht: »Wo wir hinwollen, ist es zu teuer, und wo es nicht zu teuer ist, wollen wir nicht hin, also bleiben wir daheim.« Birgit hatte mit ihrer Freundin Irina auf eine Skihütte gewollt oder auf eigene Faust nach München, hatte auch verschiedene andere Pläne vorgetragen, aber nichts hatte die Billigung ihrer Eltern gefunden, aus finanziellen und sonstigen Gründen, die teilweise vorgeschoben wirkten.

»Dann fahre ich eben zur Oma nach Osnabrück.«

Das war ihr genehmigt worden.

Als der D-Zug endlich einfuhr, wurde er gestürmt. Birgit bekam einen Stoß in den Rücken, fiel geradezu in den Waggon und schlug sich an einer Stufe das Schienbein an. Die Fensterplätze hatten schon Rentnerinnen und Rentner besetzt, die aus Ost-Berlin mitgekommen waren. Birgit erwischte einen Sitz am Gang. Im Zug war es kaum wärmer als draußen auf dem Bahnsteig, die Fahrgäste beklagten sich darüber und behielten ihre Mäntel und Schals an. In Berlin-Wannsee zwängte sich noch ein Schub in den vollen Zug, viele mußten im Gang auf ihren Koffern sitzen, die Fülle und die Kälte wurden verärgert diskutiert. Dann trat Stille ein, denn die DDR-Grenzer und -Zöllner gingen durch die Abteile. Sie bekamen höfliche, aber knappe Antworten, das Nötigste nur, kein Scherz, man konnte ja nie wissen. Erst als die Reisenden wieder unter sich waren, machten sie ihrem Ärger Luft. Immer das gleiche mit der Reichsbahn! Zu spät, zu voll, zu kalt! Da kriegte nun die DDR Milliarden aus Bonn hinterhergeworfen, aber nichts taugte: zerbeulte Schienen, verschlissene Waggons, gleichgültige Beamte. Mit der PanAm zu fliegen, wandte jemand ein, sei auch nicht immer ein Hochgenuß, aber die anderen bestanden darauf, daß es bei der PanAm eine Ausnahme und bei der Reichsbahn System sei.

Birgit gegenüber saß eine ältere Frau, die nichts sagte, nur aufmerksam zuhörte und manchmal lächelte, wenn es gegen die Reichsbahn ging.

»Sind Sie aus der DDR?« fragte Birgit.

Die Frau nickte.

»Machen Sie sich nichts draus«, sagte Birgit, »wenn die Wessis alles madig machen.«

»Aber sie haben ja recht«, antwortete die Frau und schien im selben Augenblick erschrocken über ihre kühne Behauptung. »Teilweise«, fügte sie rasch hinzu.

Birgit mußte schmunzeln. Sie fuhr in einer DDR-Eisenbahn durch DDR-Territorium, aber kaum daß die DDR-Beamten das Abteil verlassen hatten, zogen alle Fahrgäste in selbstverständlicher Einmütigkeit über die DDR-Verhältnisse her. Und die einzige DDR-Bürgerin im Abteil schien sich beinahe zu schämen, daß sie nicht mithielt. Beim Gedanken, daß dies Alex' Land war, hörte Birgit auf zu schmunzeln und wurde traurig. Sie las im mitgebrachten »Tagesspiegel«, hörte aber immer wieder den Gesprächen zu.

»Überfüllt und lausekalt«, stellte ein älterer Mann mit Glatze fest, »wie nach dem Krieg. Da hat sich null geändert.«

Der Mann, der schon die PanAm kritisiert hatte, widersprach erneut: »Null stimmt ja nicht. Die Abfertigung an der Grenze zum Beispiel. Erinnern sie sich nicht mehr? Da war doch jedem beinahe schlecht vor Angst, auch wenn er ein ganz reines Gewissen hatte.«

»Oh, ja, ich entsinne mich recht wohl. Man hatte das Gefühl, allein durch seine Existenz etwas falsch zu machen. Aber mir geht es heute noch so, ein wenig jedenfalls.«

»Zu Unrecht, zu Unrecht. Die DDR hält sich im großen ganzen an ihre Gesetze. Und daß uns diese Gesetze nicht gefallen, ist eine andere Sache.«

Diese Feststellung fand geteiltes Echo. Birgit dachte darüber nach und fand, daß sie sich in der DDR nie in der Gefahr gesehen hatte, vom Fleck weg verhaftet und wegen nichts und wieder nichts verurteilt zu werden. Sie wußte aber, daß viele ältere Menschen diese Angst hatten und deswegen die DDR mieden. Auch das mulmige Gefühl an der Grenze konnte sie nicht mehr nachempfinden. Sie hatte trotz der vielen negativen Seiten, die sie an der DDR festgestellt hatte, ein unbefangenes Verhältnis zu diesem Staat entwickelt. Bis Anfang November...

Noch vor Magdeburg wurde es allmählich warm im Abteil, so daß die Reisenden nach und nach die Mäntel ablegten. Von der Stadt Magdeburg sahen sie nicht viel, nicht einmal den Bahnhof aus der Nähe, denn der Zug fuhr, ohne anzuhalten, auf einem entfernten Nebengleis hindurch.

»Wie ein Transport mit Aussätzigen werden wir vorbeigeschleust«, bemerkte der Mann mit Glatze.

In Marienborn wurde es wieder ruhig wegen der DDR-Abfertigung, in Helmstedt kamen die westdeutschen Zöllner. Birgit fand, obwohl sie nicht voreingenommen sein wollte, die Wessis freundlicher.

Der Mann mit Glatze stieg aus, ein Mädchen von etwa zwanzig, das auf dem Gang gesessen hatte, schlüpfte rasch auf den freigewordenen Platz. Sie machte einen heiteren Eindruck und blickte mit auffordernden Augen um sich, bis der Mann, der die PanAm kritisiert hatte, nach dem Grund fragte.

»Ich bleib' hier«, sagte sie.

Der Mann begriff sofort: »Herzlichen Glückwunsch!«

Das Mädchen mußte erzählen. Sie erzählte, sie hätte zum dritten Mal beantragt und endlich fahren dürfen: »Zum 70. Geburtstag meiner Tante. Aber sie ist gar nicht meine Tante, ätsch!«

»Und was wollen Sie jetzt machen?«

Sie lachte: »Leben.«

»Aber Sie müssen doch irgendeine Vorstellung haben.«

»Ja. Zuerst gehe ich in eine Buchhandlung und schaue mir alle die Bücher an, die ich in der DDR nicht kaufen konnte. Vorläufig kann ich sie mir hier auch noch nicht kaufen, aber ich schaue sie mir schon mal an. Dann gehe ich zu einem Autohändler und suche mir ein Auto aus. Ich habe zwar noch kein Geld dafür, aber ich will mal das Gefühl haben, daß ich ein Auto kriegen könnte, ohne fünfzehn Jahre darauf zu warten. Und wenn ich meine neuen Papiere habe, fahre ich an die nächste Grenze und gehe rüber, bloß für ein paar Minuten, um auszuprobieren, ob ich wirklich rüberkomme. Ja, das sind die ersten Sachen, die ich vorhabe.«

Die Mitreisenden äußerten verschiedene Bedenken wegen der Schwierigkeiten, die einen in der Bundesrepublik erwarteten, insbesondere in Hinsicht auf einen Arbeitsplatz, aber das Mädchen wehrte alles lächelnd ab: »Bei mir klappt es.«

Angesichts dieses fröhlichen Optimismus' beklagten nun einige Mitreisende, daß es ja den Übersiedlern aus der DDR, genauso wie den Asylanten von Werweißwo, heutzutage viel zu leicht gemacht werde. Wieder war es derselbe Mann, der widersprach: »Es sind doch Deutsche wie wir.«

Deutsche ja, aber nicht wie wir, war der Tenor der Antworten. Das Mädchen ließ sich jedoch seine blendende Laune nicht vergällen und begann, von zu Hause zu erzählen. Sie kam aus Bautzen. Damit fand Birgit endlich einen Ansatzpunkt für ein Gespräch, und es stellte sich heraus, daß das Mädchen zwar nicht Alex' Verwandtschaft kannte, aber mit der Beschreibung der Straße und des Hauses etwas anfangen konnte. Im Nu war Hannover erreicht, wo Birgit umsteigen mußte. Sie wünschte dem Mädchen wahnsinnig viel Glück im Westen.

Durch die Verspätung seit Berlin hatte Birgit keinen raschen Anschluß nach Osnabrück. Da sie kein Geld im Bahnhofsrestaurant ausgeben wollte, lief sie mit ihrer Reisetasche in der Schalterhalle auf und ab, wurde ein paarmal dumm angeredet, antwortete nicht. Sie dachte an Alex. Eines Tages würde er wie das Mädchen von vorhin über die Grenze kommen, voller Pläne, voller Mut, voller Zuversicht. Bis dahin war noch eine harte Zeit durchzustehen. Noch war nicht einmal abzusehen, wie viele Jahre Alex aufgebrummt bekäme. Geschweige denn, wie viele er würde absitzen müssen. Aber irgendwann, dachte Birgit, ist es soweit, und wenn uns dann jemand fragt, was wir vorhaben, dann sagen wir wie das Mädchen vorhin: leben.

60

Charlotte quälte sich mit den Klößen. Die letzten drei Jahre hatte sie Bernd ausreden können, daß zur Weihnachtsgans rohe Klöße gehörten, er hatte sich mit Salzkartoffeln abspeisen lassen. Diesmal hatte sie ihn nicht überzeugt.

»Wenn es schon keine Gans gibt, bloß eine Ente«, hatte er gesagt, »dann wenigstens Klöße. Es ist ja überhaupt ein belämmertes Weihnachten.«

Dieses Gefühl hatte Charlotte auch. Als Birgit mit ihrer Reisetasche zum Bahnhof Zoo aufgebrochen war, hatte Charlotte hinter der Wohnungstür ein paar Tränen vergossen. Es tat ihr weh, daß das einst so enge Verhältnis zu ihrer Tochter einer Kühle gewichen war, die fast schon feindselige Züge trug. Sie hatte das nicht gewollt. Sie konnte es aber auch nicht einfach Bernd anlasten. Nein, sie beide hatten sich von Woche zu Woche, wenn nicht von Tag zu Tag, entschiedener gegen Birgits Verhältnis mit diesem Alex aus Ost-Berlin gestellt.

Aber führten nicht auch alle vernünftigen Überlegungen immer wieder zu dem Schluß, daß Birgit mit diesem Jungen nie glücklich werden konnte? Nicht, solange er drüben war und sie ihn nur tage- oder stundenweise besuchen konnte. Schon gar nicht, da er nun in Untersuchungshaft saß und auf Jahre nicht freikommen würde. Und auch kaum, wenn er wirklich, was ja noch zweifelhaft war, eines Tages gegen Geld in den Westen abgeschoben würde. Nach Jahren der Haft plötzlich in völliger Freiheit, verwirrt von tausend Eindrücken, verlockt von tausend Möglichkeiten. Das konnte einer nicht ohne Schaden durchstehen, schon gar nicht mit zwanzig oder einundzwanzig.

Charlotte und Bernd hatten immer mit großem Bedacht das Beste für Birgit gewollt und sich um Konsequenz in ihrer Erziehung bemüht. Das hatte zu dem Ergebnis geführt, daß ihnen ihre Tochter nie größeren Kummer bereitet hatte. Keine Probleme mit der Schule (im Gegenteil: die dritte Klasse hatte sie übersprungen), kein Ärger mit Rauschgift, nicht mal Zigaretten rauchte sie, ausgerissen war sie nie. Wie oft hatten sie zufrieden gesagt: Die kriegen wir ohne Trouble aus dem Haus. Und nun Alex!

Vielleicht, dachte Charlotte, waren wir zu konsequent gegen diese Verbindung. Vielleicht hält sie aus Trotz so daran fest.

Bernd fragte, ob er in der Küche helfen könne. Er solle, empfahl Charlotte, zwei Cognac einschenken, sich an den Küchentisch setzen und beide Daumen halten wegen der verdammten Klöße.

»Hat Birgit angerufen?« fragte Bernd.

»Nein.«

»Komisch so, das erste Mal ohne sie.«

»Hm.«

»Meinst du, sie kann diesen Jungen vergessen?«

Charlotte zuckte mit den Schultern.

»Meinst du, wir sind zu konsequent?«

»Schon möglich.«

»Aber das wird doch nichts mit diesem Alex.«

Charlotte knetete Kloßmasse und fühlte sich deswegen von einer Antwort entbunden.

»Sie will weg aus dem Wedding«, sagte Bernd. »Sie sagt, sie kann die Mauer vor ihrer Nase nicht mehr ertragen.«

»Drei Klöße oder mehr?« fragte Charlotte.

»Drei große oder vier kleine. Ich finde diese Wohnung hier auch nicht mehr angemessen. Man traut sich ja kaum, Kollegen nach Hause einzuladen. Sollen wir mal was anderes suchen?«

»Herzlich gern!« Charlotte lebte geradezu auf angesichts dieser unerwarteten Frage, die sie selbst bisher nie laut gestellt hatte.

»Muß es Dahlem sein oder Grunewald«, fragte Bernd, »oder tut's zur Not auch Neu-Westend oder Tegel?«

»Egal. Was Hübsches eben. Und günstig zu deiner Arbeit gelegen.«

Sie begannen Möglichkeiten zu ventilieren, zählten Stadtteile auf, die in Frage kämen, Bernd holte sogar einen Stadtplan und kreiste mit Bleistift bevorzugte Lagen ein. Sie tranken jeder noch einen Cognac und waren richtig aufgekratzt.

»In der Firma wissen sie offensichtlich von der Sache mit Birgit und Alex«, sagte Bernd plötzlich.

Charlotte schaute gerade durchs Herdfenster in die Bratröhre, die Ente machte sich. Charlotte stand auf und wandte sich zu Bernd: »Wieso? Warum nimmst du das an?«

»Schulze hat gestern so Andeutungen gemacht. Er wollte nicht direkt werden. Er dürfe das nicht, hat er gesagt. Aber wenn ich in dem geplanten DDR-Geschäft eine Rolle spielen wolle, müsse ich für klare Verhältnisse sorgen.«

»Woher sollen die etwas wissen?« fragte Charlotte verwundert.

Bernd lachte: »Meinst du, nur die drüben wissen was? Unsere Dienste sind ja zum Glück auch nicht von Pappe.«

»Aber was geht es sie an?«

»Das ist eine ganz andere Frage«, erwiderte Bernd. »Aber für mich ist Schulze maßgebend.«

Als Bernd den ersten Kloß teilte, sah ihm Charlotte gespannt zu.

»Super!« lobte er.

61

Es war nichts los in Osnabrück. Das lag zum Teil an Weihnachten, aber zum größeren Teil an Osnabrück. Birgit wußte, daß Berlin längst nicht mehr zu den Nabeln der Welt gezählt wurde, und dennoch: Der Gedanke, sie wäre hängengeblieben, wo sie geboren wurde, ließ sie frösteln. Ihre Oma konnte das nicht verstehen, sie fand, die Stadt biete doch nun wirklich alles, was der Mensch brauche: moderne Supermärkte und gepflegte Gaststätten, ein ansehnliches Theater und eine Reihe von Kinos, stündlichen Intercity-Anschluß und sogar einen Flughafen, von dem aus man nach Berlin und nach London fliegen konnte, ohne umzusteigen.

»Ja, ja, alles okay«, gab Birgit zu, »aber es fehlt was. Es macht nicht an. Es fehlt der Kick, verstehst du?«

»Was für'n Kick? Meinst du Fußball? Haben wir doch auch: VfL Osnabrück, zweite Bundesliga. Genau wie ihr übrigens.«

»Ach, Oma. In Berlin, da knistert's noch. Da gibt's Klein-Ankara in Kreuzberg und 'ne alternative Szene und richtige Korruption und die Mauer und die S-Bahn nach Ost-Berlin. In Berlin ist was los.«

»Alles, was du aufgezählt hast«, erwiderte die Oma, »brauchen wir in Osnabrück nicht.«

Birgit gab auf. Sie hatte sich auf ihre Oma und auf ihre alte Heimat gefreut, aber nach dem ersten Abend mit vier Stunden Fernsehen und dem ersten Stadtrundgang am nächsten Vormittag war die Wiedersehensfreude stark gedämpft. Birgit langweilte sich entsetzlich. Sie fand in Omas Bücherschrank nichts, was sie gern gelesen hätte, und in der Programmzeitschrift nichts, was sie gern eingeschaltet hätte. So machte sie lange Spaziergänge in der trockenen Winterkälte und dachte viel nach. Obwohl sie förmlich aus Berlin geflohen war, freute sie sich auf die Rückkehr.

Am sogenannten »dritten« Feiertag rief sie bei ein paar ehemaligen Freundinnen aus Kindergarten- und Grundschulzeiten an. Bis auf eine waren alle verreist. Diese eine besuchte sie.

Nicole und ihre Eltern wohnten gediegen am Stadtrand. Vom Swimmingpool im Untergeschoß sah man durch eine große Scheibe hinaus in den Garten, der völlig mit Reif überzuckert war. Die Mädchen schwammen ein paar Bahnen, holten sich Cola mit einem Schuß Rum und legten sich in Liegestühle.

»Du siehst gut aus«, fand Nicole, »hast einen tollen Busen bekommen, da kann ich nur vor Neid erblassen. Was macht die Liebe?«

»Frag mich was Leichteres«, bat Birgit, aber sie mußte die Geschichte erzählen, wobei Nicole mit vielen Fragen unterbrach. Als die Rede auf die Festnahme kam, war Nicole elektrisiert: »Das ist ja Wahnsinn! Und alles deinetwegen? Na, ich sag' dir, drüben im Osten gibt's noch echte Typen. So was würde dir doch von unseren Schlaffis keiner bieten. Schade, daß die Kiste nun zu Ende ist, was?«

»Wieso zu Ende?« fragte Birgit erstaunt.

»Oh, Verzeihung. Du willst das durchziehen? Na dann viel Glück! Aber mal ganz was anderes: Wie findest du denn unsere heimelige Stadt so beim Wiedersehen?«

»Ätzend«, antwortete Birgit ehrlich.

Nicole lachte: »Das kann ich dir sagen. Na ja, nach dem Abi zische ich ab nach Berlin. Da muß es ja noch ganz spannend sein, mit Kreuzberg und Mauer und Ost-Berlin und so.«

Sie verabredeten am Ende, daß Nicole nach der Ankunft in Berlin mal Laut gäbe.

In der Silvesternacht stieg über Osnabrück ein Feuerwerk in den Himmel. Birgit stand stumm am offenen Fenster. Ihre Oma hatte Sekt eingeschenkt und brachte die zwei Gläser zum Anstoßen.

»Auf dich, mein Mädel!«

»Auf Alex!« sagte Birgit. Sie tranken.

»Ach, weißt du, Birgit, es ist ja schön, daß du an deinem Alex festhalten willst. Aber du machst dir doch die schönsten Jahre kaputt mit der Warterei.«

»Wer weiß«, erwiderte Birgit.

Sie schloß das Fenster und schaltete das Fernsehen ein, wo die im Herbst aufgezeichnete Silverstershow den mitternächtlichen Stimmungshöhepunkt erreicht hatte.

62

»Na, denn woll'n wa mal det Liebesnest ausheben, wa?«

Die beiden Möbelpacker nahmen Birgits Bett hochkant und schoben es zur Tür hinaus. Birgit wollte sich über die Anzüglichkeit der Bemerkung ärgern, aber statt dessen mußte sie lachen: Liebesnest! Von wegen! Ausgestorben war das Nest, einsam seine Bewohnerin, die gerade die letzten Bücher und ein paar Schreibutensilien in einen schon fast vollen Umzugskarton warf.

Es war blitzschnell gegangen mit der neuen Wohnung, ungewöhnlich für Berlin, aber der Zufall hatte nachgeholfen in Gestalt eines Siemens-Kollegen, der nach Erlangen versetzt worden war. Vier Zimmer, Küche, Bad, Balkon, Zentralheizung, etwas über 130 qm, schöne Lage in einer ruhigen Seitenstraße der Reichsstraße in Neu-Westend, lauter Häuser aus den zwanziger Jahren, Platanen auf beiden Straßenseiten, leider wenige Parkplätze und keine Garage. Bernd war, wenn er nicht mit dem Auto fahren wollte, in zwanzig Minuten mit der U-Bahn bei der Arbeitsstelle, einmal Umsteigen inbegriffen. Birgit hatte es jetzt ziemlich weit zur Schule, aber für sie ging es nur noch um ein paar Monate.

Weg von der Mauer! Nicht mehr jeden Tag erinnert werden. Birgit wußte, daß dieser ihr Wunsch nur zum kleineren Teil zu dem Wohnungswechsel beigetragen hatte, daß in erster Linie ihre Eltern etwas zum Vorzeigen haben wollten: nicht mehr Wedding, sondern Neu-Westend! Aber im Ergebnis kam es auf dasselbe heraus: Birgits Wunsch war erfüllt.

»Birgit, Telefon!« rief Charlotte.

Das Telefon war abgemeldet, aber noch nicht abgestellt.

»Wer ist es?«

»Die Ost-Oma.«

Das Urteil! dachte Birgit erschrocken. Irgendwann in diesen Februartagen sollte der Prozeß gegen Alex stattfinden. Die Oma, über die nun alle Informationen liefen, hatte versucht, Ort und Termin herauszubekommen und zu klären, ob die Verhandlung öffentlich sei. Denn Birgit wollte Alex sehen, zu dem sie nicht durfte. Sie wollte ihm ein Zeichen geben, daß sie auf ihn warte. Er konnte es nicht wissen. Denn niemand außer seinen Eltern, auch die Oma nicht, konnte ihn besuchen. Nina und Boris jedoch wollten ihn im Glauben lassen, Birgit habe sich abgewandt.

»Was ist? Erzähl!« rief Birgit in den Hörer.

»Vier Jahre«, sagte die Oma.

Birgit wußte nichts zu sagen. War das viel? War das wenig? Bei zwei Jahren hätte sie gesagt: Was soll's, das kriegen wir locker hinter uns. Bei fünfeinhalb Jahren: Mein Gott, wie sollen wir das durchstehen? Aber was bedeuteten vier Jahre?

»Warum sagst du nichts?« fragte die Oma.

»Wo bist du?« fragte Birgit.

»In unserem Café.«

»Warte, ich komme.«

Charlotte protestierte, daß Birgit mitten im Umzug aus dem Haus wollte, aber Birgit ließ sich auf keine Diskussion ein. Sie packte rasch zu Ende, nahm ihren Mantel und sagte im Hinausgehen nur: »Vier Jahre hat er gekriegt.«

Charlottes Reaktion hörte sie nicht mehr.

Die Oma, wie sie da am Tisch saß und ihren Kaffee umrührte, machte einen abgekämpften Eindruck. Sie hatte letzthin mal gesagt, es gehe ihr gesundheitlich nicht gut. Sie wolle nicht, wie eine alte Frau, ständig über Krankheiten barmen, aber wenigstens einmal müsse festgestellt werden: Sie sei nicht mehr richtig gesund. Hinzu komme, daß sie alles allein machen müsse, seitdem Alex ihr nicht mehr zur Hand gehen könne und die Kinder nur noch mit sich beschäftigt seien. Zum Glück mußte die Oma keine Kohlen aus dem Keller holen, da sie Zentralheizung hatte, aber Kartoffeln schleppen und Seltersflaschen und Apfelsinen, wenn es mal welche gab.

Birgit flog durchs Café und der Oma um den Hals, beide zerdrückten ein paar Tränen.

»Warst du bei der Verhandlung?« fragte Birgit.

»Ja. Ich hab' im letzten Moment den Termin erfahren. Konnte ihn dir nicht mehr sagen. Ich glaube, dich hätten sie auch gar nicht reingelassen.«

»Wie sah er aus?«

»Blaß. Müde. Aber trotzig.«

»Das ist gut. Hast du ihm ein Zeichen gegeben?«

»Ich hab's versucht, aber ob er's verstanden hat, ich weiß es nicht.«

»Findest du vier Jahre viel?« fragte Birgit.

»Natürlich!« Die Oma war empört. »Wo er doch nichts Unrechtes getan hat. Da ist jeder Tag zuviel.«

»Ach, Oma. Du bist richtig uneinsichtig. Er hat doch gewußt, wie das Gesetz ist. Und an das Gesetz muß man sich eben halten.«

»Ja, wenn es ein gutes Gesetz ist.«

Birgit mußte lachen: »Die Oma wird auf ihre alten Tage Revolutionärin. Sie werden dich auch noch einsperren.«

Die Oma schaute Birgit an, und von einem Augenblick zum anderen waren ihre Augen wieder müde geworden: »Ich werd' gar nichts mehr. In die Poliklinik werd' ich mal gehen.«

Nach einer Stunde verabschiedete sich Birgit, wegen des Umzugs. Der Möbelwagen stand nicht mehr vor dem Haus, die alte Wohnung war bereits verschlossen. Birgit nahm die U-Bahn nach Neu-Westend.

»Wie schön, daß du dich heute auch noch mal blicken läßt«, bemerkte Charlotte gereizt.

Da fuhr Birgit aus der Haut: »Mensch, es gibt noch Wichtigeres als den Scheiß-Umzug!« schrie sie. »Alex hat vier Jahre gekriegt, verstehst du?«

Charlotte hielt eine Küchenmaschine in der Hand und sah Birgit wortlos an.

»Ich weiß nicht«, sagte Birgit, ruhiger, aber mit kaum unterdrückter Wut, »wieso meine eigenen Eltern so total unsensibel sind. Von mir könnt ihr's doch nicht haben.«

Charlotte konnte wieder sprechen: »Birgit, wir wollen doch nur...«

»Mein Bestes, mein Bestes, mein Allerbestes«, leierte Birgit. »Wie unvernünftig, so eine Ostbeziehung. Gibt's denn nicht in West-Berlin genug nette Jungens? Man muß sich doch nicht künstlich Probleme schaffen.«

»Aber es ist ja auch...«

Birgit ließ ihre Mutter nicht zu Wort kommen: »Paß mal auf, der Alex hat jetzt vier Jahre gekriegt, davon muß er vielleicht die Hälfte absitzen, vielleicht mehr, vielleicht weniger. Die ganze Zeit braucht ihr euch um eure Tochter keine Sorgen zu machen. Ich kann in Ruhe mein Abi machen und ein Studium anfangen, niemand hält mich von der Arbeit ab. Ich werde immer brav zu Hause sein und lernen. Ich kann sogar die Pille absetzen, verstehst du. Ist das nicht eine Idealvorstellung für besorgte Eltern?«

Sie ging in ihr Zimmer und begann, die Möbel zu rükken und die Kartons auszupacken. Sie schloß ihr Radio und ihren Plattenspieler an und legte eines ihrer Lieblingslieder auf: »Über sieben Brücken mußt du gehn« von der Gruppe »Karat« aus der DDR. Über ihrem Bett pinnte sie das Poster an die Wand, das sie und Alex am Strand in Bulgarien zeigte. Ein Zeltnachbar hatte damals die Aufnahme gemacht, entweder hatte er gut fotografieren können oder Glück gehabt, das Foto war so fröhlich wie die Zeit, in der es entstanden war. An die Wand gegenüber heftete Birgit Erich Honecker in Farbe. Das gleiche Staatsporträt, überlegte sie, hatte wohl in den Räumen gehangen, in denen Alex verhört und verurteilt worden war. Hoffentlich hing es nicht auch in seiner Zelle.

Charlotte trat ins Zimmer, Bernd folgte ihr.

»Birgit, wir sollten Frieden schließen«, sagte Charlotte, und Bernd nickte dazu.

»Haben wir Krieg?« fragte Birgit.

»So was Ähnliches, scheint mir. Laß uns in Ruhe alles bedenken. Nicht gleich heute. Es ist ja jetzt Zeit genug, solange Alex einsitzt.«

»Okay«, sagte Birgit nur.

Bernd zeigte auf den Honecker: »Was verschafft ihm denn die Ehre, ausgerechnet hier aufgehängt worden zu sein?«

»Das ist ganz einfach. Immer wenn ich den Erich angucke, denke ich: Paß mal auf, du Staatsratsvorsitzender, Alex und ich haben am Ende den längeren Atem, nicht du.«

»Na dann«, sagte Bernd.

63

Boris fror in seinem geparkten Wartburg, obwohl er von Zeit zu Zeit den Motor für ein paar Minuten laufen ließ. Es war kurz vor achtzehn Uhr, erbärmlich kalt und allmählich dunkel. Die Zigaretten, die Boris kettenweise rauchte, verbreiteten nicht einmal die Einbildung von Wärme, nur den Gestank von erkaltetem Qualm. Im Radio meldete der RIAS viertelstündlich Staus auf der Stadtautobahn, vor allem vor der Ausfahrt Halensee. Dazwischen schrille Musik und schräge Sprüche, beides ging Boris heute auf die Nerven, aber er wollte Geräusche um sich, keine Stille.

Boris wußte, daß Nina normalerweise erst um achtzehn Uhr aus der Klinik kam, dennoch wartete er seit kurz nach sechzehn Uhr dreißig gegenüber dem Ausgang, wo er nach ein paar Runden um den Block einen Parkplatz gefunden hatte. Er hatte sich seither nicht mehr vom Fleck gerührt und sorgfältig beobachtet, ob er beobachtet wurde.

Als Nina aus der Klinik kam, sprang Boris auf sie zu und zog sie ins Auto.

»Was ist denn?« fragte sie, mehr verärgert als verwundert.

Boris fuhr los.

»Jetzt ist es doch noch passiert«, stieß er hervor, »jetzt haben sie mir doch noch einen Strick daraus gedreht.«

»Welchen Strick aus was?«

»Aus Alex.«

»Boris, bitte fahr nicht so hektisch und erklär mir sofort, was los ist.«

Boris trat hektisch auf die Bremse, obwohl die Ampel an der Ecke Friedrichstraße gerade erst im Begriff war, auf Gelb umzuspringen. Hinter dem Wartburg quietschten Bremsen und Reifen. Auf der anderen Straßenseite war der neue Friedrichstadtpalast hell erleuchtet, drinnen stand eine kleine Menschenschlange vor der Abendkasse.

»Genosse Bergmann«, sagte Boris. »Heute um fünfzehn Uhr wurde ich zu ihm gerufen. Kühle Begrüßung schon durch seine Vorzimmer-Thusnelda, kein Kaffee diesmal, der Genosse blieb sitzen, ich blieb stehen.«

Boris fuhr bei Grün weiter, bog links ab Richtung zu Hause. »Herr Bobrowski, sagt er zu mir, nicht Kollege Bobrowski, nein, Herr Bobrowski, sagt er, wir können Sie leider nicht halten. Die Entscheidung kommt von weiter oben, wir brauchen nicht darüber zu diskutieren.«

»Was heißt das?« fragte Nina.

»Das habe ich ihn auch gefragt: Was heißt das? Auf den alten Posten zurück? So einfach ist es nicht, sagt er. In Ihrer Situation muß man ein paar Schritte weiter zurücktreten und sich neu bewähren. Sie werden Ihre neue Verwendung in Kürze erfahren. Und schon war ich wieder draußen.«

Nina schwieg.

Was sollte sie jetzt sagen? Da hast du deine DDR, hätte sie sagen können. Hast es ja nie wahrhaben wollen. Hast ja immer gedacht, das machen sie nur mit denen, die es nicht anders verdient haben.

»Verdammt, warum sagst du nichts?« rief Boris und gab so plötzlich Gas, daß die Reifen des Wartburg auf dem glitschigen Pflaster der Wilhelm-Pieck-Straße durchdrehten.

»Ich finde es ungerecht«, sagte Nina. »Du warst zwar nie ein bedeutender Marxist, aber immer loyal. Wenn du wenigstens mal den Mund aufgemacht hättest, könnte man sagen, du hättest es dir selbst eingebrockt. Aber so?«

Boris schaute zu Nina hinüber, um sich zu vergewissern, wie sie es gemeint hätte. Nina sah unbewegten Gesichts geradeaus.

Zu Hause schaltete Nina, wie gewohnt, sofort den Fernseher ein, zwei Mainzelmännchen plärrten aus der Röhre, Boris schaltete schnell wieder aus.

»Sei doch nicht so nervös«, bat Nina.

»Du hast gut reden.«

»Wenn der Fernseher läuft, können sie uns nicht so leicht abhören.«

Boris erstarrte: »Abhören?«

»Abhören«, bestätigte Nina gelassen.

Sie war jetzt gehässig. Nein, sie wünschte ihrem Mann keinen Karriereknick, das machte ihn ängstlich und unleidlich und ging außerdem ans Portemonnaie. Aber es bereitete ihr ein heimliches Vergnügen, daß er so aus allen Wolken fiel.

»Meinst du wirklich...«, fragte Boris zögernd.

»Möglich immerhin«, erwiderte sie.

»Aber so kleinen Lichtern wie uns bauen sie doch im Leben keine Wanze ein. Da hätten sie aber viel zu tun.«

»Wir sind jetzt Staatsfeinde, vergiß das nicht.«

Nina ging in die Küche und bereitete, wie gewohnt, das Abendessen vor. Brot, Aufschnitt, Käse, ein Bier für Boris, schwarzen Tee für sich selbst. Sie aßen schweigend, buchstäblich ohne ein Wort. Danach schlug Boris vor, bei einem Spaziergang die Sache zu besprechen. Es hatte zu nieseln begonnen, so entschieden sie sich für eine Spazierfahrt im Auto. Nina hätte beinahe daran erinnert, daß man Wanzen auch in Autos einbauen könne, aber sie wollte es nicht auf die Spitze treiben.

»Was soll ich machen?« fragte Boris.

»Was Bergmann gesagt hat: dich neu bewähren.«

»Wie lange?«

»Das weiß nur die Partei.«

Boris fuhr die Dimitroffstraße entlang, vorbei am Ernst-Thälmann-Park. Er hatte kein Ziel, wollte nur unbehelligt reden.

»Die müssen doch berücksichtigen, daß Alex für sich selbst verantwortlich ist und daß ich mir nichts habe zuschulden kommen lassen. Gut, ein paar lose Sprüche im Suff, zum Beispiel damals in Bulgarien. Ich weiß übrigens bis heute nicht, wie sie davon Wind bekommen haben. Aber das war ja längst vergeben und vergessen. Ich habe mich seither auch immer zusammengerissen.

Keine Westkontakte mehr aufgenommen, seitdem ich Geheimnisträger bin. Mein Gott, wie viele halten sich nicht daran! Laden munter ihre Westverwandtschaft ein, lassen sie bloß den Mercedes drei Ecken weiter parken, damit die Nachbarn nichts merken. Nichts dergleichen habe ich gemacht. Das müssen die doch mal berücksichtigen!«

»Weißt du, Boris«, sagte Nina, »du bist ein ziemliches Arschloch.«

Boris bremste so hektisch wie schon vorhin am Friedrichstadtpalast, diesmal war es an der Karl-Marx-Allee, gar nicht weit von der Wohnung der Oma.

»Ich hör' wohl nicht richtig!« fragte Boris.

Nina holte tief Luft: »Präziser gesagt, bist du ein kleines Arschloch. Die großen haben wenigstens begriffen, daß man nicht mitlaufen darf, sondern vorneweglaufen muß. Das ist übrigens nicht nur bei uns so, sondern überall. Die kleinen wie du denken immer, wenn sie nicht auffallen, können sie heimlich die anderen überholen. Aber das funktioniert nie. Du gehörst nicht zur führenden Klasse, verstehst du? Du bist nur zweite Wahl. Du wirst noch nicht einmal in einem Schauprozeß als Revisionist verdammt und postum rehabilitiert, du wirst einfach bloß zurückgeschubst und darfst dich neu bewähren.«

Boris trödelte jetzt irgendeine Straße entlang und dachte nach.

»Was würdest du an meiner Stelle tun?« fragte er schließlich.

Ninas Antwort kam prompt: »Ich würde es anderswo probieren, denn schlechter als hier kann es nicht werden.«

Boris antwortete erst nach ungefähr zehn Sekunden: »Ist das dein Ernst?«

»Mir ist heute nicht zum Spaßen, auch wenn es manchmal so klingt.«

Sie fuhren unter einer Bahnunterführung hindurch, an der Kreuzung dahinter wußte Boris nicht, ob er rechts oder links abbiegen solle.

»Links geht es nach Rummelsburg«, bemerkte Nina.

Boris bog nach rechts ab.

»Wenn du aber in der DDR bleiben willst«, sagte Nina, »dann hast du jetzt wenigstens einen Vorteil: Du bist nicht mehr Geheimnisträger und darfst in ein paar Jahren wieder Westkontakte haben.«

»Scheißspiel!« sagte Boris gereizt.

64

»Nachdem Alex verurteilt war«, erzählte mir Birgit heute, ein halbes Jahr danach, »ging es mir zunächst richtig gut.«

»Keine Sehnsucht?« fragte ich.

»Andy!« sagte sie mit Vorwurf in Stimme und Blick. »Logisch hatte ich Sehnsucht. Jeden Tag, jede Nacht. Aber irgendwie waren plötzlich auch klare Verhältnisse. Ich mußte nicht mehr jeden Tag überlegen, was ich tun sollte.«

Wir haben Hochsommer und seit Tagen heißes, trokkenes Wetter, wie es sich eigentlich um diese Zeit auch gehört. Da Birgit immer erst abends kellnert, fuhren wir heute zum Wannsee.

Wir nahmen die S-Bahn. Das macht wieder Spaß, seitdem sie nicht mehr von der DDR-Reichsbahn herabgewirtschaftet, sondern von der Westberliner BVG aufgemöbelt wird.

Ich war noch nie am Wannsee, Birgit auch nicht: »Ein anständiger Mensch fährt nicht mit der S-Bahn, haben meine Eltern immer gesagt, und mit dem Bus war mir's zu umständlich.«

Die schnurgerade Fahrt durch den Grunewald, entlang der AVUS, ist nicht aufregend, eher beschaulich. Die altmodischen gelb-roten Wagen, die messingnen Türgriffe, die von vielen Hosenböden polierten Holzbänke, der merkwürdige achteckige Bahnhof Wannsee mit seiner Klinkerfassade geben einen nostalgischen Hauch der zwanziger Jahre.

Das Strandbad Wannsee war, trotz des Werktags, mehr als gut besucht. Alles Studenten, dachte ich. Oder Journalisten? Oder andere Arbeitslose?

In der Badehose fiel mir wieder auf, daß ich endich abnehmen muß. Birgit im Bikini zog viele Blicke auf sich. Mein lieber Alex, dachte ich, wenn du erst mal rauskommst und rüberkommst, bist du wirklich zu beneiden.

Wir rösteten in der Sonne, kühlten uns zwischendurch im Wasser ab, aßen mittags eine Currywurst.

»Diese Karin, die du immer in Ost-Berlin triffst«, fragte mich Birgit, »was will die eigentlich von dir?«

»Keine Ahnung«, antwortete ich.

Ich weiß es wirklich nicht. Trotzdem treffe ich sie immer noch, so oft ich drüben bin. Wir gehen essen oder ins Kino, manchmal ins Theater, meistens danach zu ihr nach Hause. Natürlich nie länger als bis 23 Uhr. Anderswo muß man vielleicht um diese Zeit das Nest verlassen, weil bald der Ehemann von der Spätschicht kommt. In Ost-Berlin ist es profaner, da muß man vor Mitternacht an der Grenze sein. Birgit kennt das ja.

»Ich denke immer noch manchmal«, sagte ich, »daß Karin von der Staatssicherheit auf mich angesetzt ist.

Weil ich als Journalist in Ost-Berlin herumschnüffele. Und weil ich in deine Geschichte involviert bin. Aber dann denke ich wieder, wie blödsinnig es wäre, auf mich kleines Licht eine so qualifizierte Mitarbeiterin zu verschwenden.«

»Ist sie qualifiziert?«

»Oh, ja«, sagte ich.

»Wahrscheinlich ist sie an den anderen Abenden auf andere Zielpersonen angesetzt«, vermutete Birgit. »Immer bis dreiundzwanzig Uhr.«

Ich lachte, aber gestand mir gleichzeitig ein, daß mir diese Vorstellung nicht recht war. Karin mochte unehrliche oder ehrliche Absichten haben, das war im Augenblick nicht herauszukriegen, aber sie sollte sie bitte nur mit mir haben.

»Mir ist der Zustand ganz lieb«, erwiderte ich ausweichend, »ich kann zur Zeit keine feste, tägliche Beziehung brauchen.«

Im Anschluß an die Currywurst hatte Birgit zu Zwekken der Bräunung ihr Bikinioberteil abgelegt, die Blicke aus unserem Umkreis wurden bohrender. Sie beneiden mich, diese Kerle, dachte ich; wenn sie wüßten, daß sie den Falschen beneiden.

Birgit schlief ein wenig, die Kellnerei bis in den frühen Morgen ermüdete sie bisweilen sehr. Ich deckte sie nach einer Weile zu, weil sich die Haut zu röten begann; die Kerle warfen mir böse Blicke zu.

»Du sagst, du hättest damals plötzlich klare Verhältnisse gehabt«, fragte ich, als Birgit aufgewacht war, »inwiefern klare Verhältnisse?«

»Ganz einfach. Ich wußte, jetzt würde ich warten, bis er kommt. Ich konnte nun alle meine Sachen in Ruhe machen. Das Abi zum Beispiel. Mußte in keine Disco, was sollte ich dort ohne ihn? Mußte nicht mehr mitmachen bei den ganzen postpubertären Paarungsritualen. Hab' mich einfach für tabu erklärt. Mußte ein paar Zudringlichkeiten abwehren, aber dann war's akzeptiert. Manche haben mich Zicke genannt, das war mir recht, andere hatten echt Hochachtung, das war mir egal. Es begann eine herrliche Zeit.«

»Und warum dann die Aktion auf dem Alex?«

»Das weiß ich heute nicht mehr«, antwortete Birgit. »Heute weiß ich, daß man so eine Sache nicht mit so was beschleunigt.«

Wir fuhren nachmittags gegen vier mit der S-Bahn zurück, damit Birgit rechtzeitig in ihre Kneipe kam.

Ich sitze an der Maschine, um die Geschichte der »machtvollen Manifestation« auf dem Alex zu formulieren. Wir haben so oft darüber gesprochen, daß ich vielleicht inzwischen besser als Birgit weiß, wie und warum sie damals die Aktion unternommen hat.

65

Die Idee kam von Oma.

»Warum demonstrierst du nicht mal?« fragte sie Birgit, die in der Sofaecke saß und strickte. Birgit strickte neuerdings.

»Demonstrieren wogegen?« fragte sie.

»Nicht wogegen. Wofür! Für Alex. Ihr demonstriert doch da drüben alle naslang. Gegen alles und nichts. Nun demonstrier du doch mal für was Vernünftiges. Für daß Alex freikommt.«

Birgit schüttelte den Kopf: »Das bringt doch nix. Das nehmen die doch hier gar nicht zur Kenntnis, wenn ich drüben für Alex demonstriere.«

»Dann mußt du's eben hier machen.«

Birgit bekam die Idee nicht sofort in den Kopf hinein. Sie strickte ein paar Maschen weiter, ließ dann die Nadeln sinken und rief: »Hiiier?«

»Warum nicht? Hier in unserer Hauptstadt fällt es wenigstens noch auf.«

Birgit konnte so schnell nichts damit anfangen und schützte einen blödsinnigen Einwand vor: »Das würden sie mir nie genehmigen.«

Die Oma fiel fast darauf herein, ließ sich aber doch nicht ins Bockshorn jagen: »Du mußt die Genehmigung eben nachträglich einholen«, sagte sie augenzwinkernd. »Aber mal im Ernst, du kannst doch nicht einfach nichts tun.«

In den folgenden Tagen befaßte sich Birgit mit dem Gedanken. Sie wagte nicht, ihn mit anderen als der Oma zu besprechen, weil sie gewiß war, daß ihr jeder abraten würde. Was sollte sie denn schon erreichen mit einer solchen Demonstration? Daß sich die DDR von Birgit Bärwald unter Druck gesetzt fühlte? Sie werden mich festnehmen und rausschmeißen und nicht wieder reinlassen, dachte sie. Das ist alles.

Dennoch ließ sie der Gedanke nicht los. Es gab Augenblicke, in denen sie sich beinahe euphorisch ausmalte, die ganze Welt, die westliche wenigstens, verfolge am Fernseher ihren Protest und der amerikanische Präsident frage im Kreml nach, was denn da wieder für ein Menschenrecht verletzt worden sei. Im nächsten Moment sah sie sich ruckzuck von Stasi-Fritzen überwältigt und schmählich-geräuschlos über Bahnhof Friedrichstraße abgeschoben. Dennoch...

Der Gedanke war wie ein Virus.

Birgit begann zu planen. Beim nächsten Besuch Ost-Berlins fuhr sie, mit der S-Bahn, zum erstenmal nach

Rummelsburg. Sie hatte seit Alex' Festnahme diesen Ort seiner Einkerkerung gemieden, weil sie nicht wußte, wie sie auf den Anblick reagieren würde. Die genaue Lage der Strafanstalt an der Rummelsburger Hauptstraße hatte sie nur in einem West-Stadtplan gefunden, der Ost-Stadtplan enthielt keine Angabe über die Nutzung des Geländes. Nun fuhr sie also hin, sieben Stationen ab Friedrichstraße, dann ein paar hundert Meter Fußweg. Sie war die einzige Fußgängerin auf der Hauptstraße, Autos polterten, Straßenbahnen dröhnten vorbei.

Die Strafanstalt. Eine weiße Mauer, dahinter rote Backsteinbauten, vier Stockwerke hoch, vergitterte Fenster. Birgit ging so langsam, wie sie meinte, gehen zu können, ohne aufzufallen. Aus den Augenwinkeln beobachtete sie die Fenster. Kein Gesicht war zu sehen. Sie machte kehrt und ließ noch einmal den Blick zu den Gittern wandern. Erst jetzt wurde ihr bewußt, wie nah sie Alex war. So nah wie nie seit mehr als fünf Monaten. Wenn er jetzt zufällig aus seinem vergitterten Fenster schaute...

Wenn sie hier demonstrierte, war eine kleine Chance, daß er darauf aufmerksam wurde. Aber ansonsten würde es niemand wahrnehmen in dieser trostlos unbelebten Straße.

Birgit fuhr zurück ins Zentrum und prüfte weitere Schauplätze. Vor dem Gebäude des Zentralkomitees der SED am Werderschen Markt hätte eine Demonstration hohen Symbolwert gehabt, aber dort war, fast wie in Rummelsburg, so wenig Leben, daß die Aktion unbeachtet erstickt werden konnte. Vor der Neuen Wache Unter den Linden sammelten sich zur Wachablösung immer zahlreiche Touristen, die die Neuigkeit vor allem in den Westen tragen konnten. Aber Birgit wurde die

Vorstellung nicht los, daß die stechschreitenden Soldaten, abweichend vom Zeremoniell, flugs ihre Waffen gegen sie kehrten. Den Palast der Republik hielt sie für ungeeignet, weil man ihr dort bereits an der Eingangstür das Transparent entwinden konnte, das sie zur Verdeutlichung ihres Anliegens zweifellos brauchte.

Auf dem Alex stand Birgit sehr lange und beobachtete Passanten. Aus dem S-Bahnhof Alexanderplatz kamen jetzt, am späten Nachmittag, in kurzen Intervallen schubweise Menschen und strebten zum Kaufhaus oder zur Buchhandlung oder zum Intershop im Hotel »Stadt Berlin« oder zur Unterführung, durch die man zum Reisebüro, zum Polizeipräsidium und verschiedenen Verkaufseinrichtungen kam. Hier am Alex würden, wenn man es nicht zu ungeschickt anging, ein paar Dutzend Menschen die Demonstration wahrnehmen. Wenn man nicht gleich festgenommen wurde, sondern einige Minuten unbehelligt blieb, konnten sogar ein paar hundert Menschen von dem Vorfall Notiz nehmen.

Birgit bemerkte, daß trotz des ungemütlichen Frühlingswetters einige jüngere Männer auf dem Alex standen und, gleich ihr, unauffällig die Passanten beobachteten. Ob das wohl die »Kämpfer an der unsichtbaren Front« waren, wie man in der DDR die Mitarbeiter der Staatssicherheit nannte? Am Alex, wußte Birgit, hatte es schon manches Mal Zwischenfälle gegeben, auch handgreifliche Auseinandersetzungen mit der Polizei, einmal sollten sogar Beamte ums Leben gekommen sein. Darüber las man ja nichts in DDR-Zeitungen, man erfuhr nur Vages aus westlichen Medien. Es schien aber nicht abwegig, daß der Alex sich besonderer Fürsorge besagter Kämpfer erfreute.

»Ich mach' das trotzdem hier«, sagte Birgit leise zu sich selbst. »Hier sieht's wenigstens jemand.«

Der Gedanke, es nicht zu machen, weder hier noch anderswo in der Stadt, kam ihr zu diesem Zeitpunkt gar nicht mehr.

»Was schreiben wir denn drauf?« fragte die Oma.

»Das habe ich mir schon überlegt: Freiheit für Alexander Bobrowski.«

»Das ist aber lang«, wandte die Oma ein, »da brauchst du ein großes Transparent.«

»Ich kann ja klein schreiben.«

»Dann kann es keiner lesen.«

»Auch richtig. Dann kürze ich ab: A. Bobrowski.«

»Welche Farbe?« fragte die Oma. »Weiß auf rot, wie bei uns üblich?«

»Nein, dann sieht es aus wie eine genehmigte DDR-Demo, und dann liest es keiner.«

»Schwarz-rot-gold?«

»Zu kompliziert. Lila auf normalem Packpapier.«

»Gut«, sagte die Oma, »ich besorge Packpapier, du bringst die Farbe mit. Denn wenn ich sie besorgen soll, ist Alex vielleicht schon frei, ehe ich die Farbe erwische.«

»Weißt du eigentlich«, fragte Birgit, »daß du dich auch strafbar machst?« Die Oma nickte.

Am Tag ihrer Demonstration war Birgit nervöser, als sie zuvor gedacht hatte. Am Vortag hatte sie eine Spraydose mit lila Farbe gekauft, seither überlegte sie, womit sie die Einfuhr dieser Dose in die Hauptstadt der DDR begründen solle, wenn sie danach gefragt würde. Für einen Trabbi konnte die Farbe kaum sein, lila Trabbis waren mehr als selten. Für ein Fahrrad? Für den Zaun einer Datsche? Nach und nach fielen Birgit hundert Antworten ein, unter anderem diese: Ich weiß es nicht, ich soll die Farbe einfach nur mitbringen.

Bei der Einreise über den Bahnhof Friedrichstraße wurde Birgit überhaupt nicht nach der Farbdose gefragt.

Die Oma hatte Packpapier auf dem Fußboden ausgerollt. Doppelt, weil sie fürchtete, daß sonst die Farbe auf ihren Teppichboden durchdringe. Erst mal setzte sie jedoch Kaffeewasser auf, und als der Kaffee fertig war, stellte sie das bewährte Schnäpschen daneben.

»Vielleicht sehen wir uns ja nie wieder«, sagte die Oma.

Birgit hatte über die Möglichkeit schon nachgedacht. Sie selbst würde man nach der heutigen Aktion bestimmt nicht wieder einreisen lassen. Sie durfte unter keinen Umständen die Mitwisserschaft der Oma verraten, sonst war es mit deren Westbesuchen vermutlich ebenfalls aus.

»Wenn sie dich nicht mehr rauslassen«, sagte Birgit, »dann mußt du dich bloß sterbenskrank stellen, dann schicken sie dich zur Behandlung zu uns.«

»Gute Idee«, fand die Oma.

Beim erstenmal sprühte Birgit:

FREIHEIT
FÜR
A. BOBROWSKI!

Aber das Ausrufezeichen paßte kaum mehr aufs Papier.

FREIHEIT
FÜR A.
BOBROWSKI!

sah nicht schön aus.

Beim drittenmal legte Birgit das Packpapier quer und sprühte:

FREIHEIT FÜR
A. BOBROWSKI!

So ging es.

Die beiden Fehlversuche mußten, da es keine Ofenheizung gab, in ganz kleinen Schnipseln verbrannt werden, die Asche kam ins Klo.

Birgit rollte ihr Transparent zusammen. Es wirkte wirklich sehr unauffällig, man konnte in der Rolle einen zum Verschicken vorgesehenen Kunstdruck oder etwas Ähnliches vermuten, aber kaum etwas Staatsfeindliches.

Die Oma und Birgit umarmten sich stumm. Ehe Tränen aufstiegen, lief Birgit rasch die Treppen hinunter. Den Aufzug mied sie diesmal.

66

Das Zittern begann erst, als Birgit ihr Transparent entrollte.

Eine gute Stunde lang war sie um den S-Bahnhof Alexanderplatz gestrichen, die Packpapierrolle unterm Arm, und hatte sich einzureden versucht, sie warte nur auf den Moment mit dem dichtesten Menschenstrom, während sie in Wahrheit entsetzliche Angst hatte. Denn mit einem Mal sah sie sich nicht mehr nur festgenommen und abgeschoben, sondern in U-Haft genommen und ein paar Monate später vor Gericht gestellt. Aus mit dem Abitur, jedenfalls für dieses Jahr! Und kein Studium ab Wintersemester.

In der letzten halben Stunde hatte Birgit dann ganz gezielt ihren Kleinmut bekämpft: Abi! Das hat auch noch ein Jahr Zeit. Hier geht's um Größeres. Was Alex aushält, halte ich auch aus. Was gäbe es Schöneres, hatte sie sogar sekundenlang gedacht, als daß wir beide für unsere Sache eingesperrt wären? Für unsere Sache!

Birgit entrollte ihr Transparent und hielt es hoch.

Das Papier zitterte.

Zwei junge Männer blieben stehen: »A. Bobrowski, wer is'n det? Kenn ick den?«

»Mein Freund«, antwortete Birgit trotz zugeschnürter Kehle.

»Und wo sitzt der ein? In Nicaragua?«

»Nee. Hier.«

»Ach so. Und warum?«

»Fluchtversuch.«

»Schön blöd.«

Die beiden gingen weiter.

Andere waren inzwischen stehengeblieben, fast zwei Dutzend, jeden Alters und beiden Geschlechts.

»Mensch, nimm das Ding weg!« raunte eine junge Frau, »hier ist doch alles voll Stasi.«

Birgit hielt das Transparent so hoch sie konnte und rief so laut sie konnte: »Freiheit für Alex!«

Sie fand ihre Stimme piepsig und angstvoll.

Jemand ergriff ihr linkes Handgelenk, jemand anderes entriß ihr das Transparent und knüllte es zusammen. Sie schaute in zwei Gesichter, zwei Paar Augen schauten zurück, ohne Emotion, ohne Eifer, ohne Haß.

Sie blickte zu den zwei Dutzend Passanten. Sie dachte: Warum tut ihr nichts? Warum helft ihr mir nicht? Die Hälfte der Passanten wandte sich bereits ab, die andere Hälfte sah regungslos zu.

»Macht doch was!« schrie Birgit. »Ihr könnt euch doch nicht alles gefallen lassen!«

Eine Hand verschloß ihren Mund.

Es waren nur wenige Schritte zu dem Auto, in das sie gezerrt wurde. Ein ziviles Auto, sah sie gerade noch. Na ja, da wußte man Bescheid.

Das Geschäftsmäßige war es, was Birgit am meisten auf die Nerven ging. Sie war doch aufgeregt über das, was sie getan hatte. Aber die anderen machten nur Dienst.

»Ziehen Sie sich bitte aus!«

Dieser gleichgültige Tonfall! Ausziehen war ja nichts Alltägliches, jedenfalls nicht vor fremden Augen. Einen Moment lang dachte Birgit daran, wie schön es war, sich vor Alex' Augen auszuziehen. Dann schaute sie die Beamtin, von der die Aufforderung gekommen war, mit größtmöglicher Verachtung an: Du mit deiner Brauereigaulfigur in deiner viel zu engen Uniform! Sie zog sich gemächlich aus und war dabei ganz sicher, mit Neid betrachtet zu werden.

»Die Unterwäsche auch.«

Birgit folgte.

»Warten Sie.«

Es dauerte eine halbe Stunde, es war ungemütlich kühl, aber Birgit wagte nicht, ein Kleidungsstück überzustreifen. Sie suchen einen Vorwand, dachte sie, aber ich werde ihnen keinen liefern. Ihr wollt mich wegen Kleinigkeiten niedermachen können, aber ich werde euch keine Chance geben. Das bißchen Erkältung stecke ich weg!

»Bitte ziehen Sie sich an und folgen Sie mir.«

Das Vernehmungszimmer war so kahl, wie man es aus vielen Kinofilmen kannte. Wahrscheinlich war es wirklich weltweit die beste Anordnung im Sinne der Vernehmenden: ein verlorener Schemel in der Mitte des Raums, ohne Lehne zum Ausruhen der Rückenmuskeln, davor ein Schreibtisch wie eine bedrohliche Festung, eine Lampe wie ein Zielscheinwerfer auf das Abschußobjekt gerichtet, gleichzeitig penetrant blendend und das Gesicht des Verhörers deckend, an der

Wand die Symbole der Macht, das Porträt eines Staatsmanns, so daß man wußte, daß man es nicht mit irgendwem zu tun hatte.

Birgit nannte Namen, Geburtstag und -ort, Anschrift, Beruf. »Sind wir hier in der Normannenstraße?« fragte sie.

Sie wußte, wie jeder, der sich in der Hauptstadt der DDR ein wenig auskannte, daß dort die Staatssicherheit war.

»Die Fragen stelle ich. Wer ist A. Bobrowski?«

»Mein Verlobter. Alexander Bobrowski. Sitzt in Rummelsburg. Fluchtversuch an der Mauer. November letzten Jahres. Prozeß im Februar. Vier Jahre.«

»Na, das geht ja sehr flüssig«, lobte der Verhörer.

»Damit Sie nicht soviel Arbeit haben«, sagte Birgit.

Auch der Verhörer war wie im Film. Er war mittleren Alters und mittlerer Statur, sprach weder Sächsisch noch Berlinerisch, sondern etwas dazwischen, und hatte keinerlei besondere Merkmale.

»Wo haben Sie das Transparent angefertigt?«

»In einer Bahnhofstoilette.«

»In welcher?«

»In der Damentoilette.«

»Wo, will ich wissen.«

»Ich weiß es nicht. Aber vielleicht würde ich sie noch mal finden.«

»Woher stammt das Papier?«

»Aus dem Kaufhaus am Alex. Es gab welches.«

Der Verhörer lächelte nicht.

»Woher stammt die Farbe?«

»Aus einem Kaufhaus im Wedding. Es gab welche.«

Der Verhörer zog die Augenbrauen zusammen, als wolle er sich weitere kesse Sprüche unausgesprochen verbitten.

»Wo ist die Spraydose?«

Aufpassen! dachte Birgit. Sie durfte keinen Ort nennen, an dem man die Dose finden können mußte, wenn sie tatsächlich dort weggeworfen worden war. Keinen Papierkorb. Keinen Vorgarten.

»Ich habe sie in die Spree geworfen.«

»Schlecht gelogen«, sagte der Verhörer, »eine Spraydose geht nämlich nicht unter.«

Birgit dachte für einen Sekundenbruchteil: Haben sie sie etwa aus der Spree gefischt? Dann fiel ihr ein, daß sie sie ja gar nicht in die Spree geworfen hatte.

»Sie geht nicht unter«, bestätigte sie, »aber sie schwimmt davon. Nach West-Berlin.«

»Wer hat Ihnen geholfen?« fragte der Verhörer.

»Niemand. Ich kann allein schreiben.«

Er schlug krachend mit der Faust auf den Tisch: »Jetzt ist aber Schluß mit den Faxen! Sie sind hier nicht beim Klassenlehrer, weil Sie mit Kreide geschmissen haben. Hier geht es um ernstere Dinge.«

Birgit erschrak. Wenn sie in den nächsten vierundzwanzig Stunden herauswollte aus der Angelegenheit, mußte sie wohl um einige Zähne zurückdrehen.

»Entschuldigung«, sagte sie.

»Waren Sie heute bei dem Ehepaar Boris und Nina Bobrowski?«

»Nein.« Birgit überlegte, ob sie mehr dazu sagen dürfe, dann sagte sie: »Die dürfen mich ja gar nicht mehr sehen.«

»Waren Sie heute bei der Großmutter dieses Alexander Bobrowski?«

»Nein«, sagte Birgit schnell und überlegte. ob sie wirklich niemand beim Kommen oder Gehen gesehen hatte. »Nein«, sagte sie noch mal, »und ich hätte die alte Frau auch nie in so was reingezogen.«

»Haben Sie in Abstimmung mit irgendwelchen Personen in der DDR gehandelt?«

»Nein«, konnte Birgit ohne Zögern sagen.

»In Abstimmung mit Personen oder Organisationen in Berlin (West) oder der BRD?«

»Nein, nein, nein! Ich hab' alles allein gemacht.«

Nach einer halben Stunde hatte Birgit das Gefühl, daß sich der Verhörer nicht länger für sie interessierte. Seine Fragen waren nicht mehr bohrend, sein Gesichtsausdruck müde, zeitweilig abwesend. Wahrscheinlich, dachte Birgit, ist bald Schichtwechsel. Was für ein trostloser Job, überlegte sie, kleine Fische wie mich auszuquetschen, anstatt große Staatsfeinde zu überführen. Und ein kleiner Fisch war sie. Zwei Dutzend Menschen hatten ihre Aktion gesehen, wie viele davon sie wirklich wahrgenommen hatten, war eine andere Frage. Hatte jemand sich den Namen A. Bobrowski gemerkt? Und wenn ja: Würde irgend jemand diesen Namen weitertragen, so daß man fragte, wer das denn sei und was er verbrochen habe?

Der Verhörer drückte, wie im Kino, auf einen Klingelknopf und übergab Birgit der Beamtin von vorhin, die sie in einen kahlen, engen, fensterlosen Raum führte. Birgit hatte noch nie derartige Einrichtungen besucht und war eher neugierig denn verängstigt. Sie hätte gern gewußt, wo sie sich befand. Sie versuchte, Geräusche zu erfassen und zu identifizieren. Ein Rumpeln wie von eisernen Rädern fiel ihr in Abständen auf. Sie hatte es während des Verhörs nicht wahrgenommen, was aber nicht besagen mußte, daß es nicht dagewesen war. Während der Autofahrt hatte sie vor Aufregung die Augen zugemacht. Ganz dumm! Als Mata Hari ungeeignet. Die Fahrt hatte nicht sehr lange gedauert. Vielleicht vom Alex bis zum Bahnhof Friedrichstraße?

Bin ich so eine kleine Nummer, dachte Birgit, daß sie mich nicht mal zur Normannenstraße bringen, sondern gleich zum Grenzübergang? Das bedeutete, wenn es so war, rasche Abschiebung. Aber auch Scheitern der Aktion durch einfaches Ignoriertwerden.

Nach Stunden des Wartens sah Birgit auf ihre Uhr und stellte erst dadurch fest, daß man sie ihr nicht abgenommen hatte. Es war kurz vor Mitternacht, Birgit dachte: Ich muß doch rüber, das Tagesvisum läuft ab.

Um ein Uhr dachte sie an ihre Eltern und deren Beunruhigung. Die war nun aber nicht aufzuhalten.

Um halb drei wurde Birgit abgeschoben. Wortlos. Eine neue Beamtin, es mußte wohl Schichtwechsel gewesen sein, führte sie über nächtlich ausgestorbene Korridore und Treppen zum Bahnsteig, wo sie lange auf die nächste S-Bahn warten mußte.

Als sie über die Grenze beim Reichstag fuhr, den man im Dunkeln nur ahnen konnte, heulte Birgit los.

67

»Festgenommen wurde auf dem Ostberliner Alexanderplatz eine junge Westberlinerin«, las Birgit in der Zeitung, »als sie ein Transparent mit der Aufschrift ›Freiheit für A. Borowski!‹ entrollte. Beamte der Staatssicherheit in Zivil entrissen ihr das Transparent und führten sie ab.«

Mensch, das war ich! Birgit war elektrisiert: Das ist meine Meldung! Also hatte es doch jemand weitergesagt, einer von den zwei Dutzend Passanten vorgestern abend, die es beobachtet hatten. Seit ihrer Rückkehr aus Ost-Berlin hatte Birgit alle Westberliner Zeitungen

Zeile für Zeile nach »ihrer« Meldung durchforstet. Nun stand sie endlich drin! Nun mußte ja irgend jemand auf den Fall aufmerksam werden! Schade nur, daß sie den Namen falsch wiedergegeben hatten: A. Borowski. Aber die es anging, würden schon genau wissen, wer gemeint war.

Birgit war nach der Zeitungslektüre in ausgesprochener Hochstimmung. Vergessen war die heftige Reaktion ihrer Eltern auf die verspätete Rückkehr am frühen Morgen des gestrigen Tages. Sie müsse sich mit demnächst achtzehn Jahren nicht mehr dafür rechtfertigen, hatte Birgit schroff erwidert.

»Wo warst du?« hatte dennoch Bernd Bärwald streng gefragt.

»Bei meinem Freund«, hatte Birgit gelogen.

»Ich denke, der sitzt.«

»Ich rede nicht von Alex.«

»Hast du einen neuen?«

»Das müßte euch doch sehr entgegenkommen, oder?«

»Was ist es für einer?«

»Student. Elektrotechnik. Fünftes Semester. Künftiger Kollege von dir.«

»Wieder in Ost-Berlin?«

»Nein, diesmal nicht.«

Birgit war nicht sicher, ob ihr die Geschichte geglaubt wurde. Im Grunde war es ihr auch egal. Jedenfalls hatte Charlotte gefragt, wie es denn mit der Pille sei. Birgit hatte auf ihre Lügengeschichte noch eins draufgesetzt und ihren Vater gefragt: »Kannst du ihn vielleicht bei Siemens unterbringen?«

»Laß ihn erst mal fertig werden.«

Sollten die Eltern an den »Neuen« glauben und ihn unbedingt kennenlernen wollen, so würde sie sagen: Ich möchte ihn eigentlich nicht mit nach Hause bringen, er ist aus sehr guter Familie.

Birgit schnitt die kurze Meldung aus der Zeitung aus und verwahrte sie sorgfältig in ihrer Schreibtischschublade. Dann zog sie ihren Mantel an und machte sich auf den Weg nach Ost-Berlin. Von Neu-Westend, wo sie jetzt wohnte, fuhr man am besten mit der U-Bahn zum Bahnhof Friedrichstraße, mit Umsteigen am Halleschen Tor. Sie war gespannt, aber nicht nervös.

Vor den Abfertigungsschaltern für die Einreise standen am Nachmittag nicht viele Menschen. Birgit schob ihren Paß durch den schmalen Schlitz, hinter dem ein Grenzer mit dem üblichen unbewegten Gesichtsausdruck arbeitete. Er schaute Birgit kurz an und lächelte ihr flüchtig zu. Fast alle Beamten, die hier Dienst taten, kannten Birgit von ihren ungezählten Einreisen.

Diesmal dauerte die Kontrolle des Passes länger als sonst. Birgit konnte nicht sehen, was der Beamte hinter dem Schalter damit machte, aber in seinem Gesicht las sie Überraschung und Unsicherheit, als dächte er, mit dem Computer könne etwas nicht stimmen, da das Mädchen doch in Ordnung war. Er entschuldigte sich murmelnd und verließ seinen Käfig. Nach ein paar Minuten kehrte er zurück, schob Birgit den Paß hin und schüttelte den Kopf.

»Keine Einreise«, sagte er.

»Warum nicht?« fragte Birgit.

»Das wissen Sie doch. Sollen wir eine große Geschichte daraus machen?«

Birgit steckte ihren Paß ein und kehrte zurück zur U-Bahn. Auf dem Bahnsteig blieb sie lange stehen, ließ einen Zug nach dem anderen ankommen und abfahren, so als wolle sie einfach Ost-Berlin nicht verlassen. Dabei sagte sie sich, daß dieser Bahnsteig tief unter der Friedrichstraße eigentlich kaum etwas mit Ost-Berlin zu tun hatte, daß er nicht einmal von dort aus zugänglich war, sondern nur von West-Berlin aus. Bis hierher konnte sie also zu jeder Stunde ungehindert vordringen, trotz Einreiseverbots. Obwohl ihr das klar war, konnte sie sich nicht lösen.

Eine große Geschichte daraus machen? Genau das hatte sie doch vorgehabt. Alle sollten davon Notiz nehmen, auch der Staatsratsvorsitzende und der Bundeskanzler, möglichst sogar der amerikanische Präsident und der sowjetische Generalsekretär. Kannte nicht alle Welt jenen versponnenen alten Amerikaner, der immer am Checkpoint Charlie für Freiheit und Menschenrechte demonstrierte und gelegentlich mit einer Leiter auf die Mauer kletterte, um den unangreifbaren Beton mit einem untauglichen Hammer zu bearbeiten? Dieses Bild war durch die Zeitungen und Fernsehnachrichten gegangen. Aber wer nahm Notiz von Birgit Bärwald und Alexander Bobrowski? Seinen Namen hatte die Zeitung falsch wiedergegeben, den ihren nicht einmal gewußt.

Was blieb also von der »machtvollen Kundgebung«? Ein Einreiseverbot!

Birgit nahm die U-Bahn nach Wedding, stieg gleich hinter der Grenze aus und lief an der Mauer entlang bis in die Gegend, in der sie bis vor kurzem gewohnt hatte. An der Bernauer Straße stieg sie auf den stählernen Aussichtsturm, von dem aus sie manchmal zu verabredeter Stunde mit Alex über die Mauer hinweg Blicke getauscht hatte.

68

»Ich war verdammt traurig an diesem Tag«, sagt Birgit heute. »Und wütend, daß ich so kopflos gehandelt hatte. So naiv. Öffentliche Aktion! Da mußt du eben vorher dafür sorgen, daß das Fernsehen dabei ist. Und du mußt etwas Spektakuläres machen.«

»Was für eine Aktion hättest du denn deiner Meinung nach machen sollen?« frage ich.

»Ich hätte direkt am Checkpoint Charlie vor den Kameras einen Striptease machen sollen und den Leuten sagen: Guckt euch mal an, was sie dem armen Alex vorenthalten, ist das nicht unmenschlich? So wie ich gebaut bin, hätten das alle gesendet, bis nach Australien. Statt dessen dieses lächerliche Transparent am Alex.«

»Du bist inzwischen ziemlich hartgesotten«, sage ich, »fast zynisch.«

»Kann schon sein.«

Wir haben wieder mal so eine Nacht, in der Birgit, gegen drei Uhr nach Hause gekommen, »ihre« Geschichte, die ich aufgeschrieben habe, liest und mit mir darüber redet. Wir führen überhaupt ein Leben mit manchen eingeschliffenen Gewohnheiten, wie ein altes Ehepaar. Das meiste sind Alltäglichkeiten, praktische Handreichungen, zeitliche Abstimmungen, verabredete Aufgabenteilungen. Aber manchmal unternehmen wir auch Ausflüge oder besuchen Ausstellungen. Theater kommt kaum in Frage, da Birgit fast jeden Abend arbeitet. Besonders schön sind jedoch die Nächte, in denen wir das Geschriebene diskutieren, in der Vergangenheit kramen und die Zukunft ausmalen.

»Anfangs müssen wir bei dir wohnen«, sagt Birgit. »Aber wir werden sofort anfangen, eine eigene Wohnung zu suchen. Du mußt schließlich deine Wohnung wieder für dich haben. Sonst zieht auch keine Freundin zu dir.«

Eine Freundin habe ich im Augenblick nicht, wenn ich von Karin in Ost-Berlin absehe. Eine Freundin, eine neue Frau sollte in meine Wohnung, das ist richtig, die Zeit ohne ernsthafte Bindung wird mir lang. In gewisser Weise ist es wirklich die Anwesenheit Birgits, die mich hindert. Denn bis aufs Bett teilen wir alles, so daß für eine andere Frau erst einmal Platz zu schaffen wäre.

»Ich hätte damals bestimmt noch irgendeine Show abgezogen«, sagt Birgit, »wenn du nicht abgeraten hättest. Aber mir leuchtete ein: Es geht desto reibungsloser, je geräuschloser man es betreibt. Wahrscheinlich wirst du damit recht behalten.«

Ich weiß es nicht.

Ich hatte ja ganz zu Anfang Birgits Vertrauen auch mit dem Argument gewonnen, ich als Journalist könne ihre Geschichte öffentlich machen und damit vielleicht hilfreich sein. Bald jedoch war ich davon abgekommen und hatte mich darauf eingerichtet, alles aufzuschreiben und allenfalls am Ende zu veröffentlichen. Ich weiß nicht, ob das richtig ist. Schließlich kann ich nicht in die Köpfe derer hineinsehen, die für Alex' künftiges Schicksal verantwortlich sind. Wollen sie ihn hart büßen oder nur eine Anstandsfrist absitzen lassen, um ihn so bald wie möglich in den Westen zu verkaufen, da er sich in Undank der Wohltaten seines Staates als unwürdig erwiesen hat? Würden sie, um öffentliche Erörterungen zu vermeiden, einem öffentlichen Druck nachgeben und die Abschiebung beschleunigen? Oder haben sie vor, den scheinbar Unbelehrbaren doch noch zum Sozialismus zu bekehren?

Mir scheint die allbekannte Sensibilität diktatorischer

Regime gegenüber »Einmischung« von außen dafür zu sprechen, daß man Aufsehen vermeiden und die bewährten Wege nutzen sollte. Schließlich ist Alex ein Routinefall.

»Wenn wir ihn geräuschlos herausbringen, wie schon viele vor ihm gekommen sind«, wendet Birgit ein, »dann ist zwar wieder mal ein persönliches Schicksal hübsch in aller Stille geregelt worden. Aber nichts hat sich an den Zuständen geändert. Die Leute werden also auf immer und ewig geräuschlos vorgehen müssen, um die immer und ewig gleichen unerträglichen Zustände zu unterlaufen. Ist das eine Perspektive?«

»Birgit, bitte nicht morgens um vier höhere politische Philosophie!«

»Doch, gerade! Ich hol' dir auch noch einen Whisky.«

Das fehlt mir noch: zur Nachtzeit die Problematik von Henne und Ei zu erörtern. Aber ich kenne Birgit, sie läßt nicht locker, respektiert auch nicht die Müdigkeit eines Oldies von über vierzig Jahren. Also muß ich noch einmal argumentieren.

»Wenn«, sage ich, »alle Verantwortlichen in der Welt, Christen, Marxisten und sonstige Isten, an die moralischen Maßstäbe glaubten, die sie zum Erhalt ihrer Macht öffentlich postulieren, dann müßte ein flammender Appell an die Moral zu einem heftigen Erschrecken in allen Kabinetten und Politbüros und zu einer umgehenden Besserung der Zustände führen.«

»Ach, du Zyniker«, sagt Birgit.

»Ich doch nicht!« widerspreche ich. »Ich glaube felsenfest an das Gute. Ich weiß nur, wie viele nicht daran glauben, und darauf muß ich mich einrichten.«

»Also geräuschlos«, stellt Birgit noch mal fest.

In der Tat liegt vor ihr eine Zeit des Wartens, in der sie nicht viel wird befördern können im »Fall Alex«.

Ich werde hier festhalten, wenn sich etwas Erwähnenswertes ereignet.

69

Ich war bei Nina.

Das heißt, ich wollte Nina und Boris besuchen, weil sich Alex' Fluchtversuch und Festnahme jähren und ich annahm, ein wenig Zuspruch könnte nicht schaden. Ich traf jedoch nicht alle beide an.

Als ich am frühen Abend unangemeldet klingelte, öffnete Nina die Tür und fiel mir sofort um den Hals. Unser Verhältnis ist vertrauensvoll geworden seit jenem Nachmittag, da ich sie bei der Oma kennenlernte, nervös und mißtrauisch wegen des soeben gestellten Ausreiseantrags. Inzwischen haben wir oft und lange miteinander geredet, aber so herzlich wie diesmal war die Begrüßung noch nie gewesen. Ich fand es übrigens nicht unangenehm.

»Komm rein, Andy«, sagte sie. Auch geduzt hatten wir uns bis dato nicht.

Sie schubste mich in eine Sofaecke und bot mir Eierlikör an. Nina trinkt selten, im Unterschied zu Boris, den ich die letzten Male nur noch »unter Strom« erlebte. Eierlikör gilt bei mir noch nicht als Alkohol, aber immerhin: Nina schien in Trinklaune.

»Ich drehe irgendwann durch«, klagte sie.

Ich fragte nicht, ich wußte genug über ihre Situation. Nina und Boris waren inzwischen in ihren jeweiligen Betrieben völlig »abgemeldet«. Boris wurde von jüngeren Kollegen herumkommandiert, die er vor zehn oder zwölf Jahren selbst eingearbeitet hatte. Seine Hoffnung, sie würden ein bißchen solidarisch mit ihm, dem nunmehr Verfemten, sein und seine Lage nicht zu allen möglichen Schikanen ausnutzen, diese Hoffnung hatte er nur eine Woche lang gehegt. Dann hatte er erkannt, daß nicht nur der Mensch im allgemeinen, sondern auch der Kollege von wölfischer Art war. Während also Boris im übertragenen Sinn abgemeldet war, hatte Nina sich tatsächlich bei ihrer Arbeitsstelle abgemeldet, um den Anzüglichkeiten linientreuer Kollegen und Vorgesetzter zu entgehen. In einer privaten Drogerie hatte sie einen, wenn auch schlechtbezahlten, Job als Aushilfsverkäuferin gefunden, bei den Privaten wurde nicht so genau drauf geschaut, ob die Mitarbeiter politisch zuverlässig waren. (Ich weiß sogar von Privaten, denen anderswo nicht mehr tragbare Ausreisewillige geradezu aufgedrängt werden, so daß diese Handwerker oder Geschäftsleute schon fürchten, ihre Betriebe könnten als Nester oppositioneller Elemente verschrien werden.)

Nina und Boris wurden, wie die meisten, jede Woche »einbestellt«, wie das genannt wurde, und intensiv bearbeitet. Wohin sie einbestellt wurden, wollten sie mir nicht sagen, aber sie berichteten, daß man ihnen immer wieder dringend die Rücknahme des Antrags nahelegte, da sie nicht die geringste Chance zur Ausreise hätten.

»Ich drehe bald durch«, sagte Nina noch einmal. »Abend für Abend die Debatten mit Boris. Und immer dreht sich's im Kreise. Er ist immer ein überzeugter DDR-Bürger gewesen, trotz aller Motzerei. So lange sie ihn was werden ließen, war er dafür. Aber seit dem Karriereknick ist er gegen das ganze System. Und das erzählt er mir nun jeden Abend. Vorher lag's für ihn am System, daß er was hatte werden können. Plötzlich liegt's am System, daß er nichts mehr ist.«

»Genau genommen«, sagte ich, »stimmt es ja.«

»Okay, okay! Aber dann muß man auch beide Seiten der Medaille akzeptieren. Das will er aber nicht.«

»Was will er denn?«

»Das weiß er eben nicht. Vor einem halben Jahr schien er wild entschlossen zur Ausreise. Aber ich habe mehr und mehr den Eindruck, er hat nur aus Wut über seine Degradierung den Antrag mit mir unterschrieben. In Wahrheit will er auch nicht in den Westen. Eigentlich will er, daß hier wieder alles wird, wie es vorher war.«

»Also wird er weich?« fragte ich zur Sicherheit nach.

Nina zuckte erst mit den Achseln, aber dann nickte sie langsam.

»Wo ist er denn?« fragte ich in die Pause hinein.

»In Bautzen. Nein, um Gottes willen, nicht im Zuchthaus! Nur zu Hause bei seiner Verwandtschaft. Er müsse mal weg von allem, hat er gesagt. Das möchte ich auch.«

Ich fand mich in einer Lage, in der ich mich nicht wohl fühlte. Ich hätte Nina etwas raten sollen, vielleicht sogar müssen, aber was? Durchhalten? Aufgeben? Wie soll ein »Wessi« einem DDR-Bürger in diese existentielle Entscheidung hineinreden? Schon bei unserer ersten Begegnung war ich in dieser Lage gewesen.

»Es scheint sich ja langfristig zu lockern mit der Reiserei«, sagte ich, »wenigstens mit den Besuchsreisen. Habt ihr keine alte Tante im Westen, die euch mal einladen kann, wenn die Sache mit Alex ausgestanden ist?«

»Nein. Genau genommen, sind Bärwalds die einzigen Westmenschen, die wir kennen. Bärwalds und du.«

»Sie lassen zwar noch kaum mal Ehepaare gemeinsam raus«, spann ich den Gedanken weiter, »aber vielleicht einen von beiden. Irgendwas stricke ich da mal für dich zusammen, irgendeine Einladung zur Taufe oder Beerdigung.«

»Ach so, ich soll allein...?«

Diesmal zuckte ich mit den Achseln.

Warum Nina gerade an dieser Stelle auf Karin zu sprechen kam, weiß ich nicht. Aber sie fragte nach ihr, von der ich ab und zu erzählt hatte.

»Es ist aus mit ihr«, sagte ich.

»Warum denn?«

»Ich hatte immer mehr den Verdacht, die Dame sei mir vom VEB Horch & Guck geschickt worden. Es gab so eine Reihe von Merkwürdigkeiten. Letzte Woche hab' ich's ihr auf den Kopf zu gesagt, da ist sie förmlich explodiert. Mit Heulkrampf und allen Schikanen. Da war ich mir dann sicher.«

Vielleicht hatte ich von Nina Lob für meine Cleverneß erwartet, aber sie schaute mich nur an: »Soso. Hast du sie enttarnt. Ein richtiger James Bond. Aber was ist, wenn das Mädel nur geheiratet werden wollte?«

»Geheiratet?« fragte ich überracht.

»Ja. Viele kommen so nach drüben. Muß ja nicht fürs Leben sein, nur fürs Rüberkommen.«

Ich mußte einige Male schlucken. Ich hatte mich fast schon für einen DDR-Kenner gehalten, hatte auch schon von der Möglichkeit gehört, die Nina beschrieb, war aber im Zusammenhang mit Karin nie auf diesen Gedanken gekommen. Hatte mich zuletzt geradezu in die Überzeugung verrannt, diese Frau sei auf mich angesetzt worden. Ausgerechnet auf mich! Auf Andreas Meyer, der nicht mal ein Springer-Mann war, bloß ein freier Journalist, der seine Storys verkaufte, wo man sie ihm abnahm und bezahlte.

Was hast du da vielleicht angerichtet? dachte ich erschrocken.

Ich wechselte schnell das Thema: »Wie stellst du dir's eigentlich vor, drüben im Westen?«

»Reich. Kalt. Brutal. Schön.«

»Sonst nichts?«

»Ich weiß es doch nicht. Die Waschmittel sind besser.«

»Ich meine: die Bewegungsfreiheit.«

»Ja, auch«, sagte Nina. »Aber das ist ja alles noch so weit weg.«

Ich schlug Nina vor, essen zu gehen. Sie wollte aber nicht unter Leute, lieber hier etwas aus dem Kühlschrank zusammenstellen. Während sie das tat, schaute ich abwesend die Tagesschau an und dachte nach. Heiraten! Wenn Boris wirklich für seine Person den Antrag zurückzog, würde sich Nina wahrscheinlich von ihm trennen. Ob sie dann allein ausreisen durfte? Oder geheiratet werden mußte?

Es war im Grunde eine unglaubliche Geschichte: daß man sich sogar hinausheiratete aus der DDR.

Für Nina würde ich es tun, dachte ich. Und ich dachte für einen Sekundenbruchteil noch einen Schritt weiter: Vielleicht würden wir sogar auf Dauer...

Sie trug Aufschnitt und Käse auf, Brot und Bier. Ich durfte trinken, ich war mit der U-Bahn gekommen, weil ich einen feuchten Abend mit Boris befürchtet hatte.

»Weißt du, was heute für ein Tag ist?« fragte ich.

»Natürlich. Natürlich weiß ich das. Seit einem Jahr sitzt er nun.«

»Es ist gut«, sagte ich, »daß er inzwischen weiß, daß Birgit auf ihn wartet.«

Nina nickte: »Ich denke, wir waren damals ziemlich egoistisch und grausam, als wir Alex nicht sagen wollten, daß Birgit zu ihm hält. Aber ich konnte mir auch nicht vorstellen, daß das Mädel so konsequent ist. Und Boris hatte nur im Sinn, daß seiner Karriere kein weiterer Schaden entstand.« Nina lachte plötzlich laut: »Karriere! Wir haben das wirklich so bezeichnet, was Boris da zustande gebracht hatte. Karriere! Solange du vorm Parteisekretär deines Betriebs Angst haben mußt und nicht er vor dir, solange hast du doch keine Karriere gemacht!«

Wir aßen langsam, da wir viel redeten, tranken auch langsam, dennoch eine ganze Menge im Laufe des Abends. Ich erzählte von Birgit und ihrer bemerkenswerten Standhaftigkeit sowohl gegenüber Bewunderern, die ihr nachstellten, als auch gegenüber den Eltern, die nach wie vor mit allem nicht einverstanden waren.

»Sie ist ein tolles Mädchen«, sagte Nina, »manchmal denke ich an sie fast schon wie an eine Schwiegertochter.«

Nina erzählte von der Oma, der es nicht gutgehe. Sie befürchteten sogar etwas Ernstes. Aber alte Leute könnten ja mit so was noch viele Jahre leben. Die medizinische Versorgung in der DDR sei gut, beteuerte Nina, aber nicht überall gleich gut. Früher, in der Charité, hätte sie Beziehungen einsetzen können, aber jetzt...

Als ich kurz nach elf Nina verließ, um beizeiten am Grenzübergang zu sein, war ich in so einer Stimmung, daß ich gern geblieben wäre. Vielleicht hätte sie es ebenfalls schön gefunden. Sie verabschiedete mich mit einer langen Umarmung.

70

Birgit hat kurz entschlossen ein Studium begonnen.

»Ich mach' Jura«, verkündete sie mir eines Abends, »ich hab' mich heute an der FU immatrikuliert.«

»Und wann machst du Jura?« fragte ich. »Du mußt doch morgens ausschlafen bis mittags.«

Sie lachte nur: »Jura ist so irre spannend, daß man sofort hellwach wird.«

Auf die Idee gebracht wurde Birgit von ihrer Osnabrücker Freundin Nicole, die ihre Drohung wahrgemacht hat, zum Studium nach Berlin zu kommen. Da Nicole vom Scheitel bis zur Sohle reicher Leute Kind ist, war es für sie keine Frage, daß ihr in Berlin ein hübsches Appartement zufliegen würde. Als das nicht geschah, zog sie kurzerhand – na, wohin wohl? – zu mir. Ich hätte nein sagen können, aber ich kann nie nein sagen, weshalb ich es auch nie zu etwas bringen werde. Nun wohne ich mit zwei ausnehmend hübschen Teenagern zusammen, im Treppenhaus treffen mich seither Blicke, die ich nicht deuten möchte.

»Warum Jura?« fragte ich.

»Weil ich die Geliebte eines Zuchthäuslers bin. Und weil Jura immer meinen Mann ernährt.«

Dagegen ließ sich nichts sagen. Ihre Eltern haben sich unter diesen neuen Umständen bereit erklärt, einen Teil von Birgits Lebensunterhalt zu finanzieren. Anfänglich wollten sie die Bedingung daran knüpfen, daß sie nach Hause zurückkehre, doch darüber ließ Birgit nicht mit sich reden. Dennoch ist unübersehbar, daß sich das Verhältnis entspannt. Charlotte und Bernd finden sich langsam damit ab, daß Birgit ihren Alex nicht aufgibt.

Nun studiert sie also. Ich bewundere die Energie, mit der sie sich morgens nach kurzem Schlaf aufrafft, um zur

Vorlesung zu fahren. Nachmittags, ehe sie kellnern geht, hockt sie meist über ihren Büchern. Den lukrativen Kneipenjob will sie auf keinen Fall aufgeben, sie hat sich in den Kopf gesetzt, soviel Geld auf die hohe Kante zu bringen, daß sie Alex etwas bieten kann, wenn er kommt. Ihr großer Traum ist die Italien-Reise, über die sie oft gesprochen hatten. als sie noch miteinander sprechen konnten.

Obwohl Birgit jetzt noch mehr außer Haus ist als bisher, ist unsere Wohnung belebter geworden. Kommilitonen! Vor allem Nicole, die sich nicht so abstrampeln muß wie Birgit, bringt fast Abend für Abend akademische Jugend beiderlei Geschlechts in meine vier Wände. Alle kommen gern, offenbar halten sie das Milieu für Boheme. Oft treffe ich einen der männlichen Gäste vom vergangenen Abend des Morgens beim Frühstück, manchmal sogar in meinem Bademantel. Ich stelle keine Fragen, bin mir aber sicher, daß die Herren bei Nicole und nicht bei Birgit übernachten. Bisweilen denke ich: Wie soll eine halbwegs seriöse Frau im passenden Alter, so ich sie fände, zu mir ziehen wollen?

Nicole ist ein etwas pummeliges, sehr weibliches dunkelhaariges Mädchen, das offenbar in fast allen Männern einen Kuschelwunsch weckt. Im übrigen ist sie entsetzlich naiv.

»Wieso können wir deinen Alex denn nicht freikaufen?« fragt sie. »Es gibt doch so was wie Freikauf, das hab' ich doch gelesen. Und die brauchen doch ewig Devisen. Können wir nicht sammeln, bis wir genug zusammenhaben.«

»Und dann fahren wir rüber zum Zuchthaus und geben das Geld an der Pforte ab«, spotte ich, »diskret im verschlossenen Umschlag, wie bei der Flick-Affäre.«

»Nein, natürlich nicht. Ich bin ja nicht naiv. Ich weiß

auch, daß sie inzwischen den bargeldlosen Zahlungsverkehr haben.«

»Laß das mal diejenigen machen, die sich auskennen«, rate ich. »Wir haben schon bei den richtigen Stellen dafür gesorgt, daß sie Alex nicht übersehen.«

Ich erkläre ihr, soweit ich selbst darüber Bescheid weiß, wie seit Jahrzehnten Menschen freigekauft werden. Welche unauffälligen Kanäle dafür bestehen. Welche Preise üblich sind, gestaffelt vom Hilfsarbeiter bis zum Vollakademiker. Welche Fristen normalerweise eingehalten werden. Und daß Alex auch ohne unser Zutun, aber frühestens in einem halben Jahr freigekauft werde. Nicole staunt über mein Wissen, und ich bin fast versucht, mir wie ein Experte vorzukommen.

»Eigentlich ist das doch die totale Sauerei«, findet Nicole. »Eigentlich sollten wir uns auf so was nicht einlassen.«

»Die sitzen am längeren Hebel«, versuche ich zu erklären, »denn wer seine Leute einfach hinter einer Mauer einsperrt, der ist nicht mit flammenden Appellen und machtvollen Demonstrationen zu beeindrucken. Höchstens mit Barem.«

»Na ja, in diesem Fall ist das Geld ja noch gut angelegt«, gibt Nicole zu, »aber sonst schieben wir denen ja Milliarden rüber für nix und wieder nix.«

Ich bitte um Beispiele, Nicole nennt die Autobahnen vom Bundesgebiet nach Berlin. Ich frage mich immer, ob das wirklich alles so schwer zu begreifen ist: daß die Westberliner nicht auf ewig und drei Tage den Vorposten der freien Welt spielen wollten, der nur auf kaputtgefahrenen Autobahnen des Führers und ausgeleierten Schienen der Reichsbahn zu erreichen war. Daß die DDR kein Interesse hatte, auf eigene Kosten bessere Wege nach West-Berlin zu bauen. Daß deswegen der

Bund es bezahlen mußte. Liest man das nicht in der Zeitung? Lernt man das nicht in der Schule? Kann man nicht sogar durch einfaches Nachdenken selbst darauf kommen?

So halte ich manchmal abends Vorträge und komme mir schon wie ein weiser Guru vor, obwohl ich nur Binsenweisheiten mitzuteilen habe.

Birgit ist fast nie dabei, sie hat keine Zeit dazu, ich sage immer: Sie betreibt praktische Deutschlandpolitik auf dem Gebiet der zwischenmenschlichen Beziehungen.

Sie wartet in großer Ruhe und Zuversicht auf den Tag, an dem Alex kommt. Sie weiß, daß es nicht leicht für ihn und mit ihm sein wird. Aber sie wappnet sich dafür, nicht nur auf dem Konto, auch im Kopf. Sie ist wirklich ein erstaunliches Mädchen.

Sie sagt selbst, sie sei heute eine ganze andere als jene unreife Göre, die vor eineinhalb Jahren mit ihren Eltern mufflig und widerwillig an den Goldstrand nach Bulgarien fuhr.

71

Silvester.

Es ist, glaube ich, das erste Mal in meinem Leben, daß ich an diesem Abend allein bin. Aber nicht einsam, wohlgemerkt. Vielmehr brauche und genieße ich über den Jahreswechsel ein paar Tage Pause. Was ich in diesen Aufzeichnungen hier mitteile, ist ja der allerkleinste Teil dessen, was Tag für Tag geschieht, nämlich nur das, was unmittelbar oder mittelbar mit Birgit und ihrer Geschichte zu tun hat. Darüber hinaus betreibe ich meine Geschäfte, fahre durch Berlin, treffe tausend Leute, reise in der DDR herum, verfasse und verschicke meine Artikel. Für die dicken Weihnachtsausgaben brauchten die Zeitungen viel Stoff.

Über erzgebirgische Volkskunst habe ich seitenweise geschrieben. Ich selbst habe keine Beziehung zu Pyramiden und Engelskapellen, Nußknackern und Räuchermännchen, aber ich weiß, daß sie für Millionen Menschen unabdingbar zur deutschen Weihnacht gehören. Interessant finde ich allerdings, daß all diese Artikel im Land ihres Ursprungs, in der DDR also, kaum mehr zu haben sind. Export, Export! Das KaDeWe in West-Berlin bietet beinahe tonnenweise davon an, und aus meiner Zeit in den USA weiß ich, daß auch dort Weihnachtliches »made in GDR« für teures Geld verkauft wird. Aber im Erzgebirge selbst? Ich habe in Annaberg und Schneeberg und Aue in den Läden gefragt. »Nee, duhd mr leid, mir ham ganz weenich reingegriechd.« Früher, noch in den sechziger Jahren, hätten sie stapelweise bekommen, aber jetzt... Ich sei doch aus der BRD, dort könnte ich doch mal fragen!

Anderes Thema für die Weihnachtsausgaben: die Besucherströme nach drüben an den Feiertagen. Recht oft hörte ich von Westberlinern, diese Fahrten zum Fest seien doch ganz schön lästig, schon wegen der Fülle und der Warterei. Aber »die drüben« erwarteten nun mal, am ersten oder zweiten Feiertag besucht zu werden. Und beschenkt! Beim Wünschen seien sie ja inzwischen nicht mehr kleinlich. Früher seien die Ostverwandten mit allem zufrieden gewesen, hätten es bestaunt und beinahe ehrfürchtig betastet, heute bestimmten sie Marke und Modell, die ihnen aus der Fernsehwerbung geläufig seien, und wirkten offen ungehalten, wenn sie Ramsch witterten. Kurz und gut, diese Weihnachtsbesuche...

Aber was haben sie damals gejammert, vor den Verträgen, als sie jahrelang gar nicht fahren durften. Als sie nicht mal vernünftig miteinander telefonieren konnten. Als buchstäblich alles abgeschnitten war. Und dann die Tränen des ersten Wiedersehens, die großzügigen Geschenke, die frohen Herzens nach drüben geschleppt wurden! Lange her. Schnee von gestern. Nachdenkliches für die Weihnachtsausgaben.

Ich hatte also bis zuletzt zu tun und bin froh, zu Hause halbwegs Ruhe zu haben. Nicole ist über Weihnachten nach Osnabrück gefahren. Nach der Rückkehr wird sie sich ganz energisch um eine eigene Bleibe in Berlin kümmern. Oder sagen wir: Sie hat versprochen, es zu tun. Birgit hat zwar ebenfalls Ferien an der Uni, jobbt aber um so heftiger. Ich fürchte, sie übernimmt sich, wenn sie nicht bald mal eine Pause einlegt. Aber sie hat immer die gleiche Antwort für mich: »Ich halte durch, bis Alex kommt, und dann fahren wir ganz weit weg.« Auch heute abend ist sie »auf Maloche«, wie sie es nennt, wegen Silvester erwartet sie besonders reichliche Trinkgelder.

Also bin ich allein. Im Fernsehen habe ich mir nur »Dinner For One« angesehen und wie alle Jahre geprustet vor Lachen. Dann habe ich gelesen, und zwar den Anfang dieser Aufzeichnungen.

Es ist erst ein Dreivierteljahr her, daß ich auf Birgits Geschichte stieß und sie bald aufzuschreiben begann. Schon damals wußte ich: So eine Geschichte beschreibt man nie von außen, man muß sich in sie hineinbegeben. Wie tief, das ahnte ich noch nicht.

Birgit ist mehr als eine Untermieterin, weniger als eine Tochter, aber ich bin für sie der engste Vertraute geworden. Vom Unverständnis ihrer Eltern, aber auch ihrer Freundinnen ist sie enttäuscht. Mit der Oma kann sie zwar offen reden, aber Birgit kommt nicht mehr nach Ost-Berlin, und die Oma war schon lange nicht mehr zu Besuch. Oma ist nicht mehr die alte, seitdem sie mit der Angst vor dem Krebs lebt und auf die Diagnose wartet und wartet. Also beredet Birgit alles mit mir, ihre Hoffnungen, aber auch ihre Zweifel und Ängste. Na gut, denke ich bisweilen, wenn meine Ehe anders gewesen wäre, könnte ich eine Tochter in Birgits Alter haben, für die müßte ich dann gleichermaßen dasein.

Wenn Alex kommt, und ich rechne für die nächsten sechs Monate damit, wird er mit Birgit bei mir wohnen, bis auf weiteres jedenfalls, und auch für ihn muß ich dann dasein, wenn er Fragen und Probleme hat.

Seit einiger Zeit fühle ich mich auch noch für Nina verantwortlich. Natürlich bin ich es nicht, denn es war nicht ich, der sie in eine unglückliche Lage gebracht hat. Wen oder was immer man dafür verantwortlich machen will: Alex' Übermut oder Boris' Kleinmut oder die Zeitumstände, ich war es nicht. Aber ich denke darüber nach, wie ihr zu helfen wäre, wenn Boris wirklich den Ausreiseantrag zurückziehen sollte.

Diese Karin wollte geheiratet werden, um herauszukommen? Ich weiß bis heute nicht, ob es so ist, denn ich habe ihr gegenüber ein schlechtes Gewissen und finde nicht den Mut, die Verbindung wieder aufzunehmen. Nun denke ich darüber nach, ob ich Nina. . .

Eine Zeitlang, nach meinem letzten Besuch bei ihr, hatte ich das Gefühl, in sie verliebt zu sein. Aber in den letzten Tagen, als ich zur Ruhe kam, gewann die Vernunft die Oberhand. Nina ist eine reizvolle Frau, aber sie ist zu alt für mich. Und sie ist eigentlich nicht mein Typ.

Wenn ich es noch mal versuchen sollte, habe ich mir seit meiner Scheidung geschworen, dann muß es eine mindestens neunzigprozentige Sache sein. Hundert Prozent kann man nicht verlangen, aber fünfundsiebzig soll man nicht hinnehmen. Außerdem: Bin ich denn für alle verantwortlich?

Mitternacht. Ich öffne die Fenster, Kreuzberg knallt, das kommt ja leider öfter vor, heute knallt es friedlich. Das neue Jahr, denke ich, braucht ein paar Vorsätze. Ich will wieder etwas mehr für mich da sein. Ich muß es einfach.

72

»Kannst du kommen?« fragte Nina mit aufgeregter Stimme.

»Wann?« frage ich.

»Gleich.«

Wir verabredeten, daß sie mich in zwei Stunden, ungefähr um achtzehn Uhr, am Bahnhof Friedrichstraße erwartete.

Als sie den Hörer aufgelegt hatte, ärgerte ich mich über die unbedachte Zusage, über Friedrichstraße einzureisen und nicht mit dem Auto. Es war kalt, regnete und schneite abwechselnd, richtiges Februarwetter. Ich sah uns stundenlang durch Straßen laufen, denn was wir voraussichtlich zu bereden hatten, vertrug keine fremden Ohren im Lokal. Nach Hause zu Nina konnten wir vermutlich auch nicht, wegen Boris. Vielleicht zur Oma? Wie ging es ihr eigentlich?

Warum kam ich nicht gleich darauf, mit dem Auto zu fahren und vom Parkplatz vor dem Hotel »Metropol« hinüberzulaufen zum Bahnhof Friedrichstraße, wo Nina wartete? So machte ich es.

Ich tippte Nina, da ich aus der falschen Richtung kam, von hinten auf die Schulter. Sie erschrak und fuhr herum, sah mich an und fiel mir in die Arme.

»Du darfst mich nicht so erschrecken. Ich bin völlig mit den Nerven runter.«

Ich entschuldigte mich und nahm sie bei der Hand, brachte sie durch den Regen zum Auto.

»Was ist los«, fragte ich, als wir im Trockenen saßen.

»Wir haben aufgegeben«, sagte sie. »Wir schaffen es nicht. Es hat keinen Zweck.«

Sie fing an zu weinen.

Ich wußte, was sie meinte. Ich nahm sie in den Arm und wartete. Jemand klopfte an die Scheibe, Nina erschrak wieder. Der Jemand fragte, ob der Parkplatz frei werde, ich verneinte. Es gibt viel zu viele Autos in Ost-Berlin und viel zu viele Parkverbote. Nina brauchte lange, um sich wieder zu fangen. Ich stellte mir vor, daß sie sich seit Wochen mal ausweinen wollte und niemanden dafür hatte. Es genügt nicht, sich immer nur bei sich selbst auszuweinen.

»Laß uns hier wegfahren«, bat sie.

»Wohin?«

»In die Wohnung von Oma. Oma ist nicht da, sie ist im Krankenhaus.«

Es war kalt in Omas Wohnung, die Heizung abgedreht. Normalerweise tut das kein Mensch in der DDR, die Zentralheizung ist im Mietpreis drin, man heizt auf Teufel komm raus und reißt das Fenster auf, wenn es zu warm wird. Aber manchen alten Leutchen war wohl das Sparen durch Krieg und Nachkrieg in Fleisch und Blut übergegangen. Die Oma hatte die Heizung abgedreht, als sie ins Krankenhaus mußte.

»Wie geht es ihr?« fragte ich.

»Nicht gut. Es ist, was wir befürchtet hatten. Wenn

sie bloß mal früher hingegangen wäre... Aber sie ist eine von denen, die erst mit dem Kopf unterm Arm zum Arzt gehen.«

»Ist sie gut untergebracht?«

»Ach, Andy! Was heißt gut? Vor einem Jahr hätte ich noch etwas für sie tun können.«

»Schick sie zu uns rüber! Es gibt das Gesundheitsabkommen, sie wird bei uns kostenlos behandelt.«

»Ach, Andy! Wie stellst du dir das vor? Die Oma im Westen, Alex demnächst im Westen, Boris und ich hier, keiner kann den anderen sehen. Es ist alles so vertrackt.«

»Also wollt ihr definitiv hierbleiben?« fragte ich, obwohl ich es längst begriffen hatte.

»Mach mal warm!« bat sie.

Ich suchte nach den Heizungsventilen, um sie aufzudrehen, während Nina aus Omas Schrank den Weinbrand holte. Ich erinnerte daran, daß ich mit dem Auto unterwegs sei, aber Nina nötigte mir ein Gläschen auf, einen kleinen Schluck wenigstens.

Sie sah nicht gut aus. Das heißt, sie sah müde aus. Gut sah sie immer aus, auch wenn sie müde aussah. Sie streifte die Schuhe ab und zog die Füße aufs Sofa. Sie schaute eine Zeitlang auf den Fernseher, der gar nicht lief, und schien sich etwas zu entspannen.

»Sie haben uns kleingekriegt«, sagte sie unvermittelt. »Jede Woche haben sie uns bearbeitet. Mit Zuckerbrot und Peitsche: Raus kommen Sie sowieso nicht. Wir können den Antrag geräuschlos aus den Akten nehmen, aber Sie müssen ihn bald zurückziehen. Wenn nicht, hätten Sie natürlich keine besondere Förderung seitens unseres Staates mehr zu erwarten. Wenn Sie wissen, was wir damit meinen. So ging das jede Woche. Sie haben uns kleingekriegt.«

»Boris haben sie kleingekriegt«, sagte ich, »dich hätten sie nicht kleingekriegt.«

»Ach, Andy! Was hätte ich denn allein drüben gesollt? Ich bin Anfang vierzig und bekäme bei euch nie einen Job. Da stehen mehr als zwei Millionen Schlange, und ich müßte mich hinten anstellen.«

Zu diesem Thema hätte ich Nina viel sagen können. Zum Beispiel, daß Statistiken bewiesen, daß die meisten DDR-Bürger schnell eine Arbeit fanden. Weil sie flexibel waren und dorthin gingen, wo Arbeit war. Weil sie bereit waren, ein oder zwei Etagen tiefer einzusteigen, damit sie nur erst mal drin waren. Natürlich fielen manche auf den Bauch und landeten einzelne im Obdachlosenasyl, aber die meisten fielen so schnell auf die Füße, daß sie bald mit Unverständnis auf die Arbeitslosen hinabschauten. Sollte ich das Nina erklären? Sollte ich ihr vielleicht auch sagen, daß sie mit ihren Anfang vierzig eine verteufelt reizvolle Frau war, die, wenn sie wollte, ohne Probleme Anschluß fände? Vielleicht hätte ich das alles sagen sollen. Vielleicht wartete sie sogar auf eine Ermutigung. Aber ich dachte an meinen Vorsatz von Silvester und schwieg.

Statt dessen redete Nina: »Ich habe immer nur DDR erlebt. Sie haben uns immer gesagt, was wir tun und was wir lassen sollen. Es war ja nicht die Frage, soll man Junger Pionier werden oder nicht? Man wurde Junger Pionier. Und Thälmann-Pionier. Und kam automatisch in die FDJ. Man lief überall mit, am ersten Mai und im Januar für Karl und Rosa, man konnte ja nicht einfach wegbleiben. Bei der Kinder- und Jugendspartakiade wurde man getestet für eine Sportart, ich war begabt für Skilanglauf, da machte man Skilanglauf. Es machte ja auch Spaß, also hat man nicht viel gefragt. Man dachte: Vielleicht wirst du medaillenverdächtig, dann kannst du auch mal im Westen an den Start. Aber ich war nicht so gut. Ich wollte Medizin studieren, aber es hieß, zur Zeit ginge für mich nur Apothekenfacharbeiterin. Da habe ich das eben gemacht. Man hätte vielleicht kämpfen sollen, aber das haben wir nicht gelernt. Es war eben immer so, wie es eben war.

Man hatte eigentlich nie etwas zu entscheiden. Und deswegen kann ich nicht mit Anfang vierzig in den Westen. Ich komme da unter die Räder. Da ziehen sie mir ruckzuck das Fell über die Ohren.«

Da war es wieder, das einprägsame Bild der westlichen Ellenbogengesellschaft. Haifischmentalität!

Ich wußte es besser, aber sollte ich es Nina auseinandersetzen? Vielleicht hätte ich es tun sollen.

»Manchmal denke ich«, fuhr Nina fort, »Alex wäre auch nicht anders geworden als wir, wenn er nicht Birgit kennengelernt hätte.«

»Hätte er sie besser nicht kennengelernt?« fragte ich.

»Oh, Andy, frag mich bitte etwas Leichteres! Ich weiß doch nicht, was drüben aus ihm wird. Ich kann mir nur vorstellen, was aus ihm hier würde. Aber das spielt ja alles keine Rolle mehr.«

»Wäre es dir lieber, er würde nicht freigekauft, sondern in die DDR entlassen?«

»Um Gottes willen! Hier hätte er doch keine Chance mehr.«

»Aber wenn es mal wieder eine Amnestie gäbe? Zu irgendeinem Staatsfeiertag?«

»Das Urteil bliebe in seinen Akten. Aber wie ich Alex kenne, will er nicht amnestiert werden. Er will sein Recht. Und da er das nicht kriegen kann, will er raus aus der DDR. Er ist ein bißchen stur, weißt du?«

Nina lächelte zum erstenmal an diesem Abend.

Ich gestehe, daß mir ihre Resignation weh tat. Sie hatte sich ein anderes Leben ausgemalt, den harten Kampf um die Ausreise mutig aufgenommen, fast ein Jahr lang behördliche Schikanen tapfer ertragen. Die letzte Zeit hatte sie sich noch an den Gedanken geklammert, es auch allein zu schaffen, ohne Boris. Aber nun war sie am Ende ihrer Kraft und ihrer Hoffnung.

Ich hätte versuchen können, sie umzustimmen: Stell den Antrag noch mal, für dich allein, laß dich scheiden, ich helfe dir drüben. Ich hätte es versuchen können, aber ich wollte nicht noch mehr Verantwortung übernehmen. Für Birgit und Alex: ja. Aber mehr nicht.

»Bring mich nach Hause«, bat Nina.

Ich drehte die Heizung wieder ab, ehe sie richtig warm geworden war. Nina stellte den Weinbrand zurück. Draußen hatte es wieder zu schneien begonnen, Trabbis und Wartburgs schlichen vorsichtig, ich überholte sie nicht. Wir schwiegen die ganze Fahrt über.

Hinter Bobrowskis Fenstern brannte Licht. Nina schaute eine Zeitlang hinauf, ehe sie sich einen Ruck gab und aus dem Auto stieg. Ich brachte sie zur Tür, wo ich sie noch einmal in die Arme nahm.

»Die paar Jahre bringen wir auch noch hinter uns«, sagte sie.

Ehe ich etwas antworten konnte, hatte sie sich umgedreht und war im Treppenhaus verschwunden. Ich hätte auch nicht gewußt, was ich hätte antworten sollen.

73

Birgit fand, ich hätte Nina zu einem neuen Anfang drängen müssen. »Andy, du hast gekniffen,« warf sie mir vor, »das finde ich nicht nobel.«

Ich hatte nach der Rückkehr aus Ost-Berlin auf Birgit gewartet, bis sie vom Kellnern kam, und ihr die Neuigkeiten berichtet.

»Was machst du dich für Nina stark?« fragte ich. »Hat sie euch nicht genug Steine in den Weg gelegt?«

»Doch, hat sie. Aber die Nina ist ein armes Schwein. Mit dem Ehemann! Das wäre eine Chance gewesen, diesen Typen loszuwerden.«

»Birgit, so einfach ist das ja nun nicht. Das ist doch in erster Linie eine politische Entscheidung.«

Birgit schaute mich treuherzig an: »Andy, du bist manchmal so schön naiv. So was hat doch nichts mit Politik zu tun. Für mich hat es doch nichts mit Politik zu tun, daß ich Alex hier haben will. Das hat doch nur mit Liebe zu tun. Mit Politik hat das nur insofern zu tun, als die Politik die Liebe verhindern will. Aber sie schafft es nicht.«

In diesem Moment beneidete ich Birgit um ihre einfache Sicht der Dinge. Wahrscheinlich, dachte ich, muß man achtzehn Jahre alt sein, um Ideologie so herzerfrischend zu ignorieren.

»Im Unterschied zu Alex«, gab ich zu bedenken, »hätte aber Nina hier niemanden, der auf sie wartet.«

Birgit legte den Kopf schräg und schaute mich blinzelnd an: »Wie wär's mit dir?«

Ich muß wie ein Ertappter ausgesehen haben, denn Birgit lachte laut.

»Na, wie auch immer«, sagte sie, »du hättest Nina weichklopfen müssen.«

Nicole kam nach Hause, fröhlich angetütert, aber ohne Begleitung. Sie wohnt noch immer bei mir und begründet das sehr charmant damit, daß es nirgends so anregend sein könne wie hier. Außerdem verschlinge ihr Auto soviel Geld. Sie hat seit neuestem einen weißen Golf Cabrio. Sie hätte ihn schon zum Abitur bekommen sollen, aber sie mußte warten, da sie den Führerschein erst im zweiten Anlauf schaffte. Ich habe Nicole dazu verpflichtet, wenigstens einen symbolischen Beitrag zur Miete zu leisten. Für das Sommersemester will sie sich eine eigene Bleibe suchen.

Birgit zog Nicole sofort hinein in die Problematik, die wir gerade diskutierten.

»Natürlich mußt du Nina rüberholen«, verlangte Nicole spontan und ohne nähere Kenntnis der neuesten Umstände.

»Und was soll sie hier machen?« fragte ich.

Nicole sah mich erstaunt an: »Na, was schon? Erst mal wohnt sie bei uns. Auf eine mehr oder weniger kommt's doch nicht mehr an.«

»Soll sie dein Zimmer kriegen?« fragte ich.

Nicole überging die Frage: »Dann suchen wir für sie 'n Job und anschließend 'n Kerl. Das kann doch alles nicht so schwer sein.«

»Siehste!« sagte Birgit und lächelte vielsagend zu mir herüber. »So einfach ist das.«

74

Alex stand heute mittag unangemeldet vor der Tür.

»Komm rein«, sagte ich.

Ich erkannte ihn sofort. Ich kenne ihn ja von dem Bulgarien-Strandfoto über Birgits Bett. Er sieht in natura kaum anders aus, freilich nicht so urlaubsbraun und vor Verliebtheit strahlend wie auf dem Poster, auch viel kurzhaariger. Er trug, obwohl wir in ein paar Wochen Sommer haben, einen gefütterten blauen Mantel. Darin ist er festgenommen worden, dachte ich, da war ja November.

»Birgit ist nicht da«, sagte ich, »sie ist in der Vorlesung. Sie macht Jura, das weißt du wahrscheinlich noch nicht.«

»Doch, ich weiß«, entgegnete Alex, und mit etwas sarkastischem Unterton: »Das gehört zu den verbotenen Informationen, die mir meine Mutter irgendwann zuflüstern konnte.«

Ich führte Alex in die Küche, ich dachte instinktiv, ein freigelassener Häftling müsse erst mal was essen. Ich bot ihm ein Bier an.

»Sie sind dieser Andy«, stellte er fest.

Erst jetzt fiel mir auf, daß ich Alex gleich geduzt hatte. Etwas anderes wäre mir allerdings nicht in den Sinn gekommen, da ich mich viel zu sehr in Alex hineingedacht und hineingeschrieben hatte, um ihn noch zu siezen.

»Ja, ich bin dieser Andy. Du kannst übrigens du zu mir sagen.«

»Und du lebst mit meiner Freundin zusammen.«

»Nein, sie wohnt bei mir.«

Alex sah mich mit einem Blick an, als müsse er sich anhand meiner Physiognomie vergewissern, ob er mir trauen könne. Ich mußte lächeln. Wir zwei, Birgit und ich, in unserer einsiedlerischen Symbiose!

Aber in den Nächten im Rummelsburger Knast mochte ein eifersüchtiger Kopf solche Träume träumen.

Alex wollte nichts essen, war mit dem Bier zufrieden, wollte aber bald Birgit sehen. Ich wußte, daß sie mittwochs immer bis nachmittags in der Uni war und von dort direkt zum Kellnern ging. Ich schlug Alex vor, ihn in die Uni zu fahren.

»Wann bist du rübergekommen?« fragte ich unterwegs.

»Gestern.«

»Und warum bist du nicht gleich zu uns gekommen?« fragte ich erstaunt.

»Wie denn? Erst mal haben sie mich ins Lager gebracht, nach Marienfelde. Dann habe ich herumtelefoniert. Ich hatte ja keinen blassen Schimmer, wo ihr stecken könntet. Ich wußte ja bloß: Andy. Mehr konnte mir meine Mutter nicht andeuten. Andy. Andy Müller, Meyer, Schulze? Wer ahnt denn gleich Meyer. Ich habe bei Bärwalds angerufen, kein Anschluß unter dieser Nummer. Ich hatte ja keine Ahnung, daß sie umgezogen sind. Ich habe mir über die Auskunft die neue Nummer besorgt, aber es war keiner zu Hause. Heute morgen habe ich endlich Charlotte erwischt, die war erst mal ganz geplättet und konnte nicht Piep sagen. Aber dann gab sie mir eure Anschrift. So ist das, wenn du aus dem Ostknast plötzlich in den Westen kommst. Das ist so, als wenn du auf einem fremden Stern landest.«

Wir fuhren die Schöneberger Hauptstraße hinunter, Alex beobachtete, während er redete, aufmerksam den Verkehr und betrachtete die Häuserfronten, sagte aber nichts darüber. Ich wunderte mich mit einem Male über die Gelassenheit, mit der er sich in dieser neuen Welt umsah. Schon vorhin hatte er so selbstverständlich vor der Tür gestanden, als wäre er vom Zigarettenholen zurück und nicht aus Rummelsburg gekommen.

»Regt es dich überhaupt nicht auf«, fragte ich, »plötzlich im Westen zu sein? Und frei?«

»Es kam ja nicht plötzlich«, erwiderte Alex. »Ich habe mich ja seit meiner Festnahme darauf vorbereitet.«

»Das ist mir alles zu cool«, sagte ich, »das ist unnatürlich. Hattest du kein Nervenflattern?«

»Doch. Aber nur ganz kurz. Gestern um neun hieß es, ich soll sofort meine Siebensachen packen. Halb zehn war dieser Rechtsanwalt Doktor Vogel da, kennst du den?«

»Jeder kennt ihn.«

»Ich kannte ihn nicht.«

»Wie wirkte er auf dich?«

»Positiv, denn er brachte mich zur Grenze. Um elf war ich drüben. Wann hätte ich Zeit zum Nervenflattern haben sollen?«

»Das kommt noch«, prophezeite ich. »Und zwar in zehn Minuten. Wenn du Birgit siehst.«

Es dauerte zwanzig Minuten, bis ich herausbekommen hatte, wo das juristische Proseminar abgehalten wurde, das Birgit mittwochs besucht. Als ich den Saal gefunden hatte, hielt ich mich nicht lange mit Klopfen an der Tür auf, sondern marschierte mit Alex hinein.

Wenn ich irgend etwas im Leben nicht vergessen werde, dann Birgits entgeisterten Blick und markerschütternden Schrei. Sie sprang so hastig auf, daß sie den Tisch vor sich umstieß, stürzte auf Alex zu und lag minutenlang in seinen Armen.

Ich bemühte mich, das Proseminar durch beschwichtigende Gebärden von allen Fragen und Kommentaren abzuhalten, bis die Liebenden sich mit feuchten Augen aus ihrer Umarmung trennten.

»Entschuldigen Sie die Störung«, bat ich dann den Seminarleiter, »aber der junge Mann kommt frisch aus der Strafvollzugsanstalt.«

Der Assistent war keineswegs ungehalten, schaute sich jedoch Alex so interessiert an, daß ich fürchtete, er werde ihn umgehend zum Gegenstand des juristischen Proseminars machen. Um das zu verhindern, schob ich Birgit und Alex rasch aus dem Saal.

Auf der Heimfahrt kuschelten die beiden auf den Rücksitzen, ich stellte diskret das Autoradio auf volle Lautstärke.

Zu Hause saßen Birgit und Alex nebeneinander auf dem Sofa und ließen sich von mir Berliner Weiße mit Schuß und Frankfurter Würstchen mit Senf servieren. Sie saßen da wie ein altes Ehepaar oder auch wie zwei Kinder beim Kindergeburtstag, also entweder vertraut oder verschämt, das war mit bloßem Auge nicht zu unterscheiden.

»Du gehst heute bestimmt nicht auf Maloche?« fragte ich Birgit.

»Doch. Was denn sonst? Und Alex kommt mit.«

Nicole kam nach Hause.

»Bist du der Alex?« fragte sie. »Klar bist du der Alex«, antwortete sie sich, »was haben sie für dich bezahlt?«

»Nicoles Vater ist Unternehmer«, sagte ich entschuldigend, »die Familie denkt nur in einer einzigen Kategorie.«

»Bist du happy?« fragte Nicole.

»Erst mal bin ich hier«, antwortete Alex ruhig.

Allmählich verstand ich ihn. Er war zwar nicht endlose Jahre eingesperrt gewesen, aber immerhin über achtzehn Monate einer Zeit, die man gern die schönste des Lebens nennt. Er hatte sich, so gut das in der Haft ging, auf das künftige Leben in einer ganz anderen Welt innerlich vorbereitet. Dabei war ihm die ganze Zeit über nie zugesagt worden, daß er wirklich dorthin entlassen würde.

Innerhalb von Stunden hatten sie ihn dann gestern abgeschoben. Seinen Eltern hatte er nicht einmal die Hand geben können. Seinen kleinen Besitz an Büchern, Platten, Klamotten, seinen Trabbi aus schrottreifen Teilen hatte er ungesichtet und unberührt zurücklassen müssen. Nun saß er auf einem Sofa in Kreuzberg und wurde gefragt, ob er happy sei.

»In einer Woche bin ich vielleicht happy«, sagte Alex. »In einem Monat vielleicht auch erst. Oder nie. Jetzt bin ich erst mal hier.«

»Wenn du zur Fahne wärst«, fiel mir plötzlich ein, »wärst du auch schon wieder draußen.«

»Aber nicht hier«, erwiderte Alex lakonisch.

»Warum seid ihr noch nicht im Bett?« fragte Nicole.

Alex schien die Frage zu direkt zu sein, Birgit schien sie überhören zu wollen.

»Wie ist das eigentlich im Knast?« fragte Nicole. »Ich meine mit dem Sex. Da ist doch tote Hose, oder?«

Alex stutzte einen Moment, dann nahm er Nicole ins Visier und erklärte ihr: »Weiber gab's nicht. Schwule gab's jede Menge. Und wenn du das nicht magst, bleibt dir immer noch Do-it-yourself.«

Ich beobachtete amüsiert, wie Nicole unter Alex' spöttischem Blick rot wurde. Bravo, mein Junge, dachte ich, weiter so! Laß dich nicht blenden, behalte die Butter auf dem Brot!

Vorhin sind Birgit und Alex »auf Maloche« gegangen. Wenn sie spät in der Nacht oder früh am Morgen heimkehren, werden sie an ihrem Bett zwei Gläser und eine Flasche bulgarischen Rotwein vorfinden. Den habe ich schon vor Monaten gekauft.

75

»Ich muß mal an die Mauer«, sagte Alex beim Frühstück nach der ersten Nacht.

»Mensch, da bist du doch grade hergekommen«, entgegnete Birgit, »kannst du dir nicht erst mal 'n paar andere Sehenswürdigkeiten vornehmen?«

Ich wußte, daß sie Alex' Wunsch verstand und ihn dennoch davon abbringen wollte. Wenn er kommt, hatte sie immer gesagt, soll er sich kopfüber in den Trubel stürzen, damit er schnell vergißt, der Katzenjammer kommt noch früh genug. Auch mir war klar: Alex drängte nicht nur die Neugier, die Mauer endlich von der anderen Seite zu sehen, er fühlte sich auch hingezogen zu diesem scheußlichen Monstrum, das ihm und anderen so viel Pein bereitet hatte.

Auch ich versuchte ihn umzustimmen: »Geh doch erst mal ins Europacenter und zum Wasserklops und zum Kudamm!«

»Oder wenn du Russen sehen willst«, ergänzte Birgit, »dann gehen wir zum sowjetischen Ehrenmal im Tiergarten. Da stehen immer Russen davor. Und dahinter Engländer, die passen auf, daß den Russen nichts passiert.«

Alex schüttelte den Kopf: »Ich muß mal an die Mauer.«

»Na gut, aber dann richtig!« rief Birgit, »heute gibt's Mauer satt.«

Da Birgit keine Vorlesung und ich für den Tag keine festen Verabredungen hatte, beschlossen wir eine Mauerwanderung von Kreuzberg über Tiergarten bis nach Wedding, rund zehn Kilometer weit. Auf dieser Strecke berührt man alle touristischen Höhepunkte einschließlich Checkpoint Charlie, Potsdamer Platz, Brandenburger Tor, Reichstag, Bernauer Straße. Selbst für den überdurchschnittlich interessierten Touristen ist damit die Mauer ein für allemal abgehakt, es sei denn, er wolle partout noch Besonderheiten kennenlernen wie Steinstücken, Albrechts Teerofen, Glienicker Brücke oder Bürgerablage.

Wir starteten am Mariannenplatz.

Die Mauer ist überall scheußlich, an manchen Stellen wirkt sie dabei immerhin dramatisch, meistens jedoch widerwärtig und gemein. Ich denke, das empfinden auch jene so, die im »Neuen Deutschland« und anderswo zum Jahrestag des 13. August 1961 begeisterte Artikel über die »friedenssichernde Tat der DDR« loslassen. Es muß ihnen speiübel sein bei dieser Arbeit, es sei denn, sie hätten weder Augen noch Hirn im Kopf. Am Mariannenplatz, hinter der vergammelten Thomaskirche, ist einer der Abschnitte, an denen die Mauer entsetzlich banal wirkt.

Alex sagte nicht, als wir uns der Mauer näherten, aber sein Gesicht verriet die innere Spannung. In dreißig Metern Entfernung blieb er stehen und ließ den Blick langsam von ganz links nach ganz rechts wandern. Er schüttelte den Kopf.

»Das habe ich nie geglaubt«, sagte er, »daß die völlig bemalt ist.«

»Warum hast du das nicht geglaubt?« fragte ich. »Das ist doch im Westfernsehen gezeigt worden.«

»Na und? Die zeigen alles mögliche. Die zeigen ja auch, wie toll die Städte in der DDR rekonstruiert sind. Denen habe ich immer nur die Hälfte geglaubt. Höchstens.«

Wir stiegen auf das hölzerne Podest, von dem aus man nach drüben schauen kann. Alex folgte uns zögernd, gerade so, als bestiege er einen vorgeschobenen Beobachtungsposten, der von gegnerischen Scharfschützen eingesehen werden kann. Oben angekommen, schaute er zunächst nur hinunter auf den geglätteten Sand, der keine einzige Fußspur trug. Langsam hob er den Blick auf die gegenüberliegenden Häuser. Als er den Beobachtungsturm der Grenzer sah und die Feldstecher, die auf uns gerichtet waren, drehte sich Alex rasch um.

»Die tun uns nix«, sagte ich.

»Was glotzen die?« fragte Alex. »Haben die Angst, wir wollen sie überrennen?«

»Die langweilen sich.«

Alex schaute wieder hinüber zu den Ostberliner Häusern, die vielleicht fünfzig Meter entfernt waren. Auf einem der Balkons hängte eine Frau Wäsche auf.

»Sie guckt nicht ein einziges Mal herüber«, bemerkte Alex.

»Wahrscheinlich wohnt sie schon so lange dort«, sagte ich, »daß es sie nicht mehr interessiert. Oder sie darf nicht rübergucken.«

Alex schaute lange wortlos hinüber, dann sagte er leise: »Scheiße!« und stieg von dem Podest.

Auf unserer Wanderung hatten wir rechter Hand die Mauer und links, zu Anfang jedenfalls, jenen Teil von Kreuzberg, der den ganzen Stadtbezirk berühmt oder berüchtigt gemacht hat. Die kaputtgewohnten Spekulationshäuser von »Klein-Ankara«, die nun, sofern sie überlebt hatten, doch nicht abgerissen, sondern nach und nach saniert wurden, weil zu viele Betroffene und Engagierte sich auf die Hinterbeine gestellt hatten. Alex kannte das Problem aus dem Westfernsehen, ansatzweise gab es das in Ost-Berlin, aber das berührte ihn im Augenblick nicht. Er hatte nur Augen für die Mauer. Er studierte die Malereien, die teilweise kunstlos primitiv waren, zum anderen Teil jedoch von expressionistischer Wildheit und Buntheit oder von hintergründigem Witz. Er las halblaut die Sprüche, die auf den Beton gepinselt waren, vom schlichten, sich wiederholenden »DDR = KZ« bis hin zu origineller Satire und gehobenem Nonsens. Lange betrachtete er eine realistisch ausgeführte Arbeit, die nichts weiter darstellte als eine halb geöffnete Tür in der Mauer. Birgit und ich fragten nichts, beantworteten nur die wenigen Fragen, die Alex seinerseits stellte.

Am Checkpoint Charlie war Alex verwundert, daß es auf Westberliner Seite ebenfalls eine Friedrichstraße gab. Für ihn hatte die Friedrichstraße, jüngster Stolz der Ostberliner, immer am Oranienburger Tor begonnen und an der Leipziger Straße geendet, wo sie buchstäblich verrammelt war. Jetzt wurde ihm durch ein Straßenschild bewußt, daß da etwas zerschnitten war, das vorher zusammengehört hatte.

»Ich hab' nie richtig drüber nachgedacht, was das heißt: geteilte Stadt. Ich hab' ja immer nur ein ungeteiltes Ost-Berlin erlebt. West-Berlin lag ganz weit weg, kam nur übers Fernsehen, genau wie Hamburg oder New York.«

Eine Ecke weiter, Zimmerstraße Ecke Wilhelmstraße, entdeckte Alex endlich auf östlicher Seite etwas, das er kannte: den gewaltigen, vielhundertfenstrigen grauen Klotz, der das »Haus der Ministerien« genannt wird. Ich erklärte Alex, daß es sich um das ehemalige Reichsluftfahrtministerium des Reichsmarschalls Göring handele, das hatte er nicht gewußt. Auch daß vor diesem Haus im Juni 1953 die Bauarbeiter von der Stalinallee gegen Ulbricht und Grotewohl demonstriert hatten, war ihm nicht geläufig.

»Alles westliche Hetze«, spottete er.

Nebenan, diesseits der Mauer, die gerade ausgegrabenen Reste der Keller, in denen SS und Gestapo ihre Häftlinge verhört hatten.

»Wieder mal typisch«, sagte Alex, »daß so was auf westlicher Seite ist.«

Wir waren schon ein ziemliches Stück weitergegangen, als Alex hinzufügte: »Ich kann mir vorstellen, wie es da zuging.«

Da war das Thema, über das ich unbedingt von Alex etwas hören wollte: seine Erlebnisse mit der Staatssicherheit. Ich wollte nicht von mir aus darauf zu sprechen kommen, zumindest nicht in den ersten Tagen.

Unsere Wanderung verlief recht einsilbig. Birgit und Alex gingen Hand in Hand, lehnten bisweilen ihre Köpfe aneinander, schmusten im Gehen oder blieben stehen, um sich zu küssen. Aber geredet wurde kaum.

Am Potsdamer Platz war lautes Leben, ein halbes Dutzend Rundfahrtbusse war geparkt, amerikanische, japanische und deutsche Reisegruppen drängten sich auf der Aussichtsplattform und an den Ständen mit Kitsch und Würstchen. Vor der buntbemalten Mauer wurde für Erinnerungsfotos posiert, einzeln, paar- und gruppenweise. Gelächter, großes Hallo. Dieser Ort ist mir tief zuwider, oft schon habe ich Artikel darüber geschrieben, wenn auch ohne die Hoffnung, dieses unwürdige

Schauspiel damit zu stören. Freilich gibt es noch mehr Plätze in der Welt, wo ernsthafte Dinge zum Jahrmarktsrummel verkommen sind, die Papstaudienzen auf dem Petersplatz oder gar der Mummenschanz von Lourdes sind Erlebnisse, die einen den Potsdamer Platz gefaßter ertragen lassen. Alex freilich betrachtete das Treiben ganz unübersehbar mit dem gleichen Ekel, den ich beim erstenmal empfunden hatte. Er wollte nicht hinauf auf das Podest, höchstens ein andermal, vielleicht morgens um fünf.

Brandenburger Tor, hier konnte man hineinschauen in die Stadt, in der Alex gelebt hatte. Weit hinein, die Linden hinunter und, wenn man scharfe Augen hatte, bis zum Palast der Republik. Drüben, an den Absperrgittern in gebührender Entfernung von der Grenze, standen Menschen und schauten herüber. Ein Schwarm Tauben kreiste über der Mauer, wechselte drei-, viermal das politische System, ehe er sich auf westlicher Seite zum Picken niederließ.

»Ich bin ja heilfroh«, sagte Alex, »daß sie mich nicht amnestiert und in die DDR entlassen haben. Aber bei der nächsten Amnestie möchte ich schon gern dabeisein. Damit ich mal wieder rüber kann.«

»Heimweh?« fragte Birgit.

»Logisch. Auch wenn ich's noch nicht richtig merke.«

Auf dem großen freien Gelände gegenüber vom Reichstag, das nur noch aus Rasen und dem Pflaster ehemaliger Straßen besteht, bekommt man an einem einsamen Imbißstand eine manierliche Currywurst. Alex fand sie sogar schmackhafter, aber auch teurer als bei Konopke unter der Hochbahn in der Schönhauser Allee. Es war schon Nachmittag, Birgit mußte sich zum

Kellnern verabschieden, sie schickte Alex und mich allein auf die letzten Kilometer.

Am Humboldthafen blieben wir stehen, Alex zeigte hinüber auf die alten Gebäude der Charité. Vermutlich dachten wir das gleiche: Da hatte Nina mal gearbeitet. In dieser Stadt ist vieles so greifbar nah und unerreichbar fern.

»Du schreibst etwas über uns«, sagte Alex. »Ich weiß nicht, ob ich das gut finde.«

»Wenn es fertig ist, kannst du es lesen. Dann weißt du, ob du es gut findest.«

»Oh, das meinte ich nicht. Du bist bestimmt nicht schlecht. Ich meine, ich weiß nicht, ob ich es gut finde, wenn etwas über mich in einer Zeitung oder einem Buch steht.«

»Laß uns am Ende darüber reden. Aber vielleicht ist es gar nicht wichtig, ob du es gut findest oder nicht. Vielleicht ist es wichtig, daß die Geschichte gelesen wird. Ich brauche euch nicht Birgit und Alex zu nennen, meinetwegen könnt ihr Hänsel und Gretel heißen. Die Geschichte ist mir wichtig.«

Im Wedding zeigte ich Alex, wo Birgit mit ihren Eltern gewohnt hatte. Dann standen wir am Endpunkt unserer Wanderung, auf dem Aussichtsturm in der Bernauer Straße.

Alex streckte die Hand aus: »Da drüben war mein Fluchtversuch. So was Blödes!«

»Wie war das eigentlich?« fragte ich.

»Keine Ahnung. Alkoholbedingte Erinnerungslükken. Den Rest verdrängt. Ich weiß nur noch, wie sie mich im Griff hatten und einer mich immerzu in den Bauch trat. Laß uns nicht drüber reden.«

Ein Rundfahrtbus legte an, Amerikaner stürmten den Turm. Sie erklärten sich in großer Lautstärke gegenseitig, was sie da drüben sahen und was sie davon hielten. Dazu fotografierten sie gewitterhaft, manche schossen mit langen Brennweiten auf einzelne DDR-Bürger. Nach fünf Minuten war der Spuk vorbei.

»Affe im Zoo«, bemerkte Alex. »Das Gefühl war manchmal ganz stark, wenn man da drüben stand.«

»Es ist eine touristische Sehenswürdigkeit geworden«, versuchte ich zu erklären. »A real attraction! Isn't it something? Nicht mit Plastikmenschen wie in Disneyland. Nein, echte Menschen hinter einer echten Mauer!«

»Hab' ich nie so gesehen.«

»Kannst du auch nicht. Du kannst auch die Diskussion nicht verstehen, ob die Mauer unter Denkmalschutz soll.«

»Waaas?« Alex war fassungslos.

»Jaja, darüber wird diskutiert. Ist sie ein so einmaliges historisches Bauwerk wie die Chinesische Mauer? Muß sie erhalten werden, auch wenn sie von der DDR eines Tages für entbehrlich gehalten wird? Muß man nicht wenigstens ein paar laufende Kilometer unter Denkmalschutz stellen, mitsamt der Bemalung? Vielleicht gar nicht so abwegig, späteren Generationen auf diese Weise zu demonstrieren, zu welchem Aberwitz Politik führen kann.«

Wir nahmen nach Hause den kürzesten Weg, mit der U-Bahn vom Wedding unter Ost-Berlin hindurch nach Kreuzberg. Sechs ausgestorbene, fast unbeleuchtete Stationen durchfuhr der Zug langsam, aber ohne Halt. Alex fühlte sich nicht sehr behaglich und zuckte zusammen, als er auf einem Bahnsteig einen DDR-Grenzer stehen sah. Unterm Alexanderplatz stieß mich Alex an und machte eine Kopfbewegung nach oben. Ich konnte mir denken, was er dabei dachte. Und war es nicht wirklich eine Situation, die man keinem Drehbuchschreiber abnehmen würde, die nur die Weltgeschichte erfinden kann?

Vor Tagen noch in grimmiger Haft, dann von seinem Staat gegen Geld verkauft und abgeschoben, fuhr Alex unbehelligt ein paar Meter unter dem Pflaster durch die Hauptstadt des nämlichen Staates, und vielleicht saßen oben in der Frühlingssonne ein paar seiner Freunde, aßen Eis und fragten sich gerade, wann ihr Freund Alex eigentlich seine Strafe abgebrummt hätte.

Als wir uns zum Abendbrot niederließen, fragte Alex: »Wo kriegt man eigentlich die Genehmigung für diese Mauermalerei?«

Ich verstand nicht sofort.

»Ich würde auch gern was draufmalen«, erläuterte Alex, »und ich wüßte gern, wo man das beantragt.«

Ich verstand endlich und versuchte, ernst zu bleiben: »Die Mauer ist Eigentum der DDR. Ich weiß aber nicht, ob sie dem Ministerium für Bauwesen oder dem für Staatssicherheit untersteht. Für die Bemalung müßte aber meines Erachtens das Kulturministerium zuständig sein. Vielleicht rufst du mal dort an.«

»Sehr komisch«, fand Alex.

76

Seit vier Wochen ist Alex Mauermaler.

Nach dem Frühstück zieht er mit seinen Farbeimern und Pinseln los. Birgit begleitet ihn manchmal, wenn sie Zeit hat, sieht ihm zu, versorgt ihn mittags mit Cola und Currywurst, verläßt ihn nachmittags. Erst bei Einbruch der Dunkelheit kommt er nach Hause. Alle paar Tage besuche ich ihn und begutachte seine Arbeit. Alex ist ohne Zweifel begabt, seine Bilder haben Witz und Kraft, die Farben stimmen, die Perspektive und die Proportionen. Allerdings wiederholt sich das ewig gleiche Motiv: Entkommen. Durch die Mauer hindurch, über die Mauer hinweg, unter der Mauer hindurch. Ein Bulldozer bricht hindurch, ein Hubschrauber fliegt drüber hinweg, eine Tunnelbohrmaschine bohrt sich drunter hindurch. Wo es geht, bezieht er raffiniert die Mauer als solche in die Gestaltung mit ein. Der Bulldozer scheint wirklich durch die berstende Mauer auf den Betrachter loszupreschen. Psychologisch ist das Ganze eine sehr vordergründige Angelegenheit, aber künstlerisch, wie gesagt, recht anspruchsvoll.

Alex arbeitet immer ein bis zwei Tage an einem Bild. Das Format ist vorgegeben durch die Höhe der Mauer und die Breite der einzelnen Betonplatten, aus denen sie gefügt ist. Alex beansprucht jeweils ein ganzes Format für sich. Das ist insofern nicht unproblematisch, als die Mauer, jedenfalls in Kreuzberg, fast zur Gänze bemalt oder wenigstens beschmiert ist. Alex achtet sehr genau darauf, nichts zu übermalen, was er des Erhaltens für wert hielte. Dabei ist er sich bewußt, daß seine Vor-Maler ihr Werk anders einstufen würden als er.

»Die Mauer ist zu niedrig und zu kurz«, klagte er letzthin.

»Man könnte die Fläche leicht verdoppeln«, meinte ich, »indem man die Rückseite einbezöge.«

»Ach, du nun wieder«, sagte Alex nur.

Seine Tätigkeit ist kein Zeitproblem, denn Alex hat Zeit. Oder sagen wir: Es scheint mir angemessen, daß er sich für eine gewisse Zeit diese Zeit nimmt. Danach wird man verlangen können, daß er sich um seine Zukunft kümmert. Die Malerei ist allerdings ein Geldproblem. Am ersten Tag genügten noch die Farben, die ich bei der Renovierung der Wohnung übrigbehalten hatte. Dann mußten wir schon neue kaufen. Seither tun wir das jeden zweiten Tag. Die großen Formate verlangen eben ihren Preis. Birgit muß immer wieder vom Konto abheben, ich steuere bei. Wir merken, daß es Alex guttut, auf diese Weise etwas abzubauen, was sich in Rummelsburg aufgebaut hat. Aber wir hoffen beide, daß es sich zügig abbaut. Ich habe sogar überlegt, das Fernsehen für diesen Fall zu interessieren. Und für die Finanzierung der Farbe. Dieser freigekaufte DDR-Knacki mit seiner berserkerhaften Malmanie müßte doch ein lohnendes Thema für die Berliner Abendschau sein. Aber Alex wollte das nicht.

»Die meisten DDR-Künstler, die rüberkommen«, hielt ich ihm vor, »leben erst mal eine Zeitlang von ihrem Medienruhm. So was wird hier gern genommen. Hauptsache, man war gegen die herrschenden Verhältnisse in der DDR. Aus welchem Grunde, ist dabei egal. Den einen war die DDR zu sozialistisch, den anderen nicht sozialistisch genug. Den einen war ihr Einkommen zu niedrig, den anderen das Einkommen der anderen zu hoch. Wie auch immer, erst mal werden sie bei uns gepäppelt. Nach ein paar Monaten stellt sich dann meistens heraus, ob sie wirklich gut singen, schreiben, malen, mimen können oder ob sie nur gegen die DDR sind. Dann ist es mit den meisten aus und vorbei. Aber bis dahin läßt sich von dem Bonus leben.«

»Ich will nicht ins Fernsehen«, beharrte Alex. »Ich will auch keine Propaganda gegen die DDR machen. Ich bin ja nur wegen Birgit weg.«

»Und Rummelsburg?« fragte ich. »Hat dir das nicht zu denken gegeben?«

»Rummelsburg, Rummelsburg! Das ist halt, wie es ist. Stammheim wird nicht viel besser sein.«

»Alex! Ist das ein Vergleich?« Meine freiheitlich-demokratischen Grundsätze empörten sich ordentlich. »Die in Stammheim sitzen nicht wegen versuchter Flucht in die DDR. Bei uns muß man sich schon ein bißchen mehr einfallen lassen.«

»Weiß ich ja«,lenkte Alex ein. »Ich bin ja auch froh, daß ich hier bin. Aber ich kann doch nicht gleich mit fliegenden Fahnen in die entgegengesetzte Richtung rennen. Ich hab' ja nie meiner DDR groß das Wort geredet. Aber ich war doch dort zu Hause. Ich hab' mich doch gefreut, wenn Katarina Witt wieder mal 'ne Goldmedaille kriegte. Sogar wenn Erich irgendwo einen anderen Häuptling besuchte und sie nudelten unsere Hymne und zerrten unsere Fahne hoch, sogar dann wurde mir ein bißchen warm ums Herz. Das kann ich doch nicht alles einfach über Bord werfen.«

»Ich dachte, nach Rummelsburg. . . «

»Ach, weißt du.«

Ich wartete darauf, daß Alex weiterredete. Ich warf ihm nicht ohne Absicht immer wieder das Wort Rummelsburg hin, ich wollte, daß er davon erzählte.

Er machte einen Ansatz: »Die mich in Rummelsburg schikaniert haben, sind auch nur arme Schweine. Ich hab' nie rausgekriegt, ob sie wirklich alle Hundertfünfzigprozentige sind. Mindestens reden sie so. Und es scheint, als hätten sie einen tierischen Haß auf alle, die ihren Staat nicht mögen und gar verlassen wollen. Aber einmal in den achtzehn Monaten hat mir einer unter vier Augen zugeflüstert: ›Du kommst irgendwann rüber, aber ich muß hierbleiben‹. Im nächsten Moment brüllte er wieder rum, aber zwischendurch: ›Ich muß hierbleiben‹. Das hat mein Weltbild richtig ins Wanken gebracht.«

»Und sonst?« fragte ich direkt. »Wie war das sonst in Rummelsburg?«

Andy grinste: »Kein Kommentar. Ich hab' unterschreiben müssen, daß ich nichts erzähle.«

»Aber du bist jetzt frei.«

»Ich schon. Aber meine Eltern nicht. Und du bist ein Journalist, dir traue ich nicht.«

Da für diesmal nicht weiterzukommen war, kehrte ich zum Ausgangspunkt zurück: »Die Abendschau würde vielleicht einen Teil der Farbe bezahlen.«

»Ich weiß«, sagte Alex, »ich komme euch im Augenblick etwas teuer. Aber ich zahle alles zurück. Ehrenwort! Das Ehrenwort eines Knackis!«

Da man nicht weiß, ob demnächst ein anderer Mauermaler in zügellosem Drang Alex' Werke überpinselt, fotografiere ich sie bei günstigem Licht. Seitdem er malt, findet Alex den Gedanken nicht mehr völlig abwegig, die Mauer, wenigstens einen bestimmten Teil davon, für alle Zeiten stehenzulassen.

Birgit findet inzwischen, mit Blick auf ihr schmelzendes Konto, man sollte Mauermalen polizeilich verbieten. Oder in besonderen Fällen als therapeutische Maßnahme über die Krankenkasse finanzieren.

77

Ich kam gegen Mitternacht nach Hause. Die Wohnung war dunkel, aber aus Nicoles Zimmer tönte Jauchzen und Quietschen. Das kannte ich. Die junge Dame hatte erheblichen Verschleiß an jungen Herren. So gut ich verstand, daß man aus einem Osnabrücker besseren Haus hungrig in die Berliner akademische Szene einfiel, so sehr nervte mich mit den Monaten die unbekümmerte Art, in der Nicole meine Wohnung zur erotischen Spielwiese machte. Sie suchte nach wie vor »fieberhaft« eine eigene Bleibe, studierte jedes Wochenende die Mietangebote in den wichtigsten Berliner Tageszeitungen, aber sie begann dieses Studium leider erst nach dem Aufstehen, und da war es regelmäßig zu spät.

Ich setzte mich an meinen Schreibtisch und begann eine Geschichte, die ich tagsüber recherchiert hatte: In Berlin lagen noch Tausende teils großkalibriger Blindgänger aus dem Zweiten Weltkrieg in der Erde, niemand wußte ihre genaue Zahl. Mit Hilfe von Luftaufnahmen, die die Alliierten stets unmittelbar nach ihren Bombardierungen gemacht hatten, um die Wirkung zu kontrollieren, versuchte man jetzt, die Blindgänger zu lokalisieren. Hunderte dieser Fotos hatte ich gesehen, aufregende Vogelschau auf eine kurz vorher verwüstete Stadtlandschaft. Blicke in Häuser, die von den Bomben abgedeckt worden waren; auf Straßen, die von den Trümmern eingestürzter Fassaden blockiert waren; auf Menschen, die an Wasserstellen Schlange standen. Was hatte sich dieses Deutschland bloß angetan!

Plötzlich glaubte ich, aus Nicoles Zimmer die Stimme von Alex zu hören.

Ich lehnte den Gedanken ab und schrieb weiter über die Fotos aus dem Zweiten Weltkrieg.

Aber es war Alex' Stimme!

Ich ging leise auf den Flur und horchte an der Zimmertür. Es war Alex' Stimme.

Eine große Wut stieg unaufhaltsam schnell in mir auf. Ich weiß, wie ungut ein gestörtes Liebesspiel ist. Aber ich stieß die Tür auf und stürmte ins Zimmer. Ich riß die Bettdecke weg, die sich die beiden rasch über den Kopf gezogen hatten. Nicole schaute mich entgeistert an,

Alex rollte sich auf den Bauch und vergrub das Gesicht in ein Kissen.

»Ihr Schweine!« schrie ich außer mir.

Die beiden waren erstarrt. Wären sie aufgesprungen oder hätten sie sonst irgendwie reagiert, wäre ich vermutlich auf sie losgegangen. Aber ihre angstvolle Starre hielt mich davon ab.

»Nicole«, sagte ich leise, »du verdammte kleine Edelnutte, du packst jetzt deine Siebensachen und verschwindest innerhalb von dreißig Minuten aus meiner Wohnung.«

Ich setzte mich auf einen Stuhl und wartete. Nach einer Minute oder weniger erhob sich Nicole, wobei sie lächerlicherweise einen Büstenhalter vor den Bauch hielt, und suchte nach ihren restlichen Kleidungsstücken.

Während sie sich anzog, beschimpfte ich sie: »Du ekelhaftes Reicher-Leute-Kind! Haben sie dir wirklich nichts anderes beigebracht, als daß man sich alles nehmen darf? Ich hab's beobachtet, wie du mit den Augen geklimpert hast und mit dem Autoschlüssel, wie du mit dem Busen gewippt hast und mit dem Hintern. War ja nicht so furchtbar schwer, einen zu vernaschen, der lange genug im Knast war und dessen Freundin abends auf Maloche muß. Aber wie verkommen muß eine sein, damit sie's wirklich tut!«

Nicole packte stumm ihre Sachen zusammen. Alex rührte sich nicht.

»Alex, wenn du Nicole liebst«, sagte ich, »dann steh auf und verteidige sie!«

Alex blieb liegen.

Nicole machte zum erstenmal den Mund auf und fragte kleinlaut: »Wo soll ich jetzt hin? Es ist Mitternacht.«

Ich machte das Maß meiner Verachtung voll: »Wo du hingehörst, auf den Babystrich.«

»Du bist grausam«, murmelte Alex aus seinem Kissen.

»Wer hier grausam ist«, erwiderte ich, »das erzähle ich dir, sobald deine Bettgespielin verschwunden ist.«

Ich weiß nicht, wohin Nicole mit ihren Koffern und ihrem weißen Golf Cabrio verschwunden ist, mir war nur wichtig, daß sie die von mir gesetzte 30-Minuten-Frist einhielt.

Ich nahm mir Alex vor: »Nun zu dir, junger Freund.«

Alex verließ endlich sein Kissen und setzte sich auf: »Ich weiß, ich bin ein Schwein.«

»Bitte keine Lippenbekenntnisse!« bat ich mir aus. »Als Schwein kann sich jeder bezeichnen, das ist nicht schwer. Man muß überzeugt sein, daß man's ist.«

»Bin ich ja.«

Alex war geknickt und ich fast versucht, ihn mit der Peinlichkeit der Szene davonkommen zu lassen, aber mir schien seine Reue nicht ganz überzeugend.

»Zieh dir was an«, sagte ich, »mit Nackten kann ich nicht ernsthaft reden.«

Alex gehorchte.

»Du hast deinen Bonus verspielt«, begann ich. »Eineinhalb Jahre Rummelsburg lassen manches verzeihen, aber nicht alles. Mag ja sein, daß dir der Knast aufs Geschlecht geschlagen hat, aber er kann dir nicht so aufs Gehirn geschlagen haben, daß du mir irgendeine Rechtfertigung für dein Tun anzubieten wagst.«

Alex nickte stumm.

»Birgit hat auf dich gewartet«, fuhr ich fort, »und tolle Angebote ausgeschlagen. Sie hat gearbeitet wie ein Tier, um dir eine schöne erste Zeit zu ermöglichen. Und du? Das erstbeste Bett ist dir gerade gut genug.«

»Andy, hör auf!« bat Alex. »Ich weiß es ja.«
»Du wirst es Birgit selbst erzählen, ich tu's nicht.«
»Ja. Ich erzähl's ihr. Du hast ja recht. Ich hab' gedacht, nach anderthalb Jahren Rummelsburg... Aber du hast ja recht.«

78

Alex hat gestanden.

Ich habe ihn nicht dazu gedrängt, habe auch Birgit nichts erzählt, er hat ihr von sich aus den versuchten Fehltritt mit Nicole gestanden. Nicht mehr in derselben Nacht, aber gleich am nächsten Morgen. Zuerst gab es Wut und Tränen, dann eine Auseinandersetzung. Kein Tribunal, aber ein hartes Gespräch. Beide wünschten mich dabeizuhaben, ausdrücklich nicht als Richter, aber als »vernünftige Instanz«, wie es Birgit nannte. Alex lud Asche auf sein Haupt, nach meinem Eindruck meinte er es ehrlich. Birgit versprach, in absehbarer Zeit zu verzeihen.

»Damit eines klar ist«, sagte sie: »Ich habe nicht eineinhalb Jahre auf dich gewartet, um mich von dir zu trennen, aber so geht's nicht weiter. Ich arbeite wie eine Blöde, und du machst inzwischen mit anderen Weibern rum!«

»Nicht mit Weibern«, verbesserte Alex schüchtern, »nur mit einer. Und nur einmal. Und nicht mal richtig. Andy kam ja dazwischen.«

»Hast du dir vielleicht heute nacht mal überlegt«, fragte ich ihn, »wie unsinnig das ist: Da habt ihr seit Bulgarien fast zwei Jahre lang durchgehalten, gegen eure kleinmütigen Eltern, gegen die Schikanen der Politik, gegen den Terror der Stasi – und dann setzt du alles aufs Spiel für eine halbe Nacht mit dieser da!«

»Und dabei bin ich besser«, trumpfte Birgit.

Alex fixierte stumm sein Marmeladebrötchen.

»Es ist ja nicht das einzige«, stellte Birgit fest. »Du reist seit Wochen auf dem Ticket ›armer Knacki aus der Zone‹. Mußt ja erst mal den Knast abschütteln, erst mal wieder freie Luft atmen, erst mal wieder leben lernen. Das mag ja schön bequem sein, aber die Masche ist durchschaut.«

»Ich weiß nicht, wovon du redest«, behauptete Alex ein wenig empört.

»Ich erklär's dir: Seit Wochen bekleckerst du diese blöde Mauer. Ein Eimer Farbe nach dem anderen geht dabei drauf. Alles auf Andys und meine Kosten. Vor lauter Kleckserei kommst du natürlich nicht dazu, dich um deine Angelegenheiten zu kümmern. Hast gerade noch selbst deine zweihundert Mark Überbrückungshilfe abgeholt, aber alles andere müssen Andy und ich dir hinterhertragen: Antrag auf Flüchtlingsausweis, Bescheinigung über Wohnberechtigung, Soforthilfe für politische Häftlinge, der ganze Steuerkram, Zeugnisse anerkennen lassen, Studienvorbereitungslehrgang. Ich kann das alles bald auswendig herbeten – aber du gehst klecksen! Du willst studieren, du willst eine Wohnung, du willst den Führerschein machen – aber du gehst klecksen! Du benimmst dich wie ein Zoni, den sie in den Westen abgeschoben haben.«

Alex rührte betreten in seiner Kaffeetasse und brauchte lange, bis er sich eine Antwort zurechtgelegt hatte: »In der DDR wird einem halt immer gesagt, was man als nächstes zu tun hat. Nach dem Abi kommt die Fahne, dann studierst du das, was dir nahegelegt wird, und als Absolvent gehst du erst mal drei Jahre dorthin, wo die Gesellschaft dich hinschickt, nach Waren an der Müritz oder nach Neustadt an der Dosse. Und wenn du dort nicht hängenbleibst, haben sie vielleicht in Treuenbrietzen was für dich.«

»Hier ist das eben nicht so«, entgegnete Birgit kühl, »und das habe ich dir auch immer gesagt. Die meisten, die rüberkommen, begreifen das auch.«

Wieder mußte Alex seine Antwort überlegen: »Wenn du mit einem fertigen Job rüberkommst, ist es einfacher. Ich hab' ja nichts außer einem DDR-Abi und einem bißchen Knasterfahrung. Ich muß ja erst mal ein Ziel finden, ehe ich losmarschiere.«

»Und weil du noch keines hast«, mischte ich mich ein, »bemalst du wie ein Besessener die Mauer. Aber mittlerweile ist es schon so, daß du malst, um nicht über ein Ziel nachdenken zu müssen. Das ist das Problem.«

Nach einer weiteren Pause schob Alex durch die Zähne: »Hast ja recht.«

»Und nun?« drängelte Birgit.

»Ich gehe heute zum letztenmal malen«, schlug Alex vor, »und heute abend habe ich ein Ziel. Okay?«

»Heute abend habe ich frei, und wir sind bei meinen Eltern eingeladen. Alle drei, Andy auch.«

»Oh, Gott!« sagten Alex und ich wie aus einem Munde.

»Tut mir leid, einmal muß es sein, Alex ist lange genug hier. Bitte benehmt euch anständig!«

Ich war gespannt auf das Ehepaar Bärwald, das ich nur aus Birgits Beschreibungen und von ein paar unangenehmen Telefonaten her kannte. Charlotte und Bernd waren, wie erwartet, solide, bemüht, langweilig. Offensichtlich darauf aus, alte Animositäten vergessen zu machen. Sie hatten sich in jeder Weise sorgfältig vorbereitet. Zum Beispiel mußte Charlotte den ganzen Tag darauf verwendet haben, die Wohnung für den Abend herzurichten. Alle Sofakissen hatten einen Kniff genau in der Mitte. Ähnlich akkurat waren die Schnittchen hergerichtet. Dazu gab es Bier und freundliche Gespräche.

»Alex, was haben Sie für ein Ziel hier im Westen?« fragte Bernd.

»So schnell wie möglich ein Studium beginnen«, erwiderte Alex artig. »Voraussichtlich ein Ingenieurstudium, das scheint mir am aussichtsreichsten.«

Ingenieur Bärwald nickte angetan.

»Leider«, fuhr Alex fort, »kann ich erst im Wintersemester anfangen, wegen der Anerkennung meiner Zeugnisse und der Studienvorbereitung. Bis dahin will ich Geld verdienen, damit Birgit nicht mehr die Doppelbelastung hat.«

»Wo wollen Sie denn etwas finden angesichts der Arbeitslosigkeit?« fragte Charlotte.

»Oh, ich habe bei uns, ich meine drüben, in einer Autowerkstatt gejobbt. So etwas finde ich hier bestimmt auch. Für eine Übergangszeit.«

Bernd und Charlotte nickten angetan, während ich innerlich Hurra schrie und auch Birgit sich das Lachen verkneifen mußte über Alex' gesetzte Redeweise und über sein gewinnendes Benehmen.

»Wir waren ja nicht unbedingt für die Verbindung zwischen unserer Tochter und Ihnen«, gestand Bernd, nachdem wir schon lange und intensiv auf Wodka umgestiegen waren, »aber nun haben wir doch einen günstigen Eindruck gewonnen.«

»Damit nehmen Sie mir eine große Sorge«, erwiderte Alex mit ernster Miene.

Und ich wäre fast geplatzt.

Gegen dreiundzwanzig Uhr verließen wir Bärwalds.

Bernd und Alex umarmten sich zum Abschied.
»Bist 'n dufter Kumpel«, beteuerte Alex.

»Ätzend, diese Leute«, meinte Alex, als wir uns im »Bistroquet« zu einem Nachtrunk niederließen.

»Soeben fandest du deinen künftigen Schwiegervater noch ganz hervorragend«, sagte ich.

»Soll ich das nicht?«

»Du sollst, was du wirklich meinst.«

Alex schüttelte den Kopf: »Bei euch ist es doch so, daß sich die Leute öffentlich fetzen und privat Honig ums Maul schmieren. In der DDR wird öffentlich verkleistert und unter vier Augen Tacheles geredet. Ist es nicht so? Ich versuche mich nur anzupassen.«

»Du sollst dich nicht. . . «

»Doch!« widersprach Alex. »Doch soll ich das! Ich soll meine Angelegenheiten ordnen, meine Papiere besorgen, eine Sozialwohnung beanspruchen, ein Studium absolvieren, eine Laufbahn einschlagen. Vielleicht möchte ich lieber ein Schaufenster einschlagen. Oder eine Fresse. Keine Angst, das mache ich nicht. Es würde mir ja die Laufbahn vermasseln. Außerdem hab' ich mein Soll an unkontrollierten Ausbrüchen erfüllt, ein Fluchtversuch pro Lebenslauf genügt, ich will ja nicht als notorisch gelten. Wovor sollte ich außerdem noch flüchten? Ich kriege doch bestimmt bald eine Sozialwohnung.«

Alex hatte den Wodka nicht vertragen. Aus seinem beschwipsten Kopf brach offensichtlich etwas hervor, das er mühsam kontrolliert und mit Malen kompensiert hatte.

Er wurde noch nicht damit fertig, daß er schon wieder so vieles sollte und sollte und sollte. Wahrscheinlich hatte er in diesem Augenlick das Gefühl, es sei alles wie im Osten, nur freier.

Alex strahlte Birgit an: »Du bist das einzige, was ich genau weiß.«

Birgit küßte ihn, und ich ließ die Rechnung kommen.

79

Beim Frühstück klingelte der Eilbote und brachte den Brief mit dem schwarzen Rand.

Fast immer weiß man ja, um wen es geht. Man kennt die Menschen, die auf Abruf leben, deren Tod nicht überraschend käme. Selten enthält so ein Brief eine Nachricht, mit der man nicht gerechnet hatte.

»Die Oma«, sagte Alex.

Wahrscheinlich hatten wir alle drei den gleichen Gedanken, denn diesen Gedanken hat man jedesmal: Ich habe mich zu wenig gekümmert. Wir wußten doch, daß sie nur noch kurze Zeit hatte, warum haben wir nichts getan?

Das traf vor allem mich. Denn weder Alex noch Birgit durften nach Ost-Berlin und hätten die Oma im Krankenhaus besuchen können. Aber ich hätte es gekonnt. Arbeit! Zuviel Arbeit! Immer muß man sich mit dieser Entschuldigung behelfen.

»Die Oma«, sagte Birgit, »wenn die nicht gewesen wäre! Und ihre Wohnung. Und wenn sie uns nicht immer wieder aufgehetzt hätte.«

Birgit hatte recht. Die Oma war nicht nur Kurier gewesen und, wie sie selbst es nannte, Kupplerin. Sie war der gute Geist gewesen, hatte Mut gemacht, hatte aufgestachelt, die Widrigkeiten nicht hinzunehmen.

Wir rührten unser Frühstück nicht mehr an, tranken nur noch unseren Kaffee und redeten kaum.

Bis Alex plötzlich auflachte: »Ich hatte mal einen Aufkleber von der SPD, irgendwas mit Helmut Schmidt wählen, ich weiß gar nicht mehr, woher ich das Ding hatte. Die Oma sieht den Aufkleber in meiner Schublade und sagt: Den muß du dem Papa aufs Auto kleben. Dann kommt er endlich mal in Schwulitäten und muß Farbe bekennen. So war sie.«

»Hast du's gemacht?«

»Nein, mir tat's leid um den schönen Aufkleber. Außerdem war ich erst sieben und verstand es noch nicht. Aber so war die Oma.«

Mir fiel etwas ein. Ich ging in mein Zimmer, kramte in verschiedenen Schubladen, fand das Gesuchte, kehrte zurück an den Küchentisch: »Hier, Alex, das hätte ich dir schon lange geben sollen.«

»Eine Uhr? Von wem?«

»Es ist die Taschenuhr von deinem Urgroßvater. Ich habe sie vor einem Jahr illegal aus der DDR ausgeführt. Die Oma hat mich dazu angestiftet. Sie sagte, Nina und Boris können sie hier verscherbeln, sobald sie ausgereist seien.«

Alex betrachtete stumm die Uhr, drehte und wendete sie, öffnete den Deckel und las die Gravur.

»Wann ist denn die Beerdigung?« fragte Birgit.

Ich schaute nach, es stand am Fuß der Traueranzeige. Ich erschrak, der Termin war in genau zwei Stunden. Da war also, trotz Eilzustellung, der Brief vom Prenzlauer Berg nach Kreuzberg ebenso lange unterwegs gewesen, wie man zur Vorbereitung einer Beerdigung brauchte.

»Wir werden heute mittag im Geiste dabei sein«, sagte Birgit. »Wir können ja eine Gedenkminute einlegen, ich in meinem Seminar, Alex in seiner Autowerkstatt, Andy irgendwo sonst. Ganz schön belämmert, was?«

»Ich fahre hin«, sagte ich und stand auf. »Ich schaffe das gerade noch. Schönholzer Friedhof, wo ist das?«

»In Pankow«, sagte Alex, »Schönhauser Allee raus, von Bobrowskis noch ungefähr drei Kilometer. Ich würde dir gern den Weg zeigen.«

»Mach keine Witze«, bat ich.

»Blumen mußt du vor der Grenze kaufen«, empfahl Alex.

»Laß deine Witze«, bat ich noch mal.

»Entschuldige! Ich vergesse manchmal, daß du DDR-Experte bist.«

Je öfter ich zu Beerdigungen gehe – und mit dem Älterwerden häufen sich die Anlässe –, desto mehr Gedanken mache ich mir über diese unerfreulichen Veranstaltungen. Ich frage mich zum Beispiel, ob strahlend blauer Sommerhimmel dem Anlaß angemessener sei als grau verhangener November. Soll also der Himmel den Toten beweinen oder mit Glanz verabschieden? Für die Oma strahlte die Sonne, und ich fand es richtig.

Eine kleine Trauergemeinde war in der Kapelle zusammengekommen, nicht mal zwei Dutzend Personen. Ich kannte nur Nina und Boris. Er warf mir einen erstaunten Blick zu, sie einen freundlichen, den man auch hätte als dankbar deuten können. Ich begrüßte sie jedoch nicht, wer weiß, wie Boris reagiert hätte. Vielleicht muß er inzwischen wieder darauf achten, keinen Westkontakt zu haben. Die Bautzner Verwandtschaft schien da zu sein, der »junge Fritz« und Tante Wera, wie ich sie von Birgits Beschreibung kannte. Eine von Omas Nachbarinnen aus der Karl-Marx-Allee glaubte ich auch zu erkennen. Ich legte meine Blumen seitlich vor den Sarg, nicht in die Mitte, wo die Familienkränze lagen. Ich hatte zwanzig weiße Nelken genommen, obwohl ich

Nelken nicht besonders mag, aber Rosen, die ich am liebsten habe, hätten mich als Wessi abgestempelt, und das wollte ich nicht. Ich setzte mich in die fünfte Reihe, hinter die anderen.

Je öfter ich zu Beerdigungen muß, desto mehr leiste ich den Pfarrern mit ihren Totenreden Abbitte. Denn sie geben sich redliche Mühe, und die Hinterbliebenen sind dankbar. Was soll schon so ein armer Pfarrer über einen Verstorbenen sagen, der vielleicht die Kirche jahrzehntelang gemieden hat, um sie nun auf seinem letzten Weg noch einmal kurz zu streifen?

»Unsere liebe Verstorbene«, sagte der Pfarrer, den ich auf Nähe der Pensionsgrenze schätzte, »war bei Gott keine eifrige Kirchgängerin. Ob sie daheim oder beim Spaziergang auf der Karl-Marx-Allee mit ihrem Herrn gesprochen hat, weiß ich nicht.«

Mir gefiel dieser Satz.

»Nach allem, was ich weiß«, fuhr der Pfarrer fort, »war sie eine aufrechte Person. Sie redete nicht nach dem Mund. Lieber schwieg sie. Am liebsten aber sagte sie ihre Meinung. Wie es schon die Heilige Schrift sagt: ›Deine Rede sei ja ja oder nein nein.‹ Sie kennen diese Aufforderung, der so schwer Folge zu leisten ist.«

Als Westmensch, dachte ich, ist man versucht, aus jedem Satz eines DDR-Pfarrers eine Dissidenz herauszulesen. Dabei könnte er die Aufforderung mit gleichem Recht an uns richten. Ja ja, nein nein, wer sagt das schon bei uns?

»Unsere liebe Verstorbene war, wenn sie mir richtig beschrieben wurde, eine Frau, die sich an die alte Maßgabe hielt, man solle dem Kaiser geben, was des Kaiser sei. Daran halten wir uns ja alle, auch wenn der Kaiser nicht mehr Kaiser heißt. Manche geben dem Kaiser mehr, als des Kaisers ist, die werden entsprechend belohnt. Jedenfalls auf Erden.«

Ich sah von hinten, wie Boris unruhig die Schultern bewegte, als ob ihm unbehaglich sei. Ich versuchte mir seine Gedanken vorzustellen: Dieser Kirchenkram! Mußte denn unbedingt ein Pope reden? Konnte man die Oma nicht geräuschlos unter die Erde bringen? Hatte man nicht schon genug auf sich aufmerksam gemacht? Dieser Pope stand kurz vor der Pensionierung, anschließend übersiedelte er vielleicht in den Westen, jedenfalls riskierte er nichts, wenn er hier eine Lippe riskierte. Aber wenn sich herumsprach, daß bei dieser Beerdigung anzüglich geredet worden war, na, dann gute Nacht! Bei allem, was vorgefallen war, mußte man ja davon ausgehen, daß die Stasi hier mit beerdigte. Und daß dieser Andy partout der Oma die letzte Ehre erweisen mußte...

Ich geriet ins Grübeln und hörte eine Zeitlang nicht mehr zu. Für mich war die Geschichte von Birgit und Alex abgeschlossen. Alex war im Westen. Birgit und er hielten zusammen, auch wenn es zwischen ihnen ein paarmal erheblich geknistert und geknallt hatte. Eine Zeitlang würden die beiden noch bei mir wohnen, um dann endgültig ihrer eigenen Wege zu gehen. Eine Freundschaft mit ihnen würde hoffentlich bleiben.

Sie haben eine Menge mitgemacht in ihren gemeinsamen zwei Jahren, aber sie haben gewonnen – bis auf weiteres. Sie sind stolz darauf. Sie haben es allen gezeigt. Sie haben es anderen vorgemacht. Sie sagen: Wenn nicht solche wie wir so was durchstehen, dann wird es nie besser.

Gestern abend hatten Birgit und Alex folgendes Gespräch:

Alex: »Vielleicht sind wir bloß zu früh dran gewesen,

vielleicht ist in fünf oder zehn Jahren alles viel einfacher.«

Birgit: »Wenn sich meine Tochter mal in einen Zoni verliebt, wird sie hoffentlich nicht mehr so was durchmachen müssen.«

Alex: »Wenn sich mein Sohn in eine Zoni verliebt, wird es hoffentlich auch nicht so'n Trouble geben.«

Birgit: »Also, wenn's dann mal soweit ist, werden's unsere Kinder hoffentlich besser haben.«

Auf dem Weg zur Grabstätte hielt ich mich unauffällig am Ende des kleinen Trauerzugs. Als der Sarg in die Grube gesenkt wurde, dachte ich an Birgit und Alex: Jetzt wäre der richtige Augenblick für die Gedenkminute!

Ich warf als letzter meine Schaufel Erde auf den Sarg. Ich gehörte nicht dazu und wollte mich nicht vordrängen. Ich gab Boris die Hand. Er sah mich nur kurz und unbewegt an. Nina stand einen Schritt neben ihm. Ich dachte daran, daß ich mal ernsthaft erwogen hatte, sie könne als meine Frau in den Westen kommen. Ich gab ihr die Hand. Sie sagte nichts, ich sagte nichts. Wir schauten uns ein paar Sekunden lang in die Augen.

80

Birgit und Alex sind nach Italien gefahren.

Sie wollen vier Wochen bleiben. Mailand, Venedig, Florenz, Rom haben sie sich vorgenommen. Rom! Sommernächte auf der Piazza Navona oder in einem Straßencafé am Pantheon. Ich beneide die beiden fast. Ich habe ihnen geraten, mindestens zehn Tage in der Toskana Station zu machen, am besten mit einem Standquartier in der Nähe von San Gimignano und Ausflügen nach Siena und Volterra und vielleicht sogar bis nach Lucca. Das sind Städte, die ich besonders mag. Ich habe Birgit und Alex, obwohl ihre Reisekasse ausreichend gefüllt ist, etwas Geld mitgegeben, mit der ausdrücklichen Bitte, davon toskanisch zu essen und dabei mit Vernaccia auf mein Wohl anzustoßen. Sie sollen in San Gimignano auf meine Kosten auch unbedingt Wildschwein in Schokoladensoße probieren, das klingt pervers, aber es schmeckt köstlich.

Als ich die beiden zum Nachtzug nach München brachte, freuten sie sich wie Kinder auf den Weihnachtsmann. Ich mußte daran denken, wie ich im gleichen Alter mit einer Freundin die erste große Reise angetreten hatte, ebenfalls nach Italien. Welches unbändige Gefühl von Freiheit und Glück! Und wir hatten damals nichts hinter uns, was im Entferntesten mit den vergangenen zwei Jahren von Birgit und Alex zu vergleichen gewesen wäre.

Der D-Zug lief diesmal pünktlich in den Bahnhof Zoo ein. Ich steckte die beiden in ihr Liegewagenabteil und versorgte sie für die lange Nacht mit Obst und Schokolade. Birgit nahm mich zum Abschied fest in die Arme und küßte mich in einer Art, daß ich an Alex' Stelle eingegriffen hätte. Aber sie war vor Freude kaum zu bändigen. Wenn nicht der Zug abgefahren wäre, hätte mich Alex vielleicht auch geküßt. Er war genauso aus dem Häuschen. Beide winkten aus dem Abteilfenster, bis ich sie aus den Augen verlor.